À contre-sens

Mercedes Ron

À contre-sens #1.

Ce volume contient les deux premiers tomes de la série
dans la traduction française
de Nathalie Nédélec-Courtès

hachette
ROMANS

Visuel de couverture : © 2023-Prime Vidéo

Traduit de l'espagnol par Nathalie Nédélec-Courtès
L'édition originale de cet ouvrage a paru chez Montena,
un département de Penguin Random House Grupo Editorial,
sous le titre : CULPA MÍA

Hachette Livre, 58 rue Jean Bleuzen, 92170 Vanves.

À ma mère.
Merci d'être mon amie, ma confidente,
tout ce dont j'ai toujours eu besoin et davantage.
Merci d'avoir fait en sorte
que j'aie toujours un livre entre les mains.

Prologue

— Laisse-moi tranquille !

Elle me contourna pour se diriger vers la porte, mais je l'attrapai par le bras et la forçai à me regarder.

— Tu peux m'expliquer ce qui t'arrive, bon sang ? m'écriai-je, furieux.

Elle leva les yeux, et j'y vis un éclat sombre et profond. Elle me sourit sans joie.

— C'est pourtant ton monde, Nicholas, observa-t-elle avec calme. Donc, je vis ta vie, je profite de tes amis, j'oublie tous mes problèmes. C'est tout ce qu'on te demande de faire, il me semble, ce que je suis censée faire moi aussi, lança-t-elle en reculant d'un pas pour s'écarter de moi.

Je n'arrivais pas à y croire.

— Tu pètes complètement les plombs, fis-je en baissant la voix.

Je n'aimais pas ce que j'avais devant les yeux : la fille dont je croyais être amoureux se transformait en une personne qui ne me plaisait pas. Pourtant, en y réfléchissant bien, ce qu'elle était en train de faire, la *manière* dont elle le faisait, était le reflet de ma propre vie, ma vie avant de la rencontrer. C'est moi qui l'y avais poussée : tout était de ma faute. Elle s'autodétruisait par ma faute.

D'une certaine manière, nous avions échangé nos rôles. Elle avait surgi dans ma vie, m'avait sorti du trou noir où je m'étais fourré et avait fini par occuper ma place.

1

Noah

Tandis que je montais et baissais la vitre de la nouvelle voiture de ma mère, je pensais à ce que me réservait l'année infernale que j'avais devant moi. Je ne comprenais toujours pas comment nous en étions arrivées là, à quitter notre maison pour traverser tout le pays jusqu'en Californie. Il y a trois mois, j'avais reçu la nouvelle, celle qui allait bouleverser ma vie, celle qui me donnait envie de pleurer la nuit, celle qui me faisait supplier et protester comme une gamine de dix ans.

Mais que pouvais-je faire ? Il me restait encore onze mois, trois semaines et deux jours avant d'avoir dix-huit ans pour pouvoir me barrer à l'université, loin de parents qui ne pensaient qu'à eux-mêmes, loin de ces inconnus avec qui j'allais devoir vivre parce que, oui, je devrais désormais partager ma vie avec deux personnes que je ne connaissais absolument pas, deux mecs par-dessus le marché.

— Tu peux arrêter ? C'est agaçant, lança ma mère tout en démarrant.

— Toi aussi, tu fais un tas de choses agaçantes, et je dois bien les supporter !

Le soupir sonore qui s'ensuivit était devenu si habituel qu'il ne me surprit même pas.

Comment pouvait-elle m'obliger à faire ça ? Mes sentiments ne lui importaient donc pas ? *« Bien sûr que si »*, m'avait-elle répondu alors que nous nous éloignions de ma ville chérie. Mes parents s'étaient séparés il y a six ans, et cela s'était mal passé : le divorce avait été traumatisant.

Mais j'avais fini par le surmonter… ou, en tout cas, je faisais de mon mieux pour y croire.

J'ai beaucoup de mal à m'adapter aux changements, et me trouver en compagnie d'étrangers me terrorise. Je ne suis pas timide, juste très réservée en ce qui concerne ma vie privée. Alors, l'idée de partager ma vie vingt-quatre heures sur vingt-quatre avec deux personnes que je connaissais à peine m'angoissait tellement que j'avais envie de descendre de voiture pour aller vomir.

— Je ne comprends toujours pas pourquoi tu ne veux pas que je reste, lui dis-je. Je ne suis pas une gamine, je sais prendre soin de moi… D'ailleurs, l'année prochaine, je serai à l'université et je vivrai seule… C'est la même chose.

J'essayai de la convaincre pour la énième fois : tout cela n'était que la pure vérité.

— Je ne veux pas rater ta dernière année de lycée, et je veux profiter de ma fille avant qu'elle parte étudier loin de moi. Noah, je te l'ai déjà dit mille fois : je veux que tu fasses partie de cette nouvelle famille, tu es ma fille… Mon Dieu ! Tu crois vraiment que je vais te laisser vivre dans un autre pays, si loin de nous, sans aucun adulte pour s'occuper de toi ? me répondit-elle en agitant la main droite mais sans quitter la route des yeux.

Elle ne comprenait pas à quel point c'était dur pour moi. Pour elle, c'était le début d'une nouvelle vie avec un nouveau mari, mais pour moi ?

— Tu ne comprends pas, maman. Tu réalises que c'est ma dernière année de lycée ? Que c'est là-bas que j'ai toutes mes amies, mon copain, mon travail, mon équipe ? Toute ma vie, maman ! lui criai-je en m'efforçant de retenir mes larmes.

Cette situation me dépassait vraiment. D'habitude je ne pleurais jamais, je répète, *jamais*, devant personne. Pleurer, c'est pour les faibles, pour ceux qui ne savent pas contrôler leurs émotions. Moi, j'avais eu très tôt mon quota de larmes et j'avais décidé de ne plus jamais en verser une seule.

Dire que cette folie avait commencé par une maudite croisière aux îles Fidji. Je m'en voulais tellement de ne pas être partie avec ma mère. Parce que c'était sur un bateau, au beau milieu du Pacifique Sud, qu'elle avait rencontré l'incroyable William Leister.

Ma mère s'était présentée à la mi-avril avec deux billets pour une croisière. Sa meilleure amie, Alicia, avait eu un accident de voiture dans lequel elle s'était cassé la jambe droite, un bras et deux côtes : elle n'avait donc pas pu partir comme prévu avec son mari et avait offert les billets à ma mère. Mais, quand j'y repense... À la mi-avril, je bossais mes examens de fin d'année et c'était la pleine saison des matchs de volley. Mon équipe avait enfin remporté la première place après être restée une éternité à la deuxième : c'était l'une des plus grandes joies de ma vie. Pourtant, si c'était possible, je rendrais le trophée, je quitterais l'équipe, je préférerais obtenir de sales notes à mes éval pour annuler ce mariage.

Se marier à bord d'un bateau : ma mère était complètement folle ! Et, par-dessus le marché, elle me l'avait tranquillement annoncé à son retour, comme si épouser un millionnaire au beau milieu de l'océan était la chose la plus normale au monde... C'était surréaliste. En plus, elle voulait emménager dans une villa en Californie. Ma mère était née au Texas et mon père au Colorado, mais moi, j'étais née au Canada et j'aimais ce pays, c'était tout ce que j'avais toujours connu...

— Ma chérie, je veux ce qu'il y a de mieux pour toi, me dit ma mère, me ramenant à la réalité. Tu sais par quoi je suis passée, par quoi *nous* sommes passées. Je rencontre enfin un homme gentil qui m'aime et me respecte... Cela fait tellement longtemps que je n'ai pas été aussi heureuse... j'ai besoin de lui et je sais que tu finiras par l'aimer. Et puis, il peut t'offrir un avenir auquel nous n'aurions jamais pu rêver, tu vas pouvoir aller à l'université de ton choix, Noah !

— Mais je m'en fiche ! Et je ne veux pas qu'un inconnu me paie quoi que ce soit.

Je frissonnai à la pensée que, dans un mois, je fréquenterais un lycée plein de gosses de riches.

— Ce n'est pas un inconnu : c'est mon mari, alors tu ferais mieux de te faire à l'idée, répliqua-t-elle d'un ton plus sec.

— Je ne me ferai jamais à l'idée.

Pour couper court à la discussion, je fixai la route. Je n'avais plus envie de lui parler.

Ma mère soupira encore :

— Je sais que tes amis et Dan vont te manquer, Noah, mais prends-le du bon côté, tu vas avoir un frère ! s'exclama-t-elle, l'air ravi.

— Je t'en prie, ne dis pas n'importe quoi.

— Mais tu vas l'adorer : Nick est un amour. Un garçon sérieux et responsable, qui meurt sûrement d'envie de te présenter à ses amis et de t'emmener visiter la ville. Chaque fois que je l'ai vu, il était enfermé dans sa chambre à étudier ou à lire : vous avez peut-être les mêmes goûts littéraires.

Je levai les yeux au ciel :

— Oui, bien sûr... Il doit adorer Jane Austen. Au fait, tu m'as dit qu'il avait quel âge ?

Je le savais déjà, cela faisait des mois que ma mère n'arrêtait pas de me parler de Will et de lui. Malgré tout, Nick n'avait pas été capable de nous accorder un petit moment pour venir faire notre connaissance...

— Il est un peu plus âgé que toi, mais, comme tu es plus mature que les filles de ton âge, vous allez vous entendre à merveille.

Et maintenant, elle me passait de la pommade… « Mature » : je doutais que ce terme soit vraiment celui qui me définisse le mieux et, de toute façon, il y avait peu de chances qu'un garçon de presque vingt-deux ans meure d'envie de me montrer la ville et de me présenter à ses amis. Comme si, moi, j'en avais envie !

— Nous sommes arrivées, annonça ma mère.

Je tournai les yeux vers les hauts palmiers et les villas monumentales qui longeaient la route. Chacune d'entre elles aurait pu contenir plusieurs pavillons. Il y en avait de style anglais, victorien… mais aussi beaucoup de style moderne avec des parois de verre et d'immenses jardins. Plus nous avancions dans la rue, plus les demeures étaient immenses et plus je paniquais.

Nous arrivâmes enfin à un portail de trois mètres de hauteur et, comme si de rien n'était, ma mère sortit un appareil de la boîte à gants et appuya sur un bouton pour ouvrir les vantaux. Puis elle redémarra et nous avançâmes le long d'un chemin bordé de pins où flottaient des effluves d'air marin.

— La maison n'est pas aussi impressionnante que les autres, mais nous avons la plus belle vue sur la plage, dit-elle avec un grand sourire.

Je me tournai vers elle et l'observai : je ne la reconnaissais pas. Ne voyait-elle donc pas que tout cela était trop grand pour nous ?

Après avoir contourné la fontaine et s'être garée devant le perron qui menait à la porte principale, ma mère coupa le moteur. Mon Dieu !

J'avais l'impression d'être arrivée à l'hôtel le plus luxueux de toute la Californie. Sauf qu'il ne s'agissait pas d'un hôtel, mais de ma future maison... En tout cas, c'est ce que ma mère voulait me faire croire.

La villa était toute blanche, avec de hauts toits couleur sable ; elle avait au moins trois étages, mais il était difficile de s'en assurer tant elle comportait de terrasses, de fenêtres, de... tout. Face à nous se dressait un porche impressionnant aux lumières déjà allumées (il n'était que dix-neuf heures), ce qui donnait à l'édifice un aspect féerique. Le soleil allait bientôt se coucher et le ciel se parait de nuances infinies qui contrastaient avec le blanc immaculé du bâtiment.

À peine étais-je descendue de voiture que William Leister apparut à la porte, suivi par trois hommes déguisés en pingouin.

Le nouveau mari de ma mère n'était pas habillé comme les rares fois où il m'avait fait l'honneur de sa présence. Il avait renoncé au costume et au gilet de marque pour un bermuda blanc, un polo bleu ciel et des tongs. Ses cheveux noirs, d'habitude plaqués en arrière, étaient décoiffés. C'est sûr, je pouvais comprendre ce que ma mère lui trouvait : il était vraiment séduisant, nettement plus grand que ma mère et très bien conservé. L'âge n'avait pas totalement épargné son visage (on distinguait des pattes-d'oie et des rides sur son front), mais ses quelques cheveux blancs lui donnaient l'air mûr et attachant.

Ma mère, telle une collégienne, courut se jeter dans ses bras. Moi, je pris mon temps pour aller chercher mes affaires dans le coffre.

Des mains gantées surgirent alors de nulle part, et j'eus un sursaut de recul.

— Je m'occupe de vos affaires, mademoiselle, me dit l'un des hommes habillés en pingouin.

— Je peux le faire moi-même, merci, lui répondis-je, vraiment mal à l'aise.

L'homme me regarda comme si j'avais perdu la tête.

— Laisse donc Martin t'aider, Noah, intervint William Leister.

Je lâchai ma valise à contrecœur.

— Je suis vraiment heureux de te voir, Noah, poursuivit le mari de ma mère avec un sourire affectueux.

Près de lui, ma mère ne cessait de faire des gestes pour que je me tienne bien, que je sourie ou que je me décide enfin à parler.

— Je ne peux pas en dire autant, répondis-je en lui tendant la main.

J'étais très impolie, je le savais, mais ce n'était que la pure vérité.

Je voulais juste que ma position concernant ce bouleversement dans nos vies soit bien claire.

William n'eut pas l'air de s'en offenser. Il retint ma main plus longtemps que nécessaire, ce qui augmenta ma gêne.

— Je sais que tout ceci est un changement brutal dans ta vie, Noah, mais je veux que tu te sentes chez toi, que tu profites de ce que je peux t'offrir, et surtout que tu puisses m'accepter comme un membre de ta famille… d'ici quelque temps, ajouta-t-il, probablement devant mon air incrédule.

Ma mère me foudroyait de ses yeux bleus.

Je ne pus qu'acquiescer et reculer pour qu'il lâche ma main. Ces marques d'affection m'embarrassaient. Ma mère s'était remariée – tant mieux pour elle – mais cet homme ne serait jamais rien pour moi. Ni un père, ni un beau-père, ni rien qui s'en approche. J'avais déjà un père, et ça me suffisait.

— Et si on te montrait la maison ? proposa William avec un grand sourire, indifférent à mon hostilité.

— Viens, Noah, m'encouragea ma mère.

Elle me prit par le bras, et je n'eus pas d'autre choix que de marcher à ses côtés.

Comme elle était parfaitement éclairée, je ne ratai aucun détail de cette villa trop grande, même pour vingt personnes… alors, pour une famille de quatre ! Les plafonds étaient hauts, avec des poutres de bois. De vastes baies vitrées donnaient sur le jardin. Un grand escalier trônait au centre d'un immense salon et bifurquait vers les deux ailes de l'étage supérieur. Ma mère et son mari me firent visiter la villa dans son intégralité, me montrèrent le salon et la cuisine spacieuse au milieu de laquelle trônait un grand îlot qui devait beaucoup plaire à ma mère. Il y avait aussi un gymnase, une piscine climatisée, des salles pour les fêtes et – ce qui m'impressionna le plus – une grande bibliothèque.

— Ta mère m'a dit que tu aimais beaucoup lire et écrire, dit William.

— Comme des milliers de personnes, oui.

Son ton aimable m'importunait, je ne voulais tout simplement pas qu'il m'adresse la parole.

— Noah, dit ma mère d'un ton de reproche, en plongeant ses yeux dans les miens.

Je n'étais pas sympa, je le savais, mais elle l'avait cherché. À cause d'elle, j'allais passer une année pourrie et je ne pouvais rien y changer.

William ne perdit son sourire à aucun moment, ne semblant pas se rendre compte des regards échangés entre ma mère et moi.

Je soupirai, frustrée et mal à l'aise. C'était si différent, si… démesuré. Serais-je capable de m'habituer à vivre dans un tel endroit ?

J'avais tout à coup besoin d'être seule, besoin de temps pour tout assimiler…

— Je suis fatiguée. Je peux aller voir la pièce qui sera ma chambre ? fis-je d'un ton moins dur.

— Bien sûr. Ta chambre et celle de Nicholas se trouvent dans l'aile droite du deuxième étage. D'ailleurs, désormais, vous partagerez la salle de jeux.

La « salle de jeux », sérieusement ? Je m'efforçai de sourire. J'essayais de ne pas penser que je devrais aussi cohabiter avec le fils de William. Je ne savais de lui que ce que ma mère m'avait raconté, c'est-à-dire qu'il avait vingt et un ans, qu'il étudiait à l'Université de Californie et que c'était un insupportable gosse de riche. Enfin, ce dernier point n'était qu'une déduction personnelle.

J'y pensais encore en montant les escaliers : il me faudrait cohabiter avec deux hommes inconnus. Six ans s'étaient écoulés depuis la dernière fois qu'un homme, mon père, avait habité chez nous. Je m'étais habituée à ne vivre qu'entre filles, juste à deux. Notre vie n'avait pas été un long fleuve tranquille et encore moins durant mes onze premières années ; les problèmes avec mon père nous avaient marquées, ma mère et moi.

Après son départ, nous ne nous étions pas laissé abattre, nous avions peu à peu réussi à cohabiter comme deux personnes ordinaires et, au fil du temps, ma mère était devenue l'une de mes meilleures amies. Elle me donnait la liberté que je voulais, justement parce qu'on se faisait mutuellement confiance… en tout cas, jusqu'à ce qu'elle décide de foutre ma vie en l'air.

Ma mère s'arrêta devant une porte de bois sombre.

— Voilà ta chambre, fit-elle.

Je les observai, William et elle, plantés devant la porte, ils avaient l'air de vouloir m'annoncer quelque chose.

— Cette chambre est mon cadeau pour toi, Noah, déclara enfin ma mère, les yeux brillants.

Lorsqu'elle s'écarta, j'ouvris la porte sans hâte, redoutant ce que j'allais découvrir.

La première chose captée par mes sens fut la délicieuse odeur de mer et de coquillages. Mes yeux se posèrent ensuite sur une paroi de verre qui se trouvait face à la porte. La vue était spectaculaire, et j'en restai sans voix. De là où je me tenais, on voyait l'océan. La maison était sûrement bâtie sur une falaise, parce que je ne voyais que la mer et un coucher de soleil resplendissant. C'était hallucinant.

— Mon Dieu !

Je répétai encore une fois ce qui était devenu mon expression préférée. Mes yeux parcoururent l'immense chambre. Contre la paroi de gauche se trouvait un lit à baldaquin recouvert de coussins blancs assortis à la couleur des murs peints d'un agréable ton bleu pastel. Les meubles, dont un bureau avec un Mac géant, un ravissant canapé, une coiffeuse avec miroir et une grande bibliothèque où se trouvaient déjà tous mes livres, étaient bleus et blancs. Le parquet était recouvert d'un tapis blanc si épais que j'aurais pu dormir dessus. C'était la chambre la plus belle que j'aie jamais vue de ma vie.

J'étais troublée. Tout cela était pour moi ?

— Ça te plaît ? me demanda ma mère.

— C'est incroyable… merci.

Je me sentais à la fois reconnaissante et gênée. Je ne voulais pas qu'on m'achète de telles choses, je n'en avais pas besoin.

— J'ai travaillé avec une décoratrice professionnelle… Je voulais que tu aies tout ce que tu as toujours désiré et que moi, je n'ai jamais pu te donner, ajouta-t-elle, émue.

Je ne pouvais pas m'en plaindre… Une telle chambre est le rêve de n'importe quelle adolescente.

Je m'approchai d'elle pour la serrer dans mes bras. Cela faisait au moins trois mois que je ne m'étais pas sentie aussi proche de ma mère, et je savais que c'était important pour elle.

— Merci, Noah, me dit-elle au creux de l'oreille pour que je sois la seule à l'entendre. Je te jure que je vais faire tout mon possible pour que nous soyons heureuses ici, toutes les deux.

— Ça va aller, maman, lui répondis-je, tout en sachant que cela n'était pas en son pouvoir.

Ma mère me lâcha, essuya les larmes qui avaient glissé sur sa joue et se plaça près de son nouveau mari.

— On te laisse t'installer, dit aimablement William.

J'acquiesçai sans éprouver la moindre gratitude à son égard. Ce qui se trouvait dans cette chambre ne supposait aucun effort pour lui : ce n'était que de l'argent.

Je refermai la porte et je remarquai qu'il n'y avait pas de verrou.

Je jetai enfin un coup d'œil à la salle de bains. Elle était aussi grande que mon ancienne chambre, avec une douche hydromassante, une baignoire et deux lavabos. J'allai me pencher à la fenêtre. Elle donnait sur les fleurs et les palmiers du jardin à l'arrière de la maison, et sur l'immense piscine.

C'est en sortant de la salle de bains que je remarquai la petite ouverture dans le mur d'en face. Oh, mon Dieu…

Je traversai la chambre pour entrer dans un dressing rempli de vêtements à étrenner qui devait être le rêve de toute fille de mon âge. D'abord, le souffle coupé, je passai les mains sur ces fabuleux vêtements. Les étiquettes y étaient encore accrochées : ils étaient hors de prix. Ma mère, ou qui que ce soit l'ayant convaincu de dépenser tout cet argent, avait perdu la raison.

J'éprouvais une sensation étrange, comme si rien de tout cela n'était réel, comme si j'allais bientôt me réveiller dans mon ancienne chambre avec mon lit une place et mes fringues ordinaires. Le pire, c'est que je le souhaitais de toutes mes forces, parce que cette vie n'était pas la mienne et que je n'en voulais pas... Mon estomac se noua avec une telle intensité que je m'effondrai sur le sol. Angoissée, la tête sur les genoux, je respirai à fond jusqu'à ce que passe l'envie de pleurer.

Comme si elle lisait dans mes pensées, mon amie Beth m'envoya un message juste à ce moment-là :

› Tu es bien arrivée ? Tu me manques déjà.

En souriant, j'envoyai à Beth une photo de l'intérieur du dressing. Une seconde plus tard, je reçus cinq émoticones avec la bouche ouverte :

› Je te déteste ! Tu le savais ?

J'éclatai de rire puis lui répondis :

› Si c'était possible, je t'offrirais tout ça. En fait, je donnerais n'importe quoi pour être avec vous, chez Dan en train de voir un film ou de discuter sur ton canapé dégueu.

› Ne sois pas aussi négative, profites-en, putain.
Tu es riche maintenant !

Non, tout cet argent n'était pas à moi, mais à William.

Je posai mon téléphone et commençai à défaire mes valises. J'en sortis un short et un T-shirt simple. Je ne voulais pas changer ma manière d'être, il était hors de question que je commence à porter des polos de marque.

Je pris une douche, nécessaire après ce long voyage. Heureusement, je n'avais pas besoin d'un temps fou pour être présentable, j'avais hérité des cheveux ondulés de ma mère qu'un simple séchage suffit à coiffer. Une fois habillée, je décidai de faire un tour dans la maison.

J'éprouvais une sensation bizarre à marcher seule à travers les pièces… je m'y sentais comme une intruse. Ce serait long de m'habituer à vivre ici, au luxe et à l'immensité. Dans notre ancien appartement, on s'entendait d'une pièce à l'autre ; ici, c'était complètement impossible.

Je pris la direction de la cuisine en priant pour ne pas me perdre. Je mourais de faim, j'avais besoin de toute urgence d'un hamburger ou d'un petit truc à grignoter.

Malheureusement, en arrivant dans la cuisine, je vis que je n'étais pas seule.

Quelqu'un était en train de fouiller dans le frigo, quelqu'un dont je ne pouvais voir que le sommet du crâne orné de cheveux bruns. À l'instant précis où je m'apprêtais à ouvrir la bouche, un aboiement assourdissant me fit pousser un cri strident, comme l'aurait fait une petite fille.

Je me tournai en sursaut, juste au moment où la tête émergeait de derrière la porte du frigo pour voir qui hurlait de la sorte.

Un chien noir se tenait contre l'îlot, au milieu de la cuisine ; il était magnifique, mais ses yeux semblaient vouloir me dévorer. Un labrador, peut-être, je n'en étais pas absolument sûre. Mes yeux allèrent du chien au garçon qui se tenait près de lui.

À la fois surprise et curieuse, j'examinai celui qui était sûrement le fils de William, Nicholas Leister. La première chose qui me vint à l'esprit en le voyant fut : « Quels yeux ! » D'un bleu azur, aussi clairs que les murs de ma chambre, ils contrastaient de manière incroyable avec le noir de jais de ses cheveux décoiffés et humides de sueur. Il venait apparemment de faire du sport, parce qu'il portait un legging et un débardeur. Il était beau, j'étais bien obligée de l'admettre ! Mais je n'oubliais pas qu'il s'agissait de mon nouveau « frère », la personne avec qui j'allais cohabiter durant un an, ce qui, je le pressentais, serait une véritable torture. Et son chien continuait de montrer les dents comme s'il devinait mes pensées.

— Tu es Nicholas, n'est-ce pas ?

J'essayai de contrôler la peur que me causait cette sale bête, toujours en train de grogner. Je fus surprise et furieuse de voir mon « frère » tourner le regard vers son chien et sourire.

— Lui-même, fit-il. (Son regard revint se poser sur moi.) Toi, tu dois être la fille de la nouvelle femme de mon père, commenta-t-il.

Je n'arrivais pas à croire qu'il l'ait dit d'un ton aussi froid.

— C'est quoi, déjà, ton nom… ?

J'écarquillai les yeux, complètement sidérée. Il ne connaissait pas mon prénom ? Nos parents s'étaient mariés, ma mère et moi avions emménagé ici, et il ne savait même pas comment je m'appelais ?

2

Nick

— Noah, me répondit-elle sèchement. Je m'appelle Noah.

La manière dont elle me foudroya du regard m'amusa. Ma nouvelle sœur avait l'air vexé que je n'en aie rien à foutre de son nom ou de celui de sa mère, quoique, je dois le reconnaître, je me souvenais de celui de sa mère. Comment aurais-je pu l'oublier ! Dernièrement, Raffaella Morgan avait passé plus de temps que moi dans cette maison. Et maintenant, je devrais aussi supporter sa fille.

— Ce n'est pas un nom de garçon ? lui dis-je en sachant parfaitement que ça l'agacerait. Sans vouloir te vexer, bien sûr, ajoutai-je en voyant ses yeux couleur de miel s'écarquiller.

— C'est aussi un nom de fille, répondit-elle presque aussitôt. (J'observai ses yeux passer de moi à Thor, mon chien, et je ne pus éviter de sourire une nouvelle fois.) C'est sûr, dans ton vocabulaire limité, le terme « mixte » n'existe pas, ajouta-t-elle cette fois sans me regarder.

Thor ne cessait de grogner et de lui montrer les dents. Ce n'était pas sa faute, nous l'avions dressé pour qu'il se méfie des inconnus. Il suffisait d'un seul mot de moi pour que le chien affectueux se transforme en bête féroce et lui saute dessus… mais voir l'air effrayé de ma nouvelle petite sœur était trop drôle.

— Ne t'en fais pas, j'ai un vocabulaire très large, dis-je en refermant le frigo. J'ai notamment un mot-clef que mon chien adore. Ça commence par AT, puis TA et ça finit par QUE.

La peur apparut sur son visage et je dus retenir un éclat de rire.

Elle était grande, dans les un mètre soixante-huit ou soixante-dix. Mince aussi, et avec tout ce qu'il fallait, j'étais bien forcé de l'admettre. Mais son visage était si enfantin que je dus repousser toute pensée lubrique. Apparemment, elle était encore au lycée, et ça se reflétait clairement dans son short, son T-shirt blanc et ses Converse noires. Il ne lui manquait plus qu'une queue-de-cheval, et elle aurait pu passer pour l'adolescente typique qui attend avec impatience, dans une file interminable, que s'ouvrent les portes d'un grand magasin pour s'acheter le dernier disque du chanteur dont rêvent toutes les filles de quinze ans. Cependant, ce qui attira le plus mon attention, c'étaient ses cheveux : ils étaient d'une couleur originale, entre blond foncé et roux.

— Trop drôle ! s'exclama-t-elle d'un ton ironique mais l'air vraiment effrayé. Sors-le d'ici, on dirait qu'il va me tuer, ajouta-t-elle en reculant.

À ce moment précis, Thor avança d'un pas.

« Bon chien », pensai-je. Peut-être que ma nouvelle sœur méritait une bonne leçon, un accueil digne de ce nom, pour qu'elle sache à qui appartenait cette maison et qu'elle comprenne qu'on ne voulait pas d'elle ici.

— Allez ! Vas-y, Thor !

Noah le regarda puis tourna les yeux vers moi et recula encore, jusqu'à se cogner contre le mur de la cuisine.

Thor avançait peu à peu vers elle en grognant, tous crocs dehors. Il était plutôt effrayant, mais je savais qu'il ne lui ferait rien… sauf si je lui en donnais l'ordre.

— Qu'est-ce que tu fais ? Ça n'a rien de drôle.

Oh si, ça l'était.

— D'habitude, mon chien s'entend bien avec tout le monde. C'est bizarre, il n'a pas l'air de t'aimer.

Amusé, je la regardais faire de son mieux pour contrôler sa peur.

— Tu comptes faire quelque chose ? cracha-t-elle entre ses dents, le regard de nouveau fixé sur moi.

Faire quelque chose ? Te dire de te barrer par où tu es venue, par exemple ?

— Dis-moi, ça fait combien de temps que tu es là, cinq minutes ? Et tu donnes déjà des ordres ? dis-je en me servant un verre d'eau au robinet. (Pendant ce temps, mon chien continuait de grogner.) Il faudrait peut-être que je te laisse ici un petit moment pour que tu t'adaptes toute seule.

— Tu t'es cogné la tête combien de fois quand tu étais gosse, imbécile ? Enlève-moi ce chien de là !

Je fis volte-face, légèrement surpris par son audace. Elle venait vraiment juste de m'insulter ?

Je crois que même mon chien s'en était rendu compte, parce qu'il avança encore, l'acculant contre le mur. Tout à coup, sans que j'aie le temps de réagir, Noah se retourna et s'empara de la première chose qui se trouvait sur le plan de travail, une poêle. Avant qu'elle ne frappe mon pauvre chien, je m'approchai de lui et le tirai par le collier tout en arrêtant le geste de Noah.

— Qu'est-ce que tu fous, putain ?!

Je lui arrachai la poêle des mains et la reposai sur le plan de travail. Mon chien se retourna, furieux, et Noah se réfugia contre moi en poussant un petit cri étouffé.

Étant donné que c'était moi qui la menaçais, j'étais surpris qu'elle se réfugie dans mes bras pour que je la protège.

— Thor, assis !

Il se calma sur-le-champ, s'assit et commença à remuer la queue, l'air heureux.

Je baissai les yeux vers Noah, qui était accrochée des deux mains à mon T-shirt. Je souris devant le comique de la situation jusqu'à ce qu'elle réalise ce qu'elle faisait. Elle me lâcha alors et me repoussa.

— Crétin !

— Primo, tu as intérêt à ne plus jamais t'attaquer à mon chien, et deuxio… (je plantai mes yeux dans les siens et je remarquai les petites taches de rousseur qui parsemaient son nez et ses joues)… je te conseille de ne plus m'insulter si tu ne veux pas avoir de problèmes.

Elle me dévisagea de manière étrange. Ses yeux, d'abord posés sur mon visage, descendirent jusqu'à mon torse, car elle était apparemment incapable de soutenir mon regard. Je reculai d'un pas. Ma respiration s'était précipitée sans que je sache pourquoi. Elle commençait sérieusement à m'agacer, et pourtant je ne la connaissais que depuis cinq minutes.

— Il vaut mieux qu'on s'entende bien, petite sœur, lui dis-je en lui tournant le dos.

Puis je pris mon sandwich sur le plan de travail et me dirigeai vers la porte.

— Ne m'appelle pas comme ça, je ne suis pas ta sœur, ni quoi que ce soit qui s'en approche !

Elle le dit avec tant de haine que je me retournai pour l'observer de nouveau. Ses yeux brillaient de détermination, et je sus alors qu'elle n'était pas plus heureuse que moi que nos parents se soient mariés.

— Là-dessus, on est d'accord… *petite sœur*, répétai-je, les yeux plissés, en m'amusant de ses petits poings serrés.

À ce moment précis, j'entendis du bruit derrière moi. Je me retournai pour me retrouver face à mon père… et à son épouse.

— Je vois que vous avez fait connaissance, dit-il avec un sourire jusqu'aux oreilles.

Cela faisait si longtemps que je ne l'avais pas vu sourire de cette manière. Dans le fond, je me réjouissais de le voir ainsi, de savoir qu'il avait refait sa vie. Même s'il ne me demandait pas d'en faire partie.

Raffaella m'adressa un sourire affectueux depuis le seuil, et je m'obligeai à exécuter une sorte de grimace ressemblant vaguement à un sourire. C'était le maximum dont j'étais capable, le mieux que cette femme pourrait obtenir de moi, après tout je n'avais rien contre elle à titre personnel.

Même si les relations entre mon père et moi n'étaient ni brillantes ni affectueuses, il avait été parfaitement d'accord pour que l'on crée cette muraille qui nous séparait du monde extérieur. Ce qui s'était passé avec ma mère nous avait marqués tous les deux, mais surtout moi, qui étais son fils et qui l'avais vue partir sans se retourner.

Depuis cette époque, je me méfiais des filles, elles ne m'intéressaient que lorsqu'il s'agissait de baiser ou de s'amuser avec elles pendant les fêtes. Pourquoi donc aurais-je voulu davantage ?

— Noah, tu as vu Thor ? demanda Raffaella à sa fille, qui se tenait toujours près du plan de travail sans pouvoir dissimuler son mécontentement.

Alors, Noah fit quelque chose qui me sidéra : elle avança d'un pas, s'accroupit et commença à appeler Thor.

— Thor, viens ici, mon beau.

Elle lui parlait de manière affectueuse et chaleureuse. Je devais bien admettre qu'elle était courageuse. Moins d'une seconde plus tôt, elle tremblait de peur devant ce même chien.

J'étais surpris qu'elle ne se précipite pas vers sa mère pour tout lui raconter.

Mon chien se mit à remuer énergiquement la queue. Il tourna la tête vers moi, puis de nouveau vers elle, comprenant sans doute à mon air sérieux que quelque chose ne collait pas.

La queue entre les pattes, il s'approcha de moi et s'assit à mes pieds. Ma nouvelle sœur en resta comme deux ronds de flan.

— Bon chien, le félicitai-je avec un grand sourire.

Noah se redressa brusquement, me foudroyant de ses yeux bordés de cils épais. Puis elle se tourna vers sa mère :

— Je vais me coucher.

Je me disposai à faire de même, ou plutôt tout le contraire étant donné que j'avais prévu de me rendre à une fête sur la plage.

— Je sors ce soir, ne m'attendez pas, lançai-je.

Nous étions sur le point de sortir de la cuisine quand mon père nous arrêta, ma *petite sœur* et moi.

— Aujourd'hui, nous sortons dîner tous les quatre, décréta-t-il, les yeux fixés sur moi.

Oh putain !

— Papa, je suis désolé, mais j'ai rendez-vous et…

— Moi, je suis très fatiguée par le voyage, je vais me…

— C'est notre premier dîner en famille et je tiens à ce que vous soyez présents tous les deux, nous interrompit mon père.

Près de moi, Noah, qui avait retenu sa respiration quelques secondes, relâcha brusquement tout l'air contenu dans ses poumons.

— On ne peut pas faire ça demain ?

— Je suis désolé, ma chérie, mais demain nous avons un gala de l'entreprise, lui répondit mon père.

— Noah, nous allons dîner ensemble, ça ne se discute pas, trancha Raffaella en plongeant ses yeux clairs dans ceux de sa fille.

Il valait mieux céder. Je dînerais avec eux, puis j'irais chez Anna, mon amie… *spéciale*, et après nous irions à la fête.

Noah bredouilla quelque chose d'inintelligible, passa entre eux deux et se dirigea vers le hall où se trouvaient les escaliers.

— Donnez-moi une demi-heure pour me doucher, dis-je en indiquant mes vêtements trempés de sueur.

Mon père acquiesça, satisfait, son épouse me sourit, et je sus que ce soir j'avais été un fils responsable et adulte. Tout au moins, c'est ce que je leur avais fait croire.

3

Noah

Mais quel CRÉTIN !

Tandis que je montais les escaliers en tapant du pied aussi fort que je le pouvais, je pensais aux dix minutes passées en compagnie de mon nouveau *frère*. Comment pouvait-on être aussi con, prétentieux et psychopathe ? Bon sang, je bouillais ! Je l'avais déjà pris en grippe parce qu'il était le fils du nouveau mari de ma mère ; mais, à présent, cette aversion atteignait des sommets astronomiques.

C'était lui, le garçon parfait et adorable dont ma mère m'avait parlé ?

J'avais détesté sa manière de me parler, de me regarder. Comme si le simple fait d'avoir du fric le rendait supérieur à moi. Il m'avait examinée de la tête aux pieds, puis avait souri en se moquant de moi.

J'entrai dans ma chambre en claquant la porte. De toute façon, vu la taille de la maison, personne ne risquait de m'entendre. Il faisait déjà nuit, mais une faible lumière entrait par la fenêtre. Avec l'obscurité, la mer s'était teintée de noir et on ne voyait plus où elle se terminait et où commençait le ciel.

Je m'empressai d'allumer la lumière.

Je me jetai tout de suite sur mon lit, énervée, puis je fixai mes yeux sur les hautes poutres du plafond. En plus, ils m'obligeaient à dîner avec eux. Ma mère ne se rendait donc pas compte qu'en ce moment, la dernière chose que je voulais, c'était être entourée de gens ? J'avais besoin d'être seule, de me reposer, de digérer tous les changements qui bouleversaient ma vie, d'apprendre à vivre avec eux, même si, dans le fond, je savais que je ne m'y ferais jamais.

Je pris mon portable, hésitant à appeler mon petit ami, Dan. Je ne voulais pas qu'il s'inquiète en entendant ma voix… J'étais en Californie depuis une heure à peine, et son absence me pesait déjà.

Il ne s'était pas écoulé dix minutes que ma mère frappait à ma porte. Comme je ne répondais pas, elle finit par entrer.

— Noah, d'ici quinze minutes on doit tous être en bas, me dit-elle patiemment.

— Tu le dis comme si j'allais mettre une heure et demie à descendre des escaliers.

Je me redressai et m'assis sur mon lit. Ma mère avait lâché ses cheveux blonds mi-longs et les avait coiffés avec beaucoup d'élégance. Nous venions à peine d'arriver dans cette maison, et son aspect était déjà différent.

— Je le dis parce qu'il faut que tu te changes pour le dîner, me répondit-elle en ignorant mon ton acerbe.

Je l'observai sans comprendre et examinai sa tenue.

— Qu'est-ce qu'ils ont de mal, mes vêtements ?

— Tu ne penses tout de même pas y aller dans cette tenue, non ? En short, T-shirt et baskets ! dit-elle, exaspérée.

Je me levai pour lui faire face. Ma patience était à bout.

— Il faudrait peut-être que tu te le mettes dans le crâne une bonne fois pour toutes, maman : je ne veux pas dîner avec toi et ton mari, je n'ai pas envie de connaître le crétin pourri gâté qui lui sert de fils, et encore moins de me mettre sur mon trente et un pour eux !

J'étais tenaillée par une envie démesurée de prendre la voiture et de me barrer pour retourner dans ma ville.

— Arrête de te comporter comme si tu avais cinq ans, tu t'habilles et tu viens dîner avec moi et ta nouvelle famille, m'ordonna-t-elle d'un ton dur. (Cependant, en voyant mon expression, elle se radoucit.) Ce ne sera pas comme ça tous les jours ; je t'en prie, fais-le pour moi.

Je respirai à fond plusieurs fois, je ravalai tout ce que j'aurais aimé lui crier et je hochai la tête.

— Juste ce soir.

Dès que ma mère eut quitté la pièce, j'entrai dans mon dressing. J'étais dégoûtée de tout, mais je commençai à chercher une tenue qui me plaise et dans laquelle je sois à l'aise. Je voulais aussi démontrer que je pouvais me comporter en adulte. Le regard incrédule et amusé de Nicholas, tandis qu'il parcourait mon corps de ses yeux clairs et hautains, était encore gravé dans mon esprit. Il m'avait observée comme si je n'étais qu'une gamine, prenant plaisir à me faire peur avec cette saleté de chien.

Ma valise était ouverte sur le sol. Je m'agenouillai et fouillai parmi mes vêtements. Ma mère espérait sûrement me voir porter l'une des tenues qu'elle m'avait achetées, mais c'était vraiment la dernière chose que je comptais faire. Je ne voulais pas céder : accepter ces vêtements équivalait à accepter cette nouvelle vie et à perdre ma dignité.

Tout en bouillant de colère, je choisis ma robe noire. Qui pourrait dire qu'elle n'était pas élégante ? Je regardai autour de moi à la recherche d'une paire de chaussures. Je n'étais pas fan de talons hauts, mais, si je descendais avec mes Converse, ma mère m'obligerait à les enlever. Je finis par choisir des sandales avec un petit talon : rien d'insurmontable.

Je m'approchai du miroir géant qui se trouvait sur l'une des parois pour observer mon reflet. Je savais que mon amie Beth approuverait mon choix. D'ailleurs, Dan avait toujours trouvé cette robe très sexy…

Sans plus y penser, je lâchai mes cheveux et je les lissai. Je mis aussi une touche de rouge à lèvres. Satisfaite du résultat, je pris un petit sac à main et me dirigeai vers la porte.

En l'ouvrant, je me heurtai à Nicholas, qui s'arrêta un instant pour m'observer. Son horrible chien était à ses pieds et je ne pus éviter de faire un bond en arrière.

Mon nouveau frère sourit en m'examinant de nouveau de la tête aux pieds. Ses yeux brillaient d'une émotion sombre et indéchiffrable.

— On ne vous apprend pas à vous habiller, à l'école des bouseux ? lança-t-il d'un ton sarcastique.

Je pris un air angélique pour répondre :

— Oh si... mais le prof était aussi con que toi, c'est probablement pour ça que je n'ai pas écouté.

Il ne s'attendait pas à ce que je réplique, et je m'attendais encore moins à ce qu'un sourire se dessine sur ses lèvres trop sensuelles. Je l'observai : force était de constater qu'il était grand et viril. Il portait un pantalon de costume et une chemise au col non boutonné, sans cravate. Ses yeux azur semblaient vouloir me transpercer, mais je ne me laissai pas intimider.

Je posai les yeux sur son chien, qui à présent, au lieu de me regarder avec un air assassin, remuait joyeusement la queue et attendait, assis, en nous observant avec intérêt.

— Ton chien a l'air plus sympa... Tu vas lui dire de m'attaquer maintenant ou tu attendras qu'on revienne du dîner ?

Les yeux plongés dans les siens, avec un sourire feint, je le défiais.

— Je ne sais pas, Éphélide... ça dépendra de ton comportement.

Puis il tourna les talons et se dirigea vers les escaliers.

Je fis de mon mieux pour rester calme. Il m'avait appelée Éphélide ! Il me cherchait vraiment.

Je lui emboîtai le pas, finissant par me convaincre que ça ne valait pas la peine de me fâcher pour ses commentaires, ses regards ou sa simple présence. Il n'était que l'une des nombreuses personnes que je devrais supporter dans cette ville, alors il valait mieux que je m'y habitue.

En arrivant à l'étage inférieur, je ne pus m'empêcher d'être une nouvelle fois surprise devant la splendeur de cette maison. Elle avait un petit air rétro, mais sophistiqué et moderne en même temps. En attendant ma mère – et en faisant de mon mieux pour ignorer la personne qui me tenait compagnie –, je parcourus du regard l'impressionnant lustre de cristal qui tombait du haut plafond orné de poutres. Il était fait d'innombrables cristaux qui ressemblaient à de petites gouttes de pluie suspendues dans les airs.

Un instant, mon regard croisa le sien et je le soutins en espérant qu'il détournerait les yeux. Je ne voulais pas qu'il pense qu'il m'intimidait, qu'il croie qu'il pourrait faire de moi ce qu'il voulait.

Mais pas du tout. Il m'observa fixement, avec une détermination incroyable. Juste au moment où j'allais m'avouer vaincue, ma mère apparut avec William.

— Bon, nous sommes tous là, constata ce dernier. (Il nous regarda avec un grand sourire, tandis que je l'observais sans la moindre joie.) J'ai déjà réservé une table au club, j'espère que vous avez faim, ajouta-t-il avant de se diriger vers la porte, ma mère pendue à son bras.

Celle-ci écarquilla les yeux en voyant ma robe.

— Pourquoi as-tu mis ça ? me chuchota-t-elle au creux de l'oreille.

Je fis mine de n'avoir rien entendu et j'avançai vers la sortie. À l'extérieur, l'air était doux et frais, on entendait au loin les vagues qui se brisaient contre la rive.

— Tu montes avec nous, Nick ? s'enquit William.

Mais il nous avait déjà tourné le dos pour se diriger vers un impressionnant 4 × 4 noir qui brillait de mille feux et paraissait tout droit sorti de chez le concessionnaire. Je ne pus m'empêcher de lever les yeux au ciel. C'était tellement cliché !

— Je prends ma voiture, répondit-il. (Il se retourna vers nous.) J'ai rendez-vous avec Miles après le dîner ; on va terminer le dossier du cas Refford.

— Très bien, acquiesça son père. Tu veux aller avec lui jusqu'au club, Noah ? ajouta-t-il un instant après en se retournant vers moi. Comme ça, vous pourrez mieux faire connaissance.

Il m'observait, satisfait, comme s'il avait eu l'idée la plus géniale du monde.

Je jetai un coup d'œil à son fils, qui m'observait en fronçant les sourcils. La situation semblait l'amuser.

— Je n'aime pas monter dans la voiture d'une personne quand je ne sais pas comment elle conduit, avouai-je à mon nouveau beau-père.

J'espérais que mes paroles feraient mouche ; les hommes n'aiment pas qu'on mette en doute leur capacité à conduire. Je tournai le dos au 4 × 4 et montai dans la Mercedes noire de Will.

Ce dernier et ma mère y montèrent à leur tour, et je savourai le fait d'être seule sur le siège arrière pendant le trajet jusqu'à ce club de rupins.

J'avais tellement hâte que la soirée se termine, je voulais en finir avec cette farce de la famille heureuse montée de toutes pièces par ma mère et son mari, et retourner dans ma chambre pour me reposer.

Environ quinze minutes plus tard, nous arrivâmes à une propriété isolée entourée de terrains parfaitement entretenus. Une vaste allée illuminée accueillait les visiteurs au club nautique Mary Read. L'homme qui montait la garde dans une élégante cabine près de la barrière se pencha pour inspecter les occupants de la voiture. Un signe évident de reconnaissance apparut sur son visage quand il vit qui était au volant.

— Monsieur Leister, bonsoir… Madame, ajouta-t-il en voyant ma mère.

Mon nouveau beau-père le salua, et nous pûmes pénétrer dans l'enceinte.

— Noah, ta carte de membre arrivera la semaine prochaine, mais en attendant, tu peux utiliser mon nom de famille pour qu'on te laisse entrer, ou celui d'Ella, dit-il en se tournant vers ma mère.

Je ressentis un pincement au cœur. C'était comme ça que l'appelait mon père, et j'étais certaine qu'elle n'appréciait pas du tout ce diminutif, il évoquait trop de mauvais souvenirs. Mais, bien sûr, elle n'allait pas le dire à son fantastique nouveau mari.

Ma mère était très douée pour oublier les choses pénibles et douloureuses. Moi, en revanche, je les gardais enfouies au plus profond jusqu'à ce que je finisse par exploser et que je les ressorte toutes.

Nous nous arrêtâmes devant les portes du luxueux établissement. Un voiturier s'approcha de nous pour nous ouvrir la portière, accepta le pourboire que William lui offrit et emmena la voiture je ne sais où.

Le restaurant était incroyable, entièrement vitré. De là où je me trouvais, je pouvais voir quelques tables et les incroyables aquariums remplis de crabes, poissons et autres calamars prêts à être sacrifiés et servis dans nos assiettes. Avant qu'on s'occupe de nous, je sentis quelqu'un se placer derrière moi. Son haleine me frôla l'oreille et me fit frissonner. Je me retournai et vis qu'il s'agissait de Nicholas. Malgré mes talons, il me dépassait d'une demi-tête. Il m'accorda à peine un regard.

— J'ai une réservation au nom de William Leister, déclara mon beau-père à la serveuse qui se chargeait d'accueillir les clients qui entraient.

Pour une raison inexplicable, elle se décomposa à notre vue, puis elle s'empressa de nous guider à travers l'établissement accueillant mais bondé.

Notre table était l'une des mieux placées, joliment éclairée par des bougies, comme tout le restaurant. La paroi vitrée nous offrait une vue panoramique impressionnante sur l'océan, et je me demandai si de telles baies vitrées étaient courantes en Californie.

Pour être sincère, j'étais complètement ébahie.

William et ma mère commencèrent aussitôt à discuter et à se sourire bêtement, comme ensorcelés l'un par l'autre. Moi, pendant ce temps, je ne pus éviter de remarquer le regard incrédule que la serveuse lançait à Nick.

Celui-ci ne parut pas s'en rendre compte. Il était occupé à tourner la petite salière entre ses doigts. Un instant, mes yeux se posèrent sur ses mains si soignées, si hâlées et si grandes. Mes yeux montèrent le long de son bras jusqu'à son visage, puis jusqu'à ses yeux qui m'observaient avec intérêt. Je retins ma respiration.

— Que voulez-vous prendre ? demanda ma mère, ce qui me donna une bonne occasion de détourner le regard.

Je les laissai commander pour moi, essentiellement parce que je ne connaissais pas la moitié des plats qui se trouvaient sur le menu. Pendant que nous attendions le repas et que je remuais distraitement mon Ice Tea avec ma paille, William tenta de nous impliquer, son fils et moi, dans la conversation.

— Tout à l'heure, je parlais à Noah de tous les sports qui peuvent se pratiquer ici au club, Nick, commenta Will. (Son fils qui, jusqu'à présent, avait gardé les yeux fixés sur le fond de la salle, plongea le regard dans le sien.) Nicholas joue au basket et c'est un surfeur du tonnerre, tu sais, fit-il en ignorant l'air agacé de Nick.

Un surfeur... Je ne pus éviter de lever les yeux au ciel. Pour mon malheur, Nicholas était en train de m'observer. Il se pencha, appuyé sur ses deux avant-bras, et me scruta intensément.

— Quelque chose t'amuse, Noah ? lança-t-il en faisant son possible pour que le ton de sa voix reste amical, mais je savais que dans le fond mon attitude le dérangeait. Tu trouves que le surf est un sport stupide ?

Avant que ma mère ne réponde – je la voyais déjà venir –, je me penchai moi aussi vers lui.

— C'est toi qui l'as dit, pas moi, lui répondis-je en souriant d'un air innocent.

Moi, j'aimais les sports d'équipe, avec de la stratégie, qui requéraient un bon capitaine et beaucoup de constance et de travail. Le volley m'avait apporté tout cela, et j'étais sûre que le surf ne tenait pas la comparaison.

Avant qu'il ne puisse répliquer, car j'étais sûre qu'il en avait l'intention, la serveuse, une jeune femme aux cheveux châtain foncé avec un tablier noir, vint déposer les plats sur la table, cognant au passage, sans le vouloir, l'épaule de Nicholas.

— Désolée, Nick, s'excusa-t-elle.

Elle sursauta et se tourna vers moi, comme si elle avait commis une terrible erreur.

Nicholas me regarda lui aussi et je compris aussitôt qu'un truc bizarre se passait entre ces deux-là.

Profitant du fait que nos parents étaient occupés, je me penchai pour assouvir ma curiosité.

— Tu la connais ? dis-je tandis qu'il versait de l'eau gazeuse dans son verre en cristal.

— Qui ça ? me répondit-il en jouant les innocents.

— La serveuse.

Je scrutais son visage avec intérêt, mais il ne trahissait rien. Je sus alors que Nicholas Leister était expert dans l'art de dissimuler ses pensées.

— Oui, elle m'a servi plus d'une fois, affirma-t-il en tournant le regard vers moi.

Il m'observa comme s'il me défiait de le contredire. *Tiens tiens, Nick est un menteur. Pourquoi donc n'étais-je pas surprise ?*

— Oui, bien sûr *qu'elle t'a servi un tas de fois*, déclarai-je.

— Que cherches-tu à insinuer, petite sœur ?

Mon sourire disparut en entendant ces mots.

— Que les gens pleins de fric comme toi, vous êtes tous pareils : vous croyez que le monde vous appartient. Cette fille n'arrête pas de te regarder depuis que tu as franchi la porte. J'en déduis qu'elle te connaît. (Pour une raison inexplicable, j'étais furieuse.) Mais toi, tu n'as pas daigné lui accorder un regard. C'est *dégueulasse.*

Il m'observa fixement avant de répondre.

— Tu as une théorie très intéressante et je vois que les « gens pleins de fric », comme tu les appelles, te dégoûtent un max. Pourtant, ta mère et toi vivez maintenant sous notre toit et profitez de tout le confort que ce même fric peut vous offrir. Si tu nous trouves si méprisables, que fais-tu assise à cette table ? lança-t-il en me scrutant de la tête aux pieds d'un air hautain.

Je fis de mon mieux pour me calmer. Il savait s'y prendre pour me faire sortir de mes gonds.

— Tu sais ce que je pense ? Ta mère et toi, vous êtes encore pires que la serveuse, fit-il en se penchant au-dessus de la table afin que je sois la seule à l'entendre. Pas la peine de jouer les dégoûtées alors que vous vous êtes toutes les deux vendues pour de l'argent.

Ce fut la goutte d'eau qui fit déborder le vase. La colère m'aveugla.

Je pris le verre qui se trouvait devant moi pour lui jeter le contenu à la figure.

Dommage que le verre ait été vide.

4

Nick

L'expression de son visage quand elle constata que son verre était vide fit disparaître tout vestige de la colère et de l'irritation que j'avais ressenties depuis que nous étions assis à cette table.

Cette fille était vraiment imprévisible. J'étais surpris de voir avec quelle facilité elle pétait les plombs, et l'effet que je pouvais lui faire avec de simples mots m'amusait.

Ses joues parsemées de petites taches de rousseur virèrent au rouge lorsqu'elle se rendit compte qu'elle s'était ridiculisée. Ses yeux allèrent du verre vide à moi, puis elle regarda autour d'elle, comme pour s'assurer que personne n'avait été témoin de sa stupidité.

Mais si je faisais abstraction du comique de la situation – et pour être drôle, elle l'était ! – je ne pouvais tolérer qu'elle se comporte ainsi avec moi. Et si le verre avait été plein ? Je n'allais certainement pas laisser une morveuse de dix-sept ans croire qu'elle pouvait me jeter un verre d'eau à la figure… Cette stupide gamine allait comprendre les problèmes qu'elle allait s'attirer si elle essayait encore de s'en prendre à moi.

En affichant mon plus beau sourire, je me penchai au-dessus de la table. Elle m'observait avec précaution, les yeux écarquillés, et je prenais plaisir à constater une certaine crainte dissimulée derrière ses longs cils.

— Ne t'avise pas de recommencer, lui dis-je calmement.

Elle me regarda quelques instants, puis, comme si de rien n'était, se tourna vers sa mère.

La soirée se poursuivit sans autre incident. Noah ne m'adressa plus la parole, ni un regard ; j'en fus soulagé et agacé en même temps. Alors qu'elle répondait aux questions de mon père et parlait sans grand enthousiasme à sa mère, moi, j'en profitais pour l'examiner.

C'était une fille très naturelle. Les différentes expressions de son visage, au fur et à mesure qu'elle goûtait les fruits de mer servis à table, m'amusèrent beaucoup. Elle ne mangea que quelques bouchées de ce qu'on nous servit, ce qui me fit remarquer à quel point elle avait l'air mince, moulée comme elle l'était dans cette robe noire. J'en étais resté bouche bée lorsque je l'avais vue sortir de sa chambre et que j'avais détaillé ses longues jambes, sa taille fine et ses seins. Elle était plutôt pas mal, compte tenu du fait qu'elle n'avait pas subi d'intervention, contrairement à la plupart des filles de Californie.

Je devais reconnaître qu'elle était plus belle que je ne l'avais cru dans un premier temps. Des idées sensuelles me vinrent à l'esprit, assombrissant mon humeur. Je ne pouvais pas me laisser distraire par de telles pensées, encore moins si nous devions vivre sous le même toit.

Mon regard se posa une nouvelle fois sur son visage : elle était à peine maquillée, juste un soupçon de rouge à lèvres. C'était si bizarre… Toutes les filles que je connaissais passaient au moins une heure dans leur chambre à se pomponner, même des filles dix mille fois plus belles que Noah. Et elle, elle n'hésitait pas à venir dans un restaurant de luxe sans se farder. C'est vrai qu'elle n'avait pas besoin de maquillage : elle avait la chance d'avoir un joli teint, presque sans imperfection ; c'est-à-dire sans compter ses éphélides qui lui donnaient cet air enfantin et me rappelaient qu'elle n'avait même pas terminé le lycée.

Soudain, elle se tourna vers moi, excédée :

— Tu veux ma photo ?

— Si c'est à poil, oui, je veux bien.

Je savourai le léger rouge qui lui monta aux joues. Ses yeux brillèrent de colère, puis elle les tourna de nouveau vers nos parents, totalement étrangers aux petites querelles qui se déroulaient pourtant à quelques centimètres d'eux.

Lorsque je portai mon verre à mes lèvres, mes yeux tombèrent sur la serveuse qui m'observait depuis sa place derrière le comptoir.

Je jetai un bref coup d'œil à mon père, puis je me levai sous le prétexte d'aller aux toilettes. Noah me suivit des yeux avec intérêt, mais je lui prêtai à peine attention. J'avais une chose importante à régler.

Sans hésiter, j'allai m'asseoir sur le tabouret face à Claudia, la serveuse, avec qui je couchais de temps à autre ; j'avais aussi, avec son cousin, une relation un peu plus compliquée.

Claudia me fixa avec un sourire nerveux tout en s'appuyant au comptoir, ce qui ne m'offrait qu'une vue limitée sur ses seins, car l'uniforme qu'elle était obligée de porter ne dévoilait pas grand-chose.

— Je vois que tu t'es déjà trouvé une autre fille pour te payer du bon temps, me dit-elle.

— C'est la fille de ma belle-mère, lui expliquai-je tout en jetant un coup d'œil à ma montre.

Anna et moi avions rendez-vous d'ici quarante minutes.

— Et je ne vois pas en quoi ça te regarde. (Je me levai.) Dis à Ronnie que je l'attends cette nuit sur les quais, à la fête de Kyle.

Claudia serra les dents, contrariée par le peu d'attention que je lui accordais. Je ne comprenais pas comment les nanas pouvaient s'attendre à une relation sérieuse avec un type comme moi. Je les prévenais pourtant toujours que je ne voulais aucune sorte d'engagement, non ? Et elles voyaient bien que je couchais avec qui je voulais : n'était-ce pas suffisamment clair ? Pourquoi donc pensaient-elles réussir à me faire changer ?

C'était précisément pour cette raison que j'avais arrêté de coucher avec Claudia, et elle ne me l'avait toujours pas pardonné.

— Tu vas à la fête ? s'enquit-elle, une lueur d'espoir dans le regard.

— Bien sûr. J'y vais avec Anna... Ah, et autre chose ! continuai-je sans aucune considération. Essaie de ne pas montrer qu'on se connaît, ma nouvelle sœur s'est rendu compte qu'on avait couché ensemble et je n'aimerais pas que mon père l'apprenne lui aussi.

Claudia serra les lèvres et me tourna le dos sans un mot.

Je revins à table juste au moment où on apportait le dessert. Après dix minutes de conversation tournant presque exclusivement autour de mon père et de sa nouvelle épouse, je me dis que j'avais suffisamment bien tenu mon rôle de fils parfait pour la journée.

— Je suis désolé, mais je vais devoir y aller.

Mon père m'observa un moment, les sourcils froncés.

— Tu vas chez Miles ? Vous vous en tirez avec l'affaire ?

Je m'efforçai de ne pas pousser de soupir résigné et mentis du mieux que je pouvais.

— Son père nous a laissé toute la paperasse ; donc, je suppose que, d'ici à ce que nous ayons une véritable affaire rien qu'à nous, on devra attendre des années, lui répondis-je, soudain conscient que Noah m'observait avec intérêt.

— Tu études quoi ? me demanda-t-elle, manifestement surprise.

— Le droit. Ça t'étonne ? insistai-je, savourant le fait de la pousser dans ses retranchements.

Elle changea d'attitude et me regarda d'un air hautain.

— Eh bien, oui, pour être honnête. Je croyais que pour faire ces études-là, il fallait avoir un tant soit peu de cervelle.

— Noah ! s'écria sa mère.

Cette morveuse commençait sérieusement à me taper sur les nerfs.

— Vous n'êtes pas partis d'un bon pied, tous les deux, s'emporta mon père en me lançant un regard furieux.

Je dus contenir l'envie de me lever et de les planter là sans un mot. J'avais ma dose de ce petit numéro de la famille heureuse ; je voulais juste me barrer et arrêter de faire semblant d'éprouver un quelconque intérêt pour ces conneries.

— Je suis désolé, mais je dois y aller.

Je me levai et posai ma serviette sur la table. Je ne comptais pas perdre mon calme devant mon père.

Noah se leva également, en jetant insolemment sa serviette sur la table.

— Si lui s'en va, alors moi aussi ! dit-elle en lançant un regard de défi à sa mère.

— Assieds-toi tout de suite, lui ordonna celle-ci.

Putain, je n'avais pas que ça à foutre. Il fallait que je me barre d'ici, et tout de suite.

— Je l'emmène, finis-je par dire à la grande surprise de tous, y compris celle de Noah.

Elle m'observa avec méfiance.

— Je n'irai nulle part avec toi, lâcha-t-elle avec orgueil, en crachant chacun de ces mots.

Avant que quiconque ne puisse répliquer, j'attrapai ma veste et, tandis que je l'enfilais, je lâchai :

— Je ne suis pas d'humeur pour ces gamineries. On se voit demain.

— Nicholas, attends, m'ordonna mon père. Noah, va avec lui et repose-toi. Ta mère et moi, nous rentrerons plus tard.

Je regardai ma nouvelle sœur, qui semblait tiraillée entre l'envie de rentrer et la répulsion à l'idée de partager la voiture avec moi.

Elle réfléchit un instant, soupira, puis dit en me foudroyant du regard :

— C'est bon, je viens avec toi.

5

Noah

La dernière chose que je souhaitais à cet instant précis était de devoir quelque chose à ce sale type mal élevé, mais j'avais encore moins envie de rester seule avec ma mère et son mari, vu comment elle le regardait d'un air émerveillé et comment lui prenait de grands airs, gonflé de son influence et de tous ses billets.

Je pris congé de ma mère et, sans grand enthousiasme, je m'empressai de suivre Nicholas, qui se dirigeait vers la sortie. Une fois arrivée près de lui à l'entrée du restaurant, j'attendis les bras croisés qu'on nous amène sa voiture.

Je ne fus pas surprise de le voir sortir un paquet de cigarettes de sa veste et d'en allumer une. Je le regardai la porter à ses lèvres et expulser la fumée avec des gestes lents et fluides.

Moi, je n'avais jamais fumé, ni même essayé, alors que toutes mes amies avaient commencé à le faire dans les toilettes du lycée. Je ne comprenais pas quelle satisfaction on pouvait tirer d'inhaler de la fumée cancérigène qui non seulement imprégnait les vêtements et les cheveux d'une odeur horrible, mais également nuisait à des milliers de cellules de notre corps.

Comme s'il lisait dans mes pensées, Nicholas se tourna vers moi et, avec un sourire sarcastique, me tendit le paquet.

— Tu en veux une, petite sœur ? me demanda-t-il en prenant une nouvelle bouffée.

— Je ne fume pas… et tu ferais bien de m'imiter. Ce serait dommage de griller le seul neurone qui te reste.

Je fis un pas en avant et me tournai pour ne plus le voir. Puis je sentis sa présence derrière moi, mais je ne bougeai pas. Je sursautai tout de même lorsqu'il recracha la fumée sur mon cou.

— Fais attention… sinon je te laisse en plan ici et tu rentres à pied, menaça-t-il.

Je l'ignorai et me dirigeai vers sa voiture, qui venait d'arriver. Ma robe était courte et, malheureusement, son 4 × 4 était haut, si bien que je dus monter à bord avec précaution pour ne pas risquer de tout, mais absolument tout, dévoiler. Je regrettai d'avoir mis ces stupides chaussures. Ma frustration, ma colère et ma tristesse s'étaient accentuées au fil de la soirée, et les discussions déjà nombreuses que j'avais eues avec ce crétin m'avaient tellement démoralisée que j'étais au pire de ma forme.

Je m'empressai de boucler ma ceinture tandis que Nicholas démarrait en marche arrière pour se placer sur l'allée vers la sortie.

Une fois en dehors du club, mon nouveau « frère » accéléra et se mit à rouler à plus de cent vingt, ignorant délibérément la limitation à quatre-vingts. Je ne pus réprimer un soupir de contrariété.

Nicholas se tourna vers moi.

— C'est quoi ton problème, maintenant ? lança-t-il d'un ton grossier, comme s'il ne pouvait plus me supporter une minute de plus.

Ah, mais alors nous sommes deux.

— Je n'ai pas envie de mourir à cause d'un énergumène qui ne sait même pas lire les panneaux de signalisation, le voilà, mon problème !

J'avais élevé la voix, car j'étais à bout de nerfs : un peu plus et je me mettrais à crier comme une possédée. J'étais consciente de mon mauvais caractère. L'une des choses que je détestais le plus chez moi était ma fâcheuse tendance à crier et à insulter.

— Mais qu'est-ce que t'as, putain ? Tu n'as pas arrêté de te plaindre depuis que j'ai eu la malchance de faire ta connaissance ! Je n'en ai rien à foutre, moi, de tes problèmes. Tu es dans ma maison, ma ville et ma voiture, alors ferme-la jusqu'à ce qu'on soit arrivés !

Lui aussi avait élevé la voix.

— Pour qui tu te prends, à me parler comme ça ?! m'écriai-je, hors de moi.

Nicholas tourna brusquement le volant et appuya sur le frein avec tant de force que, si je n'avais pas eu ma ceinture de sécurité, j'aurais été projetée à travers le pare-brise.

Dès que j'eus un peu récupéré de ma frayeur, je jetai un coup d'œil alarmé en arrière et vis deux voitures braquer vers la droite pour nous éviter. Les coups de klaxon et les insultes me laissèrent momentanément sonnée. Puis je réagis.

— Mais qu'est-ce que tu fais ?! criai-je, terrorisée à l'idée qu'on nous rentre dedans.

Nicholas me regardait avec le plus grand sérieux, imperturbable.

— Sors de la voiture.

Médusée, j'ouvris tellement grand la bouche que cela devait sembler comique.

— Tu plaisantes.

— Je ne le répéterai pas, me prévint-il du même ton calme.

Il dépassait vraiment les bornes.

— Eh bien, tu vas devoir m'y contraindre, car je n'ai pas l'intention de bouger, répondis-je avec un regard aussi froid que le sien.

Il prit les clefs, descendit de voiture en laissant sa portière ouverte. J'ouvris des yeux grands comme des soucoupes en le voyant contourner le 4 × 4 par l'arrière et s'approcher de ma portière.

Franchement, ce mec foutait les jetons quand il se fâchait et, à cet instant, il avait l'air plus furieux que jamais. Mon cœur se mit à battre follement en sentant cette émotion si familière, ancrée au fond de moi… la peur.

Il ouvrit ma portière d'un coup sec et répéta :

— Sors de la voiture.

Je réfléchissais à toute vitesse. Il était complètement frappé, il ne pouvait pas me laisser en plan sur une route au milieu de nulle part.

— C'est hors de question.

Ma voix tremblait et je me maudis moi-même. Une peur irrépressible me nouait les tripes. Mes yeux balayèrent rapidement les ténèbres. Je savais que, s'il m'abandonnait ici, je m'effondrerais.

Alors, il me surprit une nouvelle fois : il se glissa devant mon siège, déboucla ma ceinture et me sortit de l'habitacle en me tirant par le bras. Tout se déroula si vite que je n'eus même pas le temps de protester. Cela ne pouvait pas être réel.

— Mais t'es taré ?! criai-je, tandis qu'il s'éloignait de moi pour regagner son siège.

— J'espère que tu vas comprendre une bonne fois pour toutes, lança-t-il par-dessus son épaule, toujours aussi froid qu'une statue de glace. Je ne t'autorise pas à me parler comme tu l'as fait. J'ai déjà assez de problèmes comme ça. Appelle un taxi ou ta mère, moi, je me tire.

Puis il prit place sur son siège et démarra.

Mes mains commencèrent à trembler.

— Nicholas, tu ne peux pas me laisser là ! hurlai-je au moment où la voiture s'ébranlait dans un crissement de roues. Nicholas !

Ce cri fut suivi d'un profond silence, puis mon cœur s'emballa follement.

Il ne faisait pas encore nuit noire, mais il n'y avait pas de lune. Je tentai de contrôler ma peur et l'envie irrationnelle de tuer ce salaud qui m'avait laissée en plan au milieu de nulle part lors de mon premier jour dans cette ville.

Je m'accrochai à l'espoir que Nicholas allait revenir me chercher, mais, au fur et à mesure que le temps passait, il s'amenuisait. Je sortis mon portable de mon sac, mais cette saleté d'appareil n'avait plus de batterie. Malédiction. Il ne me restait qu'une seule chose à faire, tout aussi horrible et dangereuse que de rester là debout : de l'auto-stop. Je n'avais plus qu'à prier pour qu'une personne civilisée me prenne en pitié et me ramène chez moi. Ensuite, je prendrais ma revanche sur cette pourriture qui était soi-disant mon frère, parce que nous n'allions pas en rester là : ce con ne savait pas à qui il avait affaire.

Je vis une voiture s'approcher sur la route, elle venait de la direction du club nautique et je priai pour que ce soit la Mercedes de Will.

Je courus au bord de la route et je levai le pouce, comme je l'avais vu faire dans les films. J'étais consciente que, dans la moitié d'entre eux, la fille qui faisait du stop terminait assassinée et jetée dans un fossé. Je fis de mon mieux pour repousser ces pensées.

La première voiture passa sans s'arrêter, le deuxième conducteur me cria une bordée d'injures, le troisième me traita de tous les noms, et le quatrième… le quatrième s'arrêta sur le bas-côté, à un mètre de l'endroit où je me trouvais.

Soudain inquiète, je m'approchai pour voir qui était l'insensé mais très opportun individu qui avait décidé d'aider une fille qu'on aurait pu prendre pour une prostituée.

Je ressentis un certain soulagement quand je vis que celui qui descendait de voiture était un jeune d'environ mon âge. Grâce aux feux arrière, je distinguai ses cheveux châtains, sa taille, et son inimitable, mais à cet instant terriblement appréciable, allure de gosse de riche.

— Tu vas bien ? me demanda-t-il en s'approchant.

Une fois face à face, nous eûmes tous les deux le même réflexe : ses yeux parcoururent ma robe de haut en bas, et les miens son jean coûteux, son polo de marque, puis ses yeux qui exprimaient en même temps la sympathie et la sollicitude.

— Oui… merci de t'être arrêté. Un crétin m'a laissée en plan.

Le garçon écarquilla les yeux.

— Ici ? Au milieu de nulle part, à onze heures du soir ?

Est-ce que ce serait mieux s'il m'avait laissée en plan au milieu d'un parc et en plein jour ? ne pus-je éviter de me demander avec ironie, en éprouvant un brusque sentiment de haine envers tout être vivant en possession d'un chromosome Y.

Mais ce garçon semblait vouloir m'aider. Je ne pouvais pas être pointilleuse.

— Ça ne t'ennuie pas de me ramener chez moi ? Comme tu l'auras compris, j'ai hâte que cette soirée se termine.

Il me regarda fixement et un sourire éclaira son visage. Il n'était pas laid, bien au contraire ! Et il avait l'air d'une personne aimable prête à rendre service. Ou alors mon esprit me jouait des tours, et cherchait à me faire croire en un monde où tout serait rose et où les hommes traiteraient les femmes avec respect au lieu de les abandonner sur le bas-côté, en chaussures à talons, à la tombée de la nuit.

— Ça te dirait que je t'emmène à une fête hallucinante dans l'une des villas de la plage ? Comme ça, tu pourras me remercier toute la nuit et me dire à quel point c'est merveilleux qu'un malheureux événement ait permis qu'on se rencontre, toi et moi, lança-t-il d'un air amusé.

Je ne sais pas si c'étaient les nerfs, la colère réprimée ou mes envies de meurtre, mais j'éclatai d'un rire tonitruant.

— Je suis désolée, mais… j'ai vraiment hâte de rentrer chez moi et d'oublier cette journée, lui répondis-je en essayant de ne pas avoir l'air aussi folle que pouvait le laisser supposer mon rire.

— Très bien, mais tu peux au moins me dire comment tu t'appelles, non ? dit-il, visiblement amusé par une situation qui n'avait pourtant rien de drôle.

Ce garçon était mon sauveur, et il valait mieux que je sois sympa avec lui si je ne voulais pas dormir à la belle étoile.

— Je m'appelle Noah, Noah Morgan.

Je lui tendis une main qu'il serra aussitôt, avec un sourire radieux.

— Moi, c'est Zack. On y va ? proposa-t-il en indiquant sa Porsche noire étincelante.

— Merci, Zack, lui dis-je, reconnaissante.

Je m'installai sur le siège, surprise qu'il m'accompagne jusqu'à la portière et qu'il m'aide à m'asseoir, comme dans les vieux films… C'était bizarre, bizarre et rafraîchissant. Apparemment, et contrairement aux statistiques qu'on nous lance en permanence à la figure, la galanterie n'avait pas encore disparu. La terre n'était heureusement pas peuplée que d'individus tels que Nicholas Leister.

Lorsqu'il s'assit sur le siège du conducteur, je sus d'emblée qu'il ne serait pas comme Nicholas. Je ne sais pas pourquoi, mais Zack avait l'air d'un mec correct, d'un garçon bien élevé et sensé, le type de garçon que toutes les mères souhaitent pour leur fille. Je bouclai ma ceinture et poussai un profond soupir de soulagement car, en fin de compte, l'aventure aurait pu plus mal se terminer.

— On va où ? demanda-t-il en prenant la même direction que Nicholas.

— Tu connais la maison de William Leister ? dis-je.

J'imaginais que tous les gens riches du secteur devaient se connaître.

Il écarquilla les yeux, stupéfait.

— Oui, bien sûr... mais pourquoi tu veux y aller ?

— C'est chez moi.

Je ressentis comme un coup de poignard en disant ces mots.

Zack éclata de rire.

— Tu vis chez Nicholas Leister ?

Malgré moi, je serrai les mâchoires en entendant ce nom.

— Pire, ma mère a épousé son père.

J'étais dégoûtée à l'idée d'admettre une quelconque relation de parenté avec ce taré.

Zack quitta la route du regard pour jeter un coup d'œil dans ma direction. Apparemment, il n'était pas aussi bon conducteur que je l'avais imaginé.

— Tu n'es pas sérieuse... Vraiment ?

Je poussai un profond soupir :

— Vraiment... C'est lui qui m'a laissée en plan au milieu de la route.

Zack lâcha un éclat de rire amer.

— En réalité, je compatis, m'avoua-t-il. Nicholas Leister est la pire chose que l'on puisse souhaiter à quelqu'un.

Il ralentit à mesure que nous approchions de la zone résidentielle.

— Tu le connais ? demandai-je en essayant d'associer l'image de mon chevalier servant à celle du délinquant.

Zack rit de plus belle.

— Malheureusement, oui. Son père a sauvé le cul du mien dans une histoire plutôt moche avec le fisc il y a plus d'un an, c'est un bon avocat, et son salaud de fils n'a pas arrêté de m'emmerder avec ça chaque fois qu'il en a eu l'occasion. On allait ensemble au lycée et je peux t'assurer qu'il n'existe pas de mec plus égoïste et idiot que ce salaud.

Putain ! Apparemment, je n'étais pas la seule membre du club anti-Nicholas Leister. Je me sentis mieux en le découvrant.

— J'aimerais te dire quelque chose de sympa sur lui, mais ce type est impliqué dans plus d'histoires merdiques que n'importe quelle personne de ma connaissance. Ne t'approche pas de lui, me conseilla-t-il en me regardant du coin de l'œil.

Je levai les yeux au ciel.

— Vraiment très facile, étant donné qu'on habite sous le même toit.

— Il sera à la fête ce soir, si jamais tu veux y aller et lui foutre ton pied au cul, sourit-il.

— Il y sera ? demandai-je, surprise, sentant la chaleur de la vengeance gagner tout mon corps.

Zack posa un regard neuf sur moi.

— Tu ne penses tout de même pas… ?

— Tu vas me conduire à cette fête, affirmai-je, plus déterminée que jamais. Et je vais lui foutre mon pied au cul.

Vingt minutes plus tard, nous étions près de la plage, devant une villa aux proportions gigantesques. Mais ce n'est pas sa taille qui me laissa bouche bée, c'est la quantité de personnes qui s'entassaient là, sur les escaliers de l'entrée et pratiquement partout alentour.

La musique s'entendait à un kilomètre à la ronde et elle était si forte que j'eus l'impression que ma boîte crânienne allait exploser.

— Tu es sûre de vouloir le faire ? me dit mon nouvel ami, Zack.

Depuis que je lui avais confié mon plan, il voulait à tout prix m'en dissuader. Apparemment, en plus d'être un imbécile fini, mon grand frère était l'un des mecs qui s'étaient le plus fourrés dans des bagarres ces dernières années.

— Noah, tu ne sais pas à qui tu as affaire. Tu as déjà constaté qu'il s'en fout complètement de t'avoir abandonnée... Qu'est-ce qui te fait croire que ce que tu as à lui dire l'intéressera ?

Je le regardai, la main posée sur la poignée de la porte.

— Crois-moi... Aujourd'hui, c'était la dernière fois qu'il me faisait un truc pareil.

Puis nous sortîmes de la voiture et nous avançâmes sur l'allée qui menait à l'entrée de la villa. J'avais l'impression d'être à l'une de ces fêtes que l'on voit dans les films comme *Never Back Down* ou *Fast and Furious*. C'était de la folie. Des fûts de bière étaient éparpillés dans tout le jardin avec, autour, plein de mecs qui vociféraient et s'encourageaient à boire encore et encore. Les filles se promenaient en maillot de bain, voire en sous-vêtements.

— Toutes les fêtes auxquelles tu vas sont comme ça ?

Je pris un air dégoûté en voyant un couple qui se tripotait contre le mur de la maison, sans se préoccuper du fait que tout le monde puisse les observer. C'était répugnant.

— Pas toutes, répondit-il en éclatant de rire devant mon visage horrifié. Celle-ci est mixte, ajouta-t-il, ce qui me déconcerta.

— Tu veux dire avec des filles et des garçons ?

Je repensais à ma première fête, lorsque j'avais douze ans et que ma mère avait invité des garçons. Un désastre complet : les garçons nous avaient jetées dans la piscine, mes amies et moi, et nous avions alors créé le « club anti-garçons des meilleures amies pour la vie ». Ridicule, je sais, mais j'avais douze ans, pas dix-sept.

Zack éclata d'un rire sonore et me prit la main pour m'entraîner à sa suite.

Ses doigts étaient chauds et je me sentis un peu rassurée par sa présence. Cette fête avait de quoi intimider n'importe qui, et encore plus une fille qui venait d'une petite ville.

— Je veux dire que n'importe qui peut y assister, précisa-t-il tandis qu'on se frayait un chemin jusqu'à la porte parmi la foule pour entrer.

Le rythme de la musique était si effréné et répétitif qu'il s'insinuait dans les tympans et devenait carrément *douloureux*.

— Que veux-tu dire ? criai-je.

Il me poussa alors vers l'une des salles où la musique ne tuait pas sur-le-champ mais à petit feu. Je pouvais au moins parler sans me casser les cordes vocales.

— Il suffit de payer l'entrée pour venir, m'expliqua-t-il. (Pendant ce temps, il salua plusieurs types qui se trouvaient là. Ça ne me plut pas de voir que ses amis avaient une allure aussi horrible que tous les autres.) Avec l'argent, on achète toutes sortes d'alcools et... Enfin, tu sais, tout ce qui est nécessaire pour qu'une fête soit cool.

Des drogues. Génial. Et mon accompagnateur semblait trouver cela normal... Merde ! Où est-ce que je m'étais fourrée ?

Je regardai les couples vautrés sur les canapés et ceux qui dansaient au rythme de la musique : il y avait à la fois des personnes riches, avec des vêtements très coûteux, et des personnes qui pouvaient venir du pire quartier du coin. Le résultat était un mélange explosif, sans aucun doute.

— Je crois que ce n'était pas une bonne idée, avouai-je alors.

Mais je m'aperçus que Zack s'était assis sur l'un des canapés et qu'il avait déjà une bouteille de bière à la main.

— Viens là, Noah. (Il me tira par le bras et me fit tomber sur ses genoux.) Passons une bonne soirée… Ne perds pas ton temps avec ce crétin.

Je devins nerveuse lorsque ses doigts se mirent à caresser mes cheveux, puis mes épaules.

Je me relevai aussi vite que possible.

— Je suis là pour une seule raison, lui dis-je, en colère. (Je m'étais trompée sur le compte de Zack, c'était clair.) Merci de m'avoir amenée.

Puis je fis volte-face.

Je ne savais plus très bien quoi faire, maintenant que j'avais tourné le dos au seul garçon qui n'était pas encore ivre au point d'écraser sa voiture contre un arbre si je lui demandais de me ramener chez moi. Cependant, je ne pouvais m'empêcher d'imaginer la tête de Nicholas s'il me voyait là. Je n'avais pas l'intention de m'en aller sans avoir accompli ce que j'étais venue faire.

Je me dirigeai vers la cuisine, où il y avait moins de monde, avec l'intention de prendre un verre d'eau fraîche. Je ne savais pas si j'allais le boire ou me le renverser sur la tête pour me réveiller de ce cauchemar. Quelle journée interminable !

Je tournai dans le couloir et j'entrai dans la cuisine.

Il se trouvait là devant moi : torse nu et entouré de filles et de quatre copains baraqués, mais moins grands que lui.

Je restai à l'observer quelques instants.

Était-ce bien le gosse de riche avec lequel j'avais dîné dans un restaurant de luxe le soir même ?

Je ne pus m'empêcher d'être surprise, car il avait l'air de sortir tout droit d'un film sur la Mafia. Ils étaient en train de faire une partie de bière-pong revisitée puisque les gobelets contenaient de la tequila. Et Nick était en veine, car il gagnait tout le temps.

Le seul point positif, c'était qu'il n'était pas aussi saoul que les perdants, qui devaient avaler un shot de tequila chaque fois qu'ils rataient leur coup.

Nicholas jeta la dernière balle, mais manqua délibérément le gobelet. C'était si évident que je ne compris pas comment les autres ne s'en étaient pas rendu compte. Tous le huèrent en riant aux éclats. Il saisit un shot et l'avala en moins d'une seconde.

Tandis que l'un de ses amis prenait la relève, Nicholas s'approcha d'une très belle brune qui était assise sur le plan de travail de marbre noir. Elle portait un short qui laissait à découvert ses longues jambes bronzées et un haut de bikini bleu ciel.

Je me sentis tout à coup trop bien habillée et trop couverte pour ce genre de fête. Nicholas glissa sa main sous sa nuque, lui jeta la tête en arrière et lui dévora les lèvres de la manière la plus dégoûtante que l'on puisse imaginer, surtout avec autant de monde autour.

Une opportunité s'offrait à moi : j'allais surprendre ce crétin et apaiser l'envie terrible qui me tenaillait de lui arracher la tête.

Il n'avait même pas pris la peine de savoir si j'allais bien. J'aurais aussi bien pu rester coincée sur le bas-côté, il n'aurait pas levé le petit doigt. Je bouillais de colère qu'il m'ait abandonnée, et j'étais encore plus furieuse de me retrouver à cette atroce fête par sa faute.

Alors, je traversai la cuisine d'un pas ferme, je lui pris le bras pour l'obliger à se retourner et, à mon propre étonnement, au lieu de lui donner une gifle, je lui assénai un coup de poing dans la mâchoire, si fort qu'il me brisa presque les jointures. Mais ça en valait la peine !

Un instant, il eut l'air perdu, comme s'il ne comprenait pas ce qui s'était passé, ni qui j'étais, ni pourquoi je l'avais frappé. Mais ça ne dura que quelques secondes, et l'expression qui apparut sur son visage me cloua sur place.

Tous ceux qui se trouvaient dans la pièce formèrent un cercle autour de nous, et un silence de mort s'abattit.

— Qu'est-ce que tu fous ici ? rugit-il, si surpris et furieux que je craignis pour ma vie.

Putain ! Si les regards tuaient, je serais déjà morte et enterrée.

— Ça t'étonne que je sois arrivée ici à pied ? demandai-je en essayant de ne pas me laisser intimider par son attitude, sa taille et ses muscles effrayants. Tu n'es qu'une merde, tu le savais ?

Nicholas éclata d'un rire méprisant.

— Tu ne sais pas dans quoi tu t'es fourrée, Noah, marmonna-t-il. (Il vint se placer si près que je pouvais sentir la chaleur qui émanait de son corps.) Il se peut que chez moi on soit frère et sœur, poursuivit-il d'un ton si bas que j'étais la seule à l'entendre, mais, en dehors de la maison, tout ce que tu vois m'appartient, et je n'ai pas l'intention de supporter la moindre de tes conneries.

Je soutins son regard : je ne voulais pas qu'il sache à quel point ses paroles et son comportement me faisaient peur. J'avais déjà eu ma part de violence pour une vie entière, il était hors de question que j'en supporte davantage.

— Va te faire foutre, lançai-je en me retournant pour m'éloigner le plus vite possible. (Une main me saisit le bras et me retint.) Lâche-moi ! ordonnai-je en tournant la tête pour qu'il comprenne à quel point j'étais sérieuse.

Il sourit et regarda tous ceux qui nous entouraient.

Puis il plongea de nouveau son regard dans le mien.

— Avec qui tu es venue ? fit-il.

J'avalai ma salive, bien décidée à ne pas lui répondre.

— Qui t'a amenée ?! cria-t-il, me faisant sursauter.

— Lâche-moi, fils de…

Mais ça ne servit à rien : il me serrait si fort qu'il me faisait mal.

— Moi, je sais avec qui elle est venue, dit un gros type avec une peau tellement tatouée qu'il ne restait plus aucun espace vierge. Avec Zack Rogers.

— Amène-le, ordonna-t-il simplement.

Mon cher frère se comportait comme un parfait délinquant et me faisait vraiment peur. Tout à coup, je regrettai profondément de l'avoir frappé. Il le méritait, bien sûr, mais j'avais l'impression d'avoir frappé le diable en personne.

Deux minutes plus tard, Zack apparut dans la cuisine et on lui ouvrit un passage pour qu'il puisse entrer dans le cercle qui s'était formé autour de nous. Il me regarda comme si je l'avais trahi.

Bon sang, mais qu'est-ce qu'ils avaient tous dans la tête ?

— C'est toi qui l'as amenée ici ? lui demanda calmement Nicholas.

Zack hésita quelques instants, puis finit par hocher la tête. Il soutint le regard de Nicholas, mais je vis qu'il le craignait.

Nicholas lui asséna un coup de poing dans le ventre à une vitesse telle que j'eus à peine le temps de m'en rendre compte. Zack se plia en deux.

Je poussai un cri d'horreur, craignant pour lui et sentant dans ma poitrine cette douleur qui apparaissait toujours lorsque j'étais témoin d'un acte de violence. Mon cœur se serra et je dus me retenir pour ne pas me précipiter au-dehors.

— Ne t'avise pas de recommencer, le prévint Nicholas d'un ton calme.

Ensuite, il se tourna vers moi, me prit par le bras et me tira vers la sortie.

Je n'avais pas la force de protester. Une fois à la porte, il s'arrêta. Il prit son portable dans sa poche, jura entre ses dents et répondit à la personne qui l'appelait.

— Attends-moi ici, m'ordonna-t-il d'un air grave.

Puis il chercha un endroit à l'écart du bruit et de la musique. De là où il était, un peu après les escaliers extérieurs, il pouvait parfaitement me voir, alors il valait mieux que je reste là sans bouger.

— Ça va ? me demanda un mec qui traînait dans le coin.

— En réalité, non, répondis-je, car je me sentais vraiment mal. (Je m'appuyai sur la fenêtre, tandis que de vieux souvenirs que je croyais bien enfouis au fond de moi resurgissaient.) J'ai la tête qui tourne.

— Tiens, bois quelque chose, me dit le garçon en me tendant un verre.

Je m'en saisis sans même prendre le temps de voir ce qu'il contenait. Ma gorge était si sèche que toute boisson était la bienvenue. Après avoir avalé tout le contenu, j'ouvris les yeux. Je vis Nicholas monter les marches, l'air furieux.

— Qu'est-ce que tu fous ?! me cria-t-il avant de m'arracher le verre.

J'allais répliquer, mais Nicholas ne me regardait même pas : il se retourna en furie vers le garçon qui me l'avait donné, le saisit par le col de son T-shirt et le souleva presque du sol.

— Tu lui as donné quoi, putain ? cria-t-il en le secouant avec force.

Je regardai mon verre, horrifiée.

Merde !

6

Nick

Merde !

— Qu'est-ce que t'as foutu dedans ? demandai-je au crétin que je tenais par le T-shirt.

Cet imbécile me regardait, complètement terrorisé.

— Réponds !

J'étais hors de moi. Je maudissais Noah, je maudissais ce connard de Zack Rogers de l'avoir amenée à une fête comme celle-ci.

— Arrête, putain ! dit-il, les yeux écarquillés. Du burundanga, avoua-t-il quand je l'écrasai contre le mur.

Putain… c'était la drogue qu'utilisaient ces enfants de salauds pour violer une nana. C'était incolore et indolore, et c'est pourquoi il était si facile de la mettre dans une boisson sans qu'on s'en rende compte.

Le seul fait de penser à ce qui aurait pu arriver me brouilla l'esprit, je n'arrivais plus à me contrôler. Quelle sorte d'idiot était capable de faire ça à une fille ? Quand j'en aurai fini avec ce mec, même sa mère ne le reconnaîtrait plus. Ce soir, j'allais réduire mes poings en compote.

Je le frappai tant de fois que j'en perdis le compte.

— Nicholas, arrête ! criait une voix dans mon dos.

J'arrêtai mon poing avant de l'abattre de nouveau contre la face pleine de sang de ce fils de pute.

— Apporte encore cette merde à une de mes fêtes, et ce que je t'ai fait aujourd'hui te semblera une caresse en comparaison de ce que je te ferai alors. Tu as compris ?

Il s'éloigna en titubant.

Je me retournai et fis face à une Noah complètement terrorisée.

En voyant son expression, je sentis quelque chose remuer en moi. Bon sang, j'avais beau ne pas la supporter et avoir une envie folle de l'étrangler, personne ne méritait d'être drogué à son insu. Son visage paniqué démontrait que, ce soir, elle avait atteint la limite de ce qu'elle pouvait supporter.

Je m'approchai d'elle en l'observant avec attention et en faisant de mon mieux pour me calmer. Lorsque je fus suffisamment près, elle recula de quelques pas et resta à me regarder, bouche bée, tremblante.

— Putain, Noah ! Je ne vais pas te faire de mal, d'accord ?

Je me sentais comme un délinquant, alors qu'en réalité je ne lui avais strictement rien fait.

Quand je l'avais laissée au bord de la route, j'avais simplement supposé qu'elle appellerait sa mère et qu'elle rentrerait chez nous avec nos parents. Je ne pouvais pas imaginer qu'elle monterait dans la voiture du premier crétin venu et qu'elle viendrait directement à la fête la moins appropriée pour une fille comme elle.

— Qu'est-ce qu'il m'a donné ? me demanda-t-elle en m'observant comme si j'étais le diable en personne.

Je soupirai tout en essayant de m'éclaircir les idées. Mon père venait de m'appeler pour me demander où était passée Noah. Sa mère s'inquiétait, et j'avais donc répondu que Noah l'appellerait dès que possible, qu'elle m'avait accompagné chez Erik et qu'elle regardait un film avec la sœur de ce dernier.

C'était un mensonge totalement improvisé, car il ne fallait à aucun prix que mon père apprenne ce qui s'était passé cette nuit, ni où Noah avait échoué. Il m'avait déjà tiré de suffisamment de situations difficiles, je ne voulais pas qu'il sache que rien n'avait changé. Cela avait été assez difficile de lui dissimuler ma vie privée. Il était hors de question que quelqu'un comme Noah gâche tout.

En moins d'une journée, elle avait réussi à me mettre davantage hors de moi que n'importe quelle autre fille qu'il m'avait été donné de rencontrer.

— Tu te sens bien ? dis-je, en ignorant sa question.

— J'ai envie de te tuer, me répondit-elle.

Je vis que ses paupières commençaient à être lourdes. Merde, il fallait qu'elle passe ce coup de fil à sa mère avant que la situation n'empire.

— Ouais, enfin... ça ira mieux plus tard, lui dis-je en la prenant par le bras. Ne t'en fais pas, ajoutai-je pour tenter de la calmer.

En arrivant à ma voiture, j'ouvris la portière côté passager et j'attendis qu'elle s'assoie.

Puis je sortis mon portable.

— Il faut que tu dises à ta mère que tout va bien et qu'elle ne t'attende pas pour aller dormir, dis-je en cherchant mon père dans le répertoire. Dis-lui qu'on est en train de regarder un film chez des amis à moi.

— Va te faire foutre, lâcha-t-elle, puis elle pencha la tête en arrière et serra fort les paupières.

Je m'approchai et je lui pris le visage dans une seule main. Elle ouvrit les yeux et me regarda avec tant de haine que j'eus envie de foutre des coups de pied dans le mur.

— Appelle ou ça ira très mal, ordonnai-je, tout en pensant à la colère de mon père s'il apprenait ce qui s'était passé cette nuit.

Sans parler de la mère de Noah.

— Que comptes-tu me faire ? (Ses pupilles étaient de plus en plus dilatées.) M'abandonner ici pour que je me fasse violer ? Attends... ça, tu l'as déjà fait, ajouta-t-elle d'un ton ironique.

D'accord, je l'avais bien mérité, mais on n'avait pas le temps.

— J'appelle, tu as intérêt à dire ce que je t'ai demandé.

Je lui collai le téléphone contre l'oreille. Quelques secondes plus tard, on entendit la voix de Raffaella à l'autre bout de la ligne.

— Noah, tout va bien ?

Noah me regarda.

— Oui, répondit-elle, à mon grand soulagement. On est en train de regarder un film… On arrivera… un peu tard, ajouta-t-elle, tandis que son regard se fixait sur le plafond de la voiture.

— Je suis contente que tu y sois allée, ma chérie. Tu verras comme les amis de Nick sont sympas.

Je détournai les yeux en entendant ces paroles.

— Sûrement, affirma Noah.

— À demain, ma chérie, je t'aime.

— Moi aussi, au revoir.

Je lui pris le portable et le glissai dans ma poche.

J'allai m'installer sur le siège conducteur. Il fallait attendre pour voir comment Noah tolérait la drogue.

— J'ai chaud, me dit-elle, les yeux fermés.

En effet, je vis la sueur couler sur son front et son cou.

— Ça va passer, ne t'en fais pas, lui dis-je en espérant que ma voix ne me trahirait pas.

— Quels sont les effets de cette drogue ? demanda-t-elle d'une voix pâteuse.

J'hésitai un instant avant de lui répondre :

— Des sueurs… On peut avoir chaud ou froid… de la somnolence…

J'espérais qu'elle n'expérimenterait que ces seuls effets.

Si elle se mettait à vomir ou commençait à faire de la tachycardie, il faudrait que je l'emmène à l'hôpital et ça risquait de mal se terminer.

Elle avait les joues rouges et ses cheveux collaient à son front. Je remarquai qu'elle portait un élastique au poignet. Je me penchai vers elle et je le lui ôtai. Le minimum que je pouvais faire était de l'aider autant que possible.

— Qu'est-ce que tu fais ? me dit-elle, et j'entendis la peur dans sa voix.

Je respirai à fond, essayant de ne pas me laisser submerger par les émotions. Je n'avais jamais rien fait de tel à une fille... Voir Noah terrorisée à l'idée que je lui fasse mal me faisait l'impression d'un coup de pied dans les parties. Cette gamine avait réussi à m'épuiser en quelques heures.

— Je veux juste t'aider.

Puis je ramassai ses longs cheveux blonds aux mèches multicolores en une queue-de-cheval improvisée.

— Pour ça, il faudrait que tu disparaisses.

Malgré moi, je la trouvai drôle. Cette fille avait plus de tripes que n'importe quelle autre. Elle ne savait pas à qui elle avait affaire, elle ne se doutait pas de qui j'étais ni de ce que j'étais capable de faire... et, en fin de compte, c'était très rafraîchissant.

Son visage lorsqu'elle m'avait donné ce coup de poing me revint à l'esprit. Cela avait été complètement inattendu, et c'était le premier coup de poing que je recevais depuis bien longtemps.

Je lui pris la main droite et j'observai ses articulations enflées. Il fallait qu'elle m'ait frappé de toutes ses forces pour que sa main se trouve dans cet état et, en un certain sens, elle me fit de la peine. Soudain, je m'imaginai moi-même en train d'apprendre à Noah à donner un coup de poing comme il se doit.

Je l'observai avec une certaine inquiétude. À présent que ses cheveux ne cachaient plus son visage, je pus remarquer certains traits que je n'avais pu apprécier auparavant. Elle avait un cou gracieux et des pommettes hautes parsemées de milliers de taches de rousseur. Pour une raison inexpliquée, cela me fit sourire. Ses cils étaient longs et créaient une zone d'ombre sur ses joues ; mais ce qui attira surtout mon attention fut le petit tatouage qu'elle avait juste sous l'oreille gauche, en haut du cou.

C'était un nœud de huit.

Instinctivement, mon regard vint se fixer sur mon bras, où je m'étais fait tatouer ce même nœud marin il y avait déjà trois ans et demi. C'était un nœud parfait, l'un des plus résistants : c'est pour cela que j'avais décidé de me le faire tatouer. Cela signifiait que si on savait mener sa barque, avec une certaine dose de bon sens, le résultat pouvait être durable. Je ne comprenais pas comment elle avait pu se faire tatouer ce nœud, ni quoi que ce soit d'ailleurs, cela ne collait pas avec l'image d'elle que j'avais créée dans mon esprit.

D'un doigt, doucement, je caressai ce tatouage, qui était minuscule en comparaison du mien, et la chair de poule nous gagna tous les deux. Noah, à moitié inconsciente, remua nerveusement, et une sensation étrange me noua l'estomac.

Je mis le contact et je démarrai, après avoir bouclé sa ceinture de sécurité. Mes yeux se posèrent encore sur son tatouage, et je respirai profondément avant de me concentrer sur la conduite. Heureusement, je n'avais bu qu'un shot de tequila et une bière, je pus donc nous ramener sans problème jusque chez moi.

Comme toujours, les lumières extérieures étaient allumées. Il était plus de deux heures du matin et je priai pour que nos parents soient au lit. Noah était complètement dans les vapes et je ne pouvais pas me permettre que mon père nous surprenne.

Je me garai et j'ouvris la portière en essayant de ne pas faire de bruit. Je lui enlevai sa ceinture avec précaution et la pris dans mes bras. Elle était brûlante, et j'eus peur que la fièvre ne monte encore et ne devienne réellement préoccupante.

— Où sommes-nous ? me demanda-t-elle si bas que je l'entendis à peine.

— À la maison, lui répondis-je tout en manœuvrant afin d'ouvrir la porte.

L'obscurité régnait à l'intérieur, à l'exception de la lumière projetée par une lampe sur l'une des petites tables du séjour. Depuis que Raffaella avait emménagé chez nous, elle avait la manie de la laisser allumée la nuit.

Je pris la direction des escaliers en portant toujours Noah dans mes bras, et je soupirai de soulagement en arrivant dans sa chambre qui était aussi plongée dans le noir. Ses bras se raidirent autour de mon cou et m'agrippèrent avec plus de force.

Ça me surprit qu'elle soit encore consciente. Je m'approchai de son lit pour l'y déposer afin qu'elle soit plus à l'aise.

— Non, dit-elle d'une voix effrayée.

— Ne crains rien, lui dis-je à mon tour, stupéfait de la force avec laquelle elle s'agrippait à moi.

— Ne me laisse pas seule… j'ai peur.

Je notai la panique dans sa voix, et sa requête m'étonna car j'étais sûr d'être la cause de sa peur ; il n'y avait donc pas de logique à ce qu'elle veuille rester avec moi.

— Tu es dans ta chambre, fis-je doucement en m'asseyant sur le lit, Noah sur mes genoux.

C'était tellement bizarre.

Alors elle ouvrit les yeux et me regarda, terrorisée.

— La lumière, me dit-elle d'une voix pâteuse, comme si prononcer ces paroles était une question vitale.

Je la regardai, étonné, il n'y avait aucune lumière allumée.

— Allume-la.

Elle m'avait presque supplié. Je l'observai quelques secondes et je compris que ce n'était pas de moi qu'elle avait peur, ni la drogue qui l'empêchait de bouger. Elle avait peur du noir.

Je m'inclinai pour allumer sa lampe de chevet. Son corps se détendit sur-le-champ.

Je fronçai les sourcils. Pourquoi cette fille était-elle aussi compliquée ? Je me redressai et l'installai sur les oreillers.

Je l'observai quelques instants, m'assurant qu'elle respirait normalement. C'était bien le cas et je remerciai le ciel qu'elle soit aussi forte.

— Sors de ma chambre, m'ordonna-t-elle alors.

C'est exactement ce que je fis, la seule chose sensée que j'avais faite de toute la nuit.

7

Noah

Lorsque j'ouvris les yeux ce matin-là, je me sentais vraiment mal. Pour la première fois de ma vie, la lumière me gênait. J'avais un terrible mal de crâne et je me sentais... bizarre. C'est difficile à expliquer : j'avais l'impression de ressentir plus profondément le moindre mouvement, la moindre sensation. C'était pénible, étrange et dérangeant. Ma gorge était sèche, comme si je n'avais rien bu depuis des siècles.

J'entrai dans la salle de bains pour m'observer dans le miroir.

— Quelle horreur !

C'est alors que la soirée de la veille me revint à l'esprit.

Je me mis à trembler de la tête aux pieds.

J'avais les yeux gonflés et les cheveux ramassés à la hâte en queue-de-cheval, ce qui me surprit parce que je ne me souvenais pas de m'être coiffée ainsi. Je me déshabillai et me brossai les dents pour me débarrasser d'un arrière-goût désagréable. Puis je mis mon short de pyjama et mon T-shirt troué préféré.

Les souvenirs défilaient à toute allure dans mon esprit comme des flashs. Je ne pouvais penser qu'à une seule chose : on m'avait droguée, j'étais montée dans la voiture d'un inconnu pour aller me fourrer dans une fête stupide avec de grosses brutes... et tout cela à cause d'une seule personne.

Je sortis de ma chambre en claquant la porte et je traversai le couloir jusqu'à celle de Nicholas.

J'ouvris la porte sans prendre la peine de frapper et entrai dans la tanière de l'ours. Il y avait quelqu'un sous la couverture de l'immense lit de couleur sombre.

Je secouai son occupant qui dormait paisiblement, comme s'il ne s'était rien passé, comme si on ne m'avait pas droguée par sa faute.

— Putain, grommela-t-il d'une voix pâteuse sans ouvrir les yeux.

J'observai ses cheveux ébouriffés qui se confondaient avec les draps de satin noir et je tirai sur la couette, le découvrant complètement.

Heureusement, il n'était pas nu mais portait un boxer blanc. Il dormait sur le ventre, j'eus donc une vue panoramique de ses larges épaules, de ses longues jambes et, il faut bien le dire, de son splendide postérieur.

Je fis un effort pour me concentrer sur le plus important.

— Que s'est-il passé cette nuit ?

Je criai presque en le secouant par le bras.

Avec un grognement irrité, il me saisit la main pour que j'arrête tout en gardant les yeux clos.

Puis, d'un geste, il me fit tomber sur son lit.

Je me retrouvai assise près de lui et tentai de me libérer, mais il ne me lâcha pas.

— Même droguée, tu ne peux pas te taire, putain.

Il finit par ouvrir les yeux pour me regarder.

Deux iris d'azur se plantèrent dans mes yeux.

— Qu'est-ce que tu veux ? me demanda-t-il en lâchant mon poignet et en se redressant.

Je me relevai aussitôt.

— Qu'est-ce que tu m'as fait cette nuit après m'avoir droguée ?

Nicholas leva les yeux au ciel et me regarda, l'air furieux.

— Tu ne peux pas imaginer…

Puis il se mit à rire et je le frappai sur le torse.

— Imbécile !

Sous l'effet de la colère, je sentis le sang affluer à mes joues.

Nicholas m'ignora et se leva lui aussi.

À ce moment, un être velu et aussi noir de poil que son propriétaire et que cette maudite pièce entra dans la chambre.

— Thor, tu as faim ? demanda Nicholas en me regardant avec un sourire amusé. J'ai ici un petit cadeau très appétissant pour toi.

— Je me casse.

Je me dirigeai vers la porte à reculons. Je ne voulais plus jamais revoir ce crétin, et le fait de savoir que c'était impossible empira encore davantage mon humeur.

Nicholas m'arrêta au milieu de la pièce. Je faillis heurter son torse dénudé.

Ses yeux cherchèrent les miens, et je soutins son regard avec méfiance.

— Je regrette ce qui s'est passé cette nuit… (Pendant quelques secondes, je crus qu'il était miraculeusement en train de me demander pardon ; erreur grossière.) Mais tu n'as pas intérêt à parler, sinon je suis dans la merde.

Je compris alors que la seule chose qui lui importait était de sauver sa peau ; moi, il n'en avait rien à foutre.

— Sinon ?

Il parcourut des yeux mon visage, mon cou puis mon oreille droite, avant d'effleurer d'un doigt un endroit très important pour moi.

— Sinon, il se peut que ce nœud ne soit pas suffisamment fort pour te protéger, chuchota-t-il.

Je fis un pas en arrière. Que savait-il de la force, ou de mon tatouage ?

— Ignore-moi et je ferai de même avec toi… Comme ça nous supporterons les très rares moments que nous devons passer ensemble. D'accord ? lui suggérai-je en m'écartant de lui.

Thor me regardait en remuant la queue.

« Au moins, le chien a cessé de me détester », me dis-je pour me consoler quand je sortis.

Je regagnai directement ma chambre. Être incapable de me rappeler quoi que ce soit ne me plaisait pas du tout. Nicholas avait pu voir quelque chose que je n'avais pas du tout envie de lui montrer, et c'est pourquoi je le détestais tant en ce moment. Je ne comprenais pas comment, en si peu de temps, j'avais pu concevoir une telle aversion à son encontre. Mais, si on réfléchissait bien, cela n'avait rien de surprenant étant donné que Nicholas Leister représentait absolument tout ce que je haïssais : il était violent, dangereux, menaçant... tout ce qu'il fallait pour me faire prendre mes jambes à mon cou.

Je remarquai mon sac, jeté sur mon lit. J'en sortis mon portable et je le mis à charger, puis je l'allumai, énervée. Merde, Dan allait m'étrangler, je lui avais promis de l'appeler la veille au soir, il devait être furieux. Maudit soit Nicholas Leister ! Tout était sa faute !

Une fois connectée, je me rendis compte qu'il n'y avait aucun message, aucun appel manqué non plus. Bizarre...

Au-dehors, il faisait un temps splendide, la journée idéale pour aller à la plage ou nager pour la première fois dans cette impressionnante piscine. Mon humeur s'étant quelque peu améliorée, je décidai d'aller prendre le soleil en toute tranquillité, lire un bon livre et essayer d'oublier ce qui s'était passé ou, pire, ce qui aurait pu se passer. C'est avec ces pensées à l'esprit que je me dirigeai vers mon imposante et trop luxueuse armoire. Je trouvai une tonne de maillots de bain dans un tiroir, et je fouillai jusqu'à ce que je trouve un maillot une pièce.

J'observai mon corps nu dans le miroir, en particulier cette partie de moi qui me complexait tant. Je décidai de passer outre. J'étais chez moi, après tout.

Avec une robe de plage et une serviette couleur lilas, je sortis de ma chambre, prête à affronter mon premier petit déjeuner dans cette maison.

J'éprouvais une sensation bizarre à traverser les couloirs, comme lorsque j'étais enfant et que je dormais chez une amie : la nuit, j'avais parfois envie d'aller aux toilettes, mais je n'y allais pas par crainte de rencontrer une personne de la famille.

Dans la cuisine, je trouvai ma mère, en peignoir de soie blanche et en chaussons, en compagnie de Will déjà habillé, et prêt pour aller travailler.

— Bonjour, Noah, me salua-t-il. Tu as bien dormi ?

— Comme un bébé, lui répondis-je sèchement.

Ma mère s'approcha pour m'embrasser sur la joue, et me demanda, pleine d'espoir :

— Tu as passé une bonne soirée avec Nick et ses amis ?

Oh, maman, si tu savais comme tu te trompes... Tu ne sais pas qui est ton beau-fils.

— À propos de Rome... dit William dans mon dos, en se levant alors que Nick arrivait.

— Comment ça va, la petite famille ? demanda-t-il d'un ton sec avant de se diriger vers le frigo.

— Comment ça s'est passé, hier soir ? Le film était bien ?

— Quoi... ?

Nick referma le frigo en claquant la porte et me regarda d'un air glacial.

— Le film était génial, n'est-ce pas, Noah ?

À ce moment précis, je sus que je pouvais vraiment le faire plonger. Si je parlais, qui sait ce que son père lui ferait, sans compter la tonne de problèmes qui lui tomberaient dessus si je décidais de le dénoncer aux flics pour avoir consommé de l'alcool devant une mineure, avoir permis qu'on la drogue et, évidemment, l'avoir abandonnée en plein milieu de la route.

— Je ne me rappelle pas bien… répondis-je en me délectant de voir à quel point il était tendu. C'était *Les Nuits avec mon ennemi* ou *Traffic* ?

Je savourais à l'avance sa réaction, mais j'eus la mauvaise surprise de l'entendre rire.

Mon sourire se volatilisa.

— Plutôt *Sexe Intentions*[1], répondit-il.

Je fus étonnée qu'il mentionne ce film, parce que c'était l'un de mes films préférés. C'était plutôt ironique, parce que les deux protagonistes étaient comme nous devenus *frère et sœur* par le mariage de leurs parents et se détestaient.

Je le foudroyai du regard pendant que ma mère demandait d'un air méfiant :

— De quoi parlez-vous ?

— De rien, répondit-on en chœur, ce qui acheva de m'agacer.

Je m'approchai du frigo contre lequel il était appuyé, les bras croisés, dans une position intimidante, pendant que ma mère finissait par s'éloigner.

Nous passâmes un moment à nous dévisager : moi, à le défier du regard, lui, comme s'il passait l'un des meilleurs moments de sa vie.

— Tu peux te pousser ? lui dis-je avec l'intention d'ouvrir le frigo.

Il fronça les sourcils, amusé, mais ne bougea pas.

— Écoute, Éphélide, je crois que toi et moi, il faut qu'on règle certaines choses si on doit vivre sous le même toit.

---

1. Titre original : *Cruel Intentions* (N.d.T.).

— Alors, quand j'entre, tu sors, quand on se voit, on s'ignore, et quand tu parles, je fais comme si je n'entendais rien, ça te va ? lui proposai-je avec un petit sourire ironique, en maudissant le moment où je l'avais rencontré.

— Moi, je l'aurais dit autrement : quand c'est moi qui entre, toi, tu sors… commença-t-il d'un ton pervers, en souriant quand il me vit rougir.

Bon sang.

— Tu es répugnant, m'exclamai-je tout en essayant de le repousser pour réussir à ouvrir le frigo.

Il s'écarta enfin et je pus prendre mon jus d'orange.

Ma mère était partie avec une tasse de café au lait à la main et le journal dans l'autre. Je savais ce qu'elle cherchait à faire : elle voulait que je m'entende bien avec Nicholas, que nous devenions amis et que, par la grâce d'un miracle divin, je l'aime comme s'il était le grand frère que je n'avais jamais eu.

Ridicule.

J'observai celui-ci tout en m'asseyant sur l'un des bancs près de l'îlot pour me verser du jus de fruit dans un verre en cristal. Nicholas portait un pantalon de sport et un simple débardeur. Ses biceps étaient bien dessinés et, après avoir vu les coups de poing qu'il avait donnés à deux garçons en moins de dix minutes, je savais que je devais rester éloignée de lui. Qui savait de quoi il était capable.

Il se retourna alors, son café à la main, et j'aperçus son tatouage… le même que moi ! Le même nœud marin, le symbole qui signifiait tant de choses pour moi. Cet énergumène avait le même tatouage sur le bras.

Je le dévisageai un instant. Quand il le remarqua, il posa sa tasse, appuya ses avant-bras sur la table et se pencha vers moi.

— Moi aussi, ça m'a surpris, reconnut-il tandis que son regard descendait jusqu'à mon cou.

Je me sentais mal à l'aise, comme mise à nu.

— Finalement, on a quelque chose en commun, déclara-t-il froidement.

Apparemment, ça le dérangeait lui aussi que nous ayons le même tatouage.

Je me levai. Je tirai sur mon élastique et mes cheveux tombèrent en cascade, dissimulant mon cou et mon tatouage. Puis je sortis de la cuisine.

Quelque chose dans ce qu'il venait de dire me bouleversait... comme si, en quelque sorte, il connaissait les raisons pour lesquelles je portais ce tatouage et les comprenait.

Je me dirigeai vers le jardin à l'arrière de la maison. De cet endroit, la vue sur la mer était incroyable, on était enveloppé des effluves et de la chaleur de la brise marine. Cette vue me plaisait beaucoup, je ne pouvais le nier, tout comme le fait d'être aussi près de la mer.

Je m'approchai des chaises longues en bois qui se trouvaient près de l'impressionnante piscine. Elle était rectangulaire, avec une cascade dans un coin qui donnait au jardin une touche sauvage et élégante. Près de la falaise qui se trouvait à gauche du jardin, on avait installé un jacuzzi placé de manière stratégique entre d'énormes pierres afin de savourer le splendide paysage.

Décidée à en profiter, j'ôtai ma robe en m'assurant auparavant qu'il n'y avait personne alentour et je m'allongeai sur un transat avec l'intention d'être bronzée en moins d'une semaine. Il fallait que je profite du petit mois de vacances qui me restait avant le début des cours dans mon nouveau lycée de gosses de riches ! Je pris mon portable pour voir si j'avais des appels manqués de mes amies ou, plus important encore, de mon copain, Dan.

Rien.

Je ressentis un petit pincement au cœur, puis je me dis qu'il n'y avait aucune raison de stresser. Il m'appellerait, j'en étais sûre. Quand je lui avais dit que je devais partir, il avait pété les plombs. C'était mon premier petit copain officiel et cela faisait neuf mois qu'on sortait ensemble. Je l'aimais, je le savais, parce qu'il ne m'avait jamais jugée, parce qu'il avait toujours été à mes côtés quand j'avais besoin de lui. Et puis, il était vraiment beau gosse. Quand on avait commencé à sortir ensemble, je sautais de joie : j'étais l'ado la plus heureuse de la planète ! Mais j'avais dû changer de pays.

Je lui laissai un message :

› Tu me manques, j'aimerais tellement être avec toi,
appelle-moi quand tu liras ce message.

Je relus le message et je remarquai qu'il ne s'était pas connecté depuis une demi-heure. En soupirant, je posai mon portable sur le transat et je m'approchai de la piscine.

La température de l'eau était parfaite, alors je levai les bras et je plongeai tête la première. Ce fut libérateur, et rafraîchissant ! Je nageais, ravie de pouvoir enfin me détendre.

Quinze minutes plus tard, je sortis de l'eau et je m'étendis de nouveau sur le transat, en espérant que le soleil allait faire son travail. Je pris mon portable pour voir si Dan m'avait répondu et je m'aperçus qu'il était connecté mais qu'il ne m'avait pas encore écrit, c'était bizarre.

À cet instant précis me parvint un message de mon amie Beth, qui faisait sa commère, comme toujours :

› Salut, Noah, tu fais quoi ?
Raconte-moi comment ça se passe.

Un sourire nostalgique aux lèvres, je répondis :

› Eh bien, le fils de mon beau-père est pire que ce que j'imaginais, mais j'essaie de m'habituer à l'idée que maintenant je vais devoir vivre avec lui. Tu ne peux pas savoir à quel point j'aimerais être avec vous en ce moment, vous me manquez !

J'avais l'estomac noué en écrivant. Beth et moi étions dans la même équipe de volley. J'avais été la capitaine les deux dernières années et, maintenant que j'étais partie, c'est elle qui avait le poste. Ça m'avait fait plaisir de voir à quel point elle en était contente : au moins, mon départ avait eu un côté positif... même si elle n'avait jamais mentionné le fait qu'elle voulait être capitaine de l'équipe.

› Je suis sûre que tu exagères ! Profite de ta nouvelle vie de millionnaire. Comme je te l'ai toujours dit : ta mère a su faire un beau mariage ! Ah ah.

Je détestais ce commentaire. Elle me l'avait déjà fait plus d'une fois et je ne supportais pas que les gens pensent que ma mère s'était mariée pour l'argent. Ma mère n'était pas comme ça, au contraire : elle aimait les choses simples comme moi et, si elle s'était mariée avec Will, c'était parce qu'elle l'aimait réellement.

Je décidai de ne pas rebondir, parce que je ne voulais pas qu'on se dispute à tant de kilomètres de distance.

C'est alors qu'elle m'envoya une photo.

On la voyait bras dessus bras dessous avec Dan. Mon copain était blond aux yeux marron : un régal pour les yeux. Ça me fit tellement mal de le voir aussi content. Cela faisait moins de quarante-huit heures que j'étais partie… il aurait pu être un peu plus triste, non ? Je ne pus m'empêcher de demander à Beth :

› Tu es avec Dan, là ?

La réponse tarda un peu à arriver et je sentis de nouveau un soupçon m'effleurer l'esprit :

› Oui, on est chez Rose. Je lui dis de te parler.

Depuis quand Beth devait-elle dire à mon copain de me parler au téléphone ?

Une minute plus tard arriva un message de Dan avec un émoticone souriant :

› Salut, mignonne, je te manque déjà ?

Ben, évidemment ! aurais-je voulu lui crier, mais je me retins et je lui répondis en déprimant un peu plus à chaque instant :

› Je ne te manque pas à toi ?

Il mit quelques secondes à me répondre. Ça me fit mal.

› Bien sûr que si ! Ce n'est plus la même chose sans toi, ma puce, mais il faut que j'y aille, je t'appelle plus tard, OK ? Je t'aime.

Mon estomac se noua encore davantage. Je lui dis au revoir et je posai mon portable.

J'avais tellement hâte de pouvoir lui parler, d'entendre sa voix… C'était si dur ! Je me demandais comment j'allais pouvoir tenir sans lui.

Puis j'entendis des voix qui s'approchaient dans le jardin. J'attrapai rapidement ma robe et la passai par-dessus ma tête.

Nick apparut avec trois autres garçons.

Merde.

C'étaient ceux que j'avais vus la veille à la fête. L'un était presque aussi grand que lui, bronzé, avec les cheveux aussi blonds que de l'or et les yeux bleus. L'autre était plus petit, enfin, seulement si on le comparait à Nick et à ses deux autres amis, et il avait un œil au beurre noir. Ayant vu Nick en action, je n'étais pas surprise que ses potes soient aussi violents et cons que lui. Mais c'est le dernier qui retint mon attention, surtout parce que ce fut le premier à venir directement vers moi. Ses cheveux étaient châtain foncé et ses yeux aussi noirs que la nuit. Avec tous les tatouages qu'il avait sur les bras, il était terriblement intimidant.

— Salut, beauté… c'est toi le nouveau fantasme du jour ?

Il se jeta sur le transat voisin du mien.

Nicholas s'allongea sur l'autre, le sourire aux lèvres.

— Pardon ?

Je me levai aussitôt en le regardant fixement.

Il éclata de rire puis se tourna vers Nick :

— Tu avais raison, elle a tout ce qu'il faut.

Il me scruta avec une intensité telle que je me sentis mal à l'aise.

Je le regardai avec dégoût. Pendant ce temps, les deux autres garçons se jetèrent dans la piscine avec tant d'énergie qu'une gerbe d'eau rejaillit sur nous. Ma robe se plaqua à mon corps.

— Eh, attention, espèces de cons ! leur cria Nicholas.

Il ramassa la serviette qui se trouvait près de moi et entreprit de se sécher.

L'autre abruti, qui se trouvait près de moi, éclata de rire :

— Moi, ça ne me dérange pas. T'es franchement bonne pour une gamine de quinze ans ! commenta-t-il, les yeux fixés sur mes seins qui ressortaient davantage maintenant que ma robe me collait au corps.

— J'en ai dix-sept et, si tu continues à me mater comme ça, une précieuse partie de ton anatomie risque de te faire souffrir, dis-je tout en réajustant ma robe.

Nicholas me jeta alors la serviette qu'il m'avait volée et je m'en couvris rapidement.

— Laisse-la tranquille, lui dit-il d'un ton grave. Sinon, je vais devoir la jeter dans l'eau pour la faire taire, et je n'ai pas envie de bouger.

Furieuse, je me tournai vers lui. Il était en maillot de bain et j'eus de nouveau devant les yeux un gros plan sur son torse dénudé et son tatouage.

Il ôta ses Ray-Ban et posa sur moi ses yeux bleus. Ils étaient d'un azur extraordinaire sous la lumière du soleil et je fus désarçonnée l'espace d'un instant.

— Tu ne crois pas que j'ai oublié le coup de poing que tu m'as donné cette nuit, hein ?

Il se pencha vers moi. Sa mâchoire était intacte, sans le moindre petit bleu. En revanche, moi, j'avais toujours mal à la main.

— Tu me menaces ?

Le type près de moi éclata de rire :

— J'adore cette fille, Nick, il faut qu'elle sorte encore avec nous, dit-il avant de se lever et de plonger.

— Écoute-moi bien, Éphélide, je t'interdis de me parler sur ce ton. (Nicholas s'assit et se pencha vers moi.) Tu vois ces gars, là ? continua-t-il en indiquant la piscine et sans attendre que je lui réponde. Ils me respectent, et tu sais pourquoi ? Parce qu'ils savent que je pourrais leur casser les jambes en moins de temps qu'il n'en faut pour le dire. Alors, fais attention à ce que tu me dis, reste à l'écart de mon monde et tout ira bien.

Je l'écoutai en silence tout en réfléchissant à la manière de le faire taire.

— C'est marrant que ce soit toi qui me menaces alors que celle qui pourrait te dénoncer à ton père, c'est moi, tu ne crois pas ?

Nick serra les mâchoires, et je souris, l'air narquois.

Noah, un, Nick, zéro.

— Je te déconseille de jouer à ce jeu avec moi, Noah.

Il me regardait fixement, et je me penchai pour prendre un peu de crème solaire afin de ne pas montrer à quel point cette situation me perturbait. J'avais besoin d'occuper mes mains.

— Inutile d'attendre que je te traite avec respect alors que tu es à des années-lumière de le mériter, répliquai-je. Tu ne veux pas que je raconte quoi que ce soit de ce que j'ai vu la nuit dernière ? Alors, épargne-moi tes commentaires et dis à tes petits copains de me laisser tranquille.

Avant qu'il ne puisse me répondre, l'un des crétins sortit de la piscine et s'assit près de moi en m'éclaboussant au passage. Je m'écartai, agacée.

— Tu veux que je te file un coup de main ? Je peux te mettre de la crème dans le dos.

Je regardai fixement Nick.

— Du large, Hugo… Ma petite sœur et moi, nous avons une conversation très intéressante, lui ordonna-t-il, ses yeux toujours plongés dans les miens.

Hugo se releva sans qu'on ait à le lui répéter. Bien.

— On se voit ce soir ? demanda-t-il avant de filer. (Nick acquiesça en silence.) Les paris sont élevés, mon pote, il faut qu'on gagne ces courses à tout prix.

Nicholas le foudroya du regard, ce qui ne fit qu'aiguiser mon intérêt.

Avais-je bien entendu le terme « courses » ?

— Je t'ai dit de te barrer.

Hugo fronça les sourcils, me regarda de nouveau, puis sembla réaliser qu'il aurait mieux fait de tenir sa langue.

Lorsqu'il disparut avec le reste de ses amis, je me tournai pour faire face à Nicholas.

— Des courses ?

Nick remit ses lunettes noires et tourna son visage vers le soleil.

— Ne cherche pas à savoir ce qu'il vaut mieux que tu ne saches pas.

Je me mordis la lèvre, intriguée, mais je n'avais pas l'intention d'insister. Les emmerdes dans lesquelles s'était fourré Nicholas Leister ne me concernaient pas le moins du monde…

Enfin, c'est ce que je croyais.

Je profitai de l'après-midi pour passer un moment avec ma mère. Ce soir, c'était le gala de l'entreprise de William, et ma mère m'avait dit que nous devions tous y assister en famille. Je ne sautais pas de joie, mais je savais qu'il n'y avait aucun moyen d'y échapper : William travaillait à cet événement depuis des mois, et il était naturel que nous y allions.

J'étais assise sur un canapé, à l'intérieur même du dressing de ma mère. Sa nouvelle chambre était encore plus impressionnante que la mienne. Décorée dans des tons crème et avec un immense lit double, elle était aussi imposante que la suite d'un hôtel de luxe et comportait deux dressings au lieu d'un. Je n'avais jamais imaginé qu'un homme puisse avoir besoin d'un dressing pour lui tout seul, mais, en voyant les centaines de chemises, costumes et cravates qui se trouvaient dans celui de William, je compris que je m'étais trompée.

Cette soirée était très importante pour ma mère. À l'évidence, tous les amis proches de William, les magnats de l'industrie et les juristes les plus importants du pays seraient là, et tous n'avaient pas eu l'honneur de rencontrer ma mère en personne. Elle était si nerveuse que c'en était drôle.

— Maman, tu seras superbe, peu importe ce que tu porteras. Arrête de stresser.

Elle se retourna et me regarda avec un sourire radieux. La voir aussi heureuse était incroyable.

— Merci, Noah, dit-elle. (Elle me montra une robe blanc et vert.) Alors, celle-ci ? me demanda-t-elle pour la huitième fois.

J'acquiesçai tout en repensant aux derniers événements. Si Nicholas avait prévu de se barrer de nouveau avant la fin de la soirée pour se fourrer dans le pétrin, ça me laissait libre de filer moi aussi… En tout cas, c'est ce que je me disais pour me consoler.

— Ta robe aussi est magnifique, affirma ma mère. (Je visualisai la robe qui se trouvait dans ma chambre.) Je t'en prie, ne fais pas cette tête : ce n'est pas si terrible de te faire belle, ajouta-t-elle en voyant mon air dépité.

— Désolée. (Dernièrement, mon humeur faisait les montagnes russes.) Mais ça ne me dit rien du tout, cette soirée.

— Tu vas t'amuser, je t'assure, dit-elle pour m'encourager.

Je pensai à Dan… à combien il aurait aimé me voir avec la robe que je porterais ce soir. À quoi bon me faire belle si la personne que j'aimais ne me voyait pas ?

— Bien sûr, répondis-je en ravalant ma tristesse. Il vaut mieux que je commence à me préparer.

Ma mère s'interrompit pour venir vers moi.

— Merci de faire cet effort, ma chérie, cela signifie énormément pour moi.

J'acquiesçai en tentant de sourire.

— De rien.

Elle me serra dans ses bras et je me rendis compte à quel point j'avais eu besoin de ce contact, encore plus après tout ce qui s'était passé la veille. Je m'agrippai fermement à ma mère et je savourai ces instants où j'avais l'impression de redevenir une petite fille.

8

Nick

Il fallait que je fasse très attention avec Noah. Tout aurait pu très mal se terminer la nuit dernière, si mon père avait découvert ce qui s'était passé. Je me demandais comment j'allais continuer à cacher ce que je faisais alors que nous étions quatre, maintenant, à vivre sous le même toit. Jusqu'à présent, j'avais toujours été très prudent, j'avais toujours tenu mes deux modes de vie à bonne distance l'un de l'autre.

Comme chaque année, c'était l'époque des courses illégales dans le désert, et je devais m'y rendre après le gala. C'était une véritable folie : du rock, des drogues, des voitures hors de prix et des courses jusqu'à l'aube ou l'arrivée des flics. Enfin, ces derniers ne s'en mêlaient pratiquement jamais, étant donné que les courses avaient lieu sur des terres n'appartenant à personne. Les filles devenaient hystériques, tout le monde buvait et l'adrénaline coulait dans nos veines, pour vivre la meilleure nuit de toute notre vie.

Nous affrontions toujours la bande de Ronnie. Celui qui gagnait récoltait la voiture du perdant, sans compter le paquet de fric des paris. Ils étaient dangereux, je le savais de source sûre. Les autres le savaient également, mais ils me faisaient confiance. Ronnie et moi avions des relations amicales, mais elles ne tenaient qu'à un fil ; il fallait donc que je sois sur mes gardes et qu'en plus je gagne les courses de quelque manière que ce soit.

J'avais besoin de m'assurer que Noah ne révélerait pas ce qu'elle savait, c'est pourquoi je m'arrêtai devant sa porte avant d'aller à l'hôtel où la fête devait avoir lieu.

Je dus frapper trois fois avant qu'elle daigne ouvrir la porte.

— Qu'est-ce que tu veux ?

Je passai près d'elle et entrai dans sa chambre. Avant le mariage de nos parents, cette pièce était à moi.

— Ici, c'était ma salle de sport, tu le savais ? dis-je en lui tournant le dos et en m'approchant de son lit.

— Oh... pauvre petit garçon riche privé de ses jouets, railla-t-elle, et je me retournai pour lui faire face.

Je parcourus ses courbes du regard. C'était surtout pour l'ennuyer, mais je ne pus que me rendre à l'évidence : mes amis avaient raison, elle était belle, mais je n'étais pas sûr que ce soit une bonne chose étant donné notre situation.

Elle s'était fait une coiffure élaborée : un chignon au sommet de la tête avec des boucles qui encadraient son visage de manière à la fois décontractée et élégante. Ce qui me surprit le plus, en dehors de la robe bleu ciel qui lui tombait jusqu'aux pieds, c'était à quel point elle était maquillée : sa peau semblait d'albâtre et ses yeux formaient deux puits sans fond. D'habitude, je n'aimais pas les filles aussi maquillées, mais j'eus envie de caresser ses longs cils du bout des doigts ; et sa bouche... Ce rouge carmin aurait pu faire perdre la raison à n'importe quel homme.

Je fis de mon mieux pour réfréner le désir inattendu qui me submergeait, et je lâchai le premier commentaire blessant qui me vint à l'esprit :

— Tu es un vrai pot de peinture.

Je sus que j'avais fait mouche en la voyant rougir, tandis que ses yeux lançaient des éclairs.

— Eh bien, comme ça, tu auras une raison de plus pour ne pas m'adresser la parole.

Elle me tourna le dos et prit un collier sur sa table de chevet, me dévoilant ainsi son dos nu et la soie de la robe qui tombait avec fluidité.

Sans même m'en apercevoir, je m'approchai d'elle. Mes doigts brûlaient d'envie de caresser sa peau pour découvrir si elle était aussi douce qu'elle en avait l'air.

— Qu'est-ce que tu fais ? fit-elle en sentant ma présence derrière elle, et elle se retourna aussitôt.

À présent qu'elle était tout près, je voyais que son maquillage recouvrait entièrement ses taches de rousseur.

Je lui pris le collier des mains et je le levai pour qu'elle croie que mon intention avait été de l'aider à le mettre.

Elle m'observa avec méfiance.

— Allons, petite sœur, tu crois vraiment que je suis méchant à ce point ? lui dis-je tout en me demandant à quel jeu j'étais en train de jouer.

— Pire que ça.

Elle m'arracha le collier. Ses doigts frôlèrent mon cou et je sentis la chair de poule me gagner.

Putain !

Je m'écartai, frustré par la situation. Une vague de désir me submergeait et j'étais mal à l'aise, sachant que je ne pouvais ni la toucher ni la regarder.

— Je venais m'assurer que tu allais tenir ta langue ce soir, dis-je en admirant l'adresse avec laquelle elle mettait le collier.

— Tenir ma langue à propos de quoi ? dit-elle en jouant les idiotes.

Je fis un pas vers elle et les effluves d'un parfum sucré ébranlèrent mes sens.

— Tu sais que ce soir j'ai des choses à faire après le gala et je ne veux pas que tu lâches un de tes mots d'esprit quand je dirai à mon père que je dois partir.

— Partir parce que tu dois *travailler* sur une affaire, n'est-ce pas ?

— Tu as pigé. Génial. Au revoir, petit sœur.

— Ne pars pas aussi vite, Nicholas, dit-elle dans mon dos. (Je m'arrêtai à quelques pas de la porte. L'entendre prononcer mon nom me procurait une sensation étrange au creux du ventre et je serrai les mâchoires.) J'y gagne quoi, moi ?

Lorsque je me retournai pour lui faire face, un sourire suffisant se dessinait sur sa jolie bouche en forme de cœur.

— Tu y gagnes que je ne vais pas passer mon temps à te rendre la vie impossible.

Elle fronça un sourcil parfait.

— Je ne vois pas comment tu pourrais faire ça.

Je fis un pas vers elle.

— Crois-moi, tu n'as pas envie de le savoir.

Elle soutint mon regard sans ciller.

— Si tu quittes la soirée, tu m'emmènes avec toi. Je n'ai pas du tout envie d'être coincée avec des gens que je ne connais pas dans une fête dont je n'ai rien à faire.

— Désolé, Effy, mais, comme tu t'en doutes, je ne fais pas le taxi, lui répondis-je en indiquant mes vêtements élégants.

— Eh bien, cherche une excuse qui nous inclue tous les deux, parce que je ne jouerai pas les filles parfaites pendant que toi tu te barres pour participer à des courses illégales.

Merde, le seul fait d'entendre ces mots sortir de ses lèvres me rendait nerveux.

— D'accord, je suppose que je peux inventer quelque chose.

Je le dis uniquement pour la calmer, mais en réalité je m'éclipserais sans la prévenir.

Noah plongea ses yeux couleur de miel dans les miens.

— C'est incroyable comme tu as réussi à tromper tout le monde. Tu savais que ma mère te décrivait comme le fils parfait ?

— Je suis parfait sous bien des aspects, ma chérie, assurai-je. (Je ne pouvais m'empêcher de jouir de la conversation. Discuter avec cette fille était vraiment stimulant.) Je peux te le montrer quand tu veux.

Noah leva les yeux au ciel puis me regarda d'un air supérieur. En temps normal, j'avais toutes les filles que je voulais : un regard et elles se collaient à mon corps, n'ayant qu'une envie, me faire plaisir. Je m'étais gagné une réputation à la force des poings, les femmes me respectaient et m'adoraient en même temps. Moi, je leur faisais plaisir et elles me laissaient suffisamment d'espace. Il en avait toujours été ainsi depuis mes quatorze ans, depuis que j'avais découvert ce qu'un corps et un visage séduisants peuvent faire faire aux filles. Pourtant, Noah, elle, me défiait en permanence et n'était visiblement pas troublée par ma présence.

— C'est ce que tu dis aux filles pour les mettre dans ton lit ? Avec moi, ça ne marchera pas, alors tu peux économiser tes efforts.

À ces mots, je sentis mon pantalon se tendre de manière embarrassante.

Un instant, je m'étais imaginé lui enlever cette robe pour lui faire toutes les choses qui, je le savais par expérience, faisaient perdre la tête aux filles. Ce serait amusant de faire perdre la tête à Noah jusqu'à ce qu'elle crie mon nom sans pouvoir s'arrêter.

— Ne t'inquiète pas pour ça : j'aime les femmes, pas les gamines avec des tresses et des taches de rousseur.

— Je ne porte pas de tresses, imbécile.

J'éclatai de rire pour essayer de me détendre. Putain, maintenant, j'avais envie de la voir avec des tresses.

— Bon, je suppose qu'on a un deal, affirmai-je avec l'intention de me barrer sur-le-champ.

Noah eut un rire abrupt.

— Si venir ici me donner des ordres est un deal pour toi…

— Je vois que tu commences à me comprendre. Salut, petite sœur.

Après avoir reçu un regard glacial pour toute réponse, je sortis sans regarder en arrière. Une fois au-dehors, je m'appuyai contre le mur. Bon sang, je n'avais jamais perdu le contrôle de cette manière. Je me sentais... vulnérable, comme un gosse de trois ans.

Je chassai ces pensées et je sortis mon portable.

› Je passe chez toi avant la fête.

J'appuyai sur « envoyer », puis je longeai le couloir jusqu'aux escaliers.

J'avais besoin de me défouler avant d'affronter cette nuit, et la meilleure manière de le faire avait un nom : Anna.

Vingt minutes plus tard, je me trouvais devant sa porte. Anna était une couverture parfaite pour des événements comme ceux de cette nuit. Elle était la fille d'un des banquiers les plus importants de Los Angeles, et nos parents se connaissaient depuis l'université. Anna avait grandi en me torturant au fur et à mesure que son corps se transformait, et je m'étais retrouvé complètement à sa merci quand je n'étais qu'un gosse et que je n'avais aucune idée de la façon de traiter une femme.

Nous avions appris ensemble, et nous savions tous deux ce que l'autre aimait. En outre, elle n'exigeait jamais d'explication et ne me défiait pas.

C'est pourquoi, lorsqu'elle vint m'ouvrir la porte, je la traînai aussitôt jusqu'à sa chambre.

— Qu'est-ce que tu fais ?

— On va baiser, qu'est-ce que tu crois ? lui répondis-je en la jetant sur le lit.

Anna sourit et commença à relever sa robe d'un air provocateur. Contrairement à Noah, elle avait les cheveux qui lui descendaient le long du dos et portait une robe tellement courte qu'il me fut facile d'arriver là où je voulais.

— On va être en retard, se plaignit-elle.

Mais elle approcha son visage du mien et m'embrassa sur les lèvres.

— Tu sais que j'en ai rien à foutre, répondis-je tout en la menant à l'extase.

Puis j'atteignis moi-même le calme auquel j'avais tant aspiré depuis que cette sorcière au visage criblé d'éphélides était arrivée dans ma vie.

Quinze minutes plus tard, sur le balcon d'Anna, je remettais ma cravate tout en allumant une cigarette.

Celle-ci apparut près de moi, la robe de nouveau en place, les cheveux bien coiffés et les lèvres enflées par les baisers que nous avions échangés.

— Comment tu me trouves ? me dit-elle en se collant contre moi de manière provocatrice.

Je la détaillai avec attention. Elle était belle, avec un corps bien fait. Ses cheveux étaient bruns, tout comme ses yeux. Le fait qu'Anna n'ait pas de petit copain officiel m'avait toujours intrigué : elle était pourtant suffisamment belle pour avoir quelqu'un ; au lieu de ça… elle était là, à perdre son temps avec quelqu'un comme moi.

— Vraiment canon, lui répondis-je tout en m'éloignant un peu.

J'avais besoin de quelques instants de tranquillité, pour terminer ma cigarette et me préparer psychologiquement pour ce soir.

— Tu es nerveux à cause de Ronnie ?

Elle s'appuya à la balustrade et me regarda sans bouger. Elle comprenait quand j'avais besoin d'espace, quand je voulais être seul. C'est pour cela que je revenais toujours vers elle.

J'aspirai une bouffée de ma cigarette et j'expulsai tranquillement la fumée.

— Je ne suis pas nerveux. « Irrité » serait le mot juste.

— Ta belle-mère ? me demanda-t-elle d'un ton curieux.

Elle était au courant du récent mariage de mon père et savait que cette situation ne me plaisait pas, même si je faisais de mon mieux pour le cacher.

— Sa fille, précisai-en écrasant ma cigarette sous ma chaussure. Elle ne sait pas qui je suis ni ce dont je suis capable.

— Tu veux que je lui mette les points sur les « i » ? me proposa-t-elle.

Le seul fait d'imaginer Noah et Anna s'affronter m'amusa et m'agaça en même temps.

— Non. J'ai juste besoin qu'elle se taise, qu'elle ne se mêle pas de mes affaires.

Anna acquiesça et sourit.

— Tu ne veux pas la faire dévier du droit chemin ?

Un instant, je fus tenté de le faire.

— Mon intention est plutôt de *l'y faire rester.* Je ne veux pas qu'elle me crée des problèmes, comme la nuit dernière.

Le vent souleva les cheveux d'Anna, découvrant son cou. Je m'approchai d'elle et je les écartai doucement. Et, inconsciemment, je cherchai quelque chose qui ne s'y trouvait pas : un tatouage représentant un nœud de huit et que j'avais envie d'embrasser.

Je m'écartai d'elle, alors que ses yeux brillaient de désir.

— Allons-y, dis-je en me dirigeant vers la porte. On va arriver en retard.

— Je croyais que tu n'en avais rien à foutre, me dit Anna, légèrement contrariée.

— En effet, répondis-je.

Pourtant, durant un instant, je me demandai à quoi je faisais allusion.

9

Noah

Dès que Nick eut tourné le dos, je m'assis sur mon lit pour reprendre mon souffle. *Des courses*… Mon Dieu, mon point faible. C'était l'une des rares choses que j'avais héritées de mon père, les rares moments dont j'avais profité en sa compagnie, assise à ses pieds lorsque les courses automobiles Nascar passaient à la télé. Mon père avait été l'un des meilleurs pilotes de son époque, jusqu'à ce que tout dégénère.

Je voyais encore le visage de ma mère quand elle m'avait formellement interdit de participer à quoi que ce soit ayant un lien avec le monde des courses et les voitures. À seulement dix ans, je savais presque conduire à la perfection, et, lorsque mes jambes avaient été suffisamment longues pour arriver aux pédales, mon père m'avait laissé courir avec lui. Ça avait été l'une des expériences les plus extraordinaires de ma vie : je pouvais encore me rappeler l'euphorie de la vitesse, le sable qui collait aux vitres et entrait dans l'habitacle, le grincement des pneus… Mais surtout, la sensation de plénitude qui s'emparait de moi : plus rien d'autre n'avait d'importance, il n'y avait plus que la voiture et moi.

Quoi qu'il en soit, de l'eau avait coulé sous les ponts depuis. Ma mère m'avait interdit de m'approcher d'une voiture de course et, même si cela me manquait, j'avais dû me plier sa volonté.

Avec un soupir, je me redressai et je pris mon portable qui ne cessait de vibrer. Mes amis n'avaient pas du tout l'air de s'ennuyer sans moi. Ce soir, ils allaient à une fête et ils ne s'étaient pas rendu compte que j'étais toujours dans le fil de discussion et que je pouvais donc lire tous les détails concernant les boissons, les personnes et les vêtements qu'ils allaient porter.

Je ressentis un pincement au cœur. J'étais à la fois blessée et agacée. Dan ne m'avait toujours pas appelée. Pourtant, j'avais besoin d'entendre sa voix, de parler comme nous le faisions auparavant, pendant des heures et des heures. Pourquoi ne m'appelait-il pas ? M'avait-il oubliée ?

Avec ces pensées en tête, je sortis de ma chambre pour retrouver ma mère et Will dans le vestibule. Il portait un smoking et ressemblait à un acteur d'Hollywood tant il était élégant. Mais je dois dire que Nick n'était pas en reste, avec son costume noir et sa chemise blanche ; je dus réprimer l'envie de le prendre en photo. Il était si beau, j'étais bien forcée de le reconnaître, mais c'était la seule chose positive le concernant. Cependant, le fait qu'il soit impliqué dans des courses automobiles m'avait surprise. Nous partagions finalement quelque chose d'autre que notre tatouage.

Ma mère était superbe. Ce soir, elle accaparerait tous les regards, et à juste titre.

— Noah, comme tu es jolie, déclara-t-elle, le visage resplendissant.

Bien sûr, c'était ma mère, donc je serais toujours jolie à ses yeux.

Will m'observa longuement, le front plissé. Je me sentis immédiatement mal à l'aise.

— Il y a un problème ?

Il n'allait tout de même pas me dire de me couvrir davantage, non ? Que je le pense, moi, d'accord, mais qu'il me le dise, lui ! Je ne sais pas ce que je serais capable de lui répondre.

Ses traits se détendirent.

— Non, bien sûr, tu es très belle ! dit-il, les sourcils toujours froncés.

— Attends, juste une retouche, dit ma mère. (Elle fouilla dans son sac et en sortit un petit spray dont elle aspergea mes épaules nues et mon décolleté.) Tu brilleras encore plus, comme ça.

Je levai les yeux au ciel, mais je me laissai faire. Ma mère pensait toujours que j'étais une petite fille avec des tresses, comme l'avait dit Nicholas.

Dans la rue nous attendait une somptueuse limousine. J'écarquillai les yeux de surprise. Évidemment, quelle autre voiture aurait pu nous attendre ? Je ne sais pas pourquoi cela m'étonnait, c'est juste que je n'arrivais pas à m'habituer à cette vie de luxe.

Ma mère et Will se servirent une coupe de champagne et, à ma grande surprise et pour mon plus grand bonheur, m'en offrirent une également, que je vidai et remplis à nouveau presque instantanément sans qu'ils s'en rendent compte. Si je voulais supporter la soirée, il faudrait que j'en boive plusieurs.

Nicholas se rendait à la soirée par ses propres moyens et j'enviais la liberté dont il jouissait. Il faudrait que je me cherche vite un travail si je voulais m'acheter une voiture. Je n'avais pas l'intention de dépendre de quiconque pour me déplacer.

Je sortis mon portable de mon petit sac et constatai que je n'avais ni message ni appel manqué de Dan. Je respirai profondément en me disant qu'il appellerait, qu'il avait sûrement un problème de portable qui l'empêchait de me parler.

Mon humeur était donc au beau fixe quand on arriva à l'hôtel. À mon grand étonnement, de nombreux photographes étaient postés devant l'entrée à attendre William

Leister, voulant immortaliser le moment où on fêtait à la fois l'essor de son entreprise et celui de sa vaste fortune. Je ne me sentais pas du tout à ma place, je me serais sûrement enfuie en courant si je n'avais pas porté ces talons infernaux.

— Nicholas devrait déjà être là, commenta William. Il sait que la photo de famille est prise en début de soirée, ajouta-t-il.

Pour la première fois depuis que je le connaissais, je vis qu'il était réellement en colère.

Nous restâmes à l'attendre au moins dix minutes à l'intérieur de la limousine, alors qu'on nous criait de sortir pour nous prendre en photo. C'était ridicule. Enfin, il était fort probable que les millionnaires se soucient peu de faire attendre des centaines de photographes et d'invités.

Puis un véritable tumulte se fit entendre. Les photographes se retournèrent et commencèrent à crier le nom de mon nouveau frère.

— Enfin, il est là ! s'exclama William, mi-soulagé, mi-irrité. Allons-y, ma chérie, dit-il à ma mère, et on nous ouvrit la portière.

Les flashs des appareils photo mitraillaient Nick et sa cavalière comme s'il s'agissait de célébrités, et ils en avaient réellement l'air.

Comment était-il possible que tant de gens sachent son nom ?

Nos yeux se croisèrent. Je lui lançai un regard froid, quoique son physique n'en finisse pas de m'étonner. Lui, en revanche, me foudroya de ses yeux clairs avant de se retourner vers sa petite amie, amie, maîtresse ou quoi qu'elle soit. Il l'embrassa sur les lèvres et ils furent mitraillés de plus belle.

Dès qu'ils se séparèrent, les journalistes recommencèrent à crier et à réclamer davantage de photos.

— Anna, comment vas-tu ? fit Will à l'amie de Nicholas tout en foudroyant son fils du regard. Si ça ne t'ennuie pas, nous devons faire des photos en famille, mais nous serons avec toi d'ici quelques minutes.

Il venait de lui faire comprendre, très courtoisement, qu'elle était de trop.

Anna m'observa un moment. Il était clair que cette fille me détestait, et c'était sûrement en raison des choses horribles que Nicholas lui avait racontées sur moi. Parce que moi, je n'avais pas encore eu le plaisir de la rencontrer.

Je l'ignorai et m'approchai de ma mère pour qu'on prenne cette maudite photo une bonne fois pour toutes. Les flashs crépitèrent et m'aveuglèrent momentanément.

Depuis que ma mère avait épousé l'un des entrepreneurs et juristes les plus en vue des États-Unis, je savais qu'on parlait de lui de temps à autre dans la presse, mais je ne m'attendais pas à cette folie. Leister Enterprises était écrit partout et plusieurs célébrités étaient présentes. J'hallucinais, je crus même apercevoir Johanna Mavis qui portait une adorable robe.

— Dis-moi que je rêve, ce n'est pas mon écrivaine préférée ? dis-je en m'agrippant à la personne qui se trouvait à côté de moi, croyant qu'il s'agissait de ma mère.

Ma main se referma sur un bras bien trop musclé pour lui appartenir.

— Tu veux que je te la présente ? me répondit Nicholas.

Je lâchai son bras tout en écarquillant les yeux, incrédule.

— Tu la connais ? demandai-je sans réussir à le croire.

— Oui. (Il hocha la tête comme si de rien n'était.) Mon père gère beaucoup d'affaires de célébrités d'Hollywood. Tout gamin, je connaissais déjà plus de stars que n'importe quel habitant de Los Angeles. Les gens célèbres se prennent d'affection pour les avocats qui les sauvent de la prison à plusieurs reprises.

Je saisis une coupe de champagne sur le plateau d'un serveur qui passait devant nous, l'angoisse me tenaillait de nouveau l'estomac.

— Et ta petite amie ? dis-je. Tu ne l'as tout de même pas laissée seule après cette démonstration d'amour, n'est-ce pas ?

Il fronça les sourcils, furieux, les yeux brillants.

— Tu veux que je te la présente, oui ou non ?

— Quelle question, bien sûr que oui, je suis une fan de Johanna depuis que j'ai l'âge de raison, elle a écrit les meilleurs livres de tous les temps !

— Viens, mais ne te mets pas à hurler comme une hystérique, s'il te plaît.

Je le foudroyai du regard tandis que nous nous approchions d'elle. Ah, mon Dieu. Le visage de Johanna se fendit d'un large sourire lorsque Nick s'approcha pour la saluer.

— Quelle élégance, Nick ! s'exclama-t-elle en l'étreignant.

J'hallucinais déjà auparavant, mais maintenant j'en restais vraiment comme deux ronds de flan.

— Merci. Et toi, tu es incroyable, comme toujours. Tu as déjà vu mon père ?

Pendant ce temps, j'enregistrais chacun de ses gestes pour les graver dans ma mémoire. Ce que j'aurais donné pour avoir un appareil photo !

— Oui, et je l'ai félicité, rit-elle. On aurait besoin de plus d'avocats comme lui.

Après une brève conversation, Nicholas se tourna vers moi.

— Johanna, je te présente ta plus grande fan : Noah, la fille de ma belle-mère, mais tu peux l'appeler Éphélide, railla-t-il, ce qui, à dire vrai, m'était égal.

Elle me sourit gentiment et je dis la première chose qui me vint à l'esprit :

— Vous êtes incroyable, j'adore vos livres.

Génial, tant d'années à répéter mentalement des phrases que je pourrais lui dire, et c'était tout ce que je trouvais quand l'occasion se présentait.

À côté de moi, Nicholas faisait de son mieux pour ne pas rire.

— Merci, répondit-elle, puis elle me serra dans ses bras.

DANS SES BRAS, moi !!

— On fait une photo ? dit-elle en me prenant par le bras.

— Ah, mon Dieu ! Mais je n'ai pas d'appareil photo.

Nicholas eut un rire moqueur :

— Bon sang, Noah, à quoi servent les portables ?

Je souris, j'étais vraiment sur une autre planète.

Elle me passa un bras autour des épaules. Nick tendit son iPhone, et le meilleur moment de ma vie fut immortalisé.

— Merci beaucoup !

Je n'en revenais toujours pas.

— De rien, me répondit-elle.

Puis elle sourit et s'en alla avec son cavalier.

— Tu me dois un grand service, petite sœur, remarqua Nick tandis qu'il remettait son portable dans sa poche et se penchait pour me parler au creux de l'oreille : comme, par exemple, garder la bouche fermée.

Je sentis un frisson me parcourir l'épine dorsale lorsque son souffle se posa sur mon cou. Ça m'était bien égal de savoir dans quelles histoires il s'était fourré, je ne pouvais plus m'arrêter de sourire.

Puis mon portable vibra. J'ouvris le message en pensant que c'était la photo avec Johanna, et tout s'effondra.

J'eus l'impression que mon cœur s'arrêtait. Mes mains commencèrent à trembler et je sentis une chaleur intense se propager le long de mon dos. Cela ne pouvait pas être vrai.

Mais on m'avait bien envoyé une photo... une photo de Dan en train d'embrasser une fille, une fille que je connaissais mieux que moi-même.

— Ce n'est pas possible, murmurai-je.

Ma gorge se serra. Si j'avais été seule, j'aurais versé toutes les larmes que je gardais en moi depuis des années.

— Qu'est-ce qu'il y a ? entendis-je tout à coup.

Je réalisai que Nick se tenait toujours près de moi et qu'il avait sûrement vu la photo sur l'écran.

Respiration, trahison, douleur, mensonges. Tout tournait dans ma tête, j'avais besoin de sortir de là.

Je plaquai mon portable contre son torse et je sortis de la salle. J'avais besoin d'air frais, j'avais besoin d'être seule.

Comment pouvait-il me faire ça ? Comment pouvait-elle le faire ? C'était tellement humiliant, j'avais l'impression d'être la personne la plus stupide de la planète. C'était ma meilleure amie. Pourquoi avait-elle fait cela ? Que lui était-il passé par la tête ?

J'entrai dans les toilettes de l'hôtel et je m'approchai du miroir. Je m'appuyai contre la surface froide et je baissai la tête, les yeux fixés sur mes pieds.

Calme-toi... calme-toi... Ne t'effondre pas, pas maintenant, ne pleure pas, ils ne le méritent pas.

Puis j'observai mon reflet. Qu'est-ce qui me faisait le plus mal ? Que le premier garçon que j'avais aimé me trompe ou que la fille avec qui il le faisait soit ma meilleure amie ?

Beth... Beth !

J'avais envie de crier, de frapper quelqu'un, j'avais besoin de décharger toute cette colère accumulée, de faire quelque chose pour ne pas devenir folle. Juste au moment où mon monde s'écroulait peu à peu, au moment où j'étais complètement seule dans une ville inconnue, sans amis, sans personne qui me connaisse, sans personne qui ait de l'affection pour moi.

Salaud, fils de... Je pris plusieurs profondes inspirations pour essayer de me calmer. Il allait comprendre de quoi j'étais capable.

Puis je retournai dans la salle où tout le monde était en train de déguster des canapés et de bavarder joyeusement. Personne ne se rendait compte de mon chagrin, j'avais une terrible envie de le leur balancer au visage et d'envoyer valser toutes ces coupes de champagne.

Champagne... bonne idée. Je filai droit vers le comptoir.

Un jeune homme qui avait l'air mexicain, chargé de servir des cocktails, s'approcha de moi tout en s'essuyant les mains sur une serviette humide.

— Que puis-je vous servir, madame ?

J'éclatai d'un rire sarcastique :

— Je t'en prie, j'ai dix-sept ans et toi, à peine plus ; ne me parle pas comme si j'étais l'une de ces gosses de riches guindées.

À mon grand étonnement, il éclata de rire lui aussi.

— Tu as pourtant l'air de t'être bien intégrée, répliqua-t-il en regardant les multimillionnaires qui se distrayaient derrière moi.

— S'il te plaît, ne sous-entends pas que je leur ressemble. Si je suis là, c'est parce que mon insensée de mère a décidé d'épouser William Leister, et pas parce que c'est mon endroit préféré.

Puis j'avalai la coupe de champagne d'un seul trait et la rendis au serveur pour qu'il me la remplisse de nouveau.

— Attends un peu... dit-il en regardant la foule, puis en plongeant ses yeux dans les miens. Tu es la nouvelle sœur de Nick ?

— Elle-même, répondis-je.

Puis j'attendis impatiemment qu'il me serve pour m'enfoncer un peu plus dans mon chagrin.

— Je te plains, avoua-t-il en remplissant enfin ma coupe.

Mon humeur s'allégea un peu. N'importe quelle personne détestant Nick s'inscrivait directement sur la liste de mes personnes préférées au monde.

— Comment est-ce que tu le connais, en dehors de son indubitable renommée de salaud prétentieux ?

— Je ne crois pas que tu aimerais le savoir.

Il remplit une nouvelle fois ma coupe, sans que j'aie besoin de le lui demander.

À cette allure, je serais ivre avant minuit.

— Si tu fais allusion aux courses, je le sais déjà.

Alors, je sus que j'avais une envie démesurée d'y aller. Allais-je rester assise dans cette salle, entourée de gens que je ne connaissais pas et que je détestais de toutes mes forces ? Allais-je laisser tomber ce qui me plaisait le plus parce que ma mère me l'avait demandé ? Et elle, m'avait-elle demandé quoi que ce soit lorsqu'elle avait décidé de foutre notre vie en l'air ? Si je n'étais pas partie, j'aurais encore sûrement un petit copain et une meilleure amie… ou peut-être m'avait-il fallu cela pour découvrir la vérité.

— Je vais aller à ces courses, et c'est toi qui vas m'y emmener.

Je sentis alors ce picotement dans mon corps m'indiquant que je faisais quelque chose de mal, de risqué et de libérateur, m'indiquant que je n'allais pas être la fille sage que tout le monde voulait que je sois.

Cette nuit, j'allais faire ce que je voulais, et si, au passage, je pouvais prendre ma revanche, ce serait encore mieux.

10

Nick

Je l'observai qui s'éloignait, sans rien comprendre, puis je vis le message qui se trouvait sous la photo :

› Voilà ce qui arrive quand on part dans un autre pays.
Tu croyais vraiment que Dan allait t'attendre pour toujours ?

Qui donc était ce Dan ? Et qui était cette idiote qui lui avait envoyé ce message ?

Sans état d'âme, j'ouvris la galerie photos de son portable. Il y en avait une avec une fille brune qui, si je ne me trompais pas, était celle de la dernière photo ; et, sur les autres, on la voyait avec des amis, au lycée… Je finis par trouver ce que je cherchais.

Ce mec, Dan, tenait le visage de Noah à deux mains et l'embrassait tandis qu'elle riait aux éclats, sûrement parce qu'elle savait qu'on les prenait en photo. Dan l'avait trompée.

J'éteignis l'écran et je glissai le portable dans ma poche. J'ignorais pourquoi j'avais envie de jeter l'appareil à la mer, et pourquoi cette photo de Noah en train d'embrasser ce salaud me foutait en rogne. J'avais juste une terrible envie de cogner dans le premier mec qui me casserait les couilles ce soir.

Je me dirigeai vers notre table. Les étiquettes indiquaient que j'étais placé entre Noah et Anna. Mon père était face à moi, sa femme à côté de lui. Il y avait aussi deux autres couples dont j'avais oublié le nom, mais auxquels je devais montrer une version parfaite du fils de William Leister.

Je venais à peine de m'asseoir quand Anna apparut près de moi. J'étais en train de boire le vin rouge sang dont ils avaient rempli presque tous les verres, et je sentis son parfum dès qu'elle s'assit.

— Et ta petite sœur ? demanda-t-elle avec dédain.

— En train de pleurer parce qu'on lui a mis les cornes, répondis-je sèchement, sans réfléchir.

Anna s'esclaffa, ce qui ajouta à ma contrariété.

— Ça ne m'étonne pas, c'est une gamine.

Je l'observai quelques instants, réfléchissant à ce qu'elle venait de dire. Voir Noah me coller un coup de poing ne lui avait pas plu, elle semblait vraiment la détester alors qu'elle ne la connaissait pas.

— Tu pourrais parler d'autre chose ? C'est déjà assez pénible de la supporter chez moi.

Sans même m'en rendre compte, je cherchai Noah des yeux. La plupart des invités avaient déjà pris place à table lorsque je la repérai près du comptoir à l'autre bout de la salle. Un serveur s'approcha d'elle.

Je me levai aussitôt en voyant de qui il s'agissait. Je marchai vers eux d'un pas ferme, décidé à éviter à tout prix que Mario fasse sa connaissance. Mais, en arrivant auprès d'eux, j'entendis ses derniers mots :

— Près de la porte dans une heure…

— Dans cinq minutes, tu seras assise dans la limousine en train d'attendre qu'on te ramène à la maison, l'interrompis-je en me plaçant auprès d'elle et en foudroyant Mario du regard.

— Bonjour à toi également, Nick, sourit-il.

— Arrête tes conneries, lançai-je. À quoi tu joues ?

Mario appartenait à mon passé, je ne pouvais pas le laisser s'approcher de Noah : c'était trop risqué. Il savait exactement ce que je pensais, et c'est bien pour ça qu'il n'avait pas hésité une seconde à la baratiner.

— Tout ne tourne pas autour de toi, Nicholas, rétorqua Noah, et je dus me contrôler pour ne pas la faire taire. Tu peux me rendre mon portable ?

Je la dévisageai. Il ne restait aucune trace de larmes dans ses yeux. Elle était froide comme la glace.

— Aujourd'hui, pas l'année prochaine, ajouta-t-elle avec impatience.

J'étais à bout de nerfs. Mario éclata de rire tout en levant les mains comme pour signifier qu'il n'y était pour rien.

— Moi, je ne la fâcherais pas si j'étais toi, mec, lâcha-t-il comme s'il la connaissait depuis toujours.

— Noah, arrête tes conneries, tu ne le connais même pas !

Tout en parlant, je sortis son portable de ma poche et je le lui tendis d'un geste plus brusque qu'il n'était nécessaire.

— Et toi oui ? fit-elle en fronçant les sourcils, étonnée. D'ailleurs, pour info, je vais aller à ces courses dont tu veux tellement éviter de parler.

J'écarquillai les yeux, regardai d'un côté et de l'autre, puis fis un pas vers elle.

— Mais qu'est-ce que tu as fumé ? dis-je en perdant mon calme. Il est absolument hors de question que tu y ailles, tu m'entends ?

Noah ne se laissa pas intimider par mes paroles.

— Je peux y aller et ne rien dire à personne sur ce que *nous* ferons cette nuit, ou je peux rester ici et tout raconter à ton père, c'est toi qui décides.

Putain !

Je ne comprenais pas à quoi ça rimait : son copain la trompait, n'importe quelle fille aurait été effondrée, en larmes... Mais elle, sa réaction était de m'emmerder ?

J'en avais vraiment assez, il était hors de question qu'elle me tienne à sa merci. Je retournai à table. Ma plus grande crainte était que mon père finisse par apprendre ce que je faisais. J'avais toujours veillé à maintenir ma vie de famille à l'écart des autres sphères de ma vie, et à présent on m'imposait une gamine irascible qui non seulement se foutait de ce que je lui disais, mais qui, en plus, voulait se mêler de mes affaires.

Une heure plus tard, je me levai et me dirigeai vers le comptoir où mon père et sa nouvelle épouse prenaient un verre et bavardaient joyeusement avec un couple d'amis.

En me voyant, mon père sourit et m'asséna une petite tape sur l'épaule. Je n'aimais pas ces marques d'affection. J'avais besoin de garder mes distances, et il le savait.

— Vous partez déjà ?

Son ton était compréhensif, ce qui signifiait que je pouvais m'en aller sans problème.

— Eh bien, oui. (Je posai mon verre sur le comptoir.) Demain, il faut que je me lève tôt pour continuer à travailler sur l'affaire.

Mon père approuva d'un signe de tête.

— Noah est déjà rentrée, alors, si tu en as assez toi aussi, tu peux y aller.

J'acquiesçai, satisfait, et je m'éloignai avec Anna à mes côtés.

11

Noah

J'étais complètement dans le coaltar. La seule chose qui me semblait importante était de lui rendre la monnaie de sa pièce, et au centuple. Je ne pouvais penser qu'aux lèvres de Dan unies à celles de Beth : c'était répugnant. Rien que d'y penser, je voyais rouge et j'avais envie de vomir. Ma vue se brouillait, j'étais aveuglée par un intense sentiment de haine et de chagrin, et un profond désir de vengeance.

J'étais dans mon dressing, en train de me changer. De l'autre côté du mur, un garçon que je connaissais depuis à peine deux heures m'attendait patiemment.

Je ne pouvais pas me rendre à ces courses en robe de soirée, et encore moins avec des talons de quinze centimètres de haut. J'enfilai un short en jean, un bustier noir et des sandales ordinaires. Je savais parfaitement que je ne pouvais pas me rendre à un tel endroit vêtue comme une sainte nitouche, c'est pourquoi j'étais contente de m'être laissé maquiller à l'excès ce soir, contrairement à mon habitude. J'enlevai le plus vite possible toutes ces horribles pinces qui me donnaient mal à la tête – j'en avais au moins cent ! – puis rassemblai mes cheveux en une queue-de-cheval.

Je n'avais qu'une seule idée en tête : embrasser le voyou le plus sexy que je puisse trouver. Comme ça, je me sentirais satisfaite, moins humiliée et surtout moins con. Pourtant, en mon for intérieur, je savais que rien de tout cela ne pourrait effacer la réalité : j'avais le cœur brisé, et ce serait dur d'en recoller les morceaux.

Beth avait-elle raconté à Dan tout ce que je lui avais confié ? S'étaient-ils moqués de moi, alors que j'avais voulu donner le meilleur de moi-même dans ce qui avait été ma première relation ?

Je respirai profondément pour essayer de faire taire ces pensées douloureuses.

Quand je sortis du dressing, je pus voir l'effet qu'avait ma tenue sur Mario, le serveur que je venais de rencontrer, et qui me regardait les yeux écarquillés.

— Tu es belle, me dit-il en souriant.

Je lui rendis son sourire sans grand enthousiasme. Cette nuit, peu m'importaient de stupides compliments.

— Merci, lui dis-je en prenant mon sac sur le lit et en me dirigeant vers la porte. On y va ?

Mario se leva en m'adressant un regard amusé. Peu après, nous étions dans sa voiture.

Une demi-heure plus tard, Mario prit une route secondaire bordée de terrains de sable rougeâtre desséchés par le soleil. Au fur et à mesure que nous nous éloignions de l'autoroute, une musique au rythme répétitif se faisait entendre, de plus en plus forte.

— Tu es déjà allée à ce genre d'événement ? voulut savoir Mario, qui conduisait avec une main sur le volant et l'autre confortablement posée sur le dossier de mon siège.

— J'ai assisté à pas mal de courses, oui.

Il m'observa quelques instants avant de fixer à nouveau son attention sur la route. J'aperçus alors de nombreuses personnes et des lumières, probablement des néons, qui éclairaient une zone déserte où s'amassaient des voitures garées n'importe comment.

La musique était assourdissante et, en arrivant, je vis des jeunes entre vingt et trente ans qui buvaient, dansaient et se comportaient comme si c'était la dernière fête de leur vie.

Mario se gara et sortit de voiture. Je fis de même, sans cesser d'observer ce qui m'entourait.

— Où m'as-tu amenée ? ne pus-je éviter de lui demander.

Il éclata de rire.

— Ne t'inquiète pas, ceux-là sont des spectateurs. Ceux qui comptent vraiment sont là-bas.

Il m'indiqua un groupe de jeunes à gauche, appuyés contre les capots de voitures impressionnantes, customisées de mille manières. Une musique tout aussi horrible que celle qui retentissait près de moi sortait de leurs coffres.

Je vis qu'il y avait un grand nombre de vêtements fluorescents. La faible clarté – générée en majorité par les lumières blanches – les faisait luire dans l'obscurité. En outre, de nombreuses filles avaient dessiné sur leur corps et leur visage des motifs élaborés avec ce type de peinture.

— Tu as même pensé aux détails, hein ? dit alors Mario, et je le regardai sans comprendre.

Il désigna mon corps et je compris alors à quoi il faisait allusion. Ce produit que ma mère avait vaporisé sur mes bras, mon cou et mes cheveux brillait à présent, comme des milliers de petits points fluorescents sur ma peau claire. J'étais ridicule.

— Je n'en avais aucune idée, je t'assure.

Mario éclata de rire.

— Il valait mieux que tu ne sortes pas trop du lot ; tout le monde ne peut pas venir ici. Et ce n'est pas pour t'offenser, mais tu es un peu plus… discrète que la plupart des filles qui sont ici.

Ça oui, j'étais discrète par rapport à elles ! Les autres filles étaient presque nues, elles ne portaient souvent qu'une jupe exagérément courte et un haut de bikini plutôt qu'un T-shirt.

— Je ne sais pas si tu connais le contexte, mais ici il y a des bandes. Ton nouveau frère est le leader de l'une d'entre elles, et aujourd'hui c'est très important pour tout le monde qu'il gagne la course contre Ronnie.

Mario m'expliquait tout cela tandis que nous nous approchions des groupes qui se trouvaient près de voitures de luxe.

Nick, le leader d'une bande ? Voilà qui était complètement inattendu mais qui ne me surprenait pas outre mesure. Cela cadrait bien avec le peu que je savais de lui, un type violent, dur et effrayant. Mais, dans son environnement quotidien, rien n'aurait pu le laisser supposer ! C'était un gosse de riche, et il n'était pas censé participer à ce genre d'événement… Son père était l'un des avocats les plus en vue du pays. Comment donc avait-il pu tomber si bas et faire partie d'une bande comme celle que j'avais sous les yeux ?

Mario s'arrêta près de deux types à l'aspect cauchemardesque : les bras couverts de tatouages, ils portaient des vêtements amples avec, autour du cou, d'épaisses chaînes en or et en argent et un tas de crucifix. Les filles qui se trouvaient en leur compagnie étaient vêtues de façon très provocatrice, mais pas autant que celles que j'avais vues quand nous avions garé la voiture.

Mario se dirigea droit sur eux et, comme s'ils étaient amis depuis toujours, ils se saluèrent avec force bourrades amicales en riant. Cette camaraderie me surprenait car, vus de l'extérieur, ils inspiraient une véritable terreur. Ils avaient tous un détail en commun : ils portaient un ruban jaune fluo noué à leur avant-bras, à leur poignet ou dans leurs cheveux.

Je compris alors que tous étaient membres de la même bande, c'est-à-dire celle de Nick.

Dès qu'ils eurent fini de se saluer, ils portèrent leur attention sur moi.

— C'est qui, la petite fille sage ? s'exclama l'un d'entre eux, et tous s'esclaffèrent.

Les gens allaient et venaient, mais ceux qui restaient là ne me quittaient pas du regard.

Le commentaire ne me fit pas rire le moins du monde, mais je me contentai de lancer un regard mauvais à celui qui l'avait dit. Mario vint sur-le-champ à ma rescousse.

— Vous n'allez pas me croire, mais c'est la sœur de Nick, révéla-t-il, ce qui me contraria vivement : je voulais que personne ne l'apprenne.

J'aurais aimé passer inaperçue ou, au moins, pouvoir m'amuser sans qu'on me catalogue comme la « petite-fille-sage-qui-a-trouvé-le-bon-filon ».

Tout le monde s'esclaffa de plus belle, comme si c'était très amusant, tandis que les filles m'observaient avec un intérêt renouvelé.

— Apportez quelque chose à boire à notre nouvelle amie ! cria un Afro-Américain.

Il tenait un gobelet rouge d'une main, et de l'autre il agrippait une fille très belle par la taille. C'est elle qui se retourna, remplit un verre et s'approcha de moi. Les autres continuèrent à discuter et à danser au rythme de la musique stridente.

— Alors, c'est toi, la nouvelle meuf de notre pote ? me demanda-t-elle en m'observant de la tête aux pieds.

Je fis de même. Si elle était effrontée, moi aussi. Elle était noire, grande et très mince. Ses cheveux noirs étaient coiffés en mille petites tresses qui commençaient sur le crâne et lui descendaient jusqu'à la taille. Elle portait un short blanc et un T-shirt de marque bleu foncé.

— *Quasi-sœur*, dis-je. (Je saisis le gobelet de plastique, puis lui lançai un regard méfiant.) Tu n'as rien mis dedans, hein ?

Je n'avais pas confiance en ces gens, et je ne tenais pas à ce qu'on me drogue une nouvelle fois.

— Pour qui tu me prends ? répliqua-t-elle, offensée. C'est de la bière. Si tu voulais quelque chose de plus soft, tu n'es pas venue au bon endroit.

Elle se retourna d'un air furieux, et ses longues tresses me balayèrent le visage. Elle se dirigea droit sur le garçon noir en roulant des hanches, provoquant des regards lubriques de la part de plusieurs garçons.

Mario s'approcha de moi et m'observa, amusé.

— Ça ne fait pas une demi-heure que tu es là et il y a déjà des paris, s'esclaffa-t-il.

— Des paris sur quoi ?

— Sur combien de temps tu vas mettre à lâcher ton verre de bière et à rentrer au bercail.

Ah, ils voulaient jouer à ça ?

Je le fixai quelques instants, avant de foudroyer du regard tous les garçons qui m'observaient comme une source de divertissement. Je rejetai la tête en arrière et j'avalai le contenu de ce verre pourtant bien trop grand.

Au fur et à mesure que le verre se vidait, les cris se firent de plus en plus forts et, lorsque j'arrivai au bout, un peu nauséeuse, l'assistance applaudit et beugla de plus belle.

Je levai mon verre avec un sourire suffisant.

— Qui m'en sert un autre ? m'écriai-je.

Je me sentais complètement libérée.

Les garçons rirent une nouvelle fois, et la fille qui m'avait donné la bière s'approcha de moi en souriant.

— Je m'appelle Jenna, dit-elle en me donnant un autre verre. Et, si tu veux vraiment qu'ils t'aient à la bonne, lâche-toi les cheveux, bois ça et tape-toi le plus beau. Dans cet ordre.

Je ne pus m'empêcher de rire aux éclats. Le disait-elle sérieusement ? Et si oui, avais-je envie de le faire ? J'étais venue avec un seul objectif : me venger de ce mec répugnant qui était mon ex-petit copain et de mon ex-meilleure amie. Alors quel mal pouvait-il y avoir à me lâcher et à m'amuser, cette nuit ?

— Je crois que je vais suivre tes conseils à la lettre.

Je tirai sur mon élastique pour que mes boucles tombent pêle-mêle sur mes épaules, puis je m'attaquai à quelque chose de plus fort que la bière.

Jenna m'observait boire et danser, amusée. Seules les bandes jaune fluo étaient visibles dans la pénombre.

— Je m'appelle Noah, au fait.

Jenna me sourit, elle avait l'air plutôt sympa. Tout à coup, les garçons assis sur les capots en descendirent et se dirigèrent vers une voiture que je reconnus aussitôt : c'était le 4 × 4 de Nicholas.

— Et voilà celui qui est à la fois le rêve et le cauchemar de toute fille avec des yeux en état de marche, annonça Jenna, amusée.

Le 4 × 4 s'arrêta près des autres véhicules. Nick et son idiote de copine en sortirent. Tous les garçons accoururent à sa rencontre comme s'il s'agissait d'un dieu. Ils lui assénèrent des claques dans le dos et lui serrèrent la main tandis qu'il avançait vers l'endroit où se trouvaient les boissons.

Je continuai à boire sans le quitter des yeux. Je savais qu'il allait me parler, et je l'attendais de pied ferme.

Mais je me trompais. Il m'ignora délibérément durant plus d'une demi-heure. Au début, cela me surprit, puis j'en fus réellement contente en voyant à quel point je m'amusais avec Jenna. J'aimais sa façon énergique de parler et de danser au rythme de la musique heavy.

— Il faut que je te présente à mon copain, me dit-elle après m'avoir démontré que ses hanches bougeaient même mieux que celles de Beyoncé en personne.

Je la suivis jusqu'à l'endroit où la plupart des jeunes étaient réunis. Les autres filles buvaient ou bavardaient entre elles, deux ou trois se trémoussaient avec les quelques garçons disposés à danser.

Le copain de Jenna devait être celui avec qui elle était au début. Là, il était en pleine conversation avec Nick, à l'écart des autres.

J'étais un peu tendue en arrivant auprès d'eux.

— Lion ! cria Jenna.

Elle se jeta sur son dos et l'embrassa sur la joue. Lion et Nick nous regardèrent, et Nicholas planta ses yeux froids dans les miens.

— Je te présente Noah, dit Jenna en obligeant son copain à se tourner complètement.

Lion faisait la même taille que Nick et il était très beau. Ses yeux étaient verts comme la menthe des mojitos qu'on était en train de boire et son corps était parfaitement sculpté, avec des muscles bodybuildés impressionnants.

Jenna en avait, de la chance !

— Ça roule, Noah ? me répondit-il avec un sourire aimable, mais sans cesser d'observer Nick du coin de l'œil.

— Enchantée, dis-je avec un grand sourire.

Je trouvais Jenna vraiment sympa et je ne voulais pas que son copain me prenne en grippe à cause de ce que Nick avait dû lui raconter sur moi.

— Ça alors, tu peux aussi être sympa, en fait, dit Nicholas d'un ton railleur.

Je n'avais pas envie d'une nouvelle dispute, alors j'optai pour un geste universel : je lui tendis le majeur et je fis volte-face pour aller voir ailleurs.

Mais il m'empoigna le bras pour m'entraîner dans un coin sombre, entre deux superbes voitures. Jenna et son copain nous observèrent un moment, puis Jenna tourna son attention vers ce dernier et se mit à l'embrasser fougueusement. Je sentis un pincement au cœur en voyant le beau couple qu'ils formaient. Il y avait quatre heures seulement, moi aussi, je croyais avoir le meilleur petit copain du monde. Et maintenant...

— Tu peux m'expliquer à quoi tu joues ? m'écriai-je en déchargeant ma colère contre Nick.

Comme il m'avait poussée contre la voiture, je me trouvais maintenant prise au piège entre la portière d'une BMW grise et lui-même.

Il s'était changé et portait un jean qui laissait entrevoir son boxer Calvin Klein, ainsi qu'un T-shirt noir qui moulait ses bras musclés.

Sans me répondre, il m'observa quelques instants, avant de sortir mon iPhone de sa poche pour me mettre sous les yeux la photo qui m'avait brisé le cœur.

— C'est qui ?

Comme si ma vie privée pouvait l'intéresser !

Je tendis la main avec l'intention de lui prendre mon portable, mais il l'éloigna sans cesser de m'observer. Avec tout le mépris dont j'étais capable, je lui crachai :

— Qu'est-ce que ça peut te faire ?

— Moi ? fit-il calmement. Je n'en ai rien à foutre. Mais je suppose que c'est ton copain, ou que *c'était* ton copain, si tu as un peu d'amour-propre. Et, comme les filles font toutes la même chose, je suppose que ton objectif, ce soir, en plus de me les casser, est de te venger de ce con.

J'en restai momentanément muette. Comment le savait-il ? Était-ce si évident, que je voulais rendre à ce salaud la monnaie de sa pièce ?

— Alors je me porte volontaire. Je vais t'embrasser et on va faire dix mille photos si ça peut t'aider à foutre le camp et à rentrer te coucher. Je ne veux pas te voir ici, Noah, ajouta-t-il en regardant ce qui se passait derrière moi.

Il m'avait prise de court. Embrasser ce crétin ? Jamais ! Mais, en y réfléchissant bien… Il était tellement beau. Ce n'était pas que j'en avais envie, mais je savais que cela affecterait cet imbécile de Dan. Il était plein d'orgueil, se croyait le plus beau du lycée, et rien ne pourrait davantage le blesser qu'un mec encore plus beau que lui.

— D'accord, répondis-je. (Il plongea ses yeux dans les miens, clairement ahuri ; ce n'était apparemment pas la réponse qu'il attendait.) Je veux que ce crétin se sente le plus misérable possible, et si pour ça il faut que je t'embrasse… (Je haussai les épaules.) Je le ferai. Mais cette nuit, je n'irai nulle part, je m'amuse ici, alors voilà ce que je te propose : toi, tu me prêtes ton corps pour me venger de mon ex et de mon ex-meilleure amie et, moi, je promets de ne jamais revenir à une de tes petites fêtes.

Un sourire se dessina sur son visage et je le regardai, perplexe. Qu'y avait-il de si drôle ?

— Tu es vraiment folle, tu sais ? dit-il en secouant la tête, incrédule.

— Je suis écœurée, et la seule chose qui m'importe est que ce salaud souffre autant que moi.

Ma voix trahissait mon chagrin. Cette photo ne cessait de me tourmenter, elle n'arrêtait pas de s'imposer à mon esprit. Je n'en avais rien à faire que ce type soit le fils de mon beau-père et qu'il soit complètement idiot… je voulais juste me venger. Je savais aussi que les verres que j'avais bus tout au long de la soirée affectaient mon jugement, mais ça m'était égal. Je commençai à m'énerver :

— Tu vas m'embrasser, oui ou non ?

Nick secoua la tête d'un côté et de l'autre, sans cesser de rire.

Ça m'agaça, alors je fis ce que je voulais faire depuis que je le connaissais : je lui assénai un coup de pied dans le tibia. Il lâcha un cri de surprise plus que de douleur.

— Imbécile, arrête de rire ! Il y a des milliers de mecs ici… Si tu ne te décides pas, j'en cherche un autre.

Il redevint brusquement sérieux.

— Ça, sûrement pas. Je veux que tu disparaisses le plus tôt possible, alors viens, m'ordonna-t-il en m'entraînant jusqu'à l'avant de la voiture.

De là où on était, aucun de ceux qui se trouvaient à la fête ne pouvait nous voir et j'en fus soulagée. D'un bond, je m'assis sur le capot. Nicholas laissa courir son regard sur mes jambes, puis jusqu'à mes yeux.

— Tu dois être sacrément furieuse pour faire une chose comme ça, commenta-t-il en sortant l'iPhone et en mettant l'appareil photo.

— Et toi tu dois sacrément avoir envie de me voir disparaître, dis-je sans la moindre nervosité.

J'avais du mal à le supporter. Pire, je le méprisais. C'est pourquoi j'étais contente de savoir que je l'utilisais.

Il ne répondit pas, mit simplement ses mains sur mes genoux et se glissa entre mes jambes. Ses mains remontèrent le long de mes cuisses, l'une tenant le portable, l'autre caressant ma peau nue. Bien malgré moi, des sensations inattendues s'emparèrent de mon corps.

— Fais-le, une bonne fois pour toutes !

Il eut l'air contrarié et sa main gauche me saisit par la nuque tandis que ses lèvres s'écrasaient brutalement contre les miennes.

Ses lèvres étaient douces et son menton râpeux. Je ressentis un étrange fourmillement au creux du ventre pendant qu'il m'embrassait furieusement, comme s'il voulait me faire payer toutes nos disputes. Puis je me rendis compte qu'il n'avait pris aucune photo.

Je le repoussai brusquement.

— Et si tu prenais des photos ?

Je n'avais jamais été aussi proche de lui et je vis à quel point il avait des yeux clairs et de longs cils : il était vraiment beau… Dieu, plus que beau ! J'avais les jambes en coton, malgré tout le mépris qu'il m'inspirait.

— Et si tu ouvrais la bouche pour dire autre chose que des conneries ? Comme ça, on pourra en terminer.

Il leva le portable à la hauteur de nos têtes et j'humidifiai mes lèvres involontairement.

Puis il m'attira à lui et j'entendis le clic de l'appareil photo. Quand sa langue s'insinua entre mes lèvres et caressa la mienne, j'eus l'impression que des ailes de papillon effleuraient mon ventre. Nos lèvres continuèrent de remuer à l'unisson.

J'aimais cette sensation. Tout mon corps brûlait de passion et, au fond de moi, je savourais ma vengeance et ce baiser… Que Dan aille se faire foutre !

Nick posa une nouvelle fois ses mains sur mes jambes. Tout cela n'était que du désir pur et simple. Rien d'autre. Nous nous haïssions : pourquoi ne pas nous utiliser l'un l'autre ?

J'enfouis mes mains dans ses cheveux noirs. Au diable le bon sens !

Ses mains caressèrent le bas de mes cuisses, faisant brûler de désir d'innombrables parties de mon corps. Je me mordis la lèvre inférieure et je commençai à trembler.

— Ne t'arrête pas, murmurai-je quand ses mains remontèrent jusqu'à ma taille.

Je voulais qu'il continue, qu'il me fasse oublier ma tristesse et tous mes démons. Je voulais juste l'utiliser comme certains garçons utilisent les filles.

Il s'écarta brusquement.

Surprise, j'ouvris les yeux.

— Tu as ta photo, me dit-il en déposant le portable dans ma main.

Je l'observai, le souffle court, contrariée parce que, pour une fois qu'il faisait bien les choses, il s'interrompait et gâchait tout. Décidément, je ne le supportais pas et je détestais tout ce que lui, son père et leur vie de merde avaient réussi à faire de la mienne.

— C'est fini ? m'écriai-je.

J'avais les joues en feu et mon corps n'aspirait qu'à une chose : qu'il me touche encore.

— Arrange-toi pour ne plus croiser mon chemin cette nuit, m'avertit-il en me lançant un regard de véritable mépris.

Qu'avions-nous donc fait ?

Je le regardai s'éloigner avec une étrange sensation au creux du ventre.

12

Nick

J'avais l'impression que j'allais exploser. Chacune de mes terminaisons nerveuses était maintenant réveillée avec une intensité aussi incroyable qu'inquiétante. Tandis que je me dirigeais vers mes amis, ma colère grandissait.

Pourquoi donc l'avais-je embrassée ? Pourquoi diable étais-je entré dans son jeu ? Depuis quand laissais-je une fille m'allumer sans que ce soit moi qui tienne les rênes ? La réponse tenait en quatre lettres : Noah.

Depuis que je l'avais vue cette nuit, je n'avais plus réussi à me la sortir de l'esprit. Peut-être était-ce l'attrait du fruit défendu, après tout nous étions en quelque sorte frère et sœur, ou peut-être était-ce l'envie démesurée de sentir que je pouvais la contrôler, que je pouvais apaiser ce feu qui émanait d'elle, que je pouvais faire d'elle ce que je faisais des autres filles.

Noah était totalement différente de celles-ci. Elle ne succombait pas à mon charme, n'avait pas les genoux tremblants quand je la regardais, ne se laissait pas intimider quand je la défiais, et me répliquait même avec plus de hargne que moi-même. C'était terriblement frustrant… et excitant à la fois. Je ne cessais de me dire que c'était une morveuse mal élevée et insupportable, que je ne devais pas lui accorder d'importance, que je devais carrément l'ignorer… mais mon corps me trahissait et je ne savais plus quoi faire. Je l'avais embrassée, je le lui avais proposé non parce que ça m'intéressait de l'aider à se venger de son putain de mec ni pour pouvoir la chasser de la fête, mais simplement pour lui dévorer les lèvres. Dès que je l'avais vue ce soir, j'avais eu envie de me mettre entre ses jambes et de la posséder. Une sensation dérangeante et frustrante, étant donné que je ne la supportais pas. Mais pourquoi donc était-elle aussi diablement séduisante ?

Son short laissait ses longues jambes à découvert, invitant tout homme à la caresser du regard, à l'embrasser. Ses cheveux me rendaient fou, encore plus lorsqu'elle les portait ainsi, sur les épaules, encadrant son visage rosi par l'alcool. Mais le plus excitant, ça avait été ses lèvres... douces comme du velours, et blessantes lorsqu'elles me lançaient des mots de mépris. J'étais devenu fou quand sa bouche s'était ouverte, quand j'avais senti sa langue tourner contre la mienne sans honte, sans complexe, d'une manière complètement différente de celle des filles que j'avais embrassées jusqu'à présent. D'habitude, c'était moi qui menais le rythme, moi qui contrôlais tout. Je lui avais mordu la lèvre par pur plaisir charnel, pour le simple désir de la dévorer et de bien lui faire comprendre qui était aux commandes.

« C'est fini ? » m'avait-elle demandé, les joues roses et les yeux brillant de désir. Putain ! Que voulait-elle que je fasse ? Si elle n'était pas qui elle était, je l'aurais déjà emmenée sur le siège arrière de ma voiture. Si elle n'était pas aussi insupportablement chiante, je lui aurais offert la meilleure nuit de sa vie. Si elle ne foutait pas tout mon monde en l'air...

— Hé, Nick, où étais-tu ? La première course va commencer ! me cria Lion depuis l'endroit où on avait placé ma Ferrari noire, alignée avec l'Audi customisée de mon adversaire.

Voilà ce dont j'avais besoin : décharger toute la tension accumulée en courant à plus de cent soixante sur une route de sable au beau milieu de la nuit, et en battant l'un après l'autre tous ces crétins de la bande de Ronnie. J'avais besoin de me défouler, de sentir l'adrénaline courir dans mes veines : cela valait mieux que le désir, car cette nuit je savais que je n'obtiendrais pas ce que je voulais réellement.

— Dis à Kyle que c'est moi qui cours celle-ci, m'écriai-je en m'approchant de la voiture.

Mes amis s'amusaient en attendant la course, ils buvaient et dansaient au son de la musique, espérant que cette nuit on remporterait tout le fric. C'était ça, le marché. On jouait quinze mille dollars et la voiture de l'adversaire dans la course finale. J'avais différé cette course contre Ronnie pendant trop longtemps. Ce n'est pas que je craignais de perdre, au contraire. Le problème, c'était que ce type était un délinquant et qu'il n'aimait pas perdre. Chaque année, les paris étaient plus importants et la tension entre les deux bandes aussi. Je leur avais expliqué à tous ce qu'il fallait faire si jamais les choses dérapaient, ils connaissaient les règles.

Quatre bandes étaient en compétition cette nuit, avec leurs deux meilleurs pilotes. Les deux bandes qui devaient s'affronter étaient tirées au sort. Chacune des deux bandes faisait trois tours de course jusqu'à ce qu'il ne reste qu'un seul pilote en piste. Ce dernier courait contre le finaliste qui avait gagné dans l'autre groupe. Au total, il y avait six courses avant la finale, qui était donc la septième.

Et moi, je comptais bien être dans cette finale.

Depuis que je participais à ces courses, il y avait environ cinq ans, nous avions toujours gagné. Ronnie me respectait, mais je savais qu'à la moindre occasion il ne me raterait pas. J'étais un garçon de bonne famille, moi, je ne jouais pas pour l'argent, et il le savait. Lui, en revanche, en avait besoin pour acheter de la drogue et calmer les membres de sa bande. Jouer pour de l'argent était une chose, gagner l'unique objet de valeur que ce type semblait posséder en était une autre. S'il perdait sa voiture, il valait mieux que je sois prêt à tout.

Je m'approchai de ma Ferrari et je passai une main sur son toit. Bon Dieu ! J'adorais cette voiture, elle était parfaite, d'une rapidité incroyable, le meilleur achat que j'aie fait de toute ma vie. Seules des personnes à qui je faisais entièrement confiance avaient le droit de la conduire. Ma voiture. Mes règles. Aussi simple que ça. La conduire était un privilège, et les membres de ma bande le savaient.

— Kyle va être déçu, mon gars, sourit Lion, amusé.

C'était à nous de décider dans quel groupe on courait après le tirage au sort. En réalité, les quatre bandes avaient le même nombre de participants dans les deux groupes, alors, même si Kyle avait très envie d'affronter Greg, l'un des pilotes, j'avais bien l'intention de courir cette course moi-même.

Je jetai un coup d'œil à mon pote, content qu'il soit là cette nuit. Lion faisait partie de mes meilleurs amis. Je l'avais rencontré à l'un des pires moments de ma vie, et depuis nous étions inséparables. C'est moi qui lui avais présenté Jenna, sa copine actuelle. Fille d'un magnat du pétrole, elle avait grandi dans la même zone résidentielle que moi et nous nous connaissions depuis l'enfance. Elle était encore au lycée, mais elle n'était pas comme les autres filles de millionnaires, elle était spéciale et je l'aimais beaucoup. Lion était tombé sous son charme dès qu'il l'avait vue.

— Rien à foutre, répondis-je, de mauvaise humeur.

Lion leva les yeux au ciel mais ne dit rien.

Il me connaissait suffisamment pour savoir quand j'étais d'humeur à entendre des conneries et quand je ne l'étais pas. Et, en ce moment précis, j'étais d'une humeur massacrante.

— Le deuxième virage est plus étroit que le premier. Anticipe, sinon tu risques la sortie de route, me conseilla-t-il tandis que je pénétrais dans l'habitacle.

Plus loin, à cinq mètres de distance, les gens criaient, euphoriques, impatients que la course débute. Deux filles tenaient des fanions fluo, prêtes à donner le signal du départ.

— Compris. Ne perds pas Noah de vue, ne pus-je m'empêcher d'ajouter.

Je serrai le volant avec force en me rendant compte que je pensais encore à elle, mais j'avais besoin de savoir que quelqu'un la surveillait. Ces fêtes étaient dangereuses pour des filles comme elle, et Lion le savait parfaitement.

— Ne t'en fais pas, Jenna est collée à elle comme une ventouse.

Malgré moi, je regardai dans la même direction que lui. Là-bas, avec un bandana fluo autour de la tête, comme si elle appartenait à ma bande, se trouvait Noah, bras dessus bras dessous avec Jenna, un sourire radieux sur le visage. Elle était ivre et euphorique.

Putain.

— Je te vois au retour, lui dis-je, comme on se disait toujours quand c'était à nous de courir.

Je mis le moteur en marche, les fanions s'abaissèrent, puis le bruit de l'accélérateur et le vent dans la figure me firent oublier ces yeux couleur de miel et ce corps sulfureux.

Jusqu'à présent, j'avais remporté toutes les courses. Plus loin, sur une autre des pistes créées dans le désert, il ne restait que Ronnie, les autres coureurs ayant été éliminés. Ce n'était pas surprenant : même si mon pote Kyle était très doué, Ronnie était l'un des meilleurs.

La finale allait se jouer entre nous et l'issue me rendait nerveux.

Le départ aurait lieu dans vingt minutes et j'étais adossé à ma voiture, en train de boire une bière et de fumer une cigarette. Noah était dans un coin avec Jenna. Je les avais aperçues en train de se déchaîner, de danser, boire et s'amuser comme des folles. Je savais ce que faisait Noah : elle buvait pour tenter d'oublier son copain.

— Tu es bizarre, ce soir, affirma une voix familière derrière moi.

Je me retournai vers Anna dès que je sentis son souffle tiède dans mon cou. Elle aussi s'était changée : elle portait une robe très courte qui dévoilait un décolleté plongeant et ses jambes fuselées. Ses yeux étaient pleins de désir, comme chaque fois que nous étions ensemble.

— Ce n'est pas mon jour, répliquai-je, lui faisant comprendre que je ne serais pas particulièrement gentil ce soir.

— Je peux faire en sorte qu'il s'améliore nettement, répondit-elle. (Elle se colla à moi en m'offrant une superbe vue sur ses seins.) Tu n'as qu'à me suivre, ajouta-t-elle d'un ton séducteur.

Je réfléchis. La dernière course n'aurait pas lieu avant quinze minutes et ça ne me ferait pas de mal de me détendre avec Anna sur le siège arrière de mon 4 × 4.

— En vitesse, alors, lui dis-je en l'entraînant à l'intérieur.

Quinze minutes plus tard, nous étions de retour à l'endroit où tous attendaient anxieusement la finale. Coucher avec Anna m'avait éclairci les idées. Je pouvais avoir n'importe quelle fille, je n'allais pas laisser une ado de dix-sept ans bouleverser mon monde.

C'est alors que je la vis.

Tout le monde s'était déplacé vers la ligne d'arrivée. Les seuls qui restaient habituellement près de la ligne de départ, c'étaient Lion et Jenna. Mais il n'y avait aucune trace de Lion.

Je ne vis qu'une chose avant que ma Ferrari noire ne démarre : la chevelure de ma nouvelle sœur dans le rétroviseur.

13

Noah

Après ce qui s'était passé avec Nick, je décidai de ne plus m'approcher de lui, exactement comme il me l'avait demandé. Ce qui s'était passé avait été étrange et agréable, jusqu'à ce qu'il parle et que je me rende compte à qui j'avais affaire.

Au moins, j'avais obtenu ce que je voulais ; d'une certaine manière, je m'étais vengée de Dan, même si dans le fond je savais que je ne pourrais pas vraiment me sentir mieux après la trahison de deux personnes aussi importantes.

La photo que Nick avait prise me déconcertait. Je n'avais jamais fait de photos avec Dan quand on était en train de s'embrasser. D'ailleurs, je crois qu'il ne m'avait jamais embrassée comme ça. En la regardant, j'eus la chair de poule. On y voyait nos profils unis, ses lèvres entrouvertes sur les miennes et nos yeux fermés en train de savourer l'instant. Mes joues étaient rouges alors que Nick avait un air dur, froid et complètement irrésistible. Rien qu'en voyant son profil, on comprenait à quel point il était séduisant. Dan allait être fou. Je le savais. Il était égoïste à ce point, sauf que je n'en avais jamais subi les conséquences jusqu'à présent.

J'écrivis un message sous la photo avant de la lui envoyer :

› Il m'a fallu moins de quatre heures pour trouver
un mec plus homme que toi. Merci de m'avoir

ouvert les yeux. Au fait, sur cette photo, tu as l'air d'un poisson hors de l'eau, apprends à embrasser, crétin !

Sous le message, on pouvait voir la photo de lui et Beth en train de s'embrasser, ainsi que celle de Nick et moi.

J'aurais adoré voir son visage, mais je savais qu'après ce message nous n'aurions plus rien à nous dire. Je n'avais pas l'intention de le revoir et, pour la première fois, je fus contente qu'une frontière nous sépare. Quant à Beth, je lui écrivis seulement trois mots dans le message que je lui envoyai juste après, avec la photo d'elle et Dan :

› Terminé, nous deux.

Je relâchai alors tout l'air que j'avais retenu dans mes poumons. J'en terminais ainsi avec neuf mois de relation amoureuse et sept ans d'amitié. Je sentis que mes yeux devenaient humides, mais je ne versai pas une seule larme ; non, ils ne le méritaient pas.

Je glissai mon portable dans la poche arrière de mon short, puis cherchai Nick du regard. Il était en train de boire une bière, adossé contre sa Ferrari noire. Je lui tournai le dos et je me dirigeai vers l'endroit où m'attendait ma nouvelle amie.

Je passai une partie de la nuit à danser, rire et m'amuser grâce aux folies de Jenna. À plusieurs reprises, elle se volatilisa pour aller embrasser son petit copain sexy, et, dans ces instants-là, tout ce qui s'était passé me revenait à l'esprit et mon moral tombait à zéro. J'essayais de me distraire en me focalisant sur les courses que j'adorais et qui me rappelaient des moments plus heureux, quand je les fréquentais au quotidien. Je ne pouvais m'empêcher d'observer comment chaque pilote conduisait. Le copain de Nick était plutôt bon, mais Nick avait été impressionnant à la première course.

Plus la nuit avançait, plus j'analysais la piste pour essayer de découvrir ce qui permettrait de gagner avec encore plus d'avance. Je finis par remarquer que le deuxième virage présentait un problème. Si on l'abordait trop lentement, on se faisait distancer, mais, si on le faisait trop vite, on risquait de sortir de la piste.

Je mourais d'envie de prouver que je pouvais y arriver mieux que les autres, sentir le vent sur mon visage, l'adrénaline provoquée par la vitesse, savoir que c'était moi qui conduisais la voiture, qui la manœuvrais et la dominais.

Puis je me rendis compte que la dernière course était sur le point de commencer. C'était à ce Ronnie de courir contre Nicholas, et j'étais sûre que, si on m'en donnait l'opportunité, je pouvais le vaincre les yeux fermés.

Tout le monde était monté en voiture et s'était déplacé jusqu'à la ligne d'arrivée. Jenna, Lion et moi devions rester là, mais le couple était parti chercher je ne sais quoi dans la voiture de mon amie. Nicholas avait disparu lui aussi : je l'avais vu partir avec cette idiote aux cheveux bruns en direction de son 4 × 4. J'étais donc seule, près d'une bagnole haut de gamme, en train d'attendre.

C'est alors que je vis Ronnie s'approcher de sa voiture customisée et m'observer avec intérêt. Ce type était vraiment effrayant : il avait davantage de muscles qu'un gladiateur, et des milliers de tatouages couvraient ses bras et une partie de son dos. Je l'observai sans émettre aucun son.

— Hé, mignonne ! (Il appuya ses avant-bras sur le haut de la voiture.) Qui es-tu ? fit-il d'un ton amusé.

Je le regardai d'abord sans dire un mot, puis je décidai qu'il valait mieux lui répondre.

— Noah, dis-je sèchement.

Il sourit sans que je sache pourquoi.

— Je t'ai observée, m'avoua-t-il en souriant. Je sais faire la différence entre les filles qui s'y connaissent et les autres. Toi, tu appartiens au premier groupe.

Je l'observai, sur mes gardes.

— Possible que j'aie couru un jour, dis-je en me demandant où étaient les autres.

Je n'aimais pas la manière dont ce type me regardait, ça faisait froid dans le dos.

— Je le savais, s'écria-t-il, amusé. Pourquoi ne cours-tu pas contre moi, chérie ?

Était-il vraiment en train de me demander ça ?

— Tu dois courir contre Nicholas.

— Nicholas n'est pas là, n'est-ce pas ? fit-il avec un geste de la main.

Je sentis l'adrénaline envahir mon corps tout entier. Mon Dieu… courir de nouveau… Voilà ce que je voulais, ce dont j'avais besoin… et c'était vrai que Nicholas avait disparu.

— Je ne crois pas que ce soit une bonne idée.

Je me mordis la lèvre en voyant que les clefs de la Ferrari étaient restées sur le contact.

Ronnie fit claquer sa langue sans me quitter des yeux et s'approcha lentement de moi.

— Tu fais partie de sa bande, non ? dit-il en indiquant le bandana fluo que Jenna m'avait mis dans les cheveux.

Pas vraiment, mais j'économisai ma salive.

— Nick a déjà couru cette nuit. Il est temps qu'il laisse courir une femme, tu ne crois pas ?

Les types comme Nicholas étaient la raison pour laquelle les filles comme moi n'étaient jamais prises au sérieux.

— Ou alors tu as peur ?

Mes yeux étincelèrent, et la résolution devait se lire sur mon visage quand j'ouvris la bouche une seconde plus tard :

— J'accepte.

— Génial, ma belle, me dit-il, les yeux brillant d'excitation. On se voit à l'arrivée, ajouta-t-il en montant dans sa voiture.

Je savais ce qu'il pensait. Il comptait gagner les yeux fermés. Bien, cher Ronnie. Je crois que j'ai oublié de te parler d'un détail : tu vas courir contre la fille d'un vainqueur de Nascar.

Cette voiture était géniale. Les sièges étaient en cuir, la carrosserie était impressionnante, et que dire du ronronnement du moteur. Quel plaisir, et quels souvenirs ! Je démarrai le moteur avec facilité et je m'approchai de la ligne de départ. Personne ne savait que c'était moi qui conduisais, personne, excepté mon adversaire.

Je souriais comme une gamine. Je ne voulais pas penser aux conséquences, je ne voulais pas penser que Nicholas allait m'étrangler, je voulais juste en profiter.

Allons-y, Ronnie, espèce de gros dur.

Dès que les fanions donnèrent le signal, j'appuyai sur l'accélérateur et, en moins d'une seconde, je laissai derrière moi la ligne de départ. Bon sang ! C'était impressionnant, libérateur, amusant, relaxant, ahurissant... La meilleure chose au monde. Cela faisait des années que je n'avais rien fait de tel et, enfin, je faisais quelque chose pour moi, quelque chose qui me plaisait et qui n'avait rien à voir ni avec ma mère, ni avec son mari, ni avec mon ex-petit copain, ni avec mon ex-meilleure amie. À cet instant, je me sentis libre comme un oiseau et euphorique comme jamais.

À côté de moi, Ronnie roulait à une vitesse vertigineuse. J'appuyai sur l'accélérateur et je criai comme une folle en passant le premier virage, laissant le gros dur derrière moi.

— Oui ! criai-je joyeusement.

Maintenant, le deuxième virage, celui qui était difficile, s'approchait. Devais-je l'aborder avec peu de vitesse, sans prendre de risque, ou accélérer jusqu'à la limite et risquer d'être projetée hors de la piste ?

La deuxième option était la plus enthousiasmante.

J'appuyai fort tout en calculant quand je devrais décélérer pour passer le virage sans danger.

En le voyant de plus près, je remarquai qu'il était plus étroit que ce que j'avais pensé dans un premier temps. Merde… j'allais être projetée hors de la route. Je réduisis la vitesse en tournant le volant de toutes mes forces. Je sentais les grains de sable frapper la voiture et les pneus maltraités crisser.

Je serrai les mâchoires et laissai échapper un petit cri quand je réussis enfin à passer sans me tuer. Le bruit du moteur me réclamait plus de vitesse, et j'accélérai.

— Oui ! criai-je une nouvelle fois, en voyant Ronnie dans le rétroviseur.

Il me talonnait, et son capot heurtait presque l'arrière de ma voiture. Je l'observai : la rage de perdre décomposait ses traits.

Prends ça ! criai-je avec enthousiasme en mon for intérieur. *Les hommes, tous des machistes, des prétentieux et des cons !*

Le plus difficile était passé ; maintenant, c'était du gâteau. J'accélérai encore en voyant la ligne d'arrivée. Plus que quelques centaines de mètres et je gagnais. L'adrénaline courait dans mes veines, j'étais euphorique. Puis Ronnie me fonça dedans. Je fus projetée vers l'avant et la ceinture de sécurité me cisailla la poitrine.

— Mais quel… !

J'élevai la voix tout en serrant le volant avec plus de force. Ronnie semblait hors de lui, il décélérait et accélérait en essayant une nouvelle fois de me heurter. Je déviai un peu pour éviter un troisième coup, mais il continua. Le suivant vint par le côté droit. Putain, il était en train de bousiller la voiture !

Je tournai le volant vers la droite d'un geste rapide et brusque pour lui rendre la monnaie de sa pièce. Le rétroviseur latéral de sa voiture, presque arraché, resta suspendu dans le vide.

Plus que quelques mètres, trois, deux… je franchis la ligne d'arrivée.

Les gens se mirent à hurler et à agiter les mains et les foulards fluo dans les airs. C'était hallucinant : l'émotion de gagner, l'euphorie d'avoir vaincu ce gros dur sur la piste…

Je décélérai et finis par freiner près de l'endroit où se trouvaient la plupart des spectateurs. Je regardai dans le rétro et je vis Ronnie sortir en furie de sa voiture. Il asséna un coup de pied à sa portière et j'éclatai de rire.

À ce moment, quelqu'un apparut à ma vitre, ouvrit la portière et me sortit d'un coup sec de l'habitacle, me projetant presque dans les airs.

Je fis face à un visage enragé.

— T'es complètement folle !!?

Merde, Nicholas !

Je ne l'avais jamais vu aussi furieux. Même pas lorsqu'il s'était battu la veille et avait distribué des coups de poing comme il aurait distribué des bonbons. Ses cheveux étaient en bataille comme s'il avait tiré dessus, et il me lança un regard assassin.

Je dis la première chose qui me passa par la tête, intimidée :

— J'ai gagné…

Ses yeux s'écarquillèrent, puis il me saisit par les épaules et approcha son visage du mien :

— Est-ce que tu as la moindre idée de ce que tu as fais ?!

Il me faisait peur, mais je ne me laissai pas faire et me débattis pour qu'il me lâche.

— Je t'interdis de me crier dessus, répondis-je sur le même ton.

Putain de gosse de riche ! Sa voiture n'était même pas cassée. Les coups avaient été donnés par ce crétin de mauvais joueur de Ronnie. En plus, j'avais gagné la course !

Jenna et Lion apparurent à ce moment, tandis que la foule devenait folle. Je commençai à discerner ce que les gens criaient :

— Tricheur ! Tricheur !

Au moins, j'avais le public de mon côté. Ronnie avait triché, oui, il m'avait heurtée par-derrière, ce qui, dans ce genre de courses, était interdit, encore plus quand on conduisait des voitures comme celles-ci, qui n'étaient pas faites pour recevoir de forts impacts.

— Nicholas, lâche-la, ordonna Lion.

Mais je vis qu'il me regardait plus ou moins de la même manière que son copain.

Jenna aussi me lança un regard noir, ce qui me surprit et me blessa en même temps.

— Voilà Ronnie, annonça Jenna.

Nicholas me lâcha et mon dos alla cogner contre la portière.

Que se passait-il, bon sang ? Quelle mouche les avait tous piqués ?

Nicholas me tourna le dos et se tourna vers Ronnie, les poings serrés.

— Vous avez enfreint les règles, Leister, et tu sais parfaitement ce que ça signifie, lâcha-t-il, furieux, mais avec un sourire sur son horrible visage piercé et tatoué.

— Putain de conneries, répliqua Nick.

Lion se tenait près de lui et les membres de leur bande s'approchèrent pour le soutenir. Les acolytes de Ronnie en firent autant. En moins d'une minute, un cercle se forma autour de nous et je n'y comprenais toujours rien.

— Ce n'est pas mon problème si quelqu'un prend ma voiture et va sur la piste, je n'ai pas l'intention d'en assumer la responsabilité, dit Nick, et je commençai à comprendre où ils voulaient en venir.

— Elle est membre de ta bande, Leister, alors, si, c'est de ta responsabilité, rétorqua Ronnie avec un sourire amusé.

— Elle n'est pas… commença Nicholas.

Puis il tourna la tête vers moi, et je vis ses yeux briller de surprise puis d'une colère décuplée.

— Elle porte le bandana, donc elle est membre.

À ce moment, je compris. Le bandana faisait de moi un membre de la bande ; mais je ne voyais pas en quoi le fait de courir à la place de Nicholas était un problème.

— Tu as enfreint les règles, Leister. La finale était entre toi et moi, alors on sait qui est le gagnant.

Des hurlements d'enthousiasme s'élevèrent de la foule de ses partisans massés derrière lui. Tous nous regardaient d'un air de défi.

— C'est ridicule, déclara Nicholas. (Il fit un pas en avant, Lion fit de même et je vis comment il serrait les poings contre son corps.) On n'a qu'à refaire la course, point barre, tu n'as rien gagné.

Toujours en souriant, et avant même que Nicholas ait terminé sa phrase, Ronnie fit « non » de la tête.

— Tu peux déjà me donner tes quinze mille dollars et les clefs de cette petite merveille, fit-il en regardant la Ferrari noire de Nick.

Non !

Je fis un pas en avant. Peu m'importait qui était ce type. À côté de moi, Nicholas se raidit mais, avant qu'il ne puisse m'en empêcher, je m'écriai, furieuse :

— C'est toi-même qui m'as demandé de faire la course. Et je t'ai vaincu, moi, une fille de dix-sept ans, pointai-je d'un ton moqueur. (Le visage de Ronnie se décomposa et il me lança un regard assassin. Je continuai sans me laisser impressionner.) J'ai blessé ton petit ego masculin, et maintenant tu veux nous faire croire à tous que, selon je ne sais quelle règle stupide, tu aurais le droit de prendre la voiture et l'argent…

J'aurais continué à parler, mais Nicholas s'interposa.

— Ferme ta putain de bouche et rentre dans la voiture, me dit-il entre ses dents. Maintenant ! ajouta-t-il plus fort.

— Non ! criai-je. (Je n'avais pas l'intention de laisser ce crétin retourner la situation à son avantage, et je ne lui permettrais pas non plus de prendre la voiture. C'est moi qui avais gagné la course, lui n'avait même pas réussi à me doubler une seule fois.) Apprends d'abord à courir, imbécile !

Les membres de la bande de Nick crièrent pour manifester leur approbation, et je me sentis mieux.

Quelqu'un me tira en arrière au moment où Nicholas avançait vers Ronnie avec les veines du cou sur le point d'exploser. En voyant le visage de Ronnie, je sus qu'ils allaient se cogner dessus.

— Ferme-la une bonne fois pour toutes, Noah, m'ordonna la voix de Jenna dans l'oreille. Si tu n'arrêtes pas, tout va se terminer bien plus mal que ce que tu peux imaginer.

Je ne lui répondis pas, occupée à regarder Nicholas qui s'arrêtait devant Ronnie.

Ils se défièrent du regard, et j'eus peur que tout cela ne se termine par une bagarre en règle. Puis Nicholas plongea la main dans sa poche, en sortit des clefs et les lui tendit.

Oh non !

— L'argent sera viré demain à la première heure, dit Nick, feignant le calme.

Le silence se fit autour de nous. Ronnie fit tourner les clefs entre ses doigts avec un sourire suffisant. Nicholas se retourna. Il respirait avec difficulté et semblait sur le point d'exploser.

— Essaie de garder cette salope à la maison, dit alors Ronnie, et le visage de Nicholas se décomposa.

Il se retourna si vite que personne ne le vit venir. Son poing s'écrasa contre la mâchoire de Ronnie avec une force telle qu'il le projeta contre le capot de sa voiture.

C'est alors que la folie se déchaîna.

Les poings commencèrent à voler autour de moi. Les deux bandes s'affrontaient et j'eus brusquement l'impression d'avoir plongé dans l'enfer. Quelqu'un me frappa par-derrière et je tombai à la renverse, m'égratignant les genoux et les mains.

— Noah ! cria Jenna, qui s'agenouilla près de moi pour m'aider à me relever.

Bon sang ! Ils se tapaient dessus comme si leur vie en dépendait. Je sentis la panique m'envahir en voyant que je m'étais vraiment fourrée au milieu d'une bagarre de cinquante types musclés et dangereux.

Quelqu'un m'attrapa par le bras et nous tira en arrière, Jenna et moi. C'était Lion, avec un air dur comme le roc et une détermination de fer. Sa lèvre était en sang et il cracha par terre tandis qu'il se hâtait de nous sortir de là.

— Mettez-vous là-dedans, fit-il quand on arriva au 4 × 4 de Nick.

Je ne pus m'empêcher de me retourner, cherchant celui-ci du regard.

Lion entra lui aussi dans la voiture et démarra en moins d'une seconde. Puis il s'approcha comme il le pouvait de l'endroit où Nick continuait à se battre avec un Ronnie à présent déchaîné.

— Nick ! cria Lion.

Il s'approcha encore plus de cette folle mêlée. Les types se frappaient et tombaient à la renverse.

Nicholas asséna un coup de poing dans l'estomac de Ronnie, puis se mit à courir dans notre direction. Je vis qu'il avait une lèvre fendue et une pommette qui était en train de passer du rouge au violet. Il bondit sur le siège du passager au moment où Lion opérait un virage et appuyait sur l'accélérateur.

Je jetai un coup d'œil en arrière.

Mon cœur bondit en voyant Ronnie qui levait une arme et la pointait sur nous.

— Baissez-vous ! hurlai-je au moment même où la vitre arrière volait en éclats.

Mon cœur s'arrêta de battre un instant puis s'emballa en une sorte de course effrénée qui me fit craindre de perdre la raison.

— Putain ! s'écrièrent Lion et Nick au moment où Jenna et moi lâchions un hurlement digne d'un film.

— Fils de… commença Nicholas, tandis que Lion filait à fond la caisse et débouchait sur la route. À cette heure de la nuit, il n'y avait pas une seule voiture en vue. J'en fus soulagée, car Lion continuait d'appuyer à fond sur l'accélérateur. En me retournant, je vis que plusieurs voitures faisaient de même, mais, du moment que je ne voyais pas Ronnie, c'était l'essentiel.

— Ça va ? nous demanda Nicholas.

Il se retourna et me regarda avant de regarder Jenna.

— Jenna, dis quelque chose, lança Lion, fou d'inquiétude, tout en la regardant dans le rétroviseur.

— Quel sale fils de pute ! cria Jenna, hystérique, au moment où je commençais à trembler de la tête aux pieds.

— Je vois que tu es en grande forme, dit Lion avant d'éclater d'un rire hystérique.

Nick me lança un autre coup d'œil, s'attarda sur mon visage, très certainement décomposé. Puis il se retourna, posa sa tête contre le dossier et s'adressa à Lion :

— Arrête-toi à une station-service.

Quant à moi, j'osais à peine respirer. J'étais complètement bouleversée, pétrifiée par la peur. Personne n'avait jamais pointé une arme sur moi auparavant. Et ce type m'avait regardée dans les yeux avant de tirer, un regard malsain qui me poursuivrait longtemps.

Je n'arrivais toujours pas à croire à ce qui s'était passé. Comment les choses avaient-elles pu déraper à ce point ?

J'avais l'impression que j'allais m'effondrer d'un moment à l'autre. Tout s'était succédé si vite : l'histoire de Dan et Beth, la poussée d'adrénaline que j'avais ressentie à courir pour la première fois depuis des années, les bons et les mauvais souvenirs que cela avait réveillés, l'impuissance et la culpabilité qui m'avaient envahie quand Nicholas avait donné sa voiture à ce sale type ; sans oublier mes genoux et mes mains ensanglantés par ma chute, qui me faisaient de plus en plus souffrir à présent que l'adrénaline se volatilisait.

Dix minutes plus tard, plongés dans un silence lourd, nous arrivâmes à une station-service ouverte vingt-quatre heures sur vingt-quatre.

Lion éteignit le moteur et s'empressa d'ouvrir la portière à Jenna et de la sortir de là pour la serrer contre lui en une étreinte passionnée.

Nick sortit de la voiture en même temps et se dirigea droit vers la boutique. Moi, je ne bougeai pas. Je ne pouvais ni ne voulais le regarder.

À présent, oui, je me sentais coupable, tout ce qui était arrivé était ma faute, cette bagarre aurait pu se terminer dix mille fois plus mal. Je n'avais pas la moindre idée de ce que faisait Ronnie avec une arme. Puis je compris sans l'ombre d'un doute que ces courses et ces gens étaient bien différents de ce que j'avais connu quand j'étais enfant : ces courses étaient dangereuses, on y pariait un max d'argent et ceux qui y participaient étaient des délinquants. Et moi, j'avais ridiculisé le chef d'une de ces bandes et provoqué une bagarre entre lui et mon nouveau frère.

Nicholas sortit de la boutique avec un sac plein. Il s'approcha de Jenna et Lion et leur tendit des bandes, de l'alcool et des antalgiques. Jenna avait une plaie sur le front, car elle avait reçu un coup, et Lion s'occupa d'elle en un quart de seconde, s'assurant que ce n'était rien de grave.

Nicholas s'adossa à la voiture. Il sortit de l'alcool et une bande stérile, et nettoya la blessure de sa lèvre sans m'adresser un seul regard. Puis, après avoir renversé une bouteille d'eau sur sa tête et avoir secoué ses cheveux mouillés, il s'approcha de moi.

Il ouvrit ma portière et me dévisagea un instant. Je me tournai vers lui avec l'intention de descendre de voiture et de me soigner seule, mais il m'en empêcha.

— Donne-moi tes mains, m'ordonna-t-il d'une voix blanche.

Je ne le fis pas, je restai simplement à le regarder. Sa lèvre était dans un état lamentable et il avait un hématome horrible sur la joue. Et tout cela était arrivé par ma faute. Mon estomac se noua.

— Je suis désolée, lui dis-je si bas qu'il ne l'entendit peut-être pas.

Il m'ignora, mais prit une de mes mains et, avec délicatesse, commença à nettoyer ma blessure ensanglantée.

Je ne savais ni que faire ni que dire. J'aurais préféré qu'il crie ou qu'il me dise combien j'étais stupide et irresponsable, mais il se contenta de soigner mes blessures. Celles de mes mains, puis de mes genoux. Derrière nous, Jenna et Lion se murmuraient des mots doux, tandis que Jenna s'occupait des blessures de Lion. Nicholas me regarda une fois seulement avant de s'écarter et de retourner sur le siège conducteur. Quelques minutes plus tard, nous étions à nouveau sur la route, toujours enveloppés d'un silence sépulcral. Même Jenna et Lion ne disaient rien.

Je réalisai alors que je venais de commettre la pire des conneries.

14

Nick

Quatre jours s'écoulèrent, au cours desquels je ne revins pas chez moi. Après ce qui s'était passé aux courses, je n'avais pas la moindre envie de m'y pointer. Je redoutais ma réaction lorsque je tomberais nez à nez avec Noah. Une partie de moi avait envie de l'étrangler et de lui faire payer ce que son stupide petit jeu m'avait coûté : ma voiture, ma Ferrari noire à plus de cent mille dollars, et la rupture définitive de la trêve entre ma bande et celle de Ronnie. Ce sale fils de pute nous avait tiré dans le dos, je me rappelais encore comment mon cœur avait bondi dans ma poitrine en entendant le tir et le cri de Noah sur le siège arrière. Je me rappelais avoir eu peur de me retourner, je me rappelais avoir eu la pire frayeur de ma vie, et tout ça à cause de la stupidité d'une fille incapable d'écouter une seule fois ce qu'on lui disait.

En la voyant courir, je m'étais senti complètement impuissant. Je ne savais toujours pas d'où elle tenait cette habileté à conduire, mais putain, comment elle avait battu ce crétin ! Une partie de moi avait admiré sa façon d'aborder le deuxième virage ; je n'avais pas eu les couilles de prendre autant de risques qu'elle, mais ça prouvait aussi son manque de jugeote.

Je ne pouvais pas non plus m'ôter de l'esprit le baiser que je lui avais donné et l'envie que j'avais de recommencer. Je ne pouvais oublier la saveur de ses lèvres pleines et douces, ce corps qui me rendait fou…

Merde.

Je ne pouvais pas rentrer chez moi, je ne savais pas comment j'allais réagir : une partie de moi, la plus perverse et celle qui clairement ne pensait pas avec la tête, voulait par-dessus tout sauter cette fille aux cheveux blonds et aux yeux couleur de miel, lui faire tout ce que mon imagination me dictait, et lui faire payer le fait de m'avoir fait perdre mon joyau le plus précieux ; l'autre voulait simplement lui faire redouter ma présence, faire en sorte qu'elle ose à peine respirer près de moi. Évidemment, la première option était celle qui m'attirait le plus, et je me maudissais pour cela.

Depuis quatre jours, j'allais de fête en fête, me couchant à des heures indues et me tapant une fille différente chaque nuit. Après ce qui s'était passé aux courses, Ronnie et moi en avions terminé à jamais. Et j'étais préoccupé par la réaction qu'il pourrait avoir si on se revoyait, ce qui arriverait tôt ou tard puisqu'on fréquentait les mêmes cercles.

C'était incroyable comment cette fille avait tout foutu en l'air en si peu de temps ; et, en plus, j'étais obligé de la voir chaque putain de matin.

J'arrivai donc chez moi d'une humeur de chien, avec une vitre arrière toute neuve. Je me garai, mis mes lunettes de soleil car j'avais une gueule de bois infernale et me dirigeai vers l'entrée avec l'intention de disparaître dans ma chambre pour la journée. Mais cela me fut impossible : je venais à peine de rentrer qu'un cri en provenance de la cuisine me fit jurer intérieurement et prier pour avoir la patience d'affronter ce qui m'attendait.

J'entrai lentement dans la cuisine, où ma belle-mère, sa fille et... Jenna ? étaient en train de petit-déjeuner devant l'îlot. Mes yeux s'attardèrent un peu plus sur mon cauchemar personnel. Noah sembla se décomposer en me voyant arriver. Je remarquai que sa peau était dorée par le soleil et que ses cheveux étaient plus blonds, et avec plus de mèches de couleur qu'auparavant. Elle portait un maillot de bain une pièce et une serviette enroulée autour de la taille. Ses cheveux mouillés dégoulinaient sur le plan de travail où était posé son bol de céréales. Près d'elle, Jenna avait plus ou moins la même tenue, sauf qu'elle était en bikini et arborait un sourire affable, celui qu'elle réservait à la famille et aux amis.

Elles étaient amies, maintenant ?

— Te voilà enfin, Nick. Ton père a essayé de te joindre toute la journée hier, me dit Raffaella d'un ton aimable.

Elle avait l'air d'être réveillée depuis des heures et, contrairement à sa fille, elle était tirée à quatre épingles, avec ses cheveux blond platine ramassés en chignon et un tailleur de lin blanc bien repassé.

Putain, avec quelle rapidité elle s'était transformée en Mme William Leister !

— J'étais occupé, répondis-je sèchement.

Je m'approchai du frigo pour y prendre une bière. Je n'en avais rien à foutre qu'il ne soit que dix heures du matin.

— Eh bien, Nick, tu ne nous dis pas bonjour ? fit Jenna en se tournant vers moi.

Je lui lançai un regard furieux. Jenna savait parfaitement que je n'avais pas la tête à ce genre de conneries. Elle aurait mieux fait de se taire et de rester le nez plongé dans son bol de céréales, comme Noah.

Je marmonnai un bonjour tout en portant la bière à mes lèvres. Noah tentait de garder son calme, comme si ma présence ne l'affectait pas le moins du monde.

— Nicholas, ton père voulait te parler, parce que ce soir nous partons à New York, annonça Raffaella. Il a un congrès et il veut que je l'accompagne. J'aimerais que tu restes là avec Noah, je ne veux pas qu'elle soit seule dans cette maison si grande et…

— Maman, je t'ai déjà dit que ça ira très bien, intervint alors ma quasi-sœur en la foudroyant du regard. Je peux rester seule. En plus, Jenna sera là pour me tenir compagnie, hein, Jenna ?

Jenna haussa les épaules puis acquiesça, non sans m'avoir d'abord regardé. Noah ne voulait pas me voir, ne voulait pas m'avoir près d'elle… Mmh, intéressant !

— Je vais rester, annonçai-je alors, sans très bien savoir où je mettais les pieds.

Noah abandonna son air indifférent pour me regarder avec de grands yeux, semblant vouloir être ailleurs.

— Je serai beaucoup plus tranquille, merci, Nick, conclut Raffaella. (Elle se leva et prit une dernière gorgée de café.) Je vais faire mes valises. Je vous verrai plus tard, avant de partir.

Et elle sortit aussitôt.

— Pas besoin que tu restes, je sais très bien prendre soin de moi, me lâcha Noah, semblant prendre sur elle pour rester calme.

Je me rapprochai et m'assis sur la chaise qui se trouvait près d'elle.

— Je doute que tu saches le faire, mais ce n'est pas pour ça que je reste. (Je plongeai mon regard dans le sien.) Je suppose que tu me manquais, Effy. Aujourd'hui aussi tu as l'intention de me faire perdre cent mille dollars ?

Les yeux écarquillés sous l'effet de la surprise, Noah respira profondément à plusieurs reprises et, lorsqu'elle commença à balbutier une réponse, je décidai de mettre fin à sa torture.

— Du calme, je blaguais, je sais que tu ne pourrais pas me rembourser, même dans tes rêves les plus fous.

Tandis que ma colère grandissait, je sentais mon désir pour elle se raviver. Mes yeux se posèrent involontairement sur son décolleté trempé par l'eau de la piscine puis sur son tatouage, qui me rendait complètement fou.

— Tu es en train de dire que tu vas oublier toute l'affaire ? demanda-t-elle, incrédule.

— Je suppose que je pourrais obtenir un dédommagement d'une autre façon…

Je réalisai sur-le-champ que j'étais encore en train de flirter avec elle.

Troublée, elle battit des paupières.

Bon sang.

— Revenons-en au début, quand je t'ignorais, que tu m'ignorais, et que tout le monde était content.

Je me levai et priai pour ne plus faire de gaffe.

Mon regard croisa celui de Jenna, qui m'observait, intriguée, avec un petit sourire sur ses lèvres charnues.

Je leur tournai le dos et sortis dans le jardin en me demandant pourquoi diable ma colère avait disparu dès que je l'avais revue.

15

Noah

Ça m'avait ébranlée de le revoir. Au cours des quatre derniers jours, j'avais plus ou moins oublié ce que j'avais provoqué aux courses, et surtout j'avais essayé d'éviter de penser à lui parce que, chaque fois que je le faisais, je sentais mon estomac se tordre. J'étais consciente de lui avoir fait perdre son joyau le plus précieux, j'étais consciente qu'on aurait pu se faire tuer cette nuit-là, mais ce n'était pas totalement ma faute. Si Dan ne m'avait pas trompée, je n'y serais jamais allée. Et puis, en plus, ce délinquant de Ronnie m'avait trahie.

J'avais cru qu'il faudrait des jours, des mois, des années pour que le gosse de riche me pardonne et oublie ce que j'avais fait et, là, il prétendait que l'histoire était oubliée ?

Je suppose que c'étaient des conneries, son histoire d'obtenir un dédommagement « d'une autre façon » ?

Je ne savais plus que penser, et je ne voulais pas non plus trop réfléchir à ce que voulait Nicholas Leister en compensation. Je me sentais soulagée et reconnaissante qu'il veuille bien me pardonner.

J'avais passé ces derniers jours dans cette maison à laquelle je tentais de m'habituer, tourmentée par les remords et par des pensées encore plus douloureuses et difficiles à supporter. La véritable cause de ma tristesse et de ma mauvaise humeur constantes, c'était de savoir que mon ex-petit copain m'avait trahie sans états d'âme. Mais ce n'était pas le pire : depuis, il m'appelait sans cesse et me laissait des milliers de messages pour que je lui pardonne et qu'on se remette ensemble.

Chaque fois que mon téléphone sonnait, mon cœur semblait s'arrêter pour ensuite se remettre à battre, lentement, à un rythme douloureux. Tandis que je me dorais au soleil, j'avais compris que tout ce qui m'attachait à ma ville, à ma maison, s'était brisé pour toujours, et c'est ce qui me faisait le plus mal. Ma meilleure amie avait décidé de détruire notre amitié pour un mec, *mon mec*, et par-dessus le marché elle avait le toupet de me demander de lui pardonner. Elle était folle !

Plus jamais je ne leur parlerais, plus jamais je ne serais stupide au point de succomber au charme d'un garçon.

— Tu dois être le cauchemar de Nick, me dit Jenna en sortant un paquet de cigarettes de son décolleté.

Je ne pus éviter de pencher la tête pour voir si ma mère était dans le coin.

Ma nouvelle amie était le seul point positif de cette nuit désastreuse. Sa bonne humeur et son sens de l'humour avaient rendu ces derniers jours plus supportables. Elle m'avait raconté qu'elle connaissait Nicholas depuis son enfance. C'est pourquoi elle le connaissait bien mieux que n'importe qui d'autre.

Selon elle, mon nouveau frère était un fieffé coureur de jupons et, tout ce qui l'intéressait, c'était de faire la fête, boire, s'amuser, baiser avec toutes les filles qui lui tombaient sous la main et vaincre Ronnie toutes les fois qu'il le fallait pour lui démontrer que c'était lui qui menait la danse dans le monde de la nuit.

Rien de ce qu'elle m'avait révélé ne m'avait surprise, sauf un détail dont elle-même ne savait pas grand-chose. Elle m'avait raconté qu'à dix-huit ans Nicholas avait quitté la maison de son père pour aller vivre chez Lion, dans un quartier mal famé, et qu'il s'était fourré dans des tas d'emmerdes. Voilà pourquoi il connaissait tant de types louches. Son amitié avec Lion datait de cette époque-là et avait perduré.

Cette révélation m'avait abasourdie. Ma mère n'en savait sûrement rien ; sinon, elle m'en aurait parlé. À présent, je comprenais comment un garçon de bonne famille comme Nick avait fini par se fourrer dans des histoires aussi dangereuses.

— Mais pour quelle raison ? demandai-je distraitement tout en mélangeant mes céréales.

Sans répondre à ma question, Jenna dit :

— Et toi, tu t'es vue ? Malgré tes apparences de petite fille modèle, tout à coup tu montes dans une voiture, tu gagnes une course et tu nous fourres tous dans une merde pas possible. Tu n'es pas ce qu'on appelle « prévisible », Noah… et hier tu as laissé plus d'un mec bouche bée. Je te parie ce que tu veux qu'en ce moment Nick ne pense qu'à une chose : te prendre sur cette table pour se défouler de la frustration d'avoir perdu sa voiture. C'est sa manière à lui d'apporter une solution aux choses, plutôt que de raconter des bobards en te disant qu'il va oublier cette histoire, acheva-t-elle en éclatant de rire.

En voyant ma tête, elle reprit :

— Allez, ne me dis pas que tu n'y as jamais pensé… Si je ne le connaissais pas depuis que je suis toute petite, je serais tombée à ses pieds, comme presque toutes les filles de cette ville.

Le baiser que nous nous étions donné sur le capot de sa voiture me revint à l'esprit. J'y repensais de temps à autre, et mon corps se mettait à trembler de haut en bas, avec une seule envie : que ses mains recommencent à me caresser. Mais cela signifiait juste que nous étions humains !

— Crois-moi, je ne le laisserai jamais me *prendre* nulle part, répondis-je sèchement. J'ai eu ma part de beaux gosses pour une éternité. Les mecs te trompent à la moindre occasion, il suffit de voir mon mec, Dan.

— Ex-mec, me corrigea-t-elle en aspirant une autre bouffée. Tu as raison, les mecs sont dangereux, mais ça ne te ferait pas de mal de profiter de ce qu'ils peuvent t'offrir ; comme ça, tu oublierais ce salaud de Dan. Qui a dit que les femmes ne pouvaient pas coucher avec un mec pour le simple fait de vouloir le faire ? Tu es célibataire, c'est l'été, tu es belle… profite, et ne réfléchis pas trop.

Je ne pus retenir un éclat de rire. Bon sang, Jenna était complètement folle ! Je n'étais pas ce genre de fille.

— Bon, et si on changeait de sujet ? Dis-moi juste que tu vas rester dormir ici ce soir.

Je la regardai avec des yeux suppliants. Si je devais passer trois jours seule avec Nicholas dans cette immense maison, je ne survivrais pas au week-end.

Jenna réfléchit.

— Nicholas va sûrement inviter les autres, ce qui signifie que Lion sera là, et si en plus il y a à boire et de la musique… Je reste, bien sûr !

Cette nouvelle acheva de me mettre de bonne humeur. Avec Jenna à mes côtés, les jours passaient nettement plus vite et c'était justement ce dont j'avais besoin : que les jours volent sans même savoir où ils m'emmenaient.

Comme Jenna l'avait prédit, quelques heures plus tard c'était la folie. Il n'était pas encore vingt et une heures quand un tas de jeunes commencèrent à sonner à la porte, avec des fûts de bière.

L'alcool commença à couler à flots et la musique résonna à travers des haut-parleurs invisibles. Avec mon short de survêt et mon chignon lâche, je me sentais complètement décalée. Jenna était allée chez elle pour se changer et n'était toujours pas revenue. Je montai donc dans ma chambre pour trouver une tenue plus en accord avec le ton de cette soirée. Je fouillai dans mon dressing à la recherche de quelque chose qui me permette d'être à l'aise et de me sentir belle en même temps.

Je trouvai un short noir qui me collait au corps comme une seconde peau et un haut orangé qui allait à merveille avec ma peau nouvellement bronzée. Satisfaite de ma tenue, je lâchai mes cheveux, enfilai des sandales plates – je n'allais pas mettre des talons pour rester chez moi – et sortis à toute vitesse en entendant de nouveau la sonnette de l'entrée, qui résonnait aussi fort que la musique.

Je n'eus pas le temps d'arriver jusqu'à la porte que Jenna était déjà entrée, accompagnée de son copain, Lion. Les voir ensemble était un véritable régal pour les yeux. Jenna avait opté pour des talons très hauts, mais elle était toujours un peu plus petite que Lion, qui portait un jean et un T-shirt ample noir.

Jenna s'approcha de moi, un sourire amusé aux lèvres.

— T'es canon, ma petite, me dit-elle. Tu as déjà repéré un mec qui te plaise ? Ce corps a besoin d'un peu de mambo !

Je rougis, puis j'éclatai de rire avec elle.

Jenna était un souffle d'air frais. J'avais beau ne la connaître que depuis quelques jours, je sentais que je pouvais lui faire confiance.

— Allons boire quelque chose, j'ai la gorge sèche, proposa Lion.

Dans la cuisine, Jenna alla droit au tonneau de bière et me tendit un verre rempli de liquide mousseux. C'était délicieux et rafraîchissant, et je fus heureuse de cette distraction qui me permettait de penser à autre chose qu'à mon ex.

À mesure que je buvais, je sentais les souvenirs remonter : Dan, si blond et si beau, ses mains qui me caressaient lorsqu'on était seuls, ses baisers sur le nez en hiver quand il se moquait de moi en me disant que je ressemblais à un renne de Noël. C'était idiot, mais ces souvenirs représentaient neuf mois de ma vie. Ce n'était pas énorme non plus, mais je les avais vécus avec intensité. Je l'aimais. Il avait été mon premier vrai petit copain, et le fait qu'il m'ait trompée avec quelqu'un d'aussi important pour moi… Non, le fait qu'il m'ait trompée, tout simplement…

Furieuse, je retournai me servir une autre bière. Je reçus un e-mail à cet instant. Je crus que c'était Dan, mais en le lisant je vis qu'il s'agissait de la même personne qui m'avait envoyé la photo de Dan et Beth en train de s'embrasser. Il était clair qu'elle aimait me tourmenter, étant donné que le mail avait comme objet : ENCORE DE NOUVELLES PREUVES D'INFIDÉLITÉ.

Juste au moment où j'allais ouvrir le dossier, le cœur battant à tout rompre, mon portable s'éteignit. Merde… je n'avais plus de batterie. Normal. Aujourd'hui, j'avais reçu un tas de messages et d'appels de Dan et j'avais fait de mon mieux pour les ignorer. Les nerfs à fleur de peau et poussée par un instinct masochiste, je lorgnai sur l'iPhone de Nick, qui était posé sur la petite table du salon. Personne ne me vit quand je le pris et me dirigeai dans un coin, à l'écart, près de la porte du bureau de Will. Mes mains tremblaient tant que j'eus du mal à taper : je dus effacer et écrire mon adresse mail au moins cinq fois. Ma messagerie s'ouvrit enfin. En plus de la photo que j'avais déjà vue, il y avait un tas de clichés de Dan et Beth en train de s'embrasser à la fête où ils m'avaient soi-disant trompée pour la première fois, mais aussi d'autres photos, de jours différents, où ils s'embrassaient aussi, y compris des selfies où ils regardaient l'objectif les lèvres enflées et les yeux brillants. Je sentis une telle rage et tant de douleur en moi que je faillis laisser tomber le portable.

C'est à ce moment-là que quelqu'un s'approcha de moi par-derrière.

— Qu'est-ce que tu fous avec mon portable ?

Je sursautai et, avant que je n'aie le temps de fermer ma session, Nicholas me l'arracha des mains et se mit à regarder les photos, les sourcils légèrement froncés.

— Rends-le-moi, ordonnai-je.

Un sourire malin apparut sur ses lèvres :

— Il est à moi, tu te rappelles ?

Je me dis qu'il valait mieux m'en aller. Je savais que j'étais sur le point de m'effondrer, car j'avais les mains tremblantes et les yeux qui brûlaient, comme chaque fois que j'avais envie de pleurer.

Nick me saisit le bras et scruta mon visage.

— Pourquoi tu regardes cette merde ? Tu es masochiste ou quoi ?

D'un air dégoûté, il glissa le portable dans sa poche arrière sans me lâcher. Apparemment, nous étions deux à penser la même chose de moi.

— C'est possible. Mais en ce moment précis tu es vraiment la dernière personne que j'aie envie de voir, dis-je.

Je savais que j'allais faire payer ma mauvaise humeur à tout le monde, mais surtout à lui.

Il m'observa de façon étrange, comme si, d'une certaine manière, il avait voulu connaître mes pensées.

— Et pourquoi donc, Effy ?

Je ne pus m'empêcher de lever les yeux au ciel en entendant ce fichu surnom dont il avait décidé de m'affubler.

— Voyons, laisse-moi réfléchir, dis-je avec sarcasme et en comptant sur mes doigts. Depuis que je suis arrivée ici, tu n'as pas arrêté de me parler grossièrement, de me menacer, tu m'as abandonnée en plein milieu de la route, tu te comportes comme un véritable obsédé et… ah oui, j'avais oublié ! Tu as laissé quelqu'un me droguer.

— Donc c'est ma faute si ton salaud de copain te trompe ! s'exclama-t-il.

Puis il me lâcha le bras et m'observa comme s'il me trouvait drôle.

— J'en ai simplement marre de la vie en général, alors fiche-moi la paix !

Je m'avançai avec l'intention de le contourner et d'aller dans ma chambre. Il me bloqua le passage et passa un bras autour de ma taille. Avant que je n'aie le temps de réaliser ce qu'il faisait, il me poussa dans le bureau de Will, ferma la porte et me regarda longuement. La pièce était plongée dans l'obscurité, malgré la lueur de la lune qui entrait par les fenêtres situées derrière le bureau et les fauteuils.

Je relâchai tout l'air que j'avais aspiré et reculai d'un pas, mais il m'accula contre la porte. Ses yeux plongèrent dans les miens, et c'est alors que je compris à quel point il était ivre. J'avais été tellement furieuse et triste que je ne m'en étais pas rendu compte ; mais, en voyant comment il se comportait, je n'avais plus aucun doute.

— Arrête de penser à ce crétin, m'ordonna-t-il.

Puis il écarta mes cheveux et commença à embrasser ma peau nue.

Ce fut aussi inattendu qu'intense. Ça me rappela le baiser que nous nous étions donné aux courses. Ce qui avait commencé comme une simple vengeance s'était transformé en un véritable baiser, agréable et excitant… et c'était la même chose à présent.

— Qu'est-ce que tu fais ? dis-je d'une voix rauque.

Ses lèvres remontèrent lentement le long de mon cou, y déposant de petits baisers brûlants, puis arrivèrent à l'oreille. Je fermai les yeux en sentant ses dents mordiller ma peau.

— Je te montre à quel point la vie peut être belle.

Sa respiration s'accéléra tandis qu'une de ses mains glissait sous mon chemisier et commençait à me caresser l'épaule, d'abord avec délicatesse, puis plus fort, en me serrant contre son corps musclé.

Il était clair qu'il ne savait pas ce qu'il faisait. Avait-il oublié qui il était en train d'embrasser ? On se détestait, encore plus maintenant que je lui avais fait perdre son jouet préféré et que son pire ennemi lui avait tiré dessus par ma faute. Et moi, pourquoi prenais-je autant de plaisir à ces caresses aussi brûlantes qu'inattendues ?

— Je me retiens… mais bon sang, je t'ai dans le crâne, je n'arrive pas à me débarrasser de toi, lança-t-il, furieux, tout en me soulevant aisément, m'obligeant à enrouler mes jambes autour de ses hanches.

Si j'avais été surprise de l'entendre s'exprimer ainsi, mes pensées, de même que les sentiments ou problèmes qui m'avaient affectée récemment, se trouvèrent vite relégués au second plan parce que, bon sang… ce garçon savait assurément ce qu'il faisait !

Tout à coup, ses lèvres étaient sur les miennes. Ardentes et possessives, elles m'embrassaient comme personne ne l'avait jamais fait.

Sa langue s'unit à la mienne sans me laisser respirer, et je sentis son souffle enivrant sur ma bouche. Sans réfléchir, je nouai mes mains autour de son cou et je l'attirai à moi, j'avais soudain besoin de lui comme de l'air qu'on respire. Une contradiction, étant donné que ses baisers me coupaient le souffle.

Je le tirai par les cheveux quand j'eus besoin de reprendre mon souffle. Il grogna de douleur quand je tirai encore plus fort en constatant qu'il ne s'écartait pas.

Nous dûmes tous deux reprendre notre respiration. Puis ses yeux bleus se plantèrent dans les miens, tandis que des vagues de plaisir ardent me parcouraient de la tête aux pieds. Bientôt, ses mains m'attirèrent encore davantage contre lui, comme s'il ne supportait pas qu'il y ait encore de l'espace entre nous deux.

— Tu n'es qu'une brute, dis-je en haletant.

Mais peu m'importait sa manière de me traiter : en cinq minutes, il avait fait en sorte que je sois disposée à lui donner tout ce qu'il voulait.

— Et toi, tu es insupportable.

Je n'eus pas le temps de répliquer, étant donné que ses lèvres étaient revenues à l'attaque.

Tout mon corps était parcouru d'intenses frissons. D'une main, il commença à déboutonner mon haut tandis que, de l'autre, il me serrait les hanches avec force. Le souffle court, il s'écarta vers la droite, sûrement avec l'intention de me poser sur la table qui se trouvait là, mais je le tirai en arrière et mon dos heurta le mur une nouvelle fois. On entendit un brusque clic, et la lumière inonda la pièce d'une clarté douloureuse.

J'eus l'impression de recevoir une douche froide. Nicholas s'arrêta, me regarda avec surprise, haletant lui aussi, et la réalité prit le pas sur l'attirance physique. Nicholas posa son front contre le mien et serra les paupières durant quelques secondes qui me parurent interminables.

— Merde ! s'exclama-t-il alors.

Puis il me déposa sur le sol et, sans même m'accorder un regard, se retourna et sortit de la pièce.

La réalité me frappa avec une intensité telle que mes jambes se dérobèrent et que je me retrouvai assise par terre contre le mur. J'entourai mes genoux de mes bras en réalisant ce que nous venions de faire.

Avoir une histoire avec Nicholas ne résoudrait absolument rien. Cela ne changerait rien au fait que mon copain m'avait trompée, ne rendrait pas ma solitude plus supportable et servirait encore moins à améliorer notre relation. Ce qui venait de se passer ne pouvait signifier qu'une seule chose : *des problèmes*.

16

Nick

Je brûlais intérieurement, dans tous les sens du terme. Depuis une semaine, je pensais constamment au baiser que nous avions échangé aux courses, et mon humeur empirait à chaque instant. La voir ainsi chez moi, me narguant sans cesse, était au-dessus de mes forces. Ce soir, elle était incroyable, et mes yeux restaient rivés à son corps, à ses jambes, à son décolleté et à ses cheveux incroyablement longs et brillants. Je ne supportais pas qu'elle danse avec mes amis ni de voir comment ils la dévoraient tous des yeux. J'avais déjà dû subir les obscénités que certains d'entre eux lâchaient sur elle, et j'étais surpris que cela m'affecte à ce point car j'étais habituellement le premier à dire ce genre de choses d'une fille canon. Mais entendre parler ainsi de Noah ? Cela me rendait tout simplement fou.

Quand je la vis regarder ces photos sur mon portable, je ressentis à la fois un peu de peine pour elle et de la colère envers la personne qui les lui envoyait et envers son ex-petit copain. Mais je n'avais clairement pas planifié de l'emmener dans le bureau de mon père et de lui sauter dessus. J'avais bu quelques verres de trop et je ne pris conscience de ce que j'étais en train de faire que lorsque la lumière s'alluma et que je la vis clairement, les joues rosies et les lèvres enflées par nos baisers… Putain, rien que d'y penser rallumait mon désir. Pourtant, je n'avais pas le droit de faire ça : elle était en quelque sorte ma sœur, pour l'amour de Dieu. De plus, c'est elle qui avait bouleversé mon monde et m'avait fait perdre ma voiture.

Je chassai ces pensées et je sortis dans le jardin. Il fallait que je me tienne à l'écart, je ne pouvais pas coucher avec quelqu'un qui vivait sous mon toit, que je voyais tous les jours et qui était la fille de la personne ayant pris la place de ma mère, quoique j'aie effacé cette dernière de ma vie il y avait bien longtemps déjà.

Je restai dehors jusqu'à ce qu'ils soient presque tous partis, laissant derrière eux des bouteilles de bière, des gobelets en plastique épars sur la pelouse… un carnage. Frustré, je me dirigeai vers la porte de la cuisine, non sans avoir remarqué qui était encore là. Parmi les rares retardataires se trouvaient Jenna et Lion. Jenna était assise sur les genoux de Lion, et il l'embrassait dans le cou en la faisant rire.

Ça me donna presque envie de vomir. Qui aurait dit que ces deux-là termineraient ainsi. Lion était comme moi, il adorait les femmes, les fêtes, les courses, la drogue, et maintenant il était devenu le toutou d'une gamine comme Jenna.

Les femmes n'étaient bonnes qu'à une chose. Tout le reste ne causait que des problèmes, je l'avais constaté en personne.

— Hé, mon pote ! me cria Lion. Demain, il y a un barbecue chez Joe, on se voit là-bas ?

« Barbecue chez Joe », cela ne signifiait qu'une chose : la fête jusqu'au petit matin, un tas de filles canon et de la bonne musique. Mais j'avais déjà des plans pour le lendemain, des plans qui se trouvaient à plus de cinq heures de distance et que j'adorais et haïssais à la fois.

Je me retournai vers Lion :

— Demain, je vais à Las Vegas.

Je le regardai d'un air entendu et il acquiesça aussitôt.

— Passe une bonne journée et embrasse Maddie pour moi, sourit-il.

— Je vous verrai à mon retour, dis-je en guise d'au revoir.

Puis je traversai la maison et montai jusqu'à ma chambre. Une faible lueur filtrait sous la porte de Noah, et je me demandai si elle était réveillée, avant de me rappeler qu'elle avait peur du noir.

Un jour, lorsque les choses seraient plus calmes entre nous, je lui demanderais pourquoi. Cette nuit, j'avais juste besoin de me reposer ; une longue journée m'attendait demain.

L'alarme de mon portable sonna à six heures et demie. Je l'éteignis en grognant. Il fallait que je me secoue si je voulais être à Vegas vers midi. J'espérais que conduire m'aiderait à apaiser la mauvaise humeur que je ressentais depuis que je m'étais couché. Je sortis de mon lit et me douchai rapidement, enfilai mon jean et un T-shirt à manches courtes, conscient de la chaleur infernale qu'il ferait dans le Nevada, que je détestais depuis la première fois où j'y étais allé. Las Vegas était un endroit hallucinant, mais à condition d'être à l'intérieur d'un hôtel avec l'air climatisé. La chaleur humide du désert faisait qu'il était presque impossible de rester à l'extérieur plus d'une heure sans étouffer.

Les souvenirs de la nuit revinrent me hanter de plein fouet quand je passai devant la porte entrouverte de Noah. Comme si cela ne m'avait pas suffi de rêver d'elle toute cette putain de nuit !

Je descendis les escaliers et me dirigeai droit vers la cuisine pour une tasse de café. Prett n'arriverait pas avant dix heures passées, je me débrouillai donc au mieux pour me préparer un petit déjeuner correct. À sept heures, j'étais dans ma voiture, prêt à partir.

Avec la musique pour me distraire, je tentai d'ignorer la sensation qui m'assaillait toujours quand je devais aller voir Madison. Je me rappelais encore le jour où j'avais appris sa naissance. Cela m'horrifiait de penser que, si le hasard ne s'en était pas mêlé, ma sœur et moi ne nous serions jamais connus. À cette époque-là, ma vie était plutôt mal barrée : je ne vivais plus avec mon père mais chez Lion, et on se débrouillait toujours pour se fourrer dans les embrouilles. Un week-end, nous étions allés à Vegas. J'avais toujours détesté y aller, parce que je savais que c'était là que vivait ma mère avec son nouveau mari, Robert Grason.

Ça avait été très douloureux de la revoir après sept longues années, et encore plus avec un bébé entre les bras. Je fus pétrifié – elle aussi – et, durant quelques instants, nous restâmes simplement à nous regarder comme si nous avions tous les deux vu un fantôme. Ma mère m'avait abandonné quand je n'avais que douze ans. Un jour, elle n'était pas venue me chercher au collège, et mon père m'avait expliqué que, dès lors, il n'y aurait plus que nous deux.

Ma relation avec elle avait toujours été bonne. J'avais été élevé pratiquement sans mon père, car il était souvent absent, mais la présence de ma mère me suffisait. Je me rappelais encore la sensation de vide qui s'était emparée de moi quand j'avais compris que je ne la reverrais jamais.

Mais la tristesse n'avait pas tardé à se muer en haine, envers elle et envers les femmes en général : la seule personne qui aurait dû m'aimer par-dessus tout m'avait quitté pour un millionnaire, propriétaire d'un des hôtels les plus importants de Vegas, dont mon père avait blanchi le nom quand il avait été accusé de fraude sur une somme de plus de dix millions de dollars.

Quand je fus plus âgé, mon père me raconta toute la vérité : ma mère n'avait jamais été heureuse avec lui ; elle m'avait aimé, moi, mais c'était une éternelle insatisfaite qui n'aspirait qu'à avoir toujours plus de millions. Être mariée avec l'un des entrepreneurs et avocats les plus prestigieux du pays ne lui avait pas suffi, elle avait préféré coucher avec cet escroc de Grason. C'est lui qui lui avait interdit de me revoir ou d'avoir tout contact avec mon père, et elle avait donc fini par couper tout contact avec moi.

Les avocats de mon père obtinrent la garde complète, et ma mère renonça à tout droit sur moi. Mais tout changea le jour où nos chemins se recroisèrent. Je sus que cette fillette blonde aux yeux bleus était ma sœur, et, même si au début j'avais voulu faire comme si de rien n'était, le moment vint où je n'arrivai plus à me la sortir de l'esprit.

J'en parlai à mon père, qui fut peut-être encore plus surpris que moi. C'est lui qui me demanda ce que je comptais faire : si je voulais la connaître, il m'aiderait.

À cette époque-là, ma relation avec mon père était plutôt précaire. Il m'avait sorti de prison deux fois et n'avait aucun moyen de me contrôler. Sous le prétexte de m'aider avec Madison, il obtint ce qu'il voulait : m'attacher un fil à la patte.

Après des mois à lutter avec des avocats, le juge me concéda un permis pour voir ma sœur deux jours par semaine, à condition que je la ramène chez elle sans faute à sept heures du soir. Ma mère et moi n'aurions aucune sorte de contact, et une assistante sociale se chargerait d'aller chercher Madison pour que je puisse passer du temps avec elle. En raison de la distance qui nous séparait, je la voyais peu ; mais je l'emmenais se promener au moins deux fois par mois et je profitais de la compagnie de la seule fille à laquelle j'avais décidé d'ouvrir mon cœur.

Je dus renoncer à ma vie d'alors, rentrer chez mon père, retourner à la fac et promettre que je n'allais plus m'attirer de problèmes. Mon père fut catégorique : si je me foutais encore dans la merde, adieu les visites.

Je ne revis jamais ma mère après le jugement, mais il m'était désormais impossible de faire comme si elle n'existait pas. Ma sœur parlait d'elle tout le temps et lui parlait de moi. C'était ça qui faisait le plus mal, parce que, d'une certaine manière, je ne pouvais pas rompre complètement les liens. La douleur resterait là, enfouie tout au fond de moi. En fin de compte, elle serait toujours ma mère.

Quatre heures et demie plus tard, j'arrivai au parc où ma sœur m'attendait toujours avec l'assistante sociale. Je m'assurai que le cadeau que je lui avais apporté était bien caché sur le siège passager, puis je sortis de la voiture et me dirigeai vers la fontaine qui se trouvait au centre du parc. Des centaines de gamins gambadaient et jouaient tout autour. Je ne m'étais jamais intéressé aux jeunes enfants, je pensais qu'ils étaient insupportables et pleurnichards, mais j'étais finalement tombé sous le charme d'une de ces gamines insupportables et pleurnichardes.

Je ne pus m'empêcher de sourire quand j'aperçus au loin une petite tête blonde. Elle me tournait le dos, penchée au-dessus de la fontaine, sans aucune crainte d'y tomber.

— Hé, Maddie ! criai-je. (Je vis ses yeux s'écarquiller lorsqu'elle me vit.) Tu as l'intention de faire un plongeon ?

Un énorme sourire illumina son visage angélique et elle se précipita vers moi.

— Nick !

Je me penchai pour la prendre dans mes bras et la soulever dans les airs. Ses boucles d'or s'envolèrent et ses yeux bleus pareils aux miens me regardèrent, brillant d'émotion.

— Tu es venu ! s'écria-t-elle en enroulant ses petits bras autour de mon cou.

Je l'étreignis avec force. Cette gamine tenait mon cœur emprisonné dans son petit poing grassouillet.

— Bien sûr que je suis venu. On n'a pas cinq ans tous les jours. Qu'est-ce que tu croyais ? (Je la reposai sur le sol et posai ma main sur sa tête.) Mais tu es géante. Tu as grandi de combien ? Au moins dix mètres, lui dis-je, content de voir ses yeux briller de fierté.

— Plus que ça, au moins mille *centimètres* ! répliqua-t-elle en bondissant.

— Tout ça ! Bientôt, tu seras même plus grande que moi.

À ce moment-là, une femme grande et ronde, un dossier sous le bras, s'approcha de nous.

— Comment ça va, Anne ? dis-je à la femme que le gouvernement avait chargée de superviser mes visites à ma petite sœur.

— Ça peut aller, répondit-elle de son habituel ton sec. Aujourd'hui, j'ai beaucoup de travail, alors j'apprécierais que tu ramènes ta sœur à l'heure convenue, ni une minute plus tard ni une minute plus tôt, Nicholas. Tu ne veux pas que ça recommence comme la dernière fois, n'est-ce pas ? me prévint-elle d'un air peu amène.

La dernière fois, ma sœur avait tant pleuré quand je lui avais dit que je devais m'en aller que j'étais arrivé avec une heure et demie de retard au rendez-vous avec Anne. Et le chaos s'était déchaîné : elle avait appelé la police et les Affaires sociales, et il s'en était fallu d'un cheveu pour que je perde le droit de la voir seul.

— Ne vous en faites pas, je serai là à sept heures précises.

Puis, sans attendre, je pris Maddie dans mes bras et je l'emmenai jusqu'à ma voiture.

— Tu sais quoi, Nick ? fit-elle en passant ses petits doigts dans mes cheveux.

Depuis qu'elle était assez grande pour le faire, cela avait toujours été son passe-temps préféré : me décoiffer.

— Quoi donc ?

Je la regardai, amusé. Ma sœur était minuscule. Elle avait cinq ans, mais elle était plus petite que la normale parce qu'elle souffrait d'un diabète de type 1, une maladie due à un déficit en insuline du pancréas. Depuis deux ans déjà, on devait lui injecter de l'insuline trois fois par jour et elle devait faire très attention à ce qu'elle mangeait. C'était une maladie courante mais, si on ne respectait pas ces règles, elle pouvait se révéler très dangereuse. Madison devait toujours avoir sur elle un appareil électronique indiquant la quantité de glucose qu'elle avait dans le sang : s'il dépassait le niveau autorisé, elle devait recevoir une dose d'insuline.

— Maman m'a dit que je pouvais manger un hamburger aujourd'hui, m'annonça-t-elle avec un sourire radieux.

Je la dévisageai un instant, les sourcils froncés. Ma sœur n'avait pas l'habitude de mentir, mais je ne voulais pas prendre de risque, et je n'allais pas non plus appeler ma mère pour vérifier si c'était vrai. Les communications de ce type passaient par l'assistante sociale, et Anne ne m'avait rien dit.

— Maddie, Anne ne m'a pas parlé de ça, lui dis-je tandis qu'on arrivait à la voiture et que je la posais sur le sol près de moi.

Ma sœur écarquilla les yeux.

— Maman a dit oui, insista-t-elle. Elle a dit que c'était mon anniversaire et que je pouvais manger chez McDonald's, ajouta-t-elle en me suppliant du regard.

Je soupirai. Ça m'ennuyait qu'elle ne puisse pas manger ce que tous les gamins adoraient. Ça me contrariait déjà assez de savoir qu'elle n'aurait pas une vie entièrement normale. Je l'avais souvent piquée sur son petit ventre, et je détestais voir les hématomes que les piqûres continuelles laissaient sur sa peau blanche.

— Très bien, je vais appeler Anne pour voir ce qu'elle en dit, d'accord ? dis-je tout en ouvrant le coffre et en sortant le rehausseur.

— Nick, aujourd'hui tu joueras avec moi ? me demanda-t-elle, toute contente.

Je savais de source sûre que ma sœur était élevée par deux nounous peu enclines à jouer avec elle. Ma mère n'était pratiquement jamais à la maison, elle voyageait continuellement avec son salaud de mari. Et Madison passait d'innombrables journées seule, entourée de personnes qui ne l'aimaient pas comme elle le méritait.

— À propos de jouer, je t'ai apporté un cadeau, ma princesse. Tu veux le voir ? lui dis-je.

Je terminai de mettre le rehausseur bien en place sur le siège arrière et je me penchai pour attraper le cadeau.

— Oui ! s'exclama-t-elle en sautant sur son siège.

Je lui tendis le paquet en souriant.

Elle arracha le papier cadeau à une vitesse incroyable, et le ballon de football américain couleur fuchsia apparut.

— Il est beau ! Je l'adore, Nick ! Il est rose, mais c'est un joli rose, pas comme le rose de bébé qui plaît tant à maman… Et c'est un ballon de foot, maman ne veut pas que je joue, mais avec toi on va jouer, hein ? cria-t-elle de sa voix aiguë, capable de perforer les tympans.

Que pouvais-je dire ? Ma sœur adorait le football, et le préférait à toutes les poupées kitsch que ses parents lui achetaient sans cesse !

Je remarquai alors sa robe bleue, ses souliers vernis et son collant en dentelle.

— Mais qui t'a déguisée comme ça ? lui dis-je en la soulevant dans les airs.

C'était un poids plume, elle pesait moins que le ballon qu'elle tenait entre les mains. Elle ressemblait incroyablement à ma mère et, chaque fois que je la regardais, je ressentais un coup au cœur. D'une certaine manière, Madison était ma consolation d'avoir perdu ma mère si jeune. Sa ressemblance avec moi s'arrêtait aux yeux clairs, aux longs cils et aux fossettes !

Fâchée, Maddie répondit :

— Mlle Lillian n'a pas voulu que je mette les affaires de football. Je lui ai dit que j'allais jouer avec toi et elle m'a grondée, elle m'a dit que je ne devais pas faire d'exercice physique, sinon j'allais tomber malade. Mais ce n'est pas vrai : du moment que j'ai la piqûre, je peux jouer. Tu le sais, toi. On va jouer, hein, Nick ?

— Ne t'en fais pas, ma puce, bien sûr qu'on va jouer. Et tu peux dire à cette Lillian qu'avec moi on joue à tout ce qu'on veut, d'accord ? (Elle me sourit, ravie.) Je vais t'acheter d'autres vêtements pour qu'on puisse jouer sans que tu salisses cette robe.

Je déposai un baiser sur sa joue puis je la remis sur son siège, où elle commença à lancer le ballon encore et encore. Après avoir bouclé sa ceinture, je pris place sur mon siège.

Pendant le trajet, j'appelai Anne, et elle me confirma que ma sœur pouvait manger un hamburger. Une fois ce problème résolu, je savourai la conversation enfantine pendant notre trajet jusqu'au McDo le plus sympa de Vegas. Avant de quitter la voiture, j'ouvris le sac à dos de Madison et j'y pris la dose d'insuline que je devais sans faute lui injecter avant le repas.

— Prête ?

Je remontai sa robe, pinçai un bout de peau sous le nombril et approchai l'aiguille de sa peau translucide.

Ses yeux se remplissaient toujours de larmes, mais elle ne se plaignait jamais. Ma petite sœur était courageuse et, moi, je détestais le fait qu'elle soit malade. J'aurais voulu échanger nos places et prendre sa maladie, mais la vie est ainsi faite, injuste.

— Oui, murmura-t-elle.

Dix minutes plus tard, nous étions en train de manger, entourés de gamins hurlants et de gens riant aux éclats.

— C'est bon ? lui demandai-je, tandis que le ketchup dégoulinait sur son menton.

Elle hocha la tête et continua de manger, pour mon plus grand plaisir.

— Tu sais, bientôt je vais aller à l'école, commenta-t-elle en enfournant des frites. Maman dit que ce sera très amusant. Et je serai avec plein d'enfants. Maman dit que, quand tu as commencé l'école, tu te battais avec les filles, parce qu'elles voulaient que tu sois leur fiancé et toi tu ne voulais pas parce que tu disais qu'elles étaient bêtes.

Je fis de mon mieux pour dissimuler la colère que j'éprouvais à savoir que ma mère parlait de moi comme si elle avait été une bonne mère, comme si elle ne m'avait pas abandonné au moment où j'avais le plus besoin d'elle.

— C'est vrai, mais toi, tu ne feras pas ça, parce que tu es bien plus amusante que n'importe quelle autre fille, lui assurai-je en buvant mon Coca.

— Moi, je n'aurai jamais d'amoureux, assura-t-elle. (Je ne pus éviter de sourire.) Toi, tu as une amoureuse, Nick ?

Sans motif apparent, le visage de Noah apparut devant moi. Amoureuse, non, mais c'est sûr que j'aimerais lui faire certaines choses. Putain, mais à quoi est-ce que je pensais ?

— Non, je n'ai pas d'amoureuse. C'est toi la seule fille qui occupe mes pensées, lui dis-je, et je me penchai en avant pour tirer sur une boucle.

Maddie sourit et on continua de bavarder. C'était amusant de parler avec elle, je me sentais calme, je me sentais moi-même. D'une certaine manière, la compagnie d'une enfant de cinq ans m'apportait plus de paix intérieure que celle de n'importe quelle autre fille. Ensuite, je l'emmenai faire l'une des mille promenades possibles à Vegas. Je lui achetai un équipement de football rose et blanc complet, y compris les chaussures, et on oublia la robe et les souliers de poupée dans des toilettes. Le reste de la journée passa à toute allure. Quand je regardai l'heure, il ne restait que dix minutes avant qu'Anne vienne la chercher. Nous étions déjà dans le parc, en train de faire des passes avec le ballon depuis une demi-heure, et je savais que le moment difficile s'approchait.

Ma sœur ne supportait pas qu'on se dise au revoir, elle ne comprenait pas pourquoi je devais m'en aller ni pourquoi je ne pouvais pas vivre avec elle comme le faisaient les frères et les sœurs de ses amies. Après chaque séparation, je repartais terriblement triste, et avec l'envie folle de l'emmener avec moi.

— Bon, Maddie, Anne va bientôt arriver, lui dis-je.

Je l'assis sur mes genoux. Nous étions dans l'herbe et elle était encore en train de m'ébouriffer les cheveux. Dès que je prononçai ces mots, elle s'interrompit et sa lèvre inférieure commença à trembler : exactement ce que je craignais.

— Pourquoi tu dois t'en aller ? protesta-t-elle, les yeux remplis de larmes.

Je sentis la douleur me déchirer le cœur.

— Pourquoi tu pleures ? On s'amuse drôlement quand je viens. Si j'étais toujours là, tu finirais par t'ennuyer, lui assurai-je tout en essuyant ses larmes d'un doigt.

— Je ne m'ennuierais pas, dit-elle d'une voix entrecoupée de sanglots : toi, tu m'aimes, tu joues avec moi et tu me laisses faire des choses amusantes. Maman ne me laisse presque rien faire.

— Maman s'inquiète juste pour toi. D'ailleurs, cette fois, je te promets que je viendrai plus souvent, lui dis-je. (Je me jurai à moi-même que je le ferais.) Ça te dirait que je sois là quand tu commenceras l'école ?

Ses yeux s'illuminèrent.

— Mais maman aussi sera là, commenta-t-elle, préoccupée.

— Ne t'en fais pas pour ça, la tranquillisai-je en voyant Anne s'approcher sur le chemin pavé derrière elle.

Je me levai en la tenant dans mes bras. Elle tourna la tête et vit la fonctionnaire.

— T'en va pas !

Maddie commença à crier et à sangloter, cachant sa petite tête dans mon cou.

— Allez, Madison, ne pleure pas. (Ça me fendait le cœur de la voir ainsi, je ne voulais pas la quitter.) Ça va aller, dis-je en lui passant une main dans le dos.

— Non ! Reste avec moi, on continue à jouer ! me supplia-t-elle tout en mouillant ma chemise de ses larmes.

Quand nous arrivâmes auprès d'Anne, celle-ci tendit automatiquement les bras pour me l'arracher. Je reculai d'un pas, je n'étais pas encore prêt à la lui confier.

— Si tu arrêtes de pleurer, la prochaine fois je t'apporterai un cadeau spécial. Qu'en dis-tu ?

Elle sanglotait à perdre haleine, ses petits bras fermement enroulés autour de mon cou. J'essayai de l'en détacher, mais elle s'agrippait de toutes ses forces.

— Allez, donne-la-moi, m'ordonna Anne, impatiente.

Cette femme était odieuse.

— Maddie, il faut y aller, dis-je en essayant de garder mon calme.

Elle s'accrocha encore plus fort. Je réussis enfin à la détacher. Son visage était rouge et trempé de larmes. Ses boucles blondes collaient à son front.

Anne me la prit, mais elle tendait toujours ses petits bras vers moi en criant mon nom.

— Va-t'en, Nicholas, m'ordonna Anne en la retenant.

J'aurais aimé la lui arracher des bras et l'emmener loin, prendre soin d'elle et lui donner l'affection qui, je le savais, lui faisait défaut.

— Je t'aime, ma princesse, on se voit bientôt.

Je m'approchai pour l'embrasser au sommet du crâne. Puis je me retournai sans regarder en arrière. Les pleurs de ma sœur accaparèrent toutes mes pensées durant les cinq heures de retour jusqu'à Los Angeles.

17

Noah

Il était plus de vingt-trois heures trente quand je compris qu'il me serait impossible de dormir. Le souvenir des baisers de Nicholas et de ses mains caressant ma peau restait gravé dans mes pensées. En un sens, cette diversion était la bienvenue, car je ne voulais pas ruminer mes pensées noires et les souvenirs de mon ancienne vie.

Mais je n'aimais pas être seule dans une maison aussi grande. Je ne savais pas où était Nicholas. Je m'étais pourtant réveillée à huit heures du matin, mais il était déjà parti.

Cela n'aurait pas dû me préoccuper. Depuis quand cela avait-il de l'importance de savoir où il était ? Sûrement en train de coucher avec quelques-unes des filles faciles de sa liste, sans même penser à ce qui s'était passé entre nous. Étais-je la seule à me dire que c'était une folie ? Pour l'amour de Dieu, on était presque frère et sœur ! Et, en plus, on s'entendait comme chien et chat !

Pourtant, j'avais besoin d'affection. Ma mère se trouvait à l'autre bout du pays, tout comme mes amis et les gens que je connaissais depuis toujours. Tout, ici, était nouveau pour moi. Je ne pouvais même pas me déplacer seule dans cette grande ville. Jenna étant toujours collée à son copain comme une sangsue, je ne pouvais pas exiger d'elle qu'elle soit avec moi tout le temps. Mais j'avais besoin que quelqu'un me tienne compagnie, pour bavarder ou au moins ne plus me sentir aussi seule.

Au moins avais-je réussi à apprivoiser le chien de Nick, Thor. Nous étions tous les deux étendus sur le canapé :

sa tête noire et velue était posée sur mes genoux, et je lui caressais les oreilles. Ce chien n'était pas du tout comme me l'avait décrit cet imbécile de Nick, c'était même le contraire : il était très affectueux et facile à conquérir avec une boîte de biscuits pour chiens. Oui, ma vie était pathétique à ce point : mon plus grand soutien était un être à quatre pattes qui adorait qu'on lui caresse les oreilles et qu'on lui jette une balle.

J'étais en train de regarder un film à la télé quand j'entendis quelqu'un ouvrir la porte d'entrée. Thor dormait si profondément que seules ses oreilles remuèrent en direction de la silhouette qui apparut dans l'entrée.

Je sentis une sorte de fourmillement au creux du ventre en le voyant.

— Nick, m'écriai-je quand je vis qu'il allait monter.

Soit il ne s'était pas aperçu de ma présence, soit il n'avait tout simplement pas l'intention de me saluer. La deuxième option était la plus probable, et je regrettai aussitôt de l'avoir appelé.

Une seconde plus tard, il apparut sur le seuil du salon.

À la faible lueur de la télé et de la petite lampe de l'entrée, je vis qu'il avait l'air épuisé. Adossé au chambranle, il me regardait, impassible.

— Qu'est-ce que tu fais encore debout ?

Je tardai à lui répondre parce que je l'observais, comme hypnotisée. Il avait l'air plus âgé et fatigué. Et tellement séduisant.

— Je n'arrivais pas à dormir, répondis-je prudemment.

C'était probablement la première fois que nous nous parlions d'une manière plus ou moins civilisée.

Il hocha la tête et ses yeux se posèrent sur Thor.

— Je vois que tu as réussi à gagner ses faveurs, dit-il, les sourcils froncés. Mon chien est un traître.

Je souris involontairement en constatant que ça l'ennuyait.

— Il faut dire que c'est difficile de résister à mon charme, plaisantai-je tandis que ses yeux plongeaient dans les miens.

Merde.

Après un silence gênant, il détourna son regard vers la télé.

— Sérieusement, tu regardes des dessins animés ?

Je fus soulagée qu'il change de sujet.

— *Mulan* est l'un de mes films préférés.

Une étrange sensation gagna le creux de mon ventre quand un sourire apparut sur ses lèvres.

— Pas de problème, Éphélide. C'était aussi mon film préféré quand j'avais quatre ans.

Il s'approcha du canapé et se laissa tomber près de moi. Il posa ses pieds sur la table, à côté des miens, et nous regardâmes tranquillement le film pendant quelques instants.

Cette situation était étrange, je me sentais de plus en plus embarrassée. Puis Nick se tourna vers moi et soutint mon regard. Je restai immobile, consciente de la très faible distance qui nous séparait. Le Nick qui se trouvait sous mes yeux n'avait rien à voir avec celui que j'avais connu depuis que j'étais arrivée. Il était détendu, n'avait l'air ni dédaigneux ni supérieur, et je crus voir de la tristesse dans ses yeux.

— Où étais-tu ? murmurai-je.

Je ne savais pas pourquoi j'avais parlé à voix basse, mais c'était bizarre de lui poser la question. Je ne voulais pas qu'il pense que j'attachais de l'importance à ce qu'il faisait.

Il me dévisagea et s'arrêta sur mes yeux.

— Avec quelqu'un qui avait besoin de moi. (À sa manière de le dire, je sus qu'il ne s'agissait pas d'une fille de sa liste.) Pourquoi ? Je t'ai manqué ?

J'étais consciente qu'il s'était rapproché, mais je ne voulais pas m'écarter. D'une certaine manière, sa présence me redonnait le sourire et m'avait enlevé le poids que je ressentais dans la poitrine, cette profonde tristesse qui m'avait accablée toute la journée.

— Je n'aime pas être seule dans une maison aussi grande, avouai-je à mi-voix.

Ma respiration s'affola quand je sentis ses doigts me caresser doucement les cheveux, puis l'oreille.

Nous étions les yeux dans les yeux et j'avais l'impression que le temps s'était arrêté. Je n'entendais plus le film, juste sa respiration et les battements affolés de mon cœur.

— Eh bien, heureusement que je suis là, commenta-t-il en se penchant pour presser ses lèvres sur les miennes.

Ce fut un baiser brûlant et fébrile. Je fermai les yeux pour me laisser emporter et, quelques secondes plus tard, mes mains remontèrent vers son visage, je sentis sa barbe naissante contre ma paume et je continuai jusqu'à ses cheveux. Ses lèvres se firent plus insistantes et entrouvrirent les miennes pour insinuer sa langue dans ma bouche. La chair de poule m'envahit lorsque sa main glissa le long de mon corps pour s'arrêter à ma taille.

Il se comportait de manière complètement différente de la dernière fois. Il me touchait avec passion et délicatesse, comme s'il craignait de me briser. Un gémissement presque inaudible m'échappa lorsque ses doigts remontèrent le long de mes épaules nues. Je me cambrai involontairement pour que mon corps se colle davantage au sien.

Puis je me redressai et passai une jambe par-dessus ses genoux pour m'asseoir à califourchon sur lui. Nick se pencha pour me serrer dans ses bras. Le baiser se fit plus profond, presque désespéré, ses mains semblaient vouloir être partout à la fois. Mais, juste au moment où je fondais littéralement de désir, il s'arrêta et me repoussa brusquement.

J'ouvris les yeux, surprise, encore dans les nuages. Avec lui, j'oubliais tout, et c'était exactement ce qu'il me fallait.

Ses yeux étaient fixés sur mes lèvres et je sentis à quel point j'avais envie qu'il m'embrasse encore.

— On ne peut pas faire ça, me dit-il, soudain sérieux. Ne me laisse pas recommencer. Tu es quasiment ma sœur et tu as dix-sept ans, ajouta-t-il comme si cela était important. Ça ne se reproduira plus.

Il se redressa.

Toujours assise sur le canapé, je l'observai, mi-irritée, mi-blessée.

Il m'embrassait, et ensuite il me balançait ces conneries ? Je voulais qu'il recommence, je voulais me sentir de nouveau bien, j'avais besoin de lui plus que tout, parce que cette journée avait été horrible, je m'étais sentie comme une merde, sans personne à qui parler ni personne à appeler. Toutes les personnes que j'aimais étaient occupées ou m'avaient trahie.

Je le regardai fixement.

— Si tu ne veux pas que ça arrive, arrête de me chercher. Jusqu'à présent, c'est toi qui me cherches chaque fois. (Je me levai et passai près de lui en le bousculant.) Thor, aux pieds ! criai-je au chien.

Je montai dans ma chambre, contrariée et déconcertée, et je claquai la porte derrière moi avant de me mettre au lit. Mais je finis par comprendre qu'il avait raison. Cela ne pouvait pas se reproduire.

Le lendemain matin, une voix familière me réveilla pendant que sa propriétaire me secouait.

— Allez, debout, il est plus de midi ! dit ma mère. (J'ouvris les yeux, encore à moitié endormie, et je la regardai :

assise sur mon lit, elle avait l'air radieuse.) Je t'ai manqué ? me demanda-t-elle avec un grand sourire.

Je lui rendis son sourire et me penchai pour l'embrasser. Elle était enfin revenue. Bien sûr qu'elle m'avait manqué : c'était elle qui ramenait de la normalité dans ma vie.

— C'était comment, New York ?

— Incroyable ! C'est l'endroit rêvé pour faire du shopping. Je t'ai rapporté plein de cadeaux.

Je la regardai, les sourcils froncés, et sautai du lit pour aller vers la salle de bains.

— Génial, maman ! Comme si je n'avais pas déjà assez de vêtements à étrenner !

Tandis que je me débarbouillais et que je me brossais les dents, elle s'assit sur le siège des toilettes et commença à me parler des endroits merveilleux qu'elle avait visités.

— Je suis contente que tu te sois autant amusée, lui dis-je.

Puis je me mis à fouiller parmi les cintres. Lorsque j'avais moins de vêtements, il m'était beaucoup plus facile de me décider, et c'est pourquoi je continuais à en piocher dans ma valise, qui était restée entrouverte sur le sol. Une partie de moi refusait de la vider parce que cela voudrait dire que tout ceci était bien réel, que je resterais ici et qu'il n'y aurait jamais de retour en arrière.

— On a quelque chose de prévu aujourd'hui, Noah, c'est pour ça que je suis venue te réveiller, m'annonça-t-elle.

Et, à entendre le ton de sa voix, je sus que ce qu'elle allait me dire ne me plairait pas du tout.

— Quoi donc ?

Ma mère me rejoignit pour fouiller dans la penderie, passant les vêtements en revue.

— Nous avons un entretien au lycée Sainte-Marie, m'annonça-t-elle en se retournant pour me regarder.

— Entretien où ça ?

— Dans ton nouveau lycée, Noah. Je t'ai dit que c'était l'un des meilleurs du pays ; tout le monde ne peut pas y entrer. Mais, grâce aux contacts de Will et comme Nick est un ancien élève, ils veulent te rencontrer, m'expliqua-t-elle patiemment. C'est une simple formalité, rien de plus, mais c'est bien que tu voies l'établissement, il est impressionnant.

Une vague de nausée me submergea.

— Bon sang, maman ! Tu n'aurais pas pu me mettre dans un lycée banal ? (J'agitai les cintres d'un côté et de l'autre, brusquement nerveuse.) Je ne veux pas aller dans un lycée de millionnaires, je te l'ai dit. D'ailleurs, pourquoi un entretien ? Ce n'est pas pour un emploi, bon sang.

— Noah, ne commence pas. C'est une belle opportunité pour toi, les jeunes qui sortent de cette école peuvent fréquenter les meilleures universités et, toi, tu as la chance qu'on te laisse entrer en dernière année ; normalement, ce n'est pas possible.

— Alors, je vais être la bête curieuse qu'on laisse entrer par piston ? Génial, maman !

Ma mère croisa les bras. Lorsqu'elle était déterminée, elle faisait toujours ce geste, c'est pourquoi je sus qu'il était inutile de discuter.

— Plus tard, tu me remercieras. D'ailleurs, ton amie Jenna va à Sainte-Marie, elle aussi, donc tu ne seras pas seule.

Je fus contente de l'apprendre. C'était une consolation de savoir que je ne serais pas seule à l'heure du déjeuner.

— Maintenant, habille-toi, nous avons rendez-vous dans moins de deux heures.

Je soupirai, recommençai à fouiller et finis par trouver un jean skinny noir et un chemisier classique bleu ciel. Je n'avais pas l'intention de mettre une robe ou quoi que ce soit d'élégant. Rien que de penser à la manière dont s'habillaient les filles de cette école me donnait des frissons.

Le seul point positif de cette sortie fut qu'ensuite ma mère m'accompagna pour aller m'acheter une nouvelle voiture. Je conduisais depuis un an déjà et ça m'avait brisé le cœur de laisser ma camionnette au Canada. C'est pourquoi j'avais pris toutes mes économies et, avec un petit complément de la part de ma mère, j'allais m'acheter une voiture d'occasion pour pouvoir me déplacer à ma guise. William avait insisté pour m'acheter une voiture neuve en parfait état, il avait dit qu'il n'y avait aucun problème, mais j'avais refusé. Il pouvait bien acheter des affaires à ma mère, payer ma nouvelle école, mes vêtements et tout le reste, mais, la voiture, je voulais me la payer moi-même. J'avais aussi l'intention de travailler afin de couvrir mes frais. Ça me mettait mal à l'aise de penser que cet homme pourvoyait à mes besoins comme si j'avais douze ans. J'étais assez âgée et suffisamment capable pour trouver un emploi et me payer ce que je voulais.

Ma mère ne s'était pas opposée à mon idée, elle l'approuvait même, car j'avais commencé à travailler à quinze ans et, depuis, j'avais apprécié de ne pas avoir à lui demander de l'argent dès que j'en avais besoin. C'est pourquoi elle m'avait aidée à trouver un emploi de serveuse dans un établissement assez connu qui se trouvait à vingt minutes de voiture de notre maison. C'était une sorte de bar-restaurant, le Bar 48. Évidemment, il me serait impossible de servir de l'alcool, mais je serais tout de même serveuse. Je l'avais déjà été et je me débrouillais bien. Je devais commencer la semaine suivante par un service d'après-midi et de nuit.

Je voulais juste une voiture correcte, et on ne mit pas longtemps à la trouver, une Coccinelle en assez bon état.

Je ne m'y connaissais pas trop en voitures, quoique que je les conduise *plutôt* bien, mais celle-ci était adorable et je tombai simplement amoureuse de sa couleur rouge. Je payai et signai les papiers, et je me sentis libre quand je pus rentrer chez moi en conduisant ma propre voiture.

Ça me fit plutôt rire de garer ma petite Coccinelle entre la Mercedes de Will et le 4 × 4 de Nick. En fait, c'était une sorte de métaphore concernant mon intégration dans cette famille. Je sortis de voiture d'excellente humeur, juste au moment où Nicholas sortait de la maison en faisant tourner les clefs de sa Range Rover. Il enleva ses lunettes de soleil pour mieux examiner ma nouvelle acquisition.

Son visage exprima autant d'amusement que d'horreur. Je haussai les épaules, prête à écouter ses commentaires.

— Je t'en prie, dis-moi que cette chose n'est pas une voiture.

Je n'avais pas l'intention de le laisser gâcher ma bonne humeur et je choisis de ravaler les insultes que j'avais sur le bout de la langue :

— C'est *ma* voiture, et j'aimerais que tu gardes tes réflexions pour toi.

J'essayai de rester calme. Ce n'était pas facile de le revoir après ce qui s'était passé cette nuit.

Il prit un air contrarié. Sans même me demander la permission, il ouvrit le capot pour examiner le moteur.

— Qu'est-ce que tu fais ?

Je tentai de refermer le capot, mais sa main tendue le maintint fermement ouvert, ignorant mes efforts pour le repousser.

— Tu l'as fait réviser ? (Il manipulait des pièces dont j'ignorais le nom.) Ce tas de ferraille va te lâcher au milieu de la route. C'est un vrai danger, je n'arrive pas à croire que ta mère t'ait laissée l'acheter.

— Si je reste en plan sur la route, je te rappelle que ce ne sera pas la première fois ; et je sais me débrouiller seule, affirmai-je.

J'enlevai ses doigts du capot l'un après l'autre. Il s'écarta enfin et je pus le refermer d'un coup sec.

Il se tourna vers moi, les bras croisés.

— Si tu avais eu ton portable, comme n'importe quelle personne normale, tu n'aurais pas été obligée de monter dans la voiture d'un étranger. Pourquoi n'arrives-tu pas à passer à autre chose ?

Mais il me sembla voir une trace de remords dans ses yeux.

— Tu m'as jetée dehors, mon portable n'avait plus de batterie. De toute façon, qu'est-ce que ça peut faire ? Oublie-moi ! ajoutai-je en espérant qu'il allait disparaître de ma vue.

Il me regarda comme si je l'exaspérais au plus haut point. « Bienvenue au club », me dis-je en mon for intérieur.

Alors que je me retournais pour m'en aller, sa main me saisit le bras et je me retrouvai face avec lui.

Il semblait être en conflit avec lui-même, comme s'il hésitait à parler. Tandis que je me perdais dans l'azur de ses yeux et que mon cœur s'accélérait, il se décida :

— Moi, je peux t'emmener où tu veux.

Je mis quelques secondes à répondre :

— Ce n'est pas la peine.

J'étais troublée. Nicholas Leister venait d'être aimable avec moi ? Impossible !

Un moment, nous restâmes silencieux, plongés dans le regard l'un de l'autre. Mon estomac était tellement noué que je respirais avec peine. Comment le simple fait d'être près de lui pouvait-il me mettre dans cet état ? Où était donc passée la haine que je lui vouais ? Pourquoi, quand il était près de moi, ne ressentais-je qu'un irrépressible désir de l'embrasser et de me blottir entre ses bras, comme la nuit de la fête, quand il était trop ivre pour se rendre compte de ce qu'il faisait ?

La main qui m'avait agrippé le bras me rapprocha de lui en un geste presque imperceptible. Ses lèvres, nom de Dieu ! Je ne pensais plus qu'à sa langue caressant la mienne et à ses bras me serrant contre lui.

Au moment précis où je croyais qu'on allait s'embrasser, le bruit d'un klaxon fit bondir mon cœur. Nicholas tourna la tête pour voir de qui il s'agissait.

Je fis un pas en arrière en essayant de reprendre mon souffle qui, à ma grande honte, s'était accéléré.

— Salut, Noah ! cria Jenna par la vitre de la voiture de Lion. (Ce dernier nous salua depuis le siège conducteur.) Nick, ça ne te fait rien que j'invite Noah, hein ?

Ce dernier se prit la tête entre les mains en un geste qui trahissait sa frustration, sa contrariété ou son agacement, je n'en étais pas sûre.

Il me regarda de nouveau durant quelques secondes qui me parurent interminables.

— Tu veux venir ? finit-il par me demander.

— Évidemment ! (Mon cœur continuait de battre violemment dans ma poitrine.) Mais… où ça ?

Nick regarda Lion d'un air mystérieux.

— Je ne sais pas si tu es prête à voir ce genre de chose, avoua alors Lion.

Puis il éclata de rire.

Nick se tourna vers moi avec un sourire irrésistible.

— Ça peut être marrant.

Vingt minutes plus tard, nous nous arrêtions devant ce qui ressemblait à un hangar abandonné. Il y avait foule au-dehors, rassemblée autour de nombreuses voitures. De la musique sortait des coffres ouverts. Ça me rappela le jour des courses, mais dans une ambiance différente. Dès que nous sortîmes de voiture, les amis de Lion et de Nick s'approchèrent et nous saluèrent bruyamment. Jenna se plaça près de moi et m'entoura les épaules de son bras. Contrairement à moi, elle portait une robe noire moulante qui découvrait ses épaules et une partie de son dos. Ses cheveux décoiffés tombaient en vagues gracieuses autour de son visage : elle était magnifique. Avec le jean et le chemisier que j'avais mis ce matin pour l'entretien au lycée, je me sentais vraiment négligée. Mais je ne pouvais plus y faire grand-chose.

— Aujourd'hui, tu vas voir mon homme en action, annonça Jenna avec un grand sourire, les yeux émus. Et aussi Nick, ajouta-t-elle.

Je la suivis pendant qu'elle nous frayait un passage parmi la foule des amis réunis autour de Nick et de Lion.

— Ronnie n'est pas là, il n'y a personne de sa bande, dit l'un de ceux que j'avais vus le jour des courses.

Nicholas était adossé contre la voiture, avec une cigarette à la main, et dès qu'il entendit le nom de Ronnie ses yeux plongèrent dans les miens. Cette fois, il ne me regardait pas avec rancune, mais plutôt comme s'il était déçu de ne pas avoir pu se confronter à son principal ennemi. Selon moi, il était fou de vouloir s'en prendre à quelqu'un qui portait une arme, mais, maintenant que je le connaissais mieux, cela ne me surprenait pas tant que ça.

— Il y a Greg et A. J. de toute façon, et les paris sont élevés, continua son ami.

Un sourire suffisant apparut sur le visage de Nick.

Il se redressa, jeta sa cigarette au sol et, en lui donnant une claque sur l'épaule, dit :

— Alors, qu'est-ce qu'on attend ?

Les gens autour de nous manifestèrent leur enthousiasme. Je commençais à comprendre de quoi il s'agissait, et ça ne me plaisait pas du tout.

Tout le monde entra dans le hangar, dont les portes étaient ouvertes. La musique et le bruit des voix étaient assourdissants. Pourquoi ces gens ne se contentaient-ils pas d'aller boire un café ou voir un film ? Mais non. Nicholas n'était pas du genre à inviter une fille à un rendez-vous romantique. Nicholas vivait des aventures dangereuses et il aimait s'entourer de personnes qui recherchaient exactement la même chose. Alors, pourquoi diable étais-je présente ?

Lion s'approcha de Nick et je l'entendis lui dire :

— A. J. est pour moi. Tu sais que j'en ai envie depuis la dernière fois.

Nicholas acquiesça, avant d'ajouter, en s'approchant de moi :

— J'y vais en premier, comme toujours.

Il me poussa par la taille vers un endroit un peu à l'écart de Jenna et Lion. Je sentis un frisson à l'endroit où il m'avait touchée, et je me retournai pour le regarder :

— Qu'est-ce que tu vas faire ?

Il avait l'air ravi.

— Je vais me battre, Effy. Je suis plutôt doué, et les gens aiment nous voir lutter, Lion et moi. Je te préviens juste qu'il va y avoir beaucoup de monde, alors ne te sépare pas de Lion jusqu'à ce que j'aie terminé et que je vous rejoigne.

Il allait se battre… Échanger des coups avec un autre mec juste pour s'amuser. Enfin, il y avait de l'argent en jeu, mais moi je savais que Nicholas n'en avait pas besoin, il était millionnaire. Alors, pourquoi se plongeait-il dans une situation aussi dangereuse ?

— Pourquoi tu fais ça ? lui demandai-je en le regardant avec un mélange de désapprobation et de crainte.

— D'une certaine manière, j'ai besoin de me défouler, répondit-il en me lançant un regard bizarre.

Je restai là, les jambes tremblantes, redoutant le spectacle auquel j'allais assister.

18

Nick

Je la laissai là, en frissonnant de la tête aux pieds. Je crois qu'aucune autre fille ne me touchait autant que Noah, et ça me plaisait et me contrariait à la fois. J'avais toujours voulu tout contrôler, en particulier les filles. J'avais toujours su comment elles allaient réagir, ce qu'elles attendaient de quelqu'un comme moi, mais Noah était différente. Il n'y avait qu'à la regarder pour se rendre compte qu'elle était l'opposé des personnes de mon entourage. Je ne comprenais toujours pas pourquoi, alors qu'elle aurait pu profiter de l'argent de mon père, elle s'habillait toujours simplement, se contentait d'une horrible voiture ou voulait se trouver un travail. Je ne pouvais m'empêcher d'y penser chaque fois qu'elle était devant moi. Mais, ce qui me perturbait le plus, c'était l'attirance physique que je ressentais pour elle. Depuis que je l'avais embrassée, je n'avais plus qu'une idée en tête : recommencer. Avant que Jenna et Lion apparaissent, j'avais été sur le point de le faire et de rester avec elle toute la nuit. J'aurais sans hésiter laissé tomber ce combat si j'avais pu rester en sa compagnie à embrasser ses lèvres douces.

D'ailleurs, cela m'amusait de voir comment elle réagissait au contact de ma peau. La première fois, j'avais presque perdu le contrôle en entendant les gémissements qui sortaient de ses lèvres tandis que je l'embrassais. Et, à présent, je ne savais même pas pourquoi je l'avais invitée à assister à mon combat contre l'un des mecs les plus idiots que je connaissais. Et je pensais sans cesse à son visage horrifié quand elle avait enfin compris de quoi il retournait. D'une certaine manière, c'était amusant de la voir là. Elle n'était vraiment pas à sa place.

Je m'éloignai d'elle pour m'avancer dans le bâtiment abandonné dans lequel on faisait toujours les combats. Les bagarres avaient fait partie de ma vie depuis que je connaissais Lion. Il m'avait presque tout appris, il était incroyablement doué. Mais je me battais avec plus de rage que lui. C'est pour cette raison que personne ou presque n'arrivait à me vaincre. C'était même facile de gagner. Je me concentrais sur la victoire, rien d'autre n'avait d'importance, et cela m'aidait à me défouler, à décharger toutes mes frustrations. Ce jour-là, j'en avais particulièrement besoin : c'était si dur d'avoir quitté ma petite sœur, surtout après avoir appris qu'elle passerait la semaine seule parce que ses parents se barraient quelques jours en vacances à la Barbade. Je ne comprenais pas comment des parents pouvaient négliger ainsi leurs enfants. Et voir ma mère, qui m'avait abandonné sans aucune sorte de remords, de nouveau abandonner son enfant… tout cela me faisait simplement péter les plombs.

Ce milieu pouvait cependant devenir très pesant si on n'y prenait pas garde. C'est pourquoi je faisais en sorte de gagner le combat, prendre le fric et disparaître rapidement. La plupart des gens restaient ensuite à ce qui se transformait en une fête où l'alcool coulait à flots et la drogue circulait librement. Tout cela ne m'intéressait pas. Je gardai donc la tête froide quand j'ôtai mon T-shirt et pénétrai sur le ring.

Greg était un type costaud, qui travaillait comme un fou au gymnase, et on se détestait depuis la nuit des temps. Avant que j'arrive dans le coin, tous l'avaient mis sur un piédestal, et c'est pourquoi, quand il se battait contre moi, il y mettait toute son ardeur. Il manquait de technique, il était tout en force brute : chaque fois que son poing essayait de m'atteindre, je m'écartais sans grand effort. A. J., c'était autre chose, Lion et lui avaient une histoire commune. A. J. avait failli violer Jenna un soir en boîte. Grâce à Dieu, j'étais avec elle et j'avais pu l'écarter avant que ça ne dégénère. Lion ne connaissait pas Jenna à cette époque-là, mais plus tard, quand il avait appris ce qui s'était passé, il l'avait presque tué.

La foule était rassemblée autour de la petite plateforme où nous devions nous battre. Les paris étaient ouverts pendant toute la durée du combat, alors les cris, les huées et toutes sortes d'exclamations étaient à l'ordre du jour. Je commençai à sautiller sur place pour m'échauffer un peu, tandis que Greg montait sur la plate-forme de l'autre côté. Ses yeux plongèrent dans les miens, pleins de haine et assoiffés de sang, et je dus réprimer un sourire suffisant, sachant que j'en aurais fini avec lui en moins de dix minutes.

Le type qui se chargeait, cette nuit, de récolter le fric cria mon nom et ensuite celui de Greg, et le spectacle commença. L'une des grandes erreurs de Greg était de donner des coups à tort et à travers, ce qui le fatiguait plus vite. Il fallait savoir quand faire un pas en avant et attaquer. Mon premier coup de poing alla droit au but, dans son estomac. Les gens crièrent, surexcités, quand je levai un genou et lui assénai un coup sec dans le nez, profitant du fait que le premier coup l'avait plié en deux. L'adrénaline courait dans mes veines, je me croyais capable de tout. Greg récupéra et essaya une nouvelle fois de me frapper, cette fois au visage. Je l'esquivai en souriant puis le frappai en plein dans l'œil droit une seconde plus tard.

Le coup de poing fut si fort qu'il tomba au sol, ce qui me fournit une autre opportunité de lui donner un coup de pied. Pourtant, je ne le fis pas ; ça n'avait rien de drôle de frapper quelqu'un à terre. Puis Greg se redressa et me poussa en arrière, effleurant ma pommette droite de son poing. Je le projetai de nouveau au sol, et alors il ne réussit pas à se relever.

L'euphorie de la victoire était un baume pour mon esprit troublé et je fus content d'avoir eu la force nécessaire pour en terminer avec ce type.

Tout le monde criait mon nom en essayant de me toucher lorsque je descendis enfin de la plate-forme pour aller directement récupérer mon fric. J'avais remporté cinq mille dollars, et, après les avoir glissés dans la poche de mon jean, je partis à la recherche de Lion. Je le trouvai à côté de Jenna, au dernier rang des spectateurs. C'était moins stressant qu'à l'avant, où on pouvait recevoir des coups.

En m'approchant, je vis que Noah n'était pas avec eux et mon cœur s'emballa.

— Où est-elle ? demandai-je anxieusement à Lion.

Il me sourit tandis que Jenna levait les yeux au ciel.

— Elle n'a pas pu en supporter davantage quand elle a vu qu'on te donnait ce coup de poing, me dit Jenna. Elle est sortie.

Puis elle se retourna vers Lion, qui était le suivant à entrer sur le ring.

— Je vais la chercher.

Je fis volte-face et je partis à sa recherche.

Je la trouvai près de la porte, assise contre le mur, les bras autour des genoux. L'expression de son visage ne me plut pas. Je m'empressai de remettre mon T-shirt avant de m'approcher.

— Pourquoi tu es venue ici ?

Une partie de moi était déçue, parce qu'elle ne m'avait pas vu vaincre mon adversaire.

— Ce que tu fais ici... (Elle respira à fond et ferma les yeux en frissonnant.) Ce n'est pas pour moi.

Elle avait l'air réellement effrayée. Je n'avais pas pensé que ça pouvait l'affecter de cette manière, n'importe quelle autre fille se serait jetée dans mes bras, rendue complètement folle par ma victoire, mais Noah…

— Les bagarres, ce n'est pas ton truc, j'ai pigé, dis-je.

Je posai délicatement ma main sur sa nuque. Noah semblait venir d'une autre planète : à certains moments, elle semblait forte comme un roc, capable de me donner un coup de poing sans états d'âme, et, à d'autres, elle avait l'air si fragile et si jeune que j'avais juste envie de la serrer dans mes bras.

Je caressai sa nuque et elle leva les yeux pour me regarder. Elle semblait sur le point de dire quelque chose, mais ce fut plus fort que moi : je me penchai pour l'embrasser.

Elle fondit entre mes bras, exactement comme je le voulais. J'adorais la manière dont son corps réagissait au contact du mien. Elle passa ses doigts dans mes cheveux humides et je dus contenir l'envie que j'avais de la caresser partout.

Quelques secondes plus tard, elle me repoussa et ses yeux se posèrent sur ma blessure. Ses doigts frôlèrent la petite bosse qui commençait déjà à enfler, et je sentis quelque chose d'étrange remuer en moi sous cette simple caresse.

— J'ai détesté chaque seconde où tu étais sur ce ring, avoua-t-elle alors.

Elle était sérieuse, ça se voyait dans ses yeux. D'une certaine manière, elle s'inquiétait pour moi, et c'était si nouveau et si étrange que je dus reculer d'un pas.

— Je suis comme ça, Noah, dis-je en retirant ma main de sa peau.

Elle remarqua mon changement d'humeur, enleva ses bras de mon cou et m'observa, le front plissé.

— Je ne comprends pas pourquoi tu fais ça. Tu as de l'argent plus qu'il ne t'en faut.

— Lion, lui, en a besoin, l'interrompis-je, sur la défensive.

La compréhension illumina ses traits, mais je m'empressai d'éclaircir un point :

— Je ne le fais pas seulement pour le fric : j'aime me battre, j'aime savoir que je peux en finir avec celui qui est en face de moi, que j'ai le contrôle de la situation. Je vois où tu veux en venir et, si tu crois que je vais arrêter de faire ce que je fais parce que toi et moi on…

— On quoi ? (Elle m'interrompit, furieuse.) Comment tu comptes terminer cette phrase ?

Je ne pouvais pas répondre à cette question. Je ne savais pas moi-même ce qui était en train de se passer, je savais juste que c'était une erreur. Noah venait d'une petite ville et recherchait une relation romantique que je ne pourrais jamais lui donner. Le seul fait d'y penser était ridicule. Je savais que je commettais une erreur en l'embrassant, en la touchant… mais je ne pouvais pas m'en empêcher. Elle avait raison : c'est moi qui la cherchais.

Il me fut impossible de lui répondre.

— Peu importe, ne dis rien, finit-elle par me dire. Je sais comment tu es, Nicholas. Je n'attends de toi rien de plus que ce que nous avons à présent.

Cela étant dit, elle me tourna le dos et entra dans le hangar, où le combat de Lion était en train de se dérouler.

Qu'avait-elle voulu dire ? Quoi que ce soit, cela ne m'amusait absolument pas. Je l'observai tandis qu'elle entrait dans le hangar et je sentis la colère m'envahir, sans savoir vraiment pourquoi.

19

Noah

C'était une erreur, d'être venue ici ce soir avec Nicholas. C'est vrai, il me plaisait énormément et j'oubliais tout quand il me touchait et m'embrassait, mais je n'aimais pas ce qu'il était. Nicholas Leister évoluait dans un monde que j'avais rejeté toute ma vie : celui des bagarres, des fêtes où tout était permis, de la drogue et de l'alcool. J'avais déjà assez de mal à m'habituer à ma nouvelle vie (cela ne faisait que deux semaines que j'étais là), l'histoire de Dan me faisait toujours mal et entamer une relation avec Nicholas ne ferait qu'empirer les choses.

Parce que je savais exactement ce que quelqu'un comme lui attendait de quelqu'un comme moi. J'étais peut-être vieux jeu, ou bizarre, mais je voulais qu'un garçon me démontre chaque jour son amour pour moi, avec des mots doux, des gestes affectueux… et Nick était à l'opposé de tout cela. Je ne voulais pas avoir à nouveau le cœur brisé. J'essayais déjà tous les jours d'en recoller les morceaux.

Le mieux était donc d'avoir une relation normale avec Nick. Nous ne pouvions pas être en couple, mais ce n'était pas une raison pour nous haïr. Nos innombrables joutes, depuis notre rencontre, étaient épuisantes. Nous habitions sous le même toit, il valait donc mieux essayer d'être amis, même s'il est difficile d'être amie avec quelqu'un devant qui on a les jambes en coton.

Je restai près de la porte du hangar à attendre que Lion termine son combat. Je détestais les confrontations physiques et le fait que les gens y prennent du plaisir ; et qu'ils y gagnent de l'argent en pariant sur l'issue du combat me semblait encore plus détestable et humiliant.

Sans un regard pour moi, Nicholas alla retrouver Jenna et ses amis. Quinze minutes plus tard, Lion remporta son combat, mais, à la différence de Nick, lui, il avait reçu plusieurs coups au torse et présentait une plaie plutôt moche à l'œil gauche. Jenna se jeta dans ses bras et lui donna un long baiser pendant que les gens l'acclamaient vivement. Nicholas aurait-il aimé que je fasse la même chose ? Que je tombe à ses pieds en pâmoison parce qu'il était capable de laisser un type inconscient sur le sol ? Ridicule…

Nick vint vers moi lorsque la foule commença à sortir. Il devait y avoir aux moins deux cents personnes. Il me prit la main et m'entraîna à sa suite. C'était étrange de sentir ses doigts entrelacés aux miens, mais je le sentais distant, je savais que c'était juste pour ne pas me perdre dans la foule.

En arrivant à la voiture, je l'observai attentivement. Quelque chose avait changé depuis notre dernière conversation : il semblait m'en vouloir et faisait de son mieux pour m'ignorer. Son attitude me blessa, mais je n'attendais rien d'autre de lui.

Je regardais distraitement ses jointures meurtries, où avait séché un peu de sang de son adversaire. J'eus brusquement la nausée et l'air me manqua.

Pourquoi diable étais-je venue ?

Nicholas s'écarta de moi sans m'adresser la parole et s'approcha de son groupe d'amis. Je ne voyais Jenna nulle part et je me sentis soudain très seule, dans un environnement qui m'effrayait davantage que ce que je voulais bien reconnaître.

Je fouillai dans mon sac à la recherche de mon portable.

— Qu'est-ce que tu fais ? me demanda Nicholas, qui s'approcha au moment où je collais le portable contre mon oreille.

— J'appelle un taxi.

Avant que je ne puisse l'en empêcher, il m'avait arraché le portable de la main.

— Tu es folle ? Ce qu'on fait ici est illégal, tu ne peux pas révéler notre position, on pourrait nous dénoncer.

— Je veux m'en aller.

— Pourquoi ?

Je respirai à fond pour tenter de me calmer :

— Parce que je n'aime pas ton monde, Nicholas.

Ma réponse sembla le laisser indifférent.

— Tu n'es pas faite pour ça, je n'aurais pas dû t'emmener.

— C'est moi qui ai décidé de venir, et maintenant c'est moi qui décide de partir.

Nicholas éclata de rire.

— Je ne sais pas à quoi je m'attendais en t'amenant ici, mais sûrement pas à ça. Je te croyais plus forte, Éphélide. Tu n'as manifesté aucune sorte de peur quand tu as affronté Ronnie. Je n'aurais jamais cru que quelques coups de poing pourraient te mettre dans un état pareil.

Ses yeux parcoururent mon corps. Pouvait-il voir la sueur froide qui le recouvrait ? Le tremblement qui s'était emparé de mes mains ?

— Eh bien, je suppose que je ne suis pas toujours courageuse.

Je fis un pas en avant et tendis la main pour qu'il me rende mon portable.

Nick le fit tourner entre ses doigts, les yeux toujours fixés sur moi.

— Je suis plutôt curieux de savoir où tu as appris à courir comme tu l'as fait aux courses…

Je soutins son regard.

— La chance du débutant. Mon portable, s'il te plaît.

Un sourire tordu apparut sur ses lèvres.

— Tu caches plus de choses que je n'aurais imaginé, Effy.

Il fit un pas vers moi. Je reculai, affectée par sa présence toute proche, et me heurtai à la portière de la voiture.

— Nous avons tous nos secrets, répondis-je en baissant la voix et en sentant que mes jambes commençaient à trembler.

— Je te préviens, je suis un excellent détective.

Il se pencha vers moi pour m'embrasser, mais je l'arrêtai d'une bourrade, réussissant tout juste à le repousser.

— Reste loin de moi, Nicholas, le priai-je, plus sérieuse que jamais.

La dernière chose que je souhaitais était que quelqu'un comme lui découvre mon passé. Rien que d'y penser, la panique me gagnait. J'avais toujours réussi à garder mes démons profondément enfouis, personne n'était au courant. Mais, à présent que nous vivions sous le même toit, ce ne serait pas facile de dissimuler certaines choses. Le fait qu'il ait découvert en si peu de temps que j'avais des secrets me préoccupait.

— Que je reste loin de toi ? Ton corps semble demander le contraire, pourtant.

Qu'ils soient maudits, lui et le pouvoir d'attraction qu'il exerçait sur moi. Je me sentais comme un petit animal aux abois sur le point d'être capturé. Une sensation qui ne me plaisait pas.

Il me bloqua en plaçant ses mains de chaque côté de ma tête.

— De quoi as-tu peur ?

Sa bouche était proche de la mienne, son souffle me caressait le visage. Ses yeux étaient si bleus… Je voyais à présent que de petites paillettes couleur aigue-marine entouraient ses pupilles.

— De toi, répondis-je en un murmure à peine audible.

Nick eut un sourire en coin qui me fit l'effet d'une douche froide. Je réussis enfin à le repousser et à lui échapper.

— Tu es idiot, lançai-je.

Je m'en voulais d'avoir été sincère avec lui.

Nick éclata de rire.

— Pourquoi ? Parce que je savoure le fait que tu aies peur de moi ? Rien de plus normal, Éphélide.

— J'ai peur que tu ne m'attires des histoires, mentis-je, en une tentative désespérée pour effacer mes dernières paroles.

Je ne voulais pas qu'il se croie trop important.

— En général, je m'arrange pour éviter les histoires, tu n'as pas à t'inquiéter.

— C'est bien ça le problème, je ne veux pas devoir m'inquiéter. Maintenant, donne-moi mon portable pour que je puisse m'en aller.

Nicholas soupira, mais il avait toujours ce petit sourire amusé aux lèvres.

— Dommage que tu sois aussi coincée. Je pensais qu'on allait pouvoir s'amuser, toi et moi.

— Il n'y a pas de toi et moi… il n'y en aura jamais.

Vingt minutes plus tard, Jenna m'avait déposée à la maison. Je pus enfin respirer et je me jurai de ne jamais retomber dans les filets de Nicholas. Lui et moi devions rester éloignés l'un de l'autre.

Le lendemain, j'entrepris de nettoyer ma voiture. Nicholas était à l'intérieur, en train de faire je ne sais quoi, et je ne le croisai presque pas. Je lavai toute la saleté accumulée sur ma Coccinelle pendant le temps où elle avait été en vente. Cela m'amusa de voir mes nouveaux voisins, incroyablement bourges et habillés en Chanel, qui me regardaient d'un air stupéfait nettoyer ma voiture, vêtue d'un vieux T-shirt et d'un simple short, les cheveux rassemblés en un chignon lâche. J'avais sûrement un aspect désastreux, mais je me fichais complètement de savoir ce que pensaient cette blonde décolorée et son mari producteur de je ne sais quel programme télé.

Tandis que je soufflais sur une mèche de cheveux pour l'écarter de mon visage tout en m'acharnant sur une tache qui résistait sur le capot, j'entendis une voix que je n'aurais jamais cru entendre ici, la dernière voix que j'avais envie d'entendre :

— Je vois que tu détestes toujours autant le lavage automatique.

Je me figeai, muette. Cela ne pouvait pas être vrai.

Puis je fis volte-face vers celui qui venait d'arriver. Il se tenait près de la voiture de Nicholas, et son apparence était exactement la même que lorsqu'il m'avait dit au revoir deux semaines auparavant : des cheveux blonds décoiffés, des yeux couleur chocolat desquels émanait une assurance que j'avais toujours admirée, un corps de joueur de hockey… Je dus respirer plusieurs fois à fond.

Dan, le même Dan qui m'avait trompée avec ma meilleure amie, se trouvait devant moi.

Je restai pétrifiée, une main tenant l'éponge dégoulinante, l'autre pendant le long de mon corps. Le simple fait de l'avoir devant moi me faisait si mal. Les souvenirs de tous les moments partagés avec lui me revinrent à l'esprit : notre rencontre après l'un de ses matchs victorieux auquel j'avais assisté, quand il s'était approché de moi pour me dire qu'il n'avait pas réussi à se concentrer après m'avoir vue dans les tribunes ; notre premier rendez-vous, quand il m'avait invitée dans un resto indien et qu'on n'avait pas supporté le piment, à tel point qu'on avait été malades trois jours de suite ; notre premier baiser, si tendre et spécial qu'il avait été sur la liste de mes meilleurs souvenirs jusqu'à il y a peu ; la première fois qu'on avait parlé de moi comme de sa petite amie…

Puis l'image de Beth et lui en train de s'embrasser s'interposa, brouillant toutes ces images et me faisant terriblement souffrir.

D'une voix ferme, je dis :

— Qu'est-ce que tu fais là ?

Ses yeux ne quittèrent pas les miens lorsqu'il dit :

— Tu me manques.

Je ne pus m'empêcher d'éclater d'un rire sarcastique :

— Bien sûr que non… Tu étais plutôt bien accompagné dernièrement, lui dis-je en lui tournant le dos.

— Noah… je suis désolé.

Il avait toujours cette voix veloutée qu'il avait utilisée des milliers de fois pour me dire qu'il m'aimait plus que tout.

Je secouai la tête en priant pour que ce ne soit pas vrai. Je n'étais pas prête à affronter Dan, parce qu'une partie de moi voulait que tout redevienne comme avant, qu'il me serre dans ses bras, qu'il m'embrasse et me dise à quel point il m'aimait et combien je lui avais manqué. J'avais désespérément besoin d'être avec quelqu'un de ma vie antérieure. Même si ce n'était que pour quelques instants, je voulais être la Noah Morgan que j'avais été avant de quitter ma ville pour vivre une vie dont je ne voulais pas.

— Noah… je t'aime, déclara-t-il alors.

Il s'était approché, presque à me toucher.

Je fis volte-face, ses paroles déchiraient mon cœur déjà brisé.

— Ne dis plus jamais ça.

Il était maintenant si près de moi que je voyais les éclats dorés dans ses yeux marron, la cicatrice faite par une crosse de hockey sur sa joue (j'étais restée auprès de lui pendant qu'on lui faisait des points de suture, presque hystérique, car je détestais la vue du sang ou des blessures)... Tout en lui faisait remonter de nombreux souvenirs, et c'était douloureux.

Mais je le connaissais suffisamment pour savoir que cet aveu devait lui coûter.

— Je te le dis parce que c'est vrai, Noah. Je t'en prie, pardonne-moi, dit-il en me caressant les joues. Quand tu es partie, le monde s'est écroulé, je ne savais pas comment faire ni comment le supporter. (Ses mains descendirent jusqu'à mes épaules et les caressèrent doucement.) Il faut que tu me pardonnes... Noah, je t'en prie, dis quelque chose, j'ai besoin que tu dises que tu me pardonnes.

Je fermai les yeux et serrai les paupières. Cette situation n'aurait pas dû exister.

Pourquoi était-il venu jusqu'ici ? De toute façon, sa présence n'aurait jamais dû réveiller ma douleur. Mais le revoir, avoir de nouveau quelque chose de mon ancienne vie, était si... réconfortant.

C'est à ce moment que je sentis ses lèvres sur les miennes. C'était si inattendu, et en même temps si familier. C'était ce dont j'avais rêvé depuis mon départ.

Sa main se posa sur ma nuque et il m'attira vers lui. J'étais tellement stupéfaite, tellement parcourue par des milliers de sensations contradictoires que je fus incapable de resister.

— Je t'en prie, embrasse-moi, Noah, me supplia-t-il.

Puis il posa avec force ses lèvres sur les miennes. Il réussit à les entrouvrir et sa langue chercha la mienne... Une chaleur se répandit en moi, mais quelque chose avait changé, comme si mon corps attendait une réaction plus puissante, voulait s'embraser au lieu de se complaire dans la tiédeur.

À ce moment-là, quelqu'un fit un bruit pour attirer notre attention. J'eus l'impression de recevoir dans la figure le seau d'eau qui se trouvait encore à mes pieds. Je reculai d'un pas et Dan me regarda une seconde, une expression de joie sur le visage. Puis je me retournai pour voir qui nous avait interrompus.

Ma mère et William venaient d'arriver. J'étais si profondément plongée dans toutes ces pensées que je n'avais pas entendu leur voiture approcher.

Ma mère nous regardait, un large sourire aux lèvres, puis elle se retourna vers William, qui l'observait, les yeux brillant de satisfaction.

— Alors, tu aimes notre cadeau ? dit-elle en nous regardant chacun à tour de rôle.

Troublée, je me tournai vers Dan.

— Ta mère m'a envoyé le billet pour que je te fasse une surprise.

Il haussa les épaules, mais je crus voir une certaine culpabilité sur ses traits. Bien sûr, maintenant, je comprenais. Ma mère avait cru me faire le plus beau des cadeaux en invitant mon petit ami à la maison. Sauf qu'elle ignorait juste un petit détail : ce n'était plus mon petit ami.

— Tu étais si triste, Noah... expliqua ma mère, qui s'approcha pour m'embrasser. Je savais que le seul qui pouvait t'arracher un sourire était Dan, alors j'ai pensé : « Pourquoi ne pas l'inviter à venir passer quelques jours avec nous ? »

Ah, maman... tu as vraiment raté ton coup.

Je souris avec le plus grand mal, tandis que William tendait la main à Dan et la lui serrait fermement. Ma mère l'embrassa également, puis tous deux nous observèrent un moment. Nous étions l'un à côté de l'autre, et pourtant si distants.

— On vous laisse un peu tranquilles. Vous avez sûrement envie de passer un moment seuls, dit ma mère, émue. J'ai demandé à ce qu'on te prépare la chambre d'amis, Dan. Si tu as besoin de quoi que ce soit, n'hésite pas à me le demander.

Dan acquiesça poliment, et ma mère et Will entrèrent dans la maison.

Une fois qu'ils eurent disparu, je me retournai vers mon ex, furieuse.

— Je n'arrive pas à croire que tu aies eu le toupet de venir jusqu'ici.

Puis je lui tournai le dos et commençai à ramasser les affaires que j'avais sorties pour laver ma voiture. Cette tâche attendrait, j'avais quelque chose de nettement plus important à faire.

Ce n'était pas bien... Dan ne pouvait pas rester ici, je ne voulais pas de lui et je ne pouvais pas non plus le laisser m'embrasser.

— J'ai pensé que c'était l'occasion parfaite pour te demander pardon en personne, déclara-t-il en faisant un pas vers moi.

Je reculai avant qu'il ne me touche.

— Tu ne peux pas rester, Dan.

Il fronça les sourcils et se rapprocha un peu plus.

— Je sais que tu es encore fâchée et qu'il faudra longtemps avant que tu puisses me pardonner, mais laisse-moi rester avec toi quelques jours, Noah. Quoi qu'il arrive, nous trouverons une solution ensemble, s'il te plaît. Tu es à moi et je suis à toi, tu te rappelles ?

Cette phrase me fit l'effet d'un coup de poignard dans le cœur.

— J'ai cessé d'être à toi au moment même où tu as embrassé ma meilleure amie. (Je savais que le fait de l'avoir revu et de devoir me séparer définitivement de lui dans les prochains jours serait encore plus douloureux que ça ne l'était à présent.) Alors, tu peux rester, mais c'est surtout parce que je ne veux pas être désagréable avec William et ma mère. Et puis je ne veux pas qu'ils sachent ce que tu m'as fait. Mais ensuite, je ne veux plus jamais entendre parler de toi.

— Je sais que je t'ai fait du mal, Noah. Mais je t'aime, je t'ai toujours aimée et ma vie sans toi est un véritable désastre. Quand je te vois, tout reprend un sens. Quand tu m'as appris que tu partais, j'ai essayé de surmonter ma tristesse, mais ça n'a pas marché. Noah, l'histoire avec Beth ne signifie rien pour moi : j'avais juste besoin de son soutien, parce qu'elle me faisait penser à toi, vous étiez toujours ensemble, vous vous ressemblez même dans votre manière d'être. Je sais que j'ai été un vrai salaud, mais je ne peux pas supporter que ça se termine comme ça, nous deux. (Je baissai les yeux, essayant de retenir les larmes qui voulaient jaillir. Je ne pleurerais pas.) Tu n'es même pas capable de me regarder.

Ses mains se posèrent sur mon visage et ses yeux plongèrent dans les miens.

— Je t'en prie, dis-moi que tu me pardonnes, murmura-t-il, les lèvres presque collées aux miennes.

Je ne sais plus ce que je lui répondis, mais ses lèvres s'emparèrent des miennes et je le laissai faire, *une nouvelle fois*… Je ne pouvais pas m'en empêcher : j'en avais tout simplement besoin. Cependant, tandis qu'il m'embrassait, je ressentis une étrange sensation au creux du ventre, je me sentais coupable parce que je trompais quelqu'un de très important… moi-même.

Je m'écartai de lui.

— J'ai besoin que tu me laisses, parvins-je à articuler.

Et c'était vrai, j'avais besoin de réfléchir, besoin de ne plus l'avoir devant moi.

— Très bien. (Il fit un pas en arrière.) Est-ce que je peux au moins laisser mes affaires dans la chambre d'amis ?

J'acquiesçai et je l'y accompagnai. Je ne pouvais passer une minute de plus avec lui, alors je lui dis au revoir et pris la direction de ma chambre avec l'intention de me mettre au lit et de dormir jusqu'au lendemain. Il était tôt, mais ça m'était égal, j'avais besoin de prendre du recul et de mettre de l'ordre dans mes pensées. Malgré moi, je m'arrêtai devant une chambre qui n'était pas la mienne et, avant même de comprendre pourquoi, j'étais en train de frapper à la porte de Nicholas.

Je n'étais pas sûre qu'il m'ait répondu, mais j'entrai tout simplement.

Il était assis devant son ordinateur portable posé sur le bureau qui se trouvait dans un coin de la pièce, et il le referma en me voyant. Il fit tourner sa chaise pour se retrouver face à moi, et je contemplai chaque détail de son anatomie comme s'il s'agissait d'une œuvre d'art. Il ne portait qu'un pantalon de sport gris et était torse nu. Il n'attendait clairement pas de visite, et encore moins la mienne. Je crois que c'était la première fois, depuis que j'étais arrivée dans cette maison, que je frappais à sa porte. Une partie de moi m'avait poussée à chercher du réconfort auprès de lui, une autre ne comprenait pas comment je pouvais choisir de me torturer par sa présence.

Ses yeux bleus plongèrent dans les miens et il fronça les sourcils.

— Qu'est-ce qui t'arrive ?

Il se leva et s'approcha de moi, prudemment, comme s'il ne savait pas très bien comment réagir. Aussitôt, et comme chaque fois que nous nous trouvions seuls, une irrésistible attirance surgit entre nous. Une partie de moi se réjouit de constater que Dan était incapable de provoquer ce type de réaction dans mon corps, et je me sentis heureuse et troublée en même temps.

Sans rien dire, je m'approchai, le regard plongé dans ces yeux d'azur qui ne promettaient que des choses sombres, et, sans même y penser, je mis une main sur sa nuque et je l'embrassai, presque avec désespoir.

Cela le surprit, je suppose, mais la réponse de son corps fut immédiate. Ses mains me saisirent par la taille et m'attirèrent contre lui. Ses lèvres et sa langue prirent aussitôt le contrôle. Je sentis une sorte de vertige me gagner. Ses mains sur mon corps me firent simplement oublier la raison pour laquelle j'étais venue. Je dus bientôt m'écarter pour reprendre mon souffle et contrôler les tremblements qui s'étaient emparés de mon corps tout entier.

— Qu'est-ce que tu fais ? me demanda-t-il.

Puis ses dents prirent possession de mon oreille, en la mordillant d'une manière qui m'arracha un soupir. Mes mains s'agrippèrent à ses épaules quand il commença à m'embrasser dans le cou et sur la mâchoire… et tout sentiment de douleur, de perte ou de nostalgie s'évanouit, tout simplement.

Mais il s'interrompit.

— Que s'est-il passé ? insista-t-il alors en me regardant dans les yeux.

Pourquoi posait-il la question ? Pourquoi ne pouvait-il pas se contenter de m'embrasser et de me faire savourer ce qui était clairement l'un de ses talents ? Depuis quand Nicholas avait-il besoin de savoir pour quelle raison une fille voulait se jeter dans ses bras ?

À ce moment-là, Dan me revint à l'esprit… et le sentiment de trahison m'assaillit de nouveau, ainsi que le chagrin de savoir que je les avais perdus tous les deux à jamais,

Beth et lui. Parce que je ne pourrais pas lui pardonner, il ne le méritait pas. Mais le pire était la peur… la peur de ne pas être suffisamment forte pour rester éloignée de lui.

J'appuyai mon front sur l'épaule nue de Nick et ses bras se refermèrent automatiquement sur moi. C'était une sensation étrange, parce que nous n'avions jamais rien partagé de tel. Je posai la tête sur son torse. Il sentait merveilleusement bon, sûrement une de ces eaux de toilette de marque utilisées par les mannequins à la télé ; mais ce qui me plut, surtout, fut la chaleur qui émanait de lui et la sensation de sécurité qui m'envahissait au fur et à mesure que cette chaleur me gagnait. Parce que, jusque-là, je me sentais glacée… glacée par les émotions et le chagrin qui me submergeaient.

— Ce n'est pas que je n'adore pas t'avoir dans mes bras, Effy, mais j'aimerais bien comprendre ce qui se passe.

Ses paroles réussirent à m'arracher un sourire.

Je m'écartai de lui, mais il ne me lâcha pas et s'assit sur la chaise de son bureau en me prenant sur ses genoux.

Ce fut encore très étrange, étrange et si agréable que je sentis de nouveau mon estomac se nouer.

— Je t'en prie, dis-moi que ce n'est pas parce que tu as fait quelque chose à mon autre voiture et que le remords te ronge que tu es là, parce que tous les baisers du monde n'y feront rien…

Je savais qu'il plaisantait, et ça me fit rire de voir ses efforts pour me remonter le moral. Je ne connaissais pas cette facette du Nicholas dur et désagréable que j'avais l'habitude de voir, et c'était plutôt sympa.

Alors, je décidai de lui expliquer pourquoi j'étais entrée dans sa chambre, parce que, même si c'était difficile à croire, je n'avais pas eu l'intention de me jeter dans ses bras.

— Dan est là, annonçai-je tout en l'observant.

Il mit un moment avant d'assimiler l'information.

— Le salaud qui t'a trompée est ici ? Où, à Los Angeles ?

— Non, ici, à la maison.

Je savais combien cette situation était pathétique et ridicule.

Il m'observa quelques instants, comme s'il attendait que je lui dise que c'était une blague.

— Ma mère l'a invité, elle ne sait pas ce qu'il m'a fait, elle n'a aucune idée qu'on a cassé. Mais maintenant il est là, Nicholas, et ça me bouleverse, lui avouai-je en me levant et en commençant à faire les cent pas.

Pourquoi j'étais en train de raconter cela à Nick, c'était un mystère, mais j'avais besoin de me confier, et Nick était très doué pour me faire penser à autre chose.

Il me regarda d'une manière étrange, puis prit une cigarette sur sa table et la porta à ses lèvres. Il avait l'air en colère, ou peut-être déçu.

— Pourquoi tu me racontes tout ça ?

Il tira brusquement sur sa cigarette. Je voyais à présent dans ses yeux une froideur que je connaissais bien… celle avec laquelle il me regardait la plupart du temps, celle qui nous poussait à nous insulter et à nous détester mutuellement. Nicholas avait deux facettes très différentes et je ne savais jamais laquelle allait apparaître.

Je ressentis un pincement au cœur.

Je tentai de mettre de côté ce que je ressentais pour lui, des choses que je ne comprenais pas moi-même, et je lui dis le strict nécessaire :

— Dan va savoir qui tu es dès qu'il te verra. Il te reconnaîtra à cause de la photo de nous que je lui ai envoyée… quand… on s'embrassait, dis-je enfin.

Qui aurait pu penser qu'embrasser Nick allait me causer tant de soucis ? Si j'avais su qu'après cela une partie de moi ne penserait qu'à recommencer, je me serais abstenue dès le début.

Nicholas posa sa cigarette dans un cendrier qui se trouvait sur son bureau et me regarda avec dédain.

— Qu'est-ce que tu veux exactement, Noah ?

Je respirai profondément.

— Je veux juste qu'il s'en aille et ne plus jamais le revoir.

Je savais, en prononçant ces paroles, que c'était vrai. C'était ce que je souhaitais, peu importait le chagrin que cela me causerait. Je ne voulais pas avoir à mes côtés celui qui m'avait trompée.

Les traits de Nicholas parurent se détendre légèrement.

— Mais je ne vois pas comment je pourrais y arriver, ajoutai-je en portant nerveusement une main à mon front. Il est venu juste pour obtenir mon pardon ; et une partie de moi le souhaite, mais ce n'est pas ce que je veux.

— Et c'est là que j'entre en scène ?

Je hochai la tête en voyant qu'il comprenait où je voulais en venir.

— Ce serait juste pour quelques jours, ajoutai-je d'une voix tremblante. S'il voit que je suis passée à autre chose, qu'il ne m'intéresse pas… il y a une chance pour qu'il me laisse tranquille.

Il acquiesça en portant la cigarette à ses lèvres. Bien que je n'approuve pas du tout les gens qui fument, chez lui, c'était vraiment sexy.

— On doit donc se rouler une pelle devant lui, conclut Nicholas.

J'avais honte de ce que je lui demandais… et, même s'il m'avait déjà aidée en me proposant de faire la photo avec moi, à présent c'était un peu étrange, parce qu'on s'était embrassés plusieurs fois ces derniers jours.

— Pour qu'il croie qu'on est ensemble, expliquai-je, et je me raidis quand il se leva et s'approcha de moi.

— Je pourrais aussi lui casser la gueule, pour en finir le plus vite possible, non ?

Il saisit mon menton dans l'une de ses mains et planta son regard dans le mien : un regard furieux, qui dissimulait un autre sentiment que je ne sus interpréter.

— Il ne faut pas que ma mère le sache, murmurai-je.

Je me sentais prise au piège par cette main qui m'immobilisait, son contact me rendait nerveuse. Un de ses doigts effleura doucement ma lèvre inférieure.

— Tu me dois un fier service, dit-il, l'air irrité.

Puis il posa brusquement ses lèvres sur les miennes. Il m'embrassa avec force, sans douceur, et je ne pus m'empêcher de le comparer à Dan. Alors que mon ex était délicat et affectueux – enfin même si, dans le fond, c'était un salaud –, Nicholas était froid et dominateur. Je ne savais jamais ce qu'il pensait. Par exemple, en ce moment, ses mains ne me touchaient même pas. Il finit par s'écarter.

— J'espère que tu ne seras pas stupide au point de laisser ce crétin te remettre la main dessus.

Cela dit, il fit volte-face, attrapa un T-shirt et les clefs de sa voiture puis me planta là, frustrée et à bout de souffle.

20

Nick

J'étais incroyablement furieux... Jamais je n'avais ressenti une telle colère. Je ne comprenais même pas comment j'avais laissé Noah me dire ce que je devais ou ne devais pas faire. Le fait que je brûle de désir dès que je la voyais n'était pas une raison suffisante pour accepter de l'aider à mettre en œuvre cette farce ridicule pour se débarrasser de son ex. J'avais dépassé le stade des conneries du lycée et, pour être sincère, cette histoire pouvait se résoudre d'une manière bien plus rapide et efficace : en défonçant la tronche de ce con et en le virant de chez moi, par exemple. Noah aurait ce qu'elle voulait et je me sentirais mieux.

Je m'assis au volant et claquai la portière. Je ne m'appesantis pas sur le fait que Noah était seule chez nous avec ce crétin. Après ce qu'elle m'avait dit, je ne croyais pas qu'il puisse se passer quoi que ce soit entre eux. Le seul fait de les imaginer ensemble m'agaçait tellement que j'enfonçai le pied sur l'accélérateur pour m'éloigner de cette image insupportable qui risquait de me rendre fou.

Depuis la première fois où je l'avais embrassée, tout avait changé entre nous. L'irritation avait fait place à un désir irrépressible, qui me plaçait dans une situation très compliquée. Je ne savais pas ce que je voulais, mais j'étais certain qu'une relation avec Noah n'était pas ce qu'il fallait à quelqu'un comme moi. Noah était une fille sérieuse, et je n'avais jamais été monogame. J'aimais le changement, et je fuyais les engagements à toutes jambes. Aucune fille ne méritait davantage d'attention que ce que j'étais disposé à lui donner, et je n'avais pas l'intention que l'une d'entre elles exerce le moindre contrôle sur moi ou sur mes décisions. Je faisais ce que *je* voulais et avec qui *je* voulais. Noah Morgan m'attirait plus que n'importe quelle fille, je devais bien l'admettre, je la désirais avec tant de force que je souffrais lorsque nous étions loin l'un de l'autre. Elle me faisait tellement fantasmer que, dès que j'étais en sa compagnie, j'oubliais tout et je laissais mon corps prendre le contrôle. Avec elle, tout était différent, et c'était bien pour cela que je devais faire attention.

Je me garai devant chez Anna et l'appelai de mon portable :

— Je suis devant chez toi.

Il était déjà vingt-trois heures, mais deux minutes plus tard elle sortit de chez elle et vint jusqu'à ma voiture avec un sourire prometteur.

Je baissai la vitre en voyant qu'elle n'ouvrait pas la portière pour monter.

— Mes parents ne sont pas là, tu veux entrer ? me demanda-t-elle d'un air entendu.

Je sortis de la voiture sans hésiter. Avant que je n'aie le temps de dire quoi que ce soit, elle avait déjà collé ses lèvres aux miennes. Elle portait toujours un rouge à lèvres avec une saveur caractéristique, et cela ne m'avait jamais déplu… jusqu'à aujourd'hui. Je m'écartai d'elle et nous entrâmes dans la maison.

— Ça faisait longtemps que tu n'étais pas venu.

— J'étais très occupé, répondis-je un peu sèchement.

Je n'arrivais pas à m'ôter de l'esprit que Noah dormait dans le même couloir que son ex.

Je me dirigeai vers le salon, qui se trouvait à ma droite ; pour une raison inexplicable, je n'avais pas envie de monter dans sa chambre.

— Tu me manques, Nick, me dit Anna en s'asseyant près de moi.

Je remarquai qu'elle avait les joues rosies et les lèvres brillantes. Je posai une main sur son genou nu et lui caressai la peau comme elle aimait.

— Tu ne devrais pas me dire ça, Anna, lui dis-je en remarquant à quel point ses yeux étaient noirs. Nous ne sommes rien l'un pour l'autre.

Elle se raidit, mais ne se laissa pas affecter. Nous savions tous les deux ce qu'était notre relation. Anna avait droit à un traitement spécial de ma part, mais depuis le début elle savait que nous ne serions jamais plus que ce que nous étions maintenant. Je n'appartiendrais jamais à une femme, je ne laisserais jamais personne me faire de nouveau mal.

Ses lèvres se posèrent sur les miennes et je lui rendis son baiser, plus par habitude que par véritable désir. Ça m'agaça. Anna était vraiment belle, très séduisante, il y avait toujours eu de l'alchimie entre nous, plus même qu'avec n'importe quelle autre, mais cette fois je n'éprouvais rien… et ça me contrariait.

De ma main libre, je la pris par la nuque et je l'obligeai à approfondir le baiser. Anna était futée, elle savait ce que j'aimais et comment je voulais qu'elle se comporte. Ses mains tirèrent sur mon T-shirt, et nous nous collâmes l'un à l'autre… mais ce n'était pas ce que je voulais.

Je m'écartai un instant plus tard. Elle m'observa, ses yeux brûlant d'envie d'aller plus loin.

— Pourquoi est-ce qu'on ne monte pas dans ma chambre ?

En détachant ses mains de mon T-shirt, je me tournai vers la télé allumée :

— Je n'ai pas envie.

Anna soupira et prit son sac posé sur la table.

— Tu veux ? dit-elle en me montrant le joint qu'elle tenait à présent entre ses doigts.

Je sortis mon briquet de la poche de mon jean et je me penchai pour allumer le joint qu'elle avait mis entre ses lèvres.

— Ça va te mettre de meilleure humeur, m'assura-t-elle en me le tendant.

Et je laissai mes problèmes s'envoler.

Je rentrai chez moi vers trois heures du matin. J'avais mal partout et l'impression d'avoir été roué de coups.

En passant près de la chambre de Noah et en voyant la lumière qui filtrait sous sa porte, je sentis une bouffée de colère me submerger. Noah dormait-elle ou était-elle bien réveillée et accompagnée ? J'ouvris la porte sans hésiter, prêt à cogner le crétin qui dormait maintenant sous mon toit.

Je m'arrêtai net en voyant la silhouette endormie de Noah. Elle était blottie sous un fin drap blanc, ses cheveux blonds épars sur l'oreiller, ses paupières closes, tranquille. La lampe de sa table de chevet illuminait d'une faible lueur tout ce qui se trouvait dans la pièce… et aucune trace de Dan.

Noah avait peur du noir, je l'avais découvert la première nuit où elle avait dormi dans cette maison, et une vague de chaleur m'envahit au moment où je m'en souvins.

Je l'observai en plein sommeil. Elle avait l'air serein, sa respiration était régulière et paisible. Je n'avais jamais pris le temps d'observer une fille qui dormait : c'était fascinant. Je m'approchai, voulant vérifier une théorie. Mon cœur s'emballa sans aucune logique, une sensation étrange et inconnue parcourut tout mon corps et je me sentis mieux… mal à l'aise, mais pourtant mieux. J'avais envie de caresser ces lèvres rouges, douces et charnues, de coller mon corps tout entier à ce corps. Et je compris. Je pouvais bien baiser Anna ou n'importe quelle autre fille… rien n'atteindrait jamais l'intensité de mes sentiments envers la fille qui dormait sous mes yeux.

21

Noah

Ce matin-là, je me réveillai plus tard que d'habitude. J'étais troublée par un tourbillon de pensées contradictoires et j'appréhendais la journée à venir. Je sus aussitôt que je n'aurais jamais dû demander de service à Nicholas, ni laisser mon ex rester dormir chez moi. Tout en enfilant mon maillot et une robe de plage, je me dis que je n'avais qu'à tenir jusqu'à dix-neuf heures, heure de début de mon nouvel emploi. Je pourrais alors disparaître et fuir Dan.

J'avais eu le temps de réfléchir avant de m'endormir : les seuls sentiments que j'éprouvais à présent envers Dan, lui qui avait été tout pour moi, étaient la rancune et la colère. J'étais furieuse contre lui. En outre, je me sentais stupide de l'avoir laissé m'embrasser. Peut-être était-ce plus facile de réfléchir à tout cela lorsqu'il ne se trouvait pas devant moi. Ce matin, je n'avais pas la moindre envie de le voir.

Lorsque j'entrai dans la cuisine et que je le vis assis à table, une tasse de café à la main et les yeux fixés sur son portable, j'eus envie de l'étrangler. Il me regarda passer près de lui pour aller au frigo et en sortir le jus d'orange.

— J'attendais que tu descendes…

Il se leva et s'adossa au plan de travail, près de moi. En l'ignorant, je me coupai une tartine et je la mis dans le grille-pain.

— … tes parents sont partis.

— Ma mère, précisai-je, agacée.

Dan soupira et je me décidai enfin à le regarder. Ses cheveux blonds étaient bien coiffés et il portait son plus beau jean et un T-shirt avec une inscription ridicule.

— Tu ne veux pas me parler ? dit-il, les yeux plongés dans les miens. Je veux qu'on recommence, Noah, je n'ai pas traversé un pays tout entier juste pour prendre des vacances : je suis venu pour obtenir ton pardon.

— Il n'y a rien à pardonner, Dan, rétorquai-je sèchement. Tu m'as trompée, et plus d'une fois ; j'ai reçu des photos, des photos envoyées par je ne sais qui, d'ailleurs, mais je suppose que c'est l'une de tes petites copines. Elles n'ont jamais accepté que toi et moi on sorte ensemble, et apparemment ma meilleure amie non plus.

Avant que Dan ne puisse répondre, Nick apparut dans la cuisine, vêtu seulement d'un pantalon de pyjama qui lui tombait sur les hanches. Il était pieds nus, avec les cheveux en bataille. Je ne pus m'empêcher de le comparer avec le garçon qui se trouvait près de moi. Mon cœur s'emballa en le voyant, et Dan tourna les yeux pour voir qui avait attiré mon attention.

Nick s'arrêta à la porte, analysant la situation. Je me mordis nerveusement la lèvre. Qu'allait-il faire, maintenant ?

Dan serra les mâchoires en réalisant de qui il s'agissait, et moi, pour la première fois depuis qu'il était arrivé, je me sentis la force de lui faire face.

— Salut, on ne nous a pas présentés, dit Nick.

Il s'approcha et lui tendit la main. Dan mit une seconde à réagir, et je vis les veines du bras de Nick se tendre quand il serra sa main avec force. Dan dissimula du mieux possible une expression de douleur.

— Nicholas.

— Dan, dit mon ex sans le quitter des yeux.

Ce qui se passa ensuite laissa Dan abasourdi : Nick s'approcha de moi et se pencha pour m'embrasser tendrement sur les lèvres.

— Bonjour, princesse, me dit-il, les yeux brillant d'une émotion indescriptible.

Puis il se servit une tasse de café et sortit en direction du jardin.

D'accord. Merci pour le soutien, Nick.

— Tu peux m'expliquer ce que ça signifie, Noah ? demanda Dan, le regard furieux.

Je haussai les épaules sans le regarder en face.

— Ça signifie que je suis passée à autre chose.

— Tu n'as même pas mis deux semaines à me remplacer par un crétin bodybuildé.

— Toi, tu as mis vingt-quatre heures.

Dan se rapprocha et agrippa avec force le dossier de la chaise qui se trouvait devant lui.

— Je sais ce que tu es en train de faire. J'ai pigé, tu me rends la monnaie de ma pièce, mais ça ne change rien, Noah : toi et moi, on a une relation.

— On avait une relation, précisai-je en me levant et en haussant le ton.

— Que puis-je faire de plus pour que tu me pardonnes ?

J'éclatai de rire.

— Que peux-tu faire ? répliquai-je sans arriver à croire à ses derniers mots. Parce que tu as fait quelque chose pour te faire pardonner, Dan ? Accepter un billet d'avion ? Tu es pathétique !

Sans lui laisser le temps de répondre, je sortis de la cuisine et me dirigeai vers le jardin. Nick était allongé sur l'un des transats. Je m'installai à côté de lui. Il ôta ses lunettes de soleil et m'observa, imperturbable.

— Je peux lui casser la gueule, maintenant ? demanda-t-il, les yeux fixés sur mes lèvres.

— Je crois que tu n'as convaincu personne, dis-je sans pouvoir éviter de contempler son torse musclé et bronzé.

— Je t'ai appelée « princesse »... Pour moi, c'est comme si je t'avais demandée en mariage, Éphélide, lança-t-il. (Il leva la main et replaça une mèche de cheveux derrière mon oreille.) Ton ex est en train de nous regarder par la fenêtre, ajouta-t-il à voix basse.

— Et que veux-tu que je fasse ? demandai-je, perdue dans ses yeux.

— Tout ce que je vais te dire, murmura-t-il, et il s'inclina pour me parler à l'oreille. Caresse-moi. *(Quoi ?)* Allez, fais-le, insista-t-il, et je sentis un frisson quand son souffle effleura mon oreille.

Je levai une main et je fis ce qu'il m'avait demandé. Sa peau était chaude, presque fiévreuse sous mes mains froides. Ses muscles se tendirent sous ma caresse, quand je suivis des doigts les lignes bien dessinées de ses abdominaux.

Ses lèvres s'enfouirent dans mon cou, et je frissonnai quand je sentis ses dents érafler ma peau douce.

— Maintenant, penche-toi et fais exactement ce que je te dis.

Mes doigts s'étaient arrêtés juste au-dessus de la toison sombre de son nombril, sa main m'avait empêchée de continuer.

— Tu veux que je t'embrasse dans le cou ?

— Exact, Effy, répondit-il sur mes lèvres.

Nous étions si proches à présent que je sentis mon cœur s'arrêter pour ensuite accélérer jusqu'à atteindre une vitesse vertigineuse.

Je glissai ma main sous sa nuque et tournai la tête pour commencer à déposer de doux baisers dans le creux qui se trouvait entre son épaule et sa clavicule. Sa main, pendant ce temps, s'était glissée sous mon T-shirt et me caressait l'épaule. Je lui mordillai l'oreille, en savourant bien trop ce qui n'était qu'un mensonge.

Mon Dieu… pourquoi n'avais-je plus envie de m'arrêter, tout à coup ?

Nick se raidit sous les caresses de mes lèvres. Il tira alors sur ma queue-de-cheval pour approcher ma bouche de la sienne. Mon corps se cambra contre le sien, recherchant désespérément ce contact, et, lorsque sa langue s'insinua dans ma bouche, je jure que je crus fondre de plaisir.

D'une main sur ma nuque, il m'immobilisa tandis que sa langue faisait des cercles autour de la mienne et l'explorait sans repos. J'avais brusquement besoin de le toucher une nouvelle fois, mais non parce qu'il me l'ordonnait ni pour rendre Dan jaloux : j'en avais besoin comme de l'air qu'on respire. Je descendis mes mains le long de ses bras musclés, puis de ses pectoraux. Lorsqu'il m'agrippa pour m'allonger sur lui et que je sentis son érection se planter dans mon ventre, je décidai de m'écarter.

Nick ouvrit les yeux, et je vis que ses pupilles étaient dilatées. L'azur de ses yeux avait disparu pour laisser place à un regard sauvage qui m'avertissait du danger.

— Il est toujours en train de nous regarder ? demandai-je, le souffle court.

Nick sourit, amusé.

— Qui t'a dit qu'il était en train de le faire ?

J'écarquillai les yeux et me tournai vers la cuisine. Il n'y avait personne.

— Tu m'as dit qu'il était à la fenêtre !

— Vraiment ? dit-il d'un air innocent.

Je me levai en le foudroyant du regard.

— Tu t'es suffisamment amusé ? lâchai-je entre mes dents.

— Loin de là, princesse.

— Arrête de faire semblant, Nicholas… Comme tu peux le constater, il n'y a personne pour te voir.

Nick remua la tête de droite à gauche et m'observa en souriant.

— Qui a dit que je faisais semblant ?

Sa réponse me déconcerta.

Bon sang. Dans quel merdier m'étais-je donc fourrée ?

Je ne savais que faire. La maison avait beau être vaste, il m'était impossible d'ignorer que Dan était là, ainsi que Nicholas.

J'avais besoin de m'échapper, de gagner du temps jusqu'à l'heure de travailler. J'enfilai donc un short de sport, un débardeur et mes Nike, et je sortis dans le couloir avec l'intention d'aller courir sur la plage.

Au moment précis où je quittais ma chambre, la porte de la chambre d'amis s'ouvrit et Dan en sortit pour venir me rejoindre.

Je l'ignorai délibérément et me dirigeai vers les escaliers.

— Noah, attends, s'écria-t-il en me rejoignant sur le palier.

— Qu'est-ce que tu veux, Dan ?

Dan sembla hésiter quelques secondes.

— Si tu ne veux même pas me parler, je ne sais vraiment pas ce que je fais ici, avoua-t-il en serrant les mâchoires.

— Il aurait fallu que tu y penses avant de te pointer ici pour me mettre au pied du mur.

Puis je lui tournai le dos et descendis les escaliers.

Il me suivit, évidemment.

— Qu'est-ce que tu veux que je fasse, alors ?

— Sincèrement ? (Je me tournai vers lui, des éclairs dans les yeux.) Je veux que tu te barres.

Dan serra les lèvres.

— Je croyais qu'après neuf mois ensemble on pouvait au moins essayer de trouver une solution.

Sérieusement, il était blessé par mes paroles ?

— Je ne serai pas ce type de fille, Dan. C'est hors de question.

— Quel type de fille ?

— Le type de fille qui laisse son copain la tromper et qui, après trois excuses à la con, décide de faire comme s'il ne s'était rien passé. Je croyais que tu me connaissais mieux que ça, mais il est clair que moi aussi je me trompais en ce qui te concerne.

— Et à quoi est-ce que tu t'attendais ?! s'écria-t-il alors à ma grande surprise. Qu'on continue comme avant ? Mais, putain, tu es partie !

Ma lèvre commença à trembler dangereusement. Je le savais déjà, il était inutile qu'on me le rappelle à grands cris.

— Exact, je suis partie. Alors qu'est-ce que tu fous ici ?

— Je ne voulais pas que les choses se terminent comme ça. Je ne veux pas que tu sortes avec le premier venu pour me faire du mal. Mais c'est déjà fait, j'ai pigé le message.

Je lâchai un rire ironique :

— C'est si difficile de croire que je suis avec Nick simplement parce que je veux être avec lui ?

— Arrête, Noah... je ne suis pas idiot. Tout ce petit numéro avec lui, le baiser dans la cuisine... Tu crois que je ne me rends pas compte de ce que tu fais ?

Je me sentis rougir et ça me rendit encore plus furieuse.

— Tu veux que je te dise vraiment ce que je fais ? le défiai-je, et je fis un pas vers lui. Tout ce qu'on a fait toi et moi... je le fais avec lui maintenant.

Je savais que je marchais sur un terrain dangereux. Dan était très jaloux. Pourtant, j'étais certaine que la seule raison qui l'avait amené ici, c'était de s'assurer que j'allais lui manger dans la main. Il ne pouvait pas supporter que j'aie tourné la page aussi vite, c'était un coup de poignard dans son ego masculin.

La colère éclaira ses yeux bruns et je sus que j'avais tapé dans le mille.

Avant que je ne puisse entendre ce qu'il s'apprêtait à dire, Nick apparut à la porte et, en voyant à quel point l'ambiance était tendue, vint se placer devant moi.

— Pourquoi est-ce que tu ne disparais pas de ma vue ? dit-il à Dan d'une voix posée.

— Tu couches avec ma copine ? lança Dan en lui faisant face.

Je vis les muscles de Nick se tendre et la veine de son cou enfler.

— Ce que je fais avec Noah, ça ne te regarde pas, crétin.

Dan semblait réfléchir à ce qu'il allait faire. Je comprenais ses réticences, Nick était effrayant, et encore plus lorsqu'il parlait de cette manière froide et posée. En outre, il était plus âgé, plus fort et plus grand. Je ressentis même de la peine pour Dan, quoique… très peu.

— Dan, tu ferais mieux de partir, déclarai-je en avançant d'un pas.

Il n'y avait plus rien à dire. Cette situation était devenue ridicule et gênante pour nous deux. Non seulement parce que j'avais feint une relation qui n'existait pas entre Nicholas et moi, mais surtout parce que j'étais arrivée à un point de non-retour. Il l'avait dit lui-même : j'étais partie et il m'avait trompée, il n'y avait rien à ajouter.

Dan me regarda un instant, tentant d'ignorer la présence de Nick :

— Je regrette que ça se passe comme ça, Noah.

Je mordis ma lèvre, qui commençait à trembler. Je n'aurais jamais cru que les choses pourraient se terminer ainsi entre nous.

— Je suppose que nous sommes le parfait exemple que les relations à distance ne fonctionnent jamais.

Dan acquiesça, les lèvres serrées, avant de monter les escaliers, probablement pour aller prendre ses affaires.

Je l'observai en silence.

— Je m'assurerai qu'il monte dans un avion, dit Nick près de moi.

J'avais oublié qu'il était là à m'observer.

Je tentai de me calmer, je ne voulais pas qu'il me voie ainsi, je ne voulais pas éprouver de la tristesse pour quelqu'un qui ne le méritait pas.

— Je vais aller courir, annonçai-je sans lui répondre.

Ce qui était certain, c'est qu'en ce moment j'avais besoin de m'éloigner de lui, de Dan, de cette maison, de tout le monde.

Je me dirigeai vers la porte, mais il me saisit le bras et m'arrêta.

— Ça va ? dit-il en me levant le menton pour pouvoir me regarder dans les yeux.

Nick s'inquiétait pour moi ?

— Ça ira, répondis-je.

Je passai une heure et demie à courir sur la plage, à réfléchir ou plutôt à essayer de ne pas le faire. Je ne pouvais nier à quel point c'était douloureux de sentir que je ne reverrais probablement jamais ni Dan, ni Beth, ni personne, en réalité. Je n'avais maintenant plus aucune raison de retourner dans ma ville, et ça me bouleversait. Mon copain, mes amis avaient été le prétexte parfait pour y retourner, et maintenant…

Je courus encore et encore, jusqu'à ce que mon corps m'oblige à me jeter sur le sable, épuisée. J'observai le ciel nuageux, me demandant comment tout pouvait changer aussi vite, comment, d'un moment à l'autre, on pouvait devenir une autre personne.

Sur le chemin du retour, je pris un bain de mer pour rafraîchir mon corps en sueur. Alors que je marchais sur la rive pour me sécher, je rencontrai Mario, le serveur de la bande de Nick qui m'avait emmenée aux courses.

— Salut, petite sœur de Nick ! s'exclama-t-il avec un sourire parfait, tandis que son chien, un superbe berger allemand, tirait sur sa laisse.

— Salut ! dis-je à mon tour, véritablement heureuse de le voir.

Je me penchai pour caresser le chien derrière les oreilles.

— Fatiguée de la famille Leister ? s'enquit-il, l'air amusé.

Il avait les dents très blanches et un sourire contagieux.

— Fatiguée de tout en général. J'essaie toujours de m'adapter à ma nouvelle vie, répondis-je calmement.

Je ne voulais pas ennuyer le pauvre garçon avec mes problèmes.

Nous commençâmes à marcher l'un à côté de l'autre.

— Quand tu voudras, je pourrai te montrer la ville, je crois que tu aimerais beaucoup certains endroits, proposa-t-il aimablement.

Je lui souris en retour, reconnaissante, mais je craignais tout de même que Mario n'ait autre chose à l'esprit en ce qui nous concernait. Ce n'était pas qu'il ne me plaisait pas, mais je ne voulais pas encore me fourrer dans le pétrin. J'avais déjà eu ma part de problèmes avec les garçons.

— C'est vrai que je n'ai pas eu beaucoup le temps de faire des visites, et j'en aurai encore moins maintenant que je vais commencer à travailler.

Mario tourna la tête vers moi.

— Ça alors, mais c'est génial ! Où ça ?

— Au Bar 48, près de la promenade maritime. Je commence ce soir.

Mario acquiesça, l'air pensif.

— Je connais du monde là-bas, c'est un endroit agréable, dit-il.

Juste à ce moment, nous arrivâmes aux escaliers qui montaient directement dans mon jardin.

— Passe quand tu veux. Je ne peux pas t'offrir de boisson alcoolisée, mais je ne crois pas qu'il y ait de problème si je t'offre un soda, dis-je en souriant.

Mario éclata de rire.

— Je viendrai, affirma-t-il, avec un éclat spécial dans ses yeux bruns. Et souviens-toi que mon offre est toujours valable, ajouta-t-il en faisant allusion à sa proposition de me faire visiter la ville.

Je hochai la tête sans vouloir m'engager et je pris congé d'un geste de la main.

En montant dans ma chambre, je ne pus m'empêcher d'aller jeter un coup d'œil à la chambre d'amis. Il n'y avait plus aucune trace de Dan ni de ses affaires.

Étais-je stupide de ressentir de la tristesse devant le départ de quelqu'un qui m'avait fait autant de mal ? De toute façon, je décidai que je ne devais plus y penser. Je rentrai dans ma chambre, me douchai et m'habillai pour aller au travail.

Après avoir garé ma voiture sur le parking du Bar 48, j'entrai dans l'établissement. C'était un endroit assez agréable, avec des photos encadrées de rockeurs aux murs et, dans un coin, une estrade installée pour des groupes musicaux. Des fauteuils noirs étaient éparpillés dans tout l'établissement. Le comptoir, derrière lequel se trouvaient les boissons alcoolisées, était imposant. Dès mon arrivée, la responsable, une femme bien en chair, entreprit de m'expliquer ce que je devais faire :

— On se change tous là, je vais te donner un T-shirt dans un moment. (Elle m'indiqua une porte qui donnait accès à un petit entrepôt qui faisait office de vestiaire.) Tu devras pointer en arrivant et en partant. Si quelqu'un te demande de l'alcool, tu me préviens, moi ou une de tes collègues.

J'acquiesçai. J'étais contente car, en réalité, le travail était très semblable à mon emploi précédent au Canada. Je me présentai aux trois autres serveuses qui travailleraient avec moi pendant mon service, de dix-neuf à vingt-deux heures. Ce n'était pas très long mais, avec les pourboires, j'arriverais à m'en sortir.

Je me mis tout de suite au travail, prenant les commandes et servant les clients. Les trois heures s'écoulèrent rapidement. J'étais heureuse de me changer les idées. Dix minutes avant la fin de mon service, Mario apparut à la porte.

Je lui souris, surprise qu'il ait finalement décidé de venir. Il regarda mon uniforme – un T-shirt noir avec le logo du bar et un tablier blanc attaché à la taille – et commenta :

— Tu as bonne mine.

— Merci. Tu veux boire quelque chose ? lui dis-je aimablement.

— Un Coca, ce serait bien, répondit-il avec un sourire un peu trop large.

— Qu'est-ce qui te fait rire ? lançai-je tandis que j'ouvrais la bouteille et que je lui servais son verre.

— Je me demandais simplement pourquoi tu travailles comme serveuse alors que je sais parfaitement que tu n'en as pas besoin.

— Je n'aime pas qu'on m'achète mes affaires, je préfère le faire moi-même, déclarai-je en regardant derrière lui pour voir si quelqu'un avait besoin de moi.

Tout était tranquille, je supposai donc que ce n'était pas un problème que je reste un moment à bavarder.

J'aimais bien Mario.

— Tu termines à quelle heure ? dit-il après quelques minutes à me faire rire.

Je regardai ma montre.

— Eh bien… maintenant.

Je pris son verre et le lavai.

— Ça te dit si je t'invite au ciné ?

Étant donné ce qui s'était passé ce jour-là, la seule chose que j'avais envie de faire était de rentrer chez moi et de me mettre au lit. Mario était beau, sympa… Ce serait bien de sortir avec quelqu'un qui ne m'attire pas de problèmes, qui ne soit ni mon ex ni mon quasi-frère.

— Aujourd'hui n'est pas un bon jour, mais on pourrait se voir un week-end si ça te dit ?

Mario descendit du tabouret en souriant.

— Je te prends au mot.

Nous sortîmes ensemble du bar.

Je m'immobilisai quand je vis Nick adossé à ma voiture. Ses yeux passèrent de moi à la personne qui se trouvait à mes côtés. Tout son corps sembla se tendre et, malgré la distance, je vis ses yeux furieux lancer des éclairs. Puis il se força à sourire et s'approcha de nous.

Avant que je ne puisse réagir, il passa un bras autour de mes épaules, m'attira à lui et m'emprisonna dans une solide étreinte.

— Bonjour, princesse.

Je ne pus m'empêcher de lever les yeux au ciel.

Mario nous observait avec curiosité.

Je voulus lui dire que ce n'était pas ce qu'il pensait, mais Nick fit demi-tour et m'entraîna avec lui vers sa voiture, prenant congé de Mario d'un geste de la main.

— Désolé, mec, mais *ma nana* et moi on a des plans.

— Tu peux m'expliquer à quoi tu joues ? m'écriai-je. (Je me dégageai comme je pus et je vis que Mario nous avait tourné le dos.) Tu es devenu fou ?!

— Fou de toi, princesse.

Puis il sortit une cigarette et l'alluma, comme s'il ne s'était rien passé.

— Arrête avec ton « princesse », ça ne te va pas, lançai-je en croisant les bras.

Nick s'esclaffa sans me quitter des yeux.

— Non, hein ? Moi je suis plus du genre « poupée », je crois, dit-il avec un air pensif.

— Pourquoi as-tu fait ça ?

— Ce n'était pas ce que tu voulais ? Que je fasse semblant d'être ton copain ?

Je respirai profondément pour essayer de me calmer.

— Devant Dan, Nicholas.

— Ah ! Explique-toi un peu mieux, Effy, ce n'est pas clair, tout ça.

Les lèvres pincées, je le regardai fixement :

— Maintenant, il va s'imaginer des choses.

— Des choses comme… ?

— Le fait qu'on soit ensemble.

— Et qu'est-ce que ça peut te faire, ce que pense ce crétin ?

Le ton de sa voix était descendu de deux octaves.

— Je n'aimerais pas que quelqu'un croie que toi et moi on est ensemble. Pour Dan, c'était nécessaire, mais maintenant qu'il est parti…

— Il n'est pas encore parti, répliqua-t-il. (Il fit un pas vers moi et jeta sa cigarette par terre.) Je lui ai acheté un billet, son avion décolle dans treize heures. Ça va être le voyage le plus long de l'histoire.

Je ressentis un peu de peine pour Dan. Treize heures à l'aéroport plus encore cinq de vol.

— Tu ne crois pas que j'ai bien fait ? fit Nick en se rapprochant encore. Si tu veux, je vais le chercher et on va manger ensemble tous les trois.

Cela me fit sourire.

— Merci de m'avoir aidée à me débarrasser de lui. Tu n'avais pas à le faire.

— Eh bien, je n'arrête pas de te rendre service. À ce rythme, je pourrai faire de toi mon esclave avant mes vingt-deux ans.

Sa réponse ne me fit pas rire, mais tout à coup, je ne pus penser qu'à sa bouche embrassant la mienne, qu'à Nick faisant de moi ce qu'il voulait.

Comment pouvait-il être aussi incroyablement séduisant ?

— Tu ne peux pas rendre service de manière désintéressée ?

Ça me rendait nerveuse qu'il soit aussi proche. Il était tellement collé à moi que je dus pencher la tête en arrière pour le regarder dans les yeux.

Nick s'esclaffa, le regard fixé sur mes lèvres :

— Sache que je ne fais jamais rien de manière désintéressée, chérie.

J'eus presque un arrêt cardiaque en entendant ce dernier mot, mais ce fut pire lorsqu'il s'inclina et m'embrassa. Je restai sans voix, l'esprit vide.

Je me vis lever les mains et l'attirer à moi, une nouvelle fois coincée entre lui et la voiture. Son autre main serra ma taille contre son corps, et je sentis la fermeté de ses muscles contre mon corps souple. Nos respirations devinrent plus rapides, hachées. Nick éveillait en moi des sensations jusqu'à présent endormies.

Je sentis la pression de son genou entre mes jambes et une exquise chaleur me parcourir tout entière.

Juste au moment où je croyais avoir été télétransportée dans un monde parallèle, le portable de Nick se mit à sonner, nous sortant tous les deux de notre transe, surpris qu'un simple baiser soit devenu aussi intense.

Nick s'écarta et colla le portable à son oreille. Je pris alors conscience de la réalité, et de combien il avait été facile de me laisser embarquer par ses caresses. Putain ! On était sur un parking public !

— Je serai là dans un instant, dit-il alors au téléphone d'un ton de voix très différent de celui qu'il avait utilisé l'instant précédent.

Quand il raccrocha, l'ambiance s'était dégradée.

— Il faut que j'y aille… J'ai rendez-vous. On se verra à la maison, ajouta-t-il.

Que s'était-il passé pour qu'il me parle maintenant d'une voix aussi distante ?

— Salut, Nicholas, dis-je en montant dans ma voiture sans un regard en arrière.

Je ne comprenais pas pourquoi, étant donné tout ce qui s'était passé ce jour-là, c'était son attitude qui me foutait le plus en rogne.

22

Nick

Je n'avais pas l'intention de l'embrasser sur le parking du bar, bien au contraire : la conversation que j'avais eue avec ce crétin de Dan dans ma voiture sur le chemin de l'aéroport m'avait plutôt contrarié.

— Tu ne sais pas dans quoi tu te fourres, m'avait-il dit après un profond silence pendant lequel j'avais juste envie de lui taper dessus. Noah est peut-être canon, mais y a plus de bordel dans sa tête que chez toi et moi réunis.

Je respirai profondément, je ne voulais pas entrer dans son jeu, mais j'avais envie de savoir à quoi il faisait référence. Je ne voulais pas avoir une relation avec Noah, mais elle m'attirait, c'était plus fort que moi.

Je me contentai donc de serrer le volant avec force.

— Je parle d'expérience… Cette fille cache plus de choses que ce qu'on pourrait croire et…

— Et c'est pour ça que tu as décidé de venir ici, hein ?

— Je suppose que les filles qui ne nous donnent pas tout dès le début nous semblent irrésistibles.

Je réfléchissais à ses paroles. Je ne connaissais pas beaucoup de filles « qui ne donnent pas tout dès le début ». Il reprit :

— Ce n'est pas pour te gâcher la fête, mais je ne crois pas que tu sois du genre à bien vouloir attendre… je ne sais pas si tu vois ce que je veux dire.

Je continuai de regarder droit devant moi.

— Je peux être très patient… ou tout le contraire, comme en ce moment, par exemple : je meurs d'envie de te casser la gueule, et pourtant je me retiens.

Dan sourit et j'eus un mal fou à ne pas me laisser dominer par la colère. Ce crétin était à côté de moi, en train de parler de celle qui avait été sa petite copine sans le moindre respect !

Moi, je n'étais pas un chevalier servant, c'est vrai, mais au moins je n'essayais pas d'en avoir l'air. Avec moi, les choses étaient claires dès le début, alors que ce con n'était qu'un dissimulateur.

— Je te donne seulement un conseil. Une fois qu'elle t'a mis la main dessus, il est très difficile de se débarrasser d'elle… Comme tu le dis toi-même, je suis là, non ? Sans t'en rendre compte, tu feras bientôt ses quatre volontés et tu ne sauras même pas ce qui s'est passé.

J'arrêtai la voiture devant l'aéroport.

— Allez, fous le camp, ordonnai-je, les mâchoires serrées.

Dan attrapa sa valise, puis descendit non sans avoir ajouté :

— Je voulais qu'on se réconcilie. Beth ne lui arrive pas à la cheville.

Je passai le reste de la journée à la plage. Je ne parvenais pas à m'ôter de l'esprit les paroles de Dan, et je détestais sentir que, malgré ce qu'il m'avait dit, je n'avais envie que d'une seule chose : voir Noah et m'assurer qu'elle allait bien. Je ne savais vraiment pas comment gérer les sentiments que j'avais pour elle.

Je pris ma planche de surf et je plongeai dans la mer. Que pouvais-je faire ? L'avoir à la maison était une véritable torture. Je la désirais comme un fou. Chaque fois que je la voyais, mon imagination s'envolait. Si mon père venait à l'apprendre, il me tuerait ! Je ne devais pas oublier que Noah avait cinq ans de moins que moi !

Malgré tout, je décidai d'aller la chercher au bar où, par entêtement, elle avait décidé de travailler. Je ne comprenais pas pourquoi elle voulait le faire, surtout en tant que serveuse. Mes amis et moi allions souvent au Bar 48, car plusieurs groupes y jouaient : de plus, les shots et autres boissons y étaient bradés. C'est pourquoi ce bar attirait une clientèle très variée. Ça ne m'amusait pas du tout que Noah y travaille de nuit. Je fus encore plus mécontent quand je la vis sortir en compagnie de Mario.

Lui et moi avions un passé commun, et je ne voulais en aucun cas que Noah l'apprenne. Ce que j'avais fait quand j'étais parti de chez moi, la manière dont je m'étais comporté après le départ de ma mère… Mario avait partagé chacune des phases que j'avais vécues jusqu'à maintenant. Ça me rendait nerveux de penser que mes secrets puissent être révélés, encore plus à quelqu'un qui vivait maintenant sous mon toit.

C'est pourquoi je n'avais pas hésité à m'approcher et à tirer parti de la farce que nous avions commencée un peu plus tôt dans la journée. Si Mario croyait que j'étais intéressé par Noah, il était fort probable qu'il déciderait de garder ses distances.

Je n'avais pas pu rester éloigné, mes jambes avaient parcouru seules l'espace qui nous séparait. Soit je l'embrassais, soit je devenais fou. Je ne savais même pas de quoi on parlait.

Tout mon corps se raidit en l'imaginant à ma merci. Il fallait que je l'embrasse, même si je savais que c'était mal, ma bouche avait besoin d'elle comme j'avais besoin d'air pour respirer.

J'enfouis mes doigts dans sa longue chevelure et je l'attirai contre moi, presque avec désespoir. Ses mains se nouèrent sous ma nuque et nos corps entrèrent en collision. Je sentis la douce saveur de sa bouche, je caressai sa langue de la mienne et je crus défaillir : il n'y avait rien de semblable à cette sensation. Je voulais la faire trembler entre mes bras, lui faire découvrir des choses que personne, et encore moins ce crétin de Dan, ne lui avait jamais fait ressentir. Lui donner du plaisir devint brusquement mon objectif numéro un. Je me collai à elle et la poussai contre la portière tout en pressant mon genou entre ses jambes.

Le soupir qui sortit de ses lèvres me donna un frisson qui parcourut tout mon corps et se prolongea jusqu'à ce que mon portable sonne et interrompe ce que nous avions commencé en pleine rue.

En la regardant, je sus que j'étais perdu.

« Sans t'en rendre compte, tu feras bientôt ses quatre volontés et tu ne sauras même pas ce qui s'est passé. »

Je détournai les yeux de ses joues rosies et de ses lèvres gonflées et je me concentrai sur ce que mon interlocuteur était en train de me dire.

J'avais besoin de partir d'ici, de mettre de la distance entre nous deux. Je ne pouvais pas laisser Noah s'approprier mes pensées, ma vie.

— Il faut que j'y aille… J'ai rendez-vous.

Je fis de mon mieux pour qu'elle ne remarque pas à quel point j'étais troublé.

— On se verra à la maison, ajoutai-je en voyant qu'elle restait muette.

Les lèvres serrées, Noah monta dans sa voiture.

Je la regardai s'éloigner avec une sensation très désagréable dans l'estomac.

Était-ce déjà trop tard ?

23

Noah

Il s'était écoulé une semaine entière depuis la dernière fois où j'avais parlé avec Nicholas. Une semaine entière que je travaillais et la première semaine où je ne recevais aucun message de mon ex, Dan, ce qui était un point positif. Depuis ce qui s'était passé sur le parking du bar, Nick m'évitait de manière presque insultante. Il était déjà parti quand je me levais et, quand je rentrais du travail, vers vingt-deux heures, ma mère m'informait qu'il était parti peu de temps auparavant. C'était comme si, brusquement, il n'avait plus envie de me voir. Et le pire, c'était que je souffrais de cet éloignement comme je ne l'aurais jamais cru possible. Mon corps réclamait ses baisers, ses étreintes. Et je devenais folle à me demander ce que j'avais fait de mal, ou pour quelle raison il se montrait aussi froid avec moi après avoir partagé des moments aussi excitants.

Je savais qu'il passait à la maison, parce que ma mère le voyait presque tous les jours, sauf qu'il était là quand je n'y étais pas. C'est pourquoi, ce jour-là, lorsque mon chef m'annonça que ce samedi je ne travaillerais pas parce qu'ils fermaient le bar pendant trois jours, je décidai de me confronter à lui une bonne fois pour toutes. Je ne savais pas avec certitude s'il allait venir, et je n'étais pas non plus absolument sûre de vouloir le revoir.

En faisant de mon mieux pour apaiser mes émotions, je m'installai dans la cuisine pour préparer le dîner. Ce jour-là, ma mère et moi avions prévu de dîner dans le salon en regardant des films. Au Canada, on le faisait presque tous les soirs et, depuis notre déménagement, on ne passait pratiquement plus de temps ensemble. Ma mère était presque tout le temps avec William, à l'accompagner durant ses voyages d'affaires ou à faire du shopping ou même à organiser les nombreux événements et fêtes de Leister Enterprises. Mais, ce soir, nous serions toutes les deux : William resterait tard au bureau et, profitant du fait que je ne travaillais pas, nous avions arrangé cette petite soirée.

Il était plus de vingt heures, et je savais que j'avais encore le temps avant le retour de ma mère. Je commençai donc à préparer une viande au four et des pommes de terre rôties. J'aimais cuisiner. Je n'étais pas au niveau d'un chef professionnel, mais je me débrouillais plutôt bien. J'étais en train de couper les pommes de terre avec un couteau digne du télé-achat lorsque j'entendis la porte d'entrée se refermer. Je me raidis aussitôt. Je ne savais pas si c'était lui, mais mon cœur se mit à battre la chamade quand j'entendis des pas lourds s'approcher de la cuisine.

Nous restâmes tous deux silencieux quand nos regards se croisèrent. Il sembla d'abord étonné, et prit ensuite un air délibérément indifférent. Je n'eus pas le temps d'être contrariée par son attitude, car j'étais hypnotisée par sa tenue impeccable, son costume noir, sa chemise blanche entrouverte et ses cheveux soigneusement décoiffés encadrant ces yeux qui faisaient trembler mes genoux.

— Tu ne devrais pas être au travail ? finit-il par me demander.

Il entra dans la cuisine, fit le tour de la table où je préparais le repas et se dirigea vers le frigo, l'air distant.

— On m'a donné la journée, marmonnai-je, encore stupéfaite par l'incroyable attirance qu'il exerçait sur moi.

Ça me démangeait de le dépeigner encore plus et de froisser cette chemise parfaitement repassée.

— Bien content pour toi, dit-il poliment.

— Tu étais où ? lui demandai-je un instant plus tard.

J'appuyai le couteau un peu trop fortement, la pomme de terre se coupa net et, sans le vouloir, je laissai une marque sur la table, dans un bruit sec de métal contre le bois.

— Dans le coin, répondit-il dans mon dos.

Je ne pouvais pas me retourner, parce qu'il se rendrait compte à quel point j'étais fâchée. Je ne voulais pas que Nicholas soit au courant de la terrible obsession qui s'était emparée de moi ces derniers jours. J'étais nerveuse de le sentir qui m'observasit, appuyé sur l'autre plan de travail.

— Tu as un coup de soleil dans le dos, dit-il après un profond et gênant silence.

Son regard fixé sur ma peau me rendit encore plus nerveuse.

— Je me suis endormie à la piscine, lui expliquai-je en coupant des pommes de terre.

Tout à coup, je le sentis derrière moi, sa respiration sur ma nuque, et un de ses doigts glissa sur ma peau brûlée d'une omoplate à l'autre. J'en eus la chair de poule et je restai immobile, le couteau en l'air.

— Tu devrais faire plus attention, me conseilla-t-il.

Puis je sentis ses lèvres chaudes se poser juste au milieu de mes épaules, sous ma nuque.

J'en fus bouleversée à tel point que je faillis me couper un doigt. Les réflexes de Nick furent plus rapides que les miens : il arrêta mon geste avant que je ne me fasse mal. Je tressaillis quand je sentis sa main agripper la mienne avec force. Je laissai échapper le couteau et je me retournai pour lui faire face.

— Pourquoi m'as-tu évitée toute cette semaine ?

Il se raidit et la chaleur irradiée par son corps me submergea.

— Je ne t'ai pas évitée.

— Bien sûr que si. Cela fait une semaine que je ne te vois pas, alors qu'on vit dans la même maison.

Je détournai les yeux. Pourquoi voulais-je le savoir ? J'en avais eu assez avec Dan. Pourquoi vouloir m'impliquer dans une autre relation s'il était clair que rien de bon ne pouvait en sortir ?

— Je n'ai pas de comptes à te rendre, j'avais des choses à faire.

Puis il recula d'un pas, laissant un espace entre nous deux, un espace que j'appréciai autant que je le détestai.

Mon sang commençait à bouillir.

— Ah oui ? Eh bien, j'espère que tu resteras occupé pendant longtemps.

Je fis mine de m'en aller, mais il m'en empêcha en agrippant fermement mon bras.

— Qu'est-ce que tu insinues ?

Sa réaction était exactement celle qu'il n'aurait pas dû avoir. Nous nous étions embrassés plusieurs fois, il m'attirait énormément et il m'avait manqué, mais cela n'enlevait rien à son côté mauvais garçon.

— Rien, répondis-je, les yeux fixés sur sa chemise.

Pourquoi me laissais-je prendre au piège ?

— Tu devrais rester loin de moi, Noah.

— C'est ce que tu veux ?

— Oui, c'est ce que je veux.

Je mentirais en disant que ses mots ne me firent pas mal. Il n'y avait plus rien à dire. Je m'éloignai de lui en me promettant de ne pas retomber dans ses filets.

Comme j'eus du mal à tenir cette promesse…

À suivre…

Mercedes Ron

À contre-sens #2.

Traduit de l'espagnol par Nathalie Nédélec-Courtès

hachette
ROMANS

Prologue

Mon travail me permettait fort heureusement de sortir, car ignorer Nick vingt-quatre heures sur vingt-quatre était émotionnellement très difficile. Ce soir-là, Jenna m'avait appelée pour m'inviter à dîner dans un resto mexicain, et j'avais hâte qu'il soit vingt-deux heures pour pouvoir m'en aller. Je pris une douche rapide et j'enfilai un short et un tee-shirt des Dodgers qu'on m'avait offert il y avait déjà longtemps. Maintenant que j'étais à Los Angeles, cela me paraissait le moment idéal pour le porter. Je me fis une queue-de-cheval haute et je ne pris même pas la peine de me maquiller.

Je refusais de penser que le lycée commencerait bientôt, d'imaginer à quel point ce serait bizarre d'être entourée de personnes que je ne connaissais pas, tous d'insupportables gosses de riches. Ce soir, je voulais m'amuser.

Je venais juste de terminer de me préparer quand on frappa à ma porte.

— Entre ! criai-je, tandis que je mettais mes Converse.

Je croyais que c'était ma mère qui venait me demander comment s'était passée ma journée.

Je me trompais. Nick apparut sur le seuil. Je me tournai vers lui. Il portait un jean, un tee-shirt noir et des chaussures de sport. Ses cheveux noirs étaient décoiffés, comme toujours, et ses yeux bleus me regardèrent froidement.

— Qu'est-ce que tu veux ? dis-je en essayant de toutes mes forces de ne pas lui montrer à quel point je lui en voulais.

— Depuis quand est-ce que tu sors avec moi ce soir ?

— Je sors avec Jenna ce soir, pas avec toi, que je sache.

Nicholas observa ma tenue en soupirant.

— Eh bien, moi aussi, je sors avec Jenna… et avec Lion et Anna, annonça-t-il en appuyant sur le dernier nom.

Merde, Jenna. Pourquoi ne me l'avait-elle pas dit ? Je sentis un pincement de jalousie.

— Le plan est de sortir et de s'amuser, alors pour moi il n'y a pas de problème, répondis-je.

J'en avais assez qu'on perde notre temps à nous disputer ou à nous embrasser. C'était épuisant. Il fallait qu'on fasse un effort pour s'entendre.

Il m'observa longuement, semblant peser le pour et le contre. Puis, d'un ton étrange, il demanda :

— Tu me proposes une trêve, petite sœur ?

Je ne pus éviter de froncer les sourcils lorsqu'il prononça les mots « petite sœur ».

— Exactement.

— Très bien. Alors on y va ensemble, décida-t-il.

Avant que je ne puisse protester, il ajouta :

— Jenna m'a dit qu'elle ne pourrait pas venir te chercher et que ce serait stupide de prendre plusieurs voitures, puisque nous allons au même endroit.

— Si je n'ai pas le choix…

Je saisis mon sac et j'ouvris la porte.

— Un « merci » aurait été apprécié, répliqua-t-il avant de passer près de moi pour me précéder dans les escaliers.

Je remarquai la manière dont son tee-shirt soulignait les muscles imposants de son dos et s'ajustait à la partie supérieure de ses bras. Pourquoi donc était-il aussi canon ?

En arrivant dans le hall, je me rendis compte que je n'avais pas pris d'argent. Je m'immobilisai sans trop savoir que faire. Je n'avais pas été payée, car ce n'était pas encore la fin du mois. De plus, j'avais beaucoup puisé dans mes économies depuis que j'avais déménagé, et il ne me restait pratiquement rien.

Nick descendait déjà l'escalier extérieur en direction de sa voiture qui était garée à l'entrée lorsqu'il réalisa que je ne le suivais pas.

— Qu'est-ce que tu fais ?

Je décidai d'inventer un petit mensonge :

— Je crois que j'ai perdu mon portefeuille.

Je fis semblant de fouiller dans mon sac. Je détestais faire ce numéro et, si je n'avais pas su qu'il était plein de fric, je serais simplement restée à la maison. Mais c'était la dernière chose dont j'avais envie en ce moment.

— C'est pour ça que tu me fais perdre mon temps ?

— Je n'ai pas d'argent.

Il leva les yeux au ciel.

— Tu m'as déjà fait perdre plus de cent mille dollars. Alors, je suppose que si je te paie un hamburger, ça ne fera pas une grande différence. Allez, en voiture !

Puis il grimpa d'un bond sur le siège du conducteur et mit le moteur en marche.

Je ressentis un pincement de culpabilité, puis je me rappelai combien il m'énervait et ce sentiment s'évanouit aussitôt.

Une fois assise sur le siège passager, je me rendis compte que nous avions devant nous un trajet de vingt minutes. En silence, je le regardai changer de vitesse et allumer la radio. Je n'avais pas été seule avec lui depuis qu'on était revenus du bar ; c'était très bizarre.

Il choisit une station qui diffusait les pires chansons de rap du monde, mais il avait l'air de connaître toutes les paroles par cœur, alors je décidai de ne pas me plaindre pour cette fois. J'observai les immenses demeures que nous laissions derrière nous, et je fus surprise qu'il ne se dirige pas vers l'autoroute, mais vers le nord.

— On va où ?

— Je dois passer prendre Anna.

Il m'avait répondu sans me regarder, et je sentis une sensation désagréable au creux de l'estomac.

Il perçut le changement. La tension et la gêne étaient palpables, et tout ce qui s'était passé entre nous me revint à l'esprit.

— À propos de nos relations dernièrement… dit-il alors, d'un ton distant mais posé.

Je n'avais pas envie d'en parler cela me stressait.

— … je propose qu'on essaie de mieux s'entendre, comme des frères et sœurs, et qu'on oublie ce qui s'est passé entre nous.

— Tu prétends me traiter comme ta sœur après ça ?

Je vis que ses traits se crispaient. Il avait les mâchoires serrées et les veines saillaient sous sa peau.

— Putain, comme une amie, alors, me répondit-il, en colère. Tu es impossible. J'essaie juste qu'on s'entende mieux.

— En me traitant comme une sœur.

Je sentais qu'à chaque minute qui passait je m'énervais davantage.

Il me foudroya du regard et j'en fis de même. Pendant quelques instants, nos yeux se rencontrèrent, furieux et brûlant d'une émotion qu'il était trop dangereux d'exprimer avec des mots.

— Je te demande qu'on soit amis, beugla-t-il.

Sa manière de me le dire, étant donné le contenu de la phrase, me fit sourire.

Heureusement, il avait les yeux fixés sur la route.

— Très bien, dis-je après quelques instants.

Il valait mieux que je prétende être son amie plutôt qu'on se tire dans les pattes vingt-quatre heures sur vingt-quatre. Mais il me serait difficile de ne pas le désirer chaque fois que je poserais les yeux sur lui.

— Quoique, je ne crois pas que le terme « amis » soit celui qui convienne. Moi, je dirais plutôt « de lointains parents obligés de se supporter », ajoutai-je, satisfaite de l'expression.

Parce que « amis » était un très grand mot. Pour que quelqu'un devienne mon ami, il y avait un très long chemin à parcourir. Je n'étais même pas encore capable de faire confiance à Jenna, et pourtant elle était géniale depuis le début.

Nicholas esquissa un petit sourire impossible à déchiffrer.

— Le terme « parents » ne me plaît pas non plus. Que penses-tu de « pseudo-parents éloignés obligés de se supporter et de s'embrasser de temps à autre » ? proposa-t-il en se moquant clairement de moi.

Je lui donnai une tape et son sourire s'élargit. C'était bizarre, mais je finis par me sentir parfaitement à l'aise auprès de lui. Bizarrement, c'était même amusant.

Nicholas arrêta la voiture devant une villa assez grande, pas autant que la sienne mais suffisamment pour qu'une personne telle que moi en reste bouche bée. Nick prit son portable et composa un numéro à toute vitesse.

— Je suis à la porte, descends, dit-il.

Il parlait d'une voix assez froide, ce qui me surprit dans la mesure où il avait été beaucoup plus détendu ces dernières minutes qu'il ne l'avait jamais été depuis qu'on se connaissait.

— Tu es un véritable gentleman, tu sais ? lui dis-je.

— Des conneries, tout ça. (Il rangea son portable et redémarra en voyant que la porte s'ouvrait.) Une fille est parfaitement capable de sortir de chez elle sans personne pour l'escorter.

Je levai les yeux au ciel tout en observant la petite copine de Nicholas. Elle n'était pas très grande – je la dépassais d'une demi-tête – et, les dernières fois que je l'avais vue, elle semblait tellement guindée et prétentieuse qu'elle appartenait déjà à ma liste d'ennemis.

Je m'amusai de sa réaction lorsqu'elle vit que j'étais dans la voiture. Son visage se transforma : les lèvres plissées, elle me foudroya ouvertement du regard, jusqu'à en devenir laide.

Elle s'arrêta devant ma vitre, ayant clairement l'intention de me dire quelque chose. Dommage que je n'aie aucune envie de descendre pour l'écouter. À côté de moi, Nicholas poussa un soupir et dut toucher l'un des boutons, car ma vitre s'abaissa contre ma volonté.

— C'est quoi, ça ? dit Anna, incrédule.

— Une voiture, répondis-je, moqueuse.

Je sentis aussitôt Nick me pincer la hanche, et je m'apprêtais à riposter par une tape lorsque je compris que mon commentaire l'avait amusé : il avait l'air sérieux, mais ses yeux pétillaient et il essayait de contenir son rire.

— Monte, Anna, lui ordonna-t-il avant de remonter ma vitre.

Elle se retourna pour me lancer un regard assassin, puis ouvrit la portière arrière. Il était clair qu'elle n'était pas habituée à s'asseoir à l'arrière, et ce fut amusant de voir son air de gamine boudeuse dans le rétroviseur.

Nick se mit en route et on déboucha enfin sur l'autoroute. J'avais faim et hâte d'arriver, parce que je n'avais aucune envie de rester trop longtemps dans la voiture avec ces deux-là.

Le silence tomba dans l'habitacle : seuls les bruits du moteur et de la route se faisaient entendre. Cette fois, c'est moi qui appuyai sur le bouton de la radio avant de m'adosser à mon siège, les bras croisés, et de regarder par la vitre. Anna semblait ne rien avoir à dire, et Nicholas était absorbé par ses pensées. Il ne se rendait pas compte que c'était gênant pour moi d'être dans la même voiture que cette idiote avec qui il couchait.

J'ignorais la nature exacte de leur relation, mais ce ne devait pas être très sérieux étant donné qu'il m'avait embrassée plusieurs fois.

Je fus contente d'arriver au restaurant, qui se trouvait hors de la ville, sur une route bordée de bars, très animée. Je vis Jenna et Lion à la porte et, dès que la voiture s'immobilisa, je filai vers eux.

Jenna m'embrassa et Lion me sourit d'une manière assez distante, mais malgré tout bien plus amicale que celle de Nick. À côté de lui, à ma grande surprise, se tenait Mario. Il était déjà venu me voir un tas de fois au bar pour bavarder. Il me sourit en dévoilant ses dents blanches.

— Ça alors, la meilleure serveuse de la ville !

Son sourire disparut lorsque Nick et Anna apparurent derrière moi.

Je vis les regards échangés entre les deux garçons. Il y avait de l'hostilité dans l'air.

— Qu'est-ce que tu fais là ? demanda grossièrement Nick.

Je fronçai les sourcils. Pourquoi donc devait-il toujours se comporter comme un con ?

— On vient juste de se croiser et je lui ai dit qu'il pouvait rester dîner avec nous, expliqua Jenna en me faisant un clin d'œil.

Je décidai d'intervenir avant que mon quasi-frère ne déclenche une bagarre. Le connaissant, cela ne m'aurait pas étonnée le moins du monde.

— Génial ! m'exclamai-je avec un sourire un peu forcé.

Près de nous, pas mal de gens faisaient déjà la queue pour entrer dans le restaurant. Heureusement, l'endroit n'avait rien d'élégant, ma tenue était donc tout à fait appropriée. En revanche, Anna portait une robe minuscule et des talons.

— Tu seras mon chevalier servant pour ce soir, Mario, étant donné que j'allais tenir la chandelle, dis-je posément en regardant les couples.

Les yeux de Mario s'illuminèrent et il me passa un bras autour des épaules pour m'attirer contre lui.

— Génial ! lâcha-t-il avant de nous entraîner vers le comptoir d'accueil.

Avant de tourner le dos à Nicholas, j'eus le temps de voir ses traits se décomposer.

Quelques minutes plus tard, on nous installa à une table ronde dans un espace à part, isolé du vacarme. Le nom de Nicholas Leister ou bien celui de Jenna Tavish avaient apparemment du poids ici.

Je m'assis entre Mario et Jenna, qui, eux-mêmes, s'assirent à côté d'Anna et de Lion. Du coup, Nicholas se trouvait juste en face de moi. Tout le monde commanda à boire, puis un silence gênant s'installa. Nicholas était tendu et n'arrêtait pas de regarder Mario. Ce dernier essayait de rester calme et de ne pas l'envoyer se faire foutre. Heureusement, Jenna trouva un sujet de conversation.

— Au fait, Anna, sourit-elle. (Anna semblait furieuse ; elle regardait alternativement Nick, Mario et moi, comme si elle essayait d'une manière ou d'une autre de comprendre ce qui se passait.) Noah va aller à Sainte-Marie, tu devrais la présenter à Cassie, puisqu'on sera sûrement dans la même classe !

Depuis que je lui avais dit que j'allais entrer dans son lycée, elle en parlait sans cesse. Comme Anna n'avait pas l'air très enthousiaste, je demandai, pour entretenir la conversation :

— C'est qui, Cassie ?

Elle leva les yeux de son portable et m'observa. Je frissonnai. Qu'était-elle en train de manigancer dans sa tête de poupée stupide ?

— C'est ma petite sœur, répondit-elle en regardant Nick.

Ce dernier lui rendit son regard et se pencha sur la table pour lui prendre la main. Je sentis un pincement de jalousie.

— Ta petite sœur ? répétai-je avec incrédulité. Mais tu as quel âge ?

Elle me lança un regard de supériorité.

— Vingt ans, répondit-elle, les yeux toujours fixés sur Nick, qui me regardait à présent. J'aurai terminé mes études dans un an, déclara-t-elle d'un air hautain.

— Je ne l'aurais jamais cru, répliquai-je sans réfléchir, provoquant un regard indigné de l'intéressée.

Nick remua la tête, agacé, tandis que Jenna lâchait un petit rire nerveux.

— Dis-moi, Noah, où as-tu appris à conduire aussi bien ? me demanda Mario en changeant complètement de sujet.

Nicholas le regarda, puis tourna les yeux vers moi. Rappeler à Nick que je lui avais fait perdre sa voiture allait le mettre de mauvaise humeur.

— Nulle part. C'est le hasard qui a voulu que je gagne la course, dis-je en haussant les épaules, avant de grignoter nerveusement un gressin.

Je ne voulais pas parler de courses. Il vaut mieux que certaines choses ne sortent jamais au grand jour.

— Mais qu'est-ce que tu dis ? C'était vraiment hallucinant ! commenta Jenna. Ça faisait un moment que personne n'avait battu Ronnie avec une telle avance. Pas même Nick…

Elle se tut en voyant la tête de ce dernier.

— Sérieusement, tu veux nous faire croire que tu as gagné par pur hasard ? dit Anna, faussement aimable.

Nick se pencha en avant et plongea ses yeux bleus dans les miens.

— Où est-ce que tu as appris à courir comme ça ?

La question était si directe qu'elle n'admettait que la vérité comme réponse. J'étais mal à l'aise, je ne voulais pas parler de certaines choses de mon passé. Je choisis de mentir.

— Mon oncle était coureur de Nascar, il m'a appris tout ce que je sais, affirmai-je en le regardant droit dans les yeux.

Je vis que ma réponse suscitait chez lui de l'étonnement, et des doutes. Mais, à cet instant précis, la serveuse nous apporta nos plats. J'ai toujours aimé la nourriture mexicaine, surtout les tacos, et je profitai de la distraction pour me tourner vers Mario. Nous fûmes bientôt en train de bavarder comme deux vieux amis. L'une de ses réflexions me fit mourir de rire, mais les autres ne l'entendirent pas car nous parlions tous de choses différentes.

Une fois calmée, je me penchai pour prendre une gorgée de mon verre et mes yeux croisèrent ceux de Nick, qui n'avait pas l'air de prêter attention à la conversation que sa petite amie avait avec Jenna et Lion. Il semblait réellement en colère.

Je ne comprenais pas ce qui se passait, mais je n'avais pas l'intention de lui demander quoi que ce soit. La trêve que nous avions conclue ne tenait qu'à un fil, et je savais qu'elle se briserait si je disais ou faisais quelque chose qui le contrariait.

— La dernière soirée chez toi était géniale, Nick. On devrait en faire une plus grande et inviter tout le monde pour fêter la fin de l'été, proposa Jenna.

Les autres approuvèrent, et je sentis un fourmillement dans le cou et les joues en me rappelant ce qui s'était passé entre Nick et moi à cette fête. C'était la première fois où il s'était vraiment passé quelque chose entre nous.

— Tu rougis, Noah, s'esclaffa Jenna.

J'avais honte, surtout parce que mon regard croisa celui de Nick, qui, un instant, sembla penser exactement la même chose.

— C'est le piment, dis-je.

Je tentai de dissimuler mon visage, puis j'avalai les glaçons de mon verre.

Une minute plus tard, on demanda l'addition.

J'avais oublié que Nick devait me prêter de l'argent, c'est pourquoi je fus très embarrassée quand Mario proposa de m'inviter.

Avant que je n'aie le temps de répondre, Nicholas intervint :

— Je paie pour elle, dit-il d'un ton catégorique en le regardant fixement.

Je vis que Mario allait protester, et je décidai d'intervenir. Anna aussi avait l'air contrarié, surtout parce que Nick ne lui avait pas dit qu'il comptait l'inviter.

— J'ai perdu mon portefeuille, expliquai-je à Mario d'un ton que je voulais désinvolte.

— Justement. Nicholas, je paie pour Noah, déclara Mario d'un ton sec et en le défiant du regard.

Nick serra les mâchoires, et ses yeux luirent d'un éclat sombre.

— Tu es sûr que tu peux te le permettre ? Je n'aimerais pas que tu perdes tout l'argent de tes pourboires pour un simple dîner.

J'écarquillai les yeux, stupéfaite. Un silence gênant s'abattit sur nous et Mario se crispa comme une bête aux abois. Je sus qu'un affrontement allait avoir lieu et j'ignorais comment l'éviter.

Avant que Mario ne réagisse, je m'empressai de lui prendre la main sous la table. Je vis qu'il était surpris, mais une seconde plus tard, il me la serrait avec force.

— Paie ce que tu veux, dit-il alors à Nicholas.

Puis il se leva en m'entraînant avec lui, jeta un billet de vingt dollars sur la table et se tourna vers moi. Nos mains étaient toujours unies, et tout le monde le remarqua.

— Je t'offre une glace, tu viens ? me dit posément Mario.

Il ne s'était pas laissé emporter par la colère, et ça me plaisait. Ce n'était pas un garçon violent, même s'il était sans doute aussi fort que Nick. Je lui souris, enthousiaste :

— Bien sûr !

Je me tournai vers les autres. Jenna avait l'air stupéfait, mais elle esquissa un sourire complice en voyant nos doigts entrelacés.

Nous leur dîmes au revoir – je n'accordai pas un regard à Nick – et nous sortîmes du restaurant.

1

Nick

L'image de mon poing cognant ce crétin ne cessait de me venir à l'esprit. J'avais passé tout ce putain de dîner à vouloir l'écraser contre le mur pour m'en servir comme sac de frappe. Je ne voulais pas que Mario sorte avec Noah, point barre. En réalité, je voulais que personne ne sorte avec elle, mais je n'osais pas encore analyser la raison de ce souhait. Je n'avais pu la quitter des yeux durant tout le dîner. Sa façon de rire, la facilité avec laquelle elle semblait bavarder avec lui, sa manière inconsciente de se caresser la partie inférieure du cou, où se trouvait son tatouage : tout ça m'avait rendu fou toute la soirée.

Après l'avoir vue partir avec lui, je m'étais immédiatement levé, puis j'avais ramené Anna chez elle. Je me trouvais à présent sur la route menant vers l'un des pubs de la ville. Je n'étais même pas resté chez Anna. Elle avait été insupportable, et j'avais compris que j'avais passé trop de temps avec elle ces dernières semaines. Si je ne voulais pas qu'elle s'imagine que notre relation était sérieuse, il fallait que je me trouve une autre nana pour m'amuser. C'est avec ces pensées en tête que j'entrai dans l'établissement où j'avais passé tant d'heures ces dernières années. Il était situé dans un quartier malfamé, et les gens qui le fréquentaient étaient tout sauf respectables. Comme les videurs à l'entrée me connaissaient, je n'eus pas à attendre. À l'intérieur, la musique était assourdissante et les lumières étincelantes donnaient un air lugubre et étrange aux personnes qui dansaient, leurs corps en sueur collés les uns contre les autres, défoncées par je ne sais quelle drogue.

J'allai commander un J&B au comptoir en observant la faune autour de moi. Depuis l'année où j'avais vécu avec Lion dans ce quartier, loin de mon père, de son fric et de tout ce que le nom de Leister représentait, je m'étais fait une place parmi toutes ces personnes. Elles me respectaient et m'acceptaient, et cela m'avait permis de fuir tout ce que je détestais. J'avais quitté le domicile au moment même où mon père avait cessé d'avoir tout droit légal sur moi. La relation que nous avions eue après le départ de ma mère avait été si brève que j'en étais arrivé à croire que, si je disparaissais et que je me débrouillais pour gagner ma vie, personne n'en aurait rien à faire. Il avait fini par envoyer Steve, son chef de la sécurité, à ma recherche. Ce fut plutôt drôle de voir cet homme de haute taille et bien habillé débarquer dans la maison qui était devenue mon foyer ; mais il lui fallut moins de trois minutes pour se rendre compte que, s'il voulait me ramener chez moi, il devrait revenir me chercher avec une armée tout entière.

Steve travaillait pour mon père depuis que j'étais gosse, et il me connaissait suffisamment pour savoir que, si je ne voulais pas rentrer, il ne pourrait rien faire pour me convaincre de le faire…

Le lendemain, toutes mes cartes de crédit furent bloquées. Je dus me mettre à travailler dans l'atelier du père de Lion pour gagner ma vie. Je ne m'étais jamais senti aussi libre et épanoui.

Mais la vie dans ces quartiers peut être dure. Je reçus ma première raclée à peine arrivé. Je compris alors qu'en tant que fils de millionnaire, si je voulais vivre sous ces latitudes, il fallait que je devienne comme eux. Je commençai à m'entraîner chaque jour : personne ne lèverait plus la main sur moi, pas si je pouvais rendre les coups. Lion m'apprit à me défendre, à cogner, mais aussi à encaisser les coups. La première bagarre sérieuse eut lieu deux mois après, et le fait de laisser un type comme Ronnie à terre, en sang, me fit gagner le respect de tous les autres. Les courses et les paris arrivèrent nettement plus tard, et la trêve s'installa entre Ronnie et moi au fur et à mesure que les gens choisissaient leur camp. D'un côté, il y avait Lion et moi avec nos potes, et de l'autre Ronnie et ses acolytes du milieu de la drogue. Mais ce dernier comprit que c'était plus rentable d'avoir des relations cordiales avec nous quand mon père nous sortit de prison tous les deux alors qu'on nous avait arrêtés pour bagarre sur la voie publique.

Tout changea un an plus tard, quand j'eus besoin de mon père pour la première fois : je ne pouvais simplement pas ignorer le fait que j'avais une sœur, et je voulais la connaître. Mon père proposa de m'aider pour obtenir un droit de visite. En échange, je devais revenir à la maison pour vivre avec lui au moins trois ans encore, et reprendre l'université. Je fus contraint d'accepter. Mon père montrait enfin pour moi un semblant d'intérêt, et notre relation s'améliora, mais ma vie continua presque à l'identique. Je vivais avec lui, mais je passais la plupart de mon temps avec Lion, on se saoulait, on se défonçait et on cherchait les problèmes… Tant que je dormais chez mon père et que j'allais à la fac, il ne se mêlait pas de ma vie, ni moi de la sienne. Il en avait été ainsi jusqu'à présent.

Les bagarres et les courses avaient continué à être mon quotidien, tandis que la bande de Ronnie et la nôtre s'affrontaient de plus en plus. Ce qui avait commencé comme une rivalité amicale finit par déboucher sur la naissance de deux bandes qui se battaient à mort, avec des répercussions dangereuses, comme la dernière fois. Mon poing s'écrasant contre sa figure aux dernières courses représentait un défi ouvert, et j'ignorais quand il comptait me le faire payer. De plus, le fait que Noah l'ait vaincu était la plus grande humiliation qu'il ait probablement jamais subie, et je savais que je devrais bientôt l'affronter pour résoudre le conflit. Le problème, c'est que Ronnie n'en était plus aux petites bagarres de rue. Le fait qu'il nous tire dessus m'avait démontré à quel point il était devenu dangereux, et je redoutais une éventuelle rencontre entre Ronnie et Noah dans un futur proche.

Comment Noah avait-elle pu faire ça !? Comment avait-elle pu bouleverser ma vie ? Il fallait que je l'oublie, que je retourne à mes affaires, que je m'amuse comme je savais le faire, que je profite de la vie.

Une blonde moulée dans un top minuscule et un pantalon de cuir noir s'approcha de moi.

— Salut, Nick.

En voyant le tatouage de dragon sur sa clavicule, je me souvins que j'avais couché avec elle une fois. Son prénom commençait par S : Sophie, Sunny ou Susan, je crois.

Je hochai la tête en guise de salut. Je n'avais pas envie de parler, je n'étais pas d'humeur, mais j'avais tout de même envie de faire autre chose.

Elle vint se coller contre moi et je plaçai mes mains sur sa taille pour l'attirer plus près. Son haleine sentait la vodka et quelque chose de douceâtre. Elle avait un corps plein de courbes n'attendant que d'être caressées. Exactement ce dont j'avais besoin pour libérer la tension accumulée ces derniers jours. Je la pris par la main et je l'entraînai vers un endroit sombre de la boîte, dans l'une des nombreuses zones privées encore libre.

À ce moment, l'éclairage changea et créa des reflets multicolores dans la chevelure blonde de Susan, et l'image de Noah apparut devant mes yeux. Je jurai entre mes dents et je poussai la fille contre le mur un peu plus violemment que nécessaire. Mais le soupir de plaisir qu'elle m'offrit en réponse m'encouragea à poursuivre. Je sentais son corps collé au mien partout où il le fallait, mais ses lèvres qui bougeaient avec trop d'insistance n'étaient pas celles que je voulais. Je l'embrassai dans le cou. Elle sentait le tabac et l'alcool. J'écartai ses cheveux et je vis le dragon. Ce n'était pas le tatouage que je voulais embrasser, ce n'était pas le cou qui me rendait fou de désir.

Je posai mes deux mains sur son visage et n'y vis aucune tache de rousseur. Elle avait les yeux bleus, et non couleur de miel, et ils n'étaient pas bordés de cils épais.

Je m'écartai.

— Qu'est-ce qu'il y a ? me demanda Susan.

Elle fit glisser les mains sur mon pantalon et me caressa de manière lascive. Je saisis ses poignets dans l'une de mes mains et je les repoussai.

— Désolé, mais je dois m'en aller.

Je fis volte-face sans m'attarder pour l'entendre protester : j'avais besoin de prendre l'air.

Une fois sorti de l'établissement, je me mis à marcher au hasard pour me changer les idées et cesser de me dire que j'étais vraiment dans la merde. J'étais tellement furieux et plongé dans mes pensées que je n'entendis les voix au bout de la ruelle qu'au dernier moment.

Ronnie et trois de ses potes dealers étaient adossés à une voiture, une Ferrari… *ma* Ferrari, pour être exact. Je m'immobilisai, les poings serrés. Ma colère était telle que j'allais avoir du mal à la contrôler.

— Mais regardez-moi qui est là ! s'écria Ronnie. (Il s'écarta du capot et avança vers moi.) Le fils à papa plein de fric.

Il éclata de rire et les autres l'imitèrent. Je les connaissais : il y avait deux Afro-Américains pleins de tatouages et défoncés jusqu'aux yeux. Le troisième, un Latino qui s'appelait Cruz, était le bras droit de Ronnie.

— Tu es venu me supplier de te rendre ta voiture ? fit Ronnie avec un grand sourire.

J'aurais adoré lui filer une beigne.

— La voiture que tu as gagnée en trichant ? Peut-être qu'avec une voiture digne de ce nom tu apprendras à courir. Tu ne voudrais pas de nouveau perdre contre une gamine de dix-sept ans, hein ?

Je ressentis un immense plaisir en voyant l'effet que mes paroles suscitaient chez lui. Son sourire se volatilisa et les veines de son cou saillirent sous sa peau.

— Ça, tu vas le regretter, lança-t-il avec un calme feint. Tenez-le !

Je savais que ça allait arriver, je l'avais su dès le moment où je les avais vus, et j'étais préparé. Dès que les deux dealers s'approchèrent, mon poing vola dans les airs et je cassai le nez d'un de ces cons en souriant. Quelqu'un m'attrapa par-derrière, je levai le coude et je frappai avec force, en plein dans une bouche. Cruz s'approcha pour les aider, non sans m'avoir laissé l'opportunité d'asséner un autre coup dans le visage du gorille numéro un. Puis ce fut à mon tour de souffrir. On me frappa à l'œil droit, tellement fort que je chancelai. Mais je réussis tout de même à me retourner et à cogner celui qui essayait de me tenir les bras. Je résistai de mon mieux, mais à trois contre un c'était trop, y compris pour moi, surtout contre Cruz, qui était aussi doué que Lion quand il s'agissait de filer des coups de poing. Avec deux mecs qui me tenaient par les bras, je ne pouvais pas faire grand-chose.

Cruz commença à me frapper dans les côtes, encore et encore, tandis que je réprimais l'envie de crier et de le tuer à mains nues. Ronnie s'approcha et plongea ses yeux dans les miens avec la promesse qu'il n'en avait pas terminé.

— Dis à ta petite sœur que je n'ai pas oublié ce qui s'est passé aux courses, me dit-il. (Le visage innocent de

Noah surgit dans mon esprit. Ronnie m'attrapa par les cheveux et approcha son visage du mien ; il sentait la bière bon marché et le shit.) Et dis-lui que, quand on se reverra, je réclamerai mon dû, mais de manière très différente… (Des taches rouges apparurent devant mes yeux. Je me débattis violemment. J'allais buter ce fils de pute.) Je vais la baiser, Nick. Et, quand j'en aurai terminé avec elle, elle sera tellement salie que même toi, tu ne voudras plus t'approcher d'elle.

— Je vais te tuer.

Quatre mots, une promesse.

Il s'esclaffa et son poing s'abattit sur mon estomac. Le souffle coupé, je dus baisser la tête pour réussir à tousser et à cracher le sang que j'avais dans la bouche.

— Ne reviens pas dans le coin, ou c'est moi qui te tue, je peux te le garantir.

Il me lâcha et me tourna le dos. Les autres me frappèrent encore, cette fois en pleine bouche, et je dus cracher de nouveau pour ne pas m'étouffer avec mon propre sang.

Fils de pute de merde.

J'arrivai à ma voiture en chancelant et j'eus le plus grand mal à conduire jusque chez moi. Il était une heure du matin et tout le monde dormait. En montant dans ma chambre, je vis qu'il n'y avait aucune lumière sous la porte de Noah. Il était impossible qu'elle ne soit pas encore arrivée. J'ouvris la porte sans frapper. Son lit n'était pas défait.

Je gagnai ma chambre en jurant entre mes dents. J'enlevai mes vêtements avec précaution. Ces salauds m'avaient bien amoché, cela faisait longtemps que je n'avais pas reçu une telle raclée – quatre ans, pour être exact. J'avais été stupide de m'aventurer seul dans cette ruelle : l'occasion était trop belle pour ces salauds.

Je me mis sous la douche et laissai l'eau laver le sang et la sueur. Ils m'avaient surtout frappé dans les côtes et à l'estomac, je pouvais donc dissimuler les hématomes sous un tee-shirt. En revanche, je ne voyais pas quelle explication j'allais pouvoir fournir à mon père pour l'œil au beurre noir et la lèvre fendue. Le mieux serait peut-être de l'éviter jusqu'à ce que toute trace ait disparu.

Je n'arrivais pas à m'ôter de l'esprit la menace de Ronnie à l'encontre de Noah. Je ne doutais pas qu'il avait envie de l'étrangler après l'humiliation publique qu'elle lui avait infligée aux courses. Mais l'image de ce fils de pute en train de la toucher me rendait tellement fou que j'eus du mal à ne pas asséner un coup de poing au miroir devant moi.

Je me séchai en vitesse et enfilai mon pantalon de jogging. Je ne mis pas de tee-shirt, parce que l'une de mes blessures saignait un peu. Je me rinçai la bouche et vérifiai qu'on ne m'avait cassé aucune dent ; on m'avait juste fendu la lèvre, mais elle avait cessé de saigner et virait de plus en plus au pourpre, tout comme mon œil gauche, ce qui mettrait plus de temps à disparaître.

Je saisis mon portable et sortis de ma chambre avec l'intention de découvrir où Noah avait bien pu aller se fourrer et, en passant, de mettre de la glace sur ma blessure.

Cinq minutes plus tard, alors que je sortais de la cuisine avec un sachet de glace contre mon œil et le portable à l'oreille, la porte d'entrée s'ouvrit avec un léger bruit de clefs, et la raison de ma mauvaise humeur apparut.

Son téléphone vibrait, mais il cessa de le faire lorsqu'elle refusa l'appel. Puis elle leva les yeux et me vit. Son regard, d'abord étonné, devint horrifié.

— Tu peux me dire où tu étais ? m'écriai-je, furieux.

2

Noah

La dernière chose à laquelle je m'attendais en rentrant chez moi était de trouver Nick complètement défiguré. La surprise que j'avais ressentie en recevant son appel laissa rapidement la place à l'horreur.

— Tu peux me dire où tu étais ? cria-t-il, intimidant comme toujours.

Son œil gauche était entièrement violet et sa lèvre fendue. Mais ce n'était pas le pire : sur son torse nu, des hématomes commençaient à se former sous sa peau bronzée et ses abdominaux. J'étais pétrifiée. Mon cœur s'emballa et la panique me submergea jusqu'à la nausée. Je n'aimais ni les blessures ni le sang. Mes oreilles commencèrent à siffler et je dus me retenir à la porte. D'une voix étouffée, je demandai :

— Qu'est-ce qui t'est arrivé ?

Nicholas était en colère, je le voyais à sa manière de serrer les mâchoires et de me regarder : comme si, d'une certaine façon, c'était moi la responsable de ses blessures.

— Je t'ai posé une question, me dit-il avant de jeter le sachet de glace sur la table de l'entrée.

Je secouai la tête tout en refermant la porte sans bruit. Ma mère et Will étaient sûrement au lit et je ne voulais pas qu'ils se réveillent, chose qui ne semblait pas préoccuper Nick, étant donné la manière dont il beuglait.

— J'étais avec Mario, lui répondis-je en m'approchant de lui malgré l'envie terrible de fuir ces blessures à toutes jambes. Nous sommes allés prendre une glace, et Lion et

Jenna nous ont rejoints juste après. D'ailleurs, quelle importance ? Et toi, tu t'es vu ?

Inconsciemment, je tendis la main pour frôler l'un des hématomes sur son estomac.

Sa main vola vers la mienne, mais, au lieu de l'écarter violemment comme je m'y m'attendais, il la retint avec une force telle qu'il me fit mal. Je levai les yeux et je vis de la colère et de la crainte dans son regard.

— Viens dans la cuisine, j'ai besoin de te parler, dit-il alors en tirant sur mon bras pour m'entraîner à sa suite.

Involontairement, je remarquai ses épaules nues. Mon Dieu, comme chaque muscle se dessinait à merveille quand il marchait ! Cette vision réveilla en moi le désir de caresser sa peau lisse. On voyait un autre bleu qui commençait à poindre sur l'une de ses côtes, et je ressentis soudain une telle haine envers la personne qui lui avait fait cela que ma vue se brouilla.

Nick alluma seulement la petite lampe de la hotte. Puis il s'assit sur une banquette près de l'îlot, sans me lâcher la main. Le voir dans cet état me faisait mal, ses sourcils se contractaient de douleur à chaque geste, et mon esprit ne cessait d'imaginer diverses façons de le soulager.

— Est-ce que tu as remarqué quelque chose de bizarre en te baladant ? demanda-t-il, visiblement inquiet. Quelqu'un qui te suivait, par exemple ?

Je ne m'attendais pas à ça. Je m'obligeai à le regarder en face pour lui répondre :

— Non, bien sûr que non. Pourquoi ?

Il lâcha ma main et détourna les yeux. J'avais envie que sa peau reste en contact avec la mienne, mais je ne dis rien.

— Ronnie n'a pas oublié ce qui s'est passé aux courses, m'informa-t-il, et je commençai à comprendre où il voulait en venir. Il veut se venger et il n'hésitera pas à te faire du mal s'il te revoit, ajouta-t-il en plongeant ses yeux bleus dans les miens.

Cette révélation me déconcerta un instant.

— C'est lui qui t'a donné cette raclée.

— Lui et ses trois acolytes.

— Mon Dieu, Nick ! (J'écarquillai les yeux, horrifiée, et je sentis une douleur étrange dans la poitrine. Mes mains remontèrent inconsciemment vers son visage, examinant ses blessures.) Quatre contre un ?

Il se raidit d'abord à mon contact, mais se détendit ensuite. Mes doigts frôlèrent à peine ses blessures, mais je les laissai glisser sur ses joues mal rasées, sur sa peau rêche qui lui donnait cet aspect redoutable et sexy à la fois.

— Tu t'inquiètes pour moi, Effy, railla-t-il. (Il grimaça quand j'effleurai une blessure, et emprisonna mes mains entre les siennes.) Je vais bien, ajouta-t-il en parcourant des yeux mon visage.

— Il faut que tu les dénonces, dis-je alors en m'écartant, mal à l'aise sous son regard.

Je me dirigeai vers le frigo et ouvris le compartiment congélateur. J'y pris le premier paquet congelé qui me tomba sous la main et retournai auprès de lui. Il grimaça quand je le lui appliquai sur l'œil.

— On ne peut pas dénoncer ces mecs, mais ce n'est pas ça qui importe. Noah, à partir de maintenant et jusqu'à ce que tout se soit calmé, je ne veux pas que tu sortes seule, tu entends ? ordonna-t-il sur le ton d'un grand frère. (Je m'écartai de lui, incrédule.) Ces types sont dangereux et ils nous en veulent… Mais moi, ça m'est égal de recevoir une raclée, et je sais me défendre. En revanche, ils ne feront qu'une bouchée de toi s'ils te trouvent seule et sans défense.

— Nicholas, ils ne me feront rien. Ces crétins ne vont pas s'attirer des problèmes parce que j'ai blessé leur orgueil, répondis-je.

— Tu peux dire ce que tu veux, je ne te quitterai pas des yeux tant que cette histoire ne sera pas terminée.

— Tu es insupportable, tu le savais ?

— On m'a déjà dit des choses pires.

Puis il haussa les épaules et fit une grimace.

J'inspirai et expirai à fond plusieurs fois.

— Mets des linges imprégnés d'eau chaude sur tes hématomes et quelque chose de froid sur ton œil et ta lèvre, lui conseillai-je alors. Demain, tu seras horrible. Mais, si tu prends de l'aspirine et si tu restes au lit, ça passera en deux ou trois jours.

Il fronça les sourcils, tandis qu'un sourire retroussait ses lèvres.

— Tu es experte en raclées ou quoi ? répliqua-t-il d'un ton amusé.

Je me contentai de hausser les épaules.

Puis j'allai directement au lit et... je fis des cauchemars.

Le lendemain matin, je me levai de mauvaise humeur. Je n'avais presque pas dormi et j'avais juste envie de rester allongée. Une seule raison me fit glisser de ma couette et me diriger vers la salle de bains. Je ne l'admettrais peut-être pas à voix haute, mais je voulais savoir comment allait Nick. Je ne savais pas depuis quand, ni comment, ni pourquoi je me sentais tout à coup inquiète pour lui, mais il semblait bien que ces derniers jours nous avions conclu une trêve plutôt agréable. Depuis cette caresse dans la cuisine quand j'avais failli me couper le doigt, il n'avait plus tenté quoi que ce soit avec moi, et une partie de moi lui en voulait. Ma vie n'avait été agréable que pendant les moments passés entre ses bras, qui me faisaient oublier tout le reste. Mais il valait probablement mieux bien s'entendre et ne plus s'embrasser ni se détester à mort.

Je pris une douche rapide tout en repensant à la soirée. J'avais été très en colère contre Nick pour ce qu'il avait dit à Mario au dîner, mais cette colère avait disparu à l'instant où je l'avais vu dans cet état pitoyable.

Mario s'était comporté en véritable gentleman avec moi. Il m'avait invitée à sortir ce soir et j'avais accepté. Je voulais oublier mon ex, mais aussi cette ridicule obsession que j'avais développée pour Nicholas.

Je m'habillai rapidement et descendis pieds nus à la cuisine pour prendre mon petit déjeuner. Il n'y avait aucune trace de Nick dans le coin, mais Will et ma mère, assis l'un contre l'autre à la table, discutaient avec animation.

Je les saluai, puis je me dirigeai droit sur le frigo et me servis un verre de jus de fruit. Prett, la cuisinière, était en train de préparer quelque chose qui sentait merveilleusement bon. Je m'approchai de la casserole et vis qu'elle contenait du chocolat fondu.

— Hum, ça sent bon ! Qu'est-ce que tu prépares ? lui demandai-je.

Prett me regarda en souriant.

— Le gâteau d'anniversaire de M. Leister, répondit-elle joyeusement.

Je me retournai automatiquement vers Will.

— Ah. Bon anniversaire ! Je ne savais pas que c'était aujourd'hui, dis-je avec un sourire d'excuse.

Il éclata de rire.

— Ce n'est pas mon anniversaire, mais celui de Nick.

Ma mère me sourit elle aussi.

Ça alors, l'anniversaire de Nicholas... Je ne sais pas pourquoi, mais ça me contraria de ne pas avoir été mise au courant.

— Il est là, dehors, tu peux aller le lui souhaiter, m'indiqua ma mère avant d'ajouter : Hier, il s'est battu avec un voyou qui voulait lui voler son portefeuille, alors n'aie pas peur quand tu verras son visage.

Je hochai la tête. Décidément, mon quasi-frère était doué pour mentir. Je pris un petit pain sur la table et sortis dans le jardin. Il était étendu sur un transat, à l'ombre, avec ses lunettes de soleil. Il portait son maillot de bain et son tee-shirt, et semblait somnoler. Je supposais que lui non plus n'avait pas beaucoup dormi.

Je m'approchai à pas de loup.

— Joyeux anniversaire ! hurlai-je de toutes mes forces, avant d'éclater de rire en le voyant sauter en l'air.

— Putain ! s'exclama-t-il.

Il enleva ses lunettes et découvrit son œil, qui était à la fois vert, violet et bleu.

C'était tellement comique que je ris à m'en tenir les côtes.

Il m'observa quelques instants, l'air vaguement en colère, mais, en me voyant rire, il ne put s'empêcher de sourire lui aussi.

— Tu trouves ça drôle ?

Je levai les deux mains en riant de plus belle. Chaque fois que je pensais au bond qu'il avait fait, ça repartait.

— C'est clair que tu vas être désolée.

Il se jeta sur moi. Je pris mes jambes à mon cou, mais ce fut inutile. Une seconde plus tard, il m'avait rattrapée et me soulevait sur ses épaules en grimaçant de douleur.

— Non, Nick, s'il te plaît ! criai-je en me débattant de toutes mes forces, mais il m'ignora et sauta dans la piscine avec moi sur le dos.

Une fois dans l'eau tiède, je m'écartai de lui. Je revins à la surface et je l'éclaboussai. Il était mort de rire. J'étais contente de porter des sous-vêtements noirs, car ma robe blanche me collait à la peau. Cela aurait pu être réellement embarrassant.

Il secoua ses cheveux d'un geste à la Justin Bieber et m'accula dans un coin de la piscine.

— Tu devrais t'excuser de m'avoir pratiquement causé un infarctus le jour de mes vingt-deux ans, exigea-t-il, s'approchant tellement que nos corps étaient presque collés l'un à l'autre.

Je tentai de le repousser, en vain.

— Tu peux toujours courir.

Ce petit jeu m'amusait. Je sentais l'adrénaline dans mes veines et une sorte de vertige au creux du ventre, une sensation identique à celle qu'on éprouve en filant à deux cents à l'heure sur le sable du désert.

Je secouai la tête en le défiant du regard, et je sentis soudain ses mains sur ma taille à travers ma robe trempée.

— Qu'est-ce que tu fais ? murmurai-je quand il me serra si fort que ma poitrine se trouva collée à la sienne.

— Dis que tu es désolée, dit-il d'une voix rauque.

L'amusement avait disparu de ses traits pour laisser place au désir. Je sentis une vague de plaisir et de crainte me submerger : on pouvait nous voir.

Je fis non de la tête et ses mains glissèrent sur mes cuisses. Il m'observa attentivement tandis que ses doigts écartaient l'étoffe mouillée de ma robe et remontaient peu à peu le long de mes jambes. Il m'obligea à lui entourer les hanches de mes jambes.

— Je n'arrêterai pas jusqu'à ce que tu le dises, ajouta-t-il en me poussant contre la paroi.

L'eau m'arrivait jusqu'au cou mais ne lui arrivait que sous les épaules, ce qui me laissait à sa merci. Dès que mes jambes entourèrent ses hanches, nos têtes furent pratiquement à la même hauteur. Une partie de moi savait que, si je lui disais ce qu'il voulait entendre, il s'écarterait (enfin, c'est ce qu'il disait). Mais était-ce vraiment ce que je voulais ?

— Ils vont nous voir, murmurai-je.

Je sentais le feu me dévorer les joues et tout le corps.

— Je me charge de ça, dit-il avant de remonter encore ma robe, qui se colla et s'enroula sous ma poitrine.

Son regard quitta mon visage pour se fixer sur mon corps déformé par l'eau.

Ce regard et ses doigts qui me caressaient le dos me firent frissonner. Je sentais son excitation et je n'avais qu'une idée en tête : qu'il m'embrasse.

— Tu veux que j'arrête ? me demanda-t-il alors en approchant sa bouche de la mienne, mais sans même la frôler.

Ses yeux étaient si proches que je pouvais en distinguer toutes les nuances de bleu. Sous la lumière du soleil et la clarté de l'eau, la façon dont ils me regardaient, comme s'il voulait me dévorer, m'hypnotisait.

Je fis non de la tête et me rapprochai de lui pour qu'il m'embrasse. Mes mains étaient déjà remontées jusqu'à sa nuque sans que je m'en aperçoive et je l'attirai à moi, mais il résista.

— Dis-moi que tu es désolée et tu auras ce que tu veux, m'ordonna-t-il alors.

— Qu'est-ce qui te fait croire que je veux quelque chose de toi ? répliquai-je, brûlant de désir.

Il sourit.

— Parce que tu trembles et que tu n'arrêtes pas de regarder mes lèvres, tout simplement.

— Je ne vais pas te dire que je suis désolée.

Il émit une sorte de grognement.

— Tu es exaspérante.

Puis il posa ses lèvres sur les miennes. L'euphorie d'avoir gagné ce jeu se transforma rapidement en autre chose. J'éprouvais mille sensations à cet instant, aucune d'entre elles ne pouvant être décrite à voix haute. Sa langue s'introduisit dans ma bouche et il m'embrassa avec avidité.

Nous étions trempés et nos corps adhéraient l'un à l'autre comme des sangsues. Je tirai sur ses cheveux pour le rapprocher de moi. Il me mordit la lèvre inférieure, et ce fut tellement sexy que je crus défaillir.

Il me pressa contre la paroi, ses mains descendirent le long de mon corps tandis que ses lèvres faisaient des merveilles sur les miennes. Le vertige au creux de mon ventre s'intensifia lorsque sa main s'approcha d'un endroit où on ne m'avait jamais touchée auparavant.

La porte coulissante s'ouvrit tout à coup. Je m'écartai si brusquement que je dus me rattraper au bord pour ne pas couler.

— Les jeunes, on s'en va ! claironna ma mère depuis la maison.

Nicholas leva une main pour la saluer, l'air très naturel. Moi, je dus respirer profondément avant de passer la tête par-dessus le bord.

— Tu le lui as dit, Nick ? demanda alors ma mère, à ma grande surprise.

— Pas encore, cria-t-il en souriant.

Ma mère me regarda, puis regarda Nick.

— Bon, on en parlera cet après-midi, amusez-vous bien !

Je me tournai vers Nick dès qu'elle eut disparu.

— Me dire quoi ?

Il m'attira de nouveau à lui et je me laissai faire, surtout parce que mes jambes tremblaient encore. Et puis, il était si beau que je ne pouvais résister.

— Pour mon anniversaire, ils m'ont offert quatre billets pour aller aux Bahamas. Ils m'ont bien fait comprendre qu'ils voulaient que tu viennes avec moi, tu sais, pour renforcer la relation entre frère et sœur, annonça-t-il avec un sourire narquois. J'ai invité Lion et Jenna, et je veux que tu viennes aussi.

C'était complètement inattendu, surtout après ce dont nous avions parlé. Partir en voyage avec Nick...

— Qu'est devenue l'idée d'être amis ?

— C'est toujours valable. Et encore plus maintenant que tu es en danger par ma faute.

— C'est pour ça que tu veux que j'aille avec toi ? Pour que je sois hors de portée de Ronnie ?

J'étais déçue.

— C'est une des raisons, mais pas la plus importante, Effy.

Il me serra contre lui et posa son front contre le mien. Sa manière de me regarder me pétrifia.

— Nicholas, qu'est-ce qu'on est en train de faire ? dis-je, troublée.

— Ne t'emballe pas, hein ? répondit-il. (Il me tenait par la taille pour que je ne coule pas.) Je ne veux pas que tu restes seule pendant que je ne suis pas là. Ce que je t'ai dit hier est sérieux, ils veulent te faire du mal.

— Nicholas...

Je voulus m'éloigner, mais il m'en empêcha.

— Viens avec moi, ça va être sympa, dit-il en m'embrassant doucement sur les lèvres.

Ce geste si tendre me donna la chair de poule.

— Qu'est-ce qu'on est en train de faire ? répétai-je. (Je n'osais penser à ce qui arriverait si nos parents venaient à apprendre qu'il y avait quelque chose entre nous.) On ne peut pas faire ça. C'est ridicule, on ne s'entend même pas, on se laisse simplement entraîner par notre attirance physique.

— La seule chose que je sais, c'est que, quand je te vois, je ne pense plus qu'à t'embrasser et à te toucher partout, m'avoua-t-il en m'embrassant sous l'oreille.

— Je ne peux pas être avec quelqu'un en ce moment, dis-je en le repoussant tandis qu'il me regardait, contrarié.

— Qui a parlé d'être avec quelqu'un ? Arrête de vouloir tout analyser et profite de ce qui s'offre à nous.

Ses yeux reflétaient la colère, mais sa voix était posée.

Il se contredisait, je le voyais ; mais, après tout, cela n'avait rien d'étonnant, c'était dans son caractère. Il ne voulait que ça, une relation physique, rien de plus. Et pourquoi ne pourrais-je pas en profiter moi aussi, étant donné que j'étais tout autant attirée par lui ?

— À certaines conditions, dis-je en posant mes mains sur ses épaules. (Il me regarda sérieusement.) Aucune attache, pas d'histoires : je viens de sortir d'une relation, et la dernière chose que je veux est de revivre ce qui est arrivé avec Dan.

Je le vis serrer les mâchoires.

— Une relation libre ? me demanda-t-il alors. (Je hochai la tête.) Je crois que tu es la première fille à me demander ça, mais très bien, je suis d'accord. Juste pour le sexe, alors ?

Ce dernier commentaire provoqua ma colère.

— Imbécile ! dis-je en tentant de le repousser. Comment ça, juste pour le sexe ? Tu me prends pour qui ? Je n'ai pas vingt-sept ans mais dix-sept, je n'ai pas l'intention de coucher avec toi comme si de rien n'était !

Il fronça les sourcils, complètement déconcerté.

— Tu viens de me dire que tu voulais une relation libre. Mais bon sang, qu'est-ce que tu crois que ça signifie ?

Je le regardai, un peu perdue. Pour moi, une relation libre, c'était se voir de temps en temps et faire ce que nous étions en train de faire maintenant, basiquement. Mais, évidemment, Nick se situait à un autre niveau. Comparée à lui, j'étais une gamine, je ne pouvais pas jouer avec le feu. Il ne se contenterait pas de ce que je pouvais lui offrir et voudrait aller jusqu'au bout. Il suffisait de voir jusqu'où il avait réussi à m'amener en trois semaines : bien plus loin que Dan en neuf mois.

— Oublie ce que j'ai dit, déclarai-je, mal à l'aise. Notre nouvelle relation me plaît, je crois qu'on va finir par bien s'entendre. Pourquoi tout compliquer ?

Il me regarda d'abord comme s'il ne comprenait absolument rien de ce que je lui disais. La vérité, c'est que je ne comprenais pas non plus moi-même ce que je voulais, mais le sexe sans attaches était hors de question.

— Noah… on ne fera rien que tu ne veuilles pas faire, précisa-t-il d'une voix douce qui me fit fondre.

Il semblait avoir compris ce qui me passait par la tête, et cette faculté de lire mes pensées me déconcertait.

Je me sentis rougir.

— Je préfère qu'on soit amis, dis-je sans grande conviction.

— Tu es sûre ? Juste amis ?

Je hochai la tête, les yeux fixés sur l'eau.

— Très bien, dit-il d'un ton condescendant. Mais alors tu viens avec moi fêter mon anniversaire. Si tu es mon amie, tu peux te comporter comme telle.

Il me lâcha et se hissa hors de la piscine à la force des bras. Ses derniers mots résonnaient plutôt comme « Tu as la frousse et je le sais, alors je vais attendre que tu sois prête ».

Mais, si c'était le cas, pourquoi Nick voudrait-il attendre ?

Je passai le reste de la journée dans ma chambre à lire et à écrire une nouvelle que j'avais commencée il y a déjà un moment. J'aimais beaucoup écrire, tout comme lire, je rêvais de devenir une grande écrivaine. Parfois, j'imaginais que j'étais connue dans le monde entier et que je créais des histoires inoubliables, vendant des milliers d'exemplaires et voyageant pour promouvoir mes livres.

Ma mère n'avait jamais réussi à faire quoi que ce soit dans la vie, car elle était tombée enceinte de moi à seize ans. Mon père, à cette époque-là, n'en avait que dix-neuf et n'avait aucune espèce de futur universitaire devant lui, juste la possibilité de courir en Nascar. Ma mère me rappelait sans cesse combien cela avait été dur de m'élever, alors qu'elle n'était encore qu'une gamine. C'est pour cette raison qu'elle voulait me donner tout ce qu'elle avait désiré à mon âge. Un bon lycée, l'université... cela avait toujours été son rêve. C'est pourquoi j'avais toujours fait de mon mieux pour obtenir les meilleures notes, que j'avais lu et écrit depuis toute petite, et que je m'étais autant investie dans les compétitions de volley. Une partie de moi chercherait toujours à la rendre fière.

J'étais plongée dans mes pensées, en train d'observer le paysage par la grande baie vitrée de ma chambre, quand quelqu'un frappa à ma porte. Ma mère entra avec un sac portant l'écusson de Sainte-Marie, et je sus que son contenu allait gâcher le reste de ma journée.

— Ton uniforme est arrivé, essaie-le et ensuite descends pour que Prett fasse les retouches, m'indiqua-t-elle en posant le sac sur le lit. Au fait, on va bientôt sortir le gâteau pour fêter l'anniversaire de Nick. Ils n'ont pas l'habitude de souffler les bougies, ni rien de ce qu'on fait toi et moi à notre anniversaire. Il est temps que quelqu'un change leurs horribles habitudes, dit-elle en souriant.

— Maman, je ne crois pas que ça plaira à Nick.

J'essayai de l'imaginer assis à table, en train de faire un vœu.

— Bien sûr que si, dit-elle en partant.

Je sortis l'uniforme du sac. Il était aussi horrible que je l'avais imaginé, avec une jupe écossaise verte, de celles qui se ferment par une agrafe à la ceinture et plissée à l'arrière. Elle était si longue qu'elle m'arrivait en-dessous des genoux. Le chemisier était blanc et plutôt ample. Et je découvris, horrifiée, qu'il y avait une cravate vert et rouge assortie au pull gris, rouge et vert. Les chaussettes aussi étaient vertes et montaient jusqu'aux genoux. En me regardant dans le miroir, je fis la grimace la plus amère de l'histoire. Je ne gardai que la jupe et le chemisier, et je sortis de la pièce à la recherche de Prett.

Au moment où j'arrivais sur le palier, Nick apparut, le téléphone à l'oreille. En me voyant, il écarquilla les yeux et un sourire moqueur apparut sur ses lèvres. Je le foudroyai.

— Désolé, je dois raccrocher, il faut que je parle à quelqu'un.

Puis il éclata de rire en glissant le téléphone dans la poche de son jean.

— Tu te crois drôle ? m'écriai-je.

Mes joues brûlaient de honte.

— Je crois que c'est le meilleur cadeau d'anniversaire que tu pouvais me faire, Effy !

— Ah oui ? Et que dirais-tu que je t'offre aussi ça ?

Je lui tendis le majeur et l'écartai de mon chemin pour me rendre dans le salon, où m'attendaient ma mère et la cuisinière.

Malheureusement, Nick me suivit.

— Si tu viens dîner avec moi ce soir, je te promets que je ne montrerai à personne les photos que je viens de prendre, me chuchota-t-il à l'oreille.

Je fis volte-face, contrariée. Ses petites blagues commençaient à m'agacer.

— Ce soir, je vais dîner avec Mario, alors, non merci, répondis-je en sachant qu'il serait contrarié.

Je filai vers le salon, où un tabouret m'attendait déjà, posé en plein milieu. Je montai dessus pour que Prett puisse prendre mes mesures.

En me retournant, je vis que Nick, allongé sur le canapé, me regardait d'un air glacial.

— Lève les mains, Noah, me dit ma mère, qui aidait Prett à placer les aiguilles.

Je tentai d'ignorer Nicholas, qui ne me quittait pas des yeux, mais c'était vraiment difficile. En outre, je ne pouvais oublier le baiser dans la piscine et tout ce dont nous avions parlé. Je n'étais pas sûre de pouvoir résister à ses caresses. Cependant, j'étais sûre d'une chose : je ne le laisserais pas me traiter comme il en avait envie. C'est pourquoi j'avais décidé de sortir avec Mario ce soir. Je voulais profiter du peu de temps qui restait de l'été, en compagnie de garçons différents. Je voulais ne m'attacher à personne et surtout oublier ce crétin de Dan.

— Aïe ! criai-je quand l'aiguille me piqua la cuisse.

Cet imbécile de Nick sourit.

— Reste tranquille, tu veux ? me dit ma mère.

C'était presque fini. Elles avaient déjà raccourci la jupe au-dessus du genou et rétréci le chemisier pour qu'il ait l'air plus féminin.

Cinq minutes plus tard, elles en avaient terminé, j'allais enfin pouvoir ôter jupe et chemisier pour les donner à Prett.

Cependant, dès que Nick se leva, prêt à me suivre dans les escaliers, ma mère nous prit tous les deux par le bras et nous entraîna vers la cuisine.

— Aujourd'hui, c'est ton anniversaire, Nick. Tu vas souffler les bougies comme on le fait, Noah, moi et le reste du monde, expliqua ma mère en souriant.

Je me tournai vers Nick et je souris moi aussi devant son air incrédule. Il avait l'air tellement plus âgé que moi.

— Ce n'est pas la peine… commença-t-il.

— Bien sûr que si, rétorqua ma mère d'un ton catégorique.

William se trouvait dans la cuisine, les lunettes sur le nez, en train de travailler sur son portable. Il sourit en nous voyant entrer.

Ma mère obligea Nicholas à s'asseoir sur une chaise et apporta le gâteau au chocolat que Prett avait confectionné. Nicholas ne semblait pas du tout dans son élément, et je ne pus m'empêcher de me moquer de lui comme il s'était moqué de moi quelques minutes auparavant.

Une bougie formant le nombre 22 trônait sur le gâteau, et ma mère s'empressa de l'allumer. Puis elle commença à chanter et donna une petite tape à Will pour qu'il fasse de même. C'était si comique que je me mis à chanter moi aussi, riant de voir Nick me foudroyer de son regard bleu azur.

— N'oublie pas de faire un vœu, lui rappelai-je.

Il m'observa fixement avant de souffler les bougies et, même à ce moment, ses yeux restèrent rivés aux miens.

Que pouvait donc bien souhaiter quelqu'un qui avait déjà tout ?

3

Nick

Je ne comprenais toujours pas pour quelle raison je l'avais invitée à passer un week-end avec moi aux Bahamas. Son visage m'était simplement venu à l'esprit quand j'avais vu les billets. Je n'eus même pas besoin d'écouter mon père qui me demandait d'emmener Noah avec moi. J'y avais pensé tout seul.

Depuis qu'elle était plus détendue et que notre relation était plus supportable, je ne pouvais la chasser de mes pensées. L'idée de la laisser seule me rendait fou, maintenant qu'on l'avait menacée. Sans parler de la colère qui s'emparait de moi chaque fois que je l'imaginais près d'un autre type. Le seul fait de penser qu'elle s'était trouvée entre les bras de Dan me mettait de mauvaise humeur, j'avais envie de lui cogner dessus pour lui avoir fait du mal, et encore plus quand je pensais aux neuf mois où il avait pu la toucher, l'embrasser et – mais j'espérais tout de même que non – la dénuder.

Des images de Noah se donnant à quelqu'un d'autre me tourmentaient nuit et jour. Je ne m'étais jamais considéré comme jaloux, je n'avais jamais considéré qu'une fille était à moi, mais ces images étaient insupportables. Ce qui m'attirait le plus chez elle était son côté naturellement sexy. Elle n'attachait aucune importance à ses vêtements, à son maquillage ou à sa coiffure, mais, chaque fois que mes yeux se posaient sur elle, j'imaginais mille façons de la faire soupirer de plaisir. Ce qui s'était passé dans la piscine n'aurait techniquement pas dû arriver, je m'étais promis de ne plus m'approcher d'elle, mais vivre avec elle était une épreuve. Ce qui s'était passé avec Ronnie par sa faute, le fait qu'elle soit partie avec Mario, tout cela m'exaspérait. Mais, en voyant son regard horrifié devant mes blessures, en sentant ses doigts tièdes effleurer ma peau nue... j'avais dû me contrôler pour ne pas me jeter sur elle et la prendre sur la table de la cuisine.

Le pire, c'est qu'elle prenait de l'assurance. Elle ne m'avait même pas repoussé quand mon désir avait atteint son comble et que mes mains la caressaient sous l'eau. Ses jambes étaient si longues, ses courbes si diablement sexy.

Pourtant, ce soir, elle sortait avec cet imbécile de Mario, un type qui n'hésitait pas à mettre une fille dans son lit ni à la tripoter dès qu'il en avait l'occasion. Merde. En fait, il était juste comme moi, mais je ne pouvais pas le laisser faire. Noah était trop innocente, ce n'était qu'une gamine. Mais une gamine qui pouvait rendre fou n'importe quel mec.

Ça me contrariait qu'elle sorte avec lui le jour de mon anniversaire, je la voulais pour moi, je voulais lui montrer ce qu'il y avait de bien dans cette ville. Je voulais tout à coup qu'elle ait une autre opinion de ma personne, je ne supportais pas de penser que je ne méritais pas de l'avoir.

Je terminais juste de m'habiller lorsque j'entendis frapper à ma porte. Je criai simplement « Entrez ! ». J'étais en train de boutonner la chemise que j'allais porter ce soir quand des yeux couleur de miel apparurent dans le miroir.

— Tu es déjà rentrée de ton dîner ? dis-je, sarcastique.

Je dus réprimer l'envie qui me tenaillait de me tourner vers elle et de l'obliger à rester là, avec moi, toute la nuit.

— C'est aujourd'hui, ta fête d'anniversaire ? demanda-t-elle en ignorant ma question.

Je fis volte-face, jouant l'indifférence.

— Tu croyais que j'allais rester ici à regarder un film, sœurette ? lançai-je tout en savourant son air perplexe.

Elle fronça les sourcils. Ses yeux avaient l'air plus sombres quand elle le faisait.

— Tu aurais pu me le dire. Jenna et Lion croyaient que je venais. Ils sont en bas en train de t'attendre.

Elle croisa les bras sur la robe noire moulante qu'elle portait, et qui lui tombait à peine quelques centimètres sous le cul. En pensant que Mario pouvait glisser la main sous cette robe, je sentis ma mauvaise humeur revenir.

— Je n'ai pas le temps de discuter. Si tu veux venir, tu viens, je t'ajoute à la liste. Mais ton petit copain, non ; alors, tu décides.

Je m'approchai d'elle. Si je ne pouvais pas la toucher, au moins pourrais-je sentir ce parfum qui m'excitait tant.

— Tu me regardes comme si je l'avais fait exprès, mais j'ai appris que c'était ton anniversaire il y a quelques heures seulement. Mario m'a invitée avant, je ne peux pas lui poser un lapin, dit-elle d'un ton mi-contrarié, mi-coupable.

— Et tu crois que lui, il ne le savait pas ? m'écriai-je, furieux, convaincu que Mario avait agi sciemment.

Elle plissa les yeux, étonnée, avant de prendre un air coupable. Elle était adorable, elle s'en voulait de ne pouvoir venir à une fête dont personne ne lui avait parlé.

Je ne pus résister, je posai une main sur sa taille et l'attirai contre moi. Ses yeux cherchèrent les miens, hésitants et pleins d'espoir à la fois.

— Allez, Effy, viens à ma fête d'anniversaire.

J'écartai ses cheveux de son épaule et y déposai un léger baiser. Je souris contre sa peau en voyant qu'elle en avait la chair de poule. Je savais au moins qu'elle éprouvait de l'attirance pour moi et que je pouvais avoir une certaine influence sur son corps.

— Tu veux que je vienne ? me dit-elle d'une voix hésitante, tandis que mes lèvres remontaient le long de son cou.

En avais-je envie ? Il était clair que je ne pourrais pas la toucher à cette fête. Personne ne pouvait savoir ce qui se passait entre nous, et l'avoir sous les yeux sans pouvoir l'embrasser… serait très difficile.

— Bien sûr que je le veux.

Je ne savais pas dans quoi je m'embarquais, je savais juste qu'il valait mieux l'avoir près de moi plutôt que de ne pas savoir où elle était ni ce qu'elle faisait.

Elle tourna la tête et posa ses lèvres douces contre les miennes en un baiser trop rapide pour que j'aie le temps de le savourer.

— Je viendrai après dîner, me lança-t-elle alors avant de se retourner pour sortir.

— QUOI ? criai-je plus fort qu'il n'était nécessaire et en la retenant par le bras.

— Nicholas, je ne peux pas lui poser un lapin, je viendrai un peu plus tard. Et puis, j'ai envie de dîner avec lui, je l'aime bien.

Cette fille me tapait vraiment sur les nerfs.

— Fais ce que tu veux, marmonnai-je.

Puis je pris mes clefs et je la contournai pour descendre les escaliers.

Si elle ne me faisait pas passer avant un crétin comme Mario, je ne le ferais pas non plus pour elle… Cette nuit, j'allais m'amuser et l'oublier.

Mais j'avais beau me le répéter, je n'y croyais pas moi-même.

La fête avait lieu chez Mike, un de mes potes du quartier. C'était un mec sympa, un copain de fac qui nous laissait presque toujours sa maison près du lac pour organiser des soirées. Jenna et Anna s'étaient chargées de la déco, qui comprenait des ballons rouges et noirs gonflés à l'hélium et toutes sortes de trucs stupides. Heureusement, Lion et quelques mecs s'étaient occupés du plus important : l'alcool, et aussi la bouffe. Dès que je franchis la porte, tous clamèrent « Joyeux anniversaire » en chœur. Je saluai tout le monde avant qu'ils se mettent à danser, à faire les cons, à se jeter dans le lac et à se saouler comme des malades.

Le côté sympa de ces fêtes, c'est qu'il y avait toujours des filles prêtes à me faire plaisir. L'alcool aidant, je profitai des deux danseuses qui avaient été engagées pour mon anniversaire. Une partie de mon cerveau ne cessait de penser au moment où Noah serait là, mais ce n'était qu'une petite partie, étant donné les distractions dont je disposais.

L'une des danseuses, dont j'avais oublié le prénom, restait collée à moi. L'autre, une rouquine très jeune, avait disparu dès la fin de son petit numéro. Ce qui était sûr, c'est que personne dont l'ADN comprenait le chromosome Y n'aurait négligé la femme qui tentait par tous les moyens de m'emmener dans la salle de bains. Cependant, un de mes principes était de ne pas coucher avec des danseuses ou des prostituées. C'est pourquoi je refusai ses avances en faisant de mon mieux pour ne pas paraître grossier, puis je me dirigeai vers l'arrière de la maison. De là, on voyait le lac Toluca et la pleine lune qui s'y reflétait. Nombre de mes amis s'amusaient à se jeter dans l'eau et à y entraîner les filles. C'est le moment que choisit Lion pour s'approcher de moi, appuyer ses avant-bras sur la balustrade de bois et me scruter attentivement. Je me rappelais encore la première fois que je l'avais vu : il était alors beaucoup plus corpulent et intimidant qu'aujourd'hui. Mais, heureusement, nous faisions tous deux la même taille et j'avais donc pu le regarder dans les yeux avant qu'il ne veuille m'envoyer son poing dans la tronche. Je ne sais même pas ce que j'avais fait pour le contrarier ; je m'étais peut-être tapé sa nana ou la fille qu'il draguait à cette fête où il m'avait emmené. Cependant, grâce à mes réflexes, je m'étais écarté juste à temps et son poing avait fini dans le mur derrière moi.

C'était si drôle que j'avais éclaté de rire alors qu'il m'injuriait sous le coup de la douleur. Apparemment, ça l'avait fait rire lui aussi, car on était devenus les meilleurs amis du monde.

— Merci pour le voyage, Nick, je n'ai jamais pu aller nulle part avec Jenna et on pourra enfin parfois être seuls, dit-il avec un sourire radieux. (Je hochai la tête en prenant une gorgée de bière. Chaque fois que je pensais au voyage, l'image de Noah me venait à l'esprit.) Je sais que Noah est presque ta sœur… commença Lion, qui m'observait avec intérêt et lisait apparemment dans mes pensées. Mais pourquoi tu l'as invitée ?

Je réfléchis avant de répondre. Je n'en étais pas sûr moi-même, je savais juste que l'idée de rester loin d'elle durant deux journées entières me rendait nerveux.

— Je ne veux pas qu'elle reste ici alors que Ronnie lui en veut à cause de la course. Il l'a menacée et je ne peux pas la laisser à sa merci.

J'omis de préciser que, s'il se permettait ne serait-ce qu'un regard dans sa direction, je le tuerais de mes propres mains.

Alors, Lion me fit face.

— Je ne sais pas exactement à quoi tu joues, Nick, mais j'ai vu comment tu la regardes, déclara-t-il, l'air sérieux. Tu ne peux pas avoir une histoire avec elle, c'est comme si c'était ta sœur. J'ai parlé à Jenna, Nicholas, Noah n'est pas comme les autres filles… tu vas finir par lui faire peur, ajouta-t-il sans me quitter des yeux.

Je respirai à fond pour calmer mon envie de l'envoyer se faire voir. Pourtant, il avait raison : Noah était différente, je le voyais dans ses yeux, dans sa manière d'être, dans sa façon de ne pas se rendre compte de l'effet qu'elle faisait à son entourage... Elle était aussi ingénue qu'innocente, et je ne voulais pas la corrompre.

— Je sais ce que tu veux dire, mais il ne va rien se passer entre nous, lui répondis-je, conscient qu'une partie de moi criait « MENSONGE ! » en lettres majuscules. On est juste amis, ça ne pourrait pas se passer autrement : on vit ensemble, on a les mêmes parents. La vie serait impossible si on passait notre temps à se détester. Alors, on a décidé de faire un effort pour s'entendre.

Lion sembla accepter cette version de l'histoire.

— Tu es assez grand pour savoir ce que tu dois faire.

Puis il ôta son tee-shirt d'un seul geste et se précipita vers l'endroit où tous plongeaient dans le lac.

J'aurais aimé me joindre à lui, mais je gardais les yeux fixés sur l'entrée, attendant que Noah revienne de ce ridicule rendez-vous. Elle finit par apparaître, bras dessus, bras dessous avec Jenna. Un sourire apparut sur son visage dès qu'elle me vit. Elle était radieuse quand elle souriait ainsi, et j'eus envie de la prendre dans mes bras pour embrasser la fossette qui s'était formée sur sa joue gauche.

— Encore bon anniversaire ! s'exclama-t-elle, ravie, tandis qu'elle s'approchait.

Jenna nous regarda avec curiosité, puis vit Lion qui l'appelait du lac.

— Vous venez ? demanda-t-elle en nous regardant l'un après l'autre.

— Je n'ai pas mon maillot, dit Noah en haussant les épaules.

— Ne sois pas prude, mets-toi en sous-vêtements, c'est la même chose, répliqua Jenna, qui la prit par le bras et tenta de l'entraîner à sa suite.

Le seul fait de l'imaginer en sous-vêtements me rendit nerveux, surtout devant tous les crétins bourrés qu'il y avait à ma fête.

Noah se raidit, soudain mal à l'aise.

— Sûrement pas ! m'écriai-je en la tirant par le bras.

Elle me tomba dessus.

— Nicholas ! se plaignit-elle. (Elle se redressa et regarda Jenna avec un petit sourire.) Ça ne me dit rien, mais vas-y, toi, on se voit après.

Jenna s'éloigna. Je secouai la tête sans pouvoir m'empêcher de sourire. Jenna était folle, mais je l'aimais trop pour lui en vouloir d'avoir proposé à Noah de se déshabiller devant tout le monde. Je me retournai vers celle-ci et j'observai ses gracieuses éphélides qu'on distinguait à peine dans la pénombre.

— C'était bien, ton rendez-vous ? dis-je sans pouvoir m'empêcher d'être sarcastique.

Elle me sourit sans que je comprenne pourquoi.

— Très bien, mais peu importe. Je t'ai apporté un cadeau.

L'émotion brillait dans ses yeux.

Je mourais d'envie de mordiller ses lèvres.

Je m'adossai à la balustrade en souriant malgré moi.

— Vraiment ?

J'essayai de deviner ce que pouvait dissimuler cette attitude affectueuse, très inhabituelle chez Noah. Qu'avait-elle bien pu apporter ?

Puis l'expression de ses traits changea. Était-elle devenue nerveuse ? Ma curiosité en fut aiguisée.

— C'est juste une petite chose, mais avec tout ce qui s'est passé… commença-t-elle.

Je la regardai sans comprendre.

— Tiens, je l'ai trouvée par hasard, mais c'est ma manière de te demander pardon.

De me demander pardon ?

Je pris le petit paquet et déchirai le papier couleur crème. C'était une Ferrari miniature de couleur noire, identique à la mienne.

— Lis ce qui est écrit, me demanda-t-elle alors en indiquant le socle de la petite voiture.

On y lisait, d'une écriture ronde et minuscule : « Je suis désolée pour la voiture, vraiment. Un jour, je t'en achèterai une autre. Bon anniversaire, Noah. »

C'était si absurde et ridicule que j'éclatai de rire. Elle s'esclaffa elle aussi à côté de moi.

— Je te devais une Ferrari, non ?

— Je vais te jeter dans le lac juste pour ça !

Je l'attrapai et la soulevai dans les airs.

Elle commença à hurler comme une possédée.

— Non, Nick ! rit-elle. Je suis vraiment désolée !

— Tu es désolée ?

Je la reposai doucement par terre et la collai contre mon corps, comme je voulais le faire depuis qu'elle était partie avec Mario.

Je regardai autour de nous et vis qu'il n'y avait personne. Tout le monde était au lac ou à l'intérieur. Je la traînai jusqu'à un arbre et l'y adossai.

— Ce que tu as fait aurait pu te créer un tas de problèmes si je n'avais pas envie de t'embrasser depuis le moment même où tu as franchi cette porte.

Elle devint nerveuse, et je me rappelai ce que Lion m'avait dit : Noah n'était pas comme les autres.

Je posai une main sur sa joue et caressai ces taches de rousseur qui me plaisaient tant. Sa peau était douce comme de la soie et je l'embrassai pour en sentir la douceur contre mes lèvres. D'abord sur la joue, à l'endroit où se formait la fossette quand elle souriait, puis au creux de la gorge, en enfouissant mon visage contre son corps et en savourant le velouté de sa peau. Je lâchai un soupir à peine audible, c'était trop dur. Nos lèvres s'unirent et, comme chaque fois qu'on le faisait, mille sensations s'emparèrent de moi tandis qu'une chaleur et un profond désir tendaient chacun de mes nerfs. Je collai mon corps au sien, l'emprisonnant contre l'arbre, la sentant fondre entre mes bras.

Sa langue cherchait la mienne et, quand elles s'enroulèrent, je crus mourir de plaisir. Ses mains s'emparèrent de ma nuque, tandis que les miennes caressaient son corps avec avidité.

Elle lâcha un cri étouffé quand mes doigts remontèrent le long de ses cuisses jusqu'à sa petite culotte. Mon Dieu, je voulais la toucher, la faire soupirer de plaisir, l'entendre dire mon nom encore et encore !

— Nick… dit-elle d'une voix essoufflée.

— Si tu me dis d'arrêter, je le ferai.

Je la regardai dans les yeux, ces yeux qui semblaient n'être sortis de l'enfer que pour me torturer et me rendre fou.

Elle ne dit rien, et je continuai mon exploration. Mes doigts se glissèrent sous le tissu et elle poussa un soupir haletant contre mon épaule. Elle tremblait. Je la soutins d'une main tandis que mon autre main lui donnait du plaisir et que je l'observais, en extase.

Une minute plus tard, je dus lui couvrir la bouche pour que personne ne l'entende.

Noah était parfaite… et je savais que j'étais en train de tomber amoureux, comme un idiot.

4

Noah

Je tremblais de plaisir. Je n'arrivais pas à croire ce qui venait de se passer, cela avait été si soudain… Je lui avais donné le cadeau, on avait ri ensemble, et tout à coup je m'étais retrouvée acculée à un arbre. J'avais voulu l'arrêter. J'aurais *dû* l'arrêter, mais chacune de ses caresses en appelait une autre. Ça avait été incroyable.

— Tu es si belle, me chuchota-t-il à l'oreille après avoir collé ses lèvres contre les miennes pour éviter que mon cri ne nous fasse découvrir.

Je me rappelais toutes les fois où Dan avait essayé de faire la même chose : mon refus avait été si catégorique qu'il ne m'avait même pas touchée. Et maintenant, Nick avait fait de moi ce qu'il voulait. Je perdais la tête.

— Je crois… qu'on devrait retourner à l'intérieur.

Je remis ma robe en place. Pourquoi est-ce que je me sentais brusquement si mal à l'aise ?

— Hé ! s'exclama Nick. (Il me saisit le menton, m'obligeant à relever la tête.) Ça va ?

— Oui. C'est juste que… je ne m'attendais pas à ce que tout ça arrive, avouai-je, les yeux baissés. On s'est laissé emporter, je me suis laissé emporter et je suis désolée… Tu n'as pas besoin de rester avec moi, tu peux retourner avec Anna ou avec qui tu veux, lui dis-je en faisant de mon mieux pour qu'il ne voie pas à quel point j'étais nerveuse.

Les yeux de Nick prirent un éclat étrange.

En réalité, j'aurais aimé qu'il reste là et qu'il me prenne dans ses bras. J'aurais aimé que nous soyons amoureux l'un de l'autre ou au moins que nous nous connaissions mieux. Nous ne savions rien l'un de l'autre, et je ne pouvais pas lui avouer qu'une partie de moi voulait qu'il me dise qu'il m'aimait, qu'il m'emmène dans un endroit où nous aurions pu être juste lui et moi et non rester au milieu d'une fête, adossés à un arbre.

— Alors, comme ça, tu veux que j'aille voir Anna ?

Il s'écarta, soudain en colère. Il était peut-être contrarié qu'on se soit interrompus. Il avait peut-être cru qu'on irait jusqu'au bout au milieu du bois. Le simple fait d'y penser me rendit malade.

— Oui, vas-y, dis-je, les yeux toujours baissés. Tu n'as pas besoin de rester avec moi, je te l'ai déjà dit : ça a été une erreur, on s'est laissé emporter et ce n'est pas bien.

Nicholas recula et donna un coup de pied dans une pierre. Je l'entendis jurer à voix basse, puis il se tourna vers moi, l'air irrité et les yeux froids comme la glace.

— Très bien.

Il retira son tee-shirt d'un seul geste. Avant que je n'aie eu le temps de comprendre ce qu'il faisait, il m'avait tourné le dos, s'était débarrassé de son jean et était parti en courant vers le lac, où tous l'acclamèrent et crièrent son nom.

Ma bonne humeur et ma confiance en moi s'enfoncèrent avec lui sous l'eau froide.

Pendant l'heure et demie qui suivit, je l'évitai le plus possible. Cependant, à cinq heures du matin, quand la plupart des invités eurent quitté les lieux, nous ne fûmes plus que huit : Anna, Lion, Jenna, Mike (le propriétaire de la maison), une certaine Sophie, Sam (un ami de Nick), Nicholas et moi. Nous étions rassemblés dans l'immense salon où se trouvaient de grands canapés blancs. Moi, j'étais à côté de Jenna et Sophie, une blonde décolorée qui n'avait pas l'air très futé.

Depuis ce qui était arrivé près de l'arbre, Nicholas ne m'avait pas adressé un seul regard. Je ne savais pas s'il avait l'air irrité ou soulagé de ne pas être resté avec moi. De mon côté, je ressentais un pincement au cœur chaque fois qu'il détournait le regard quand nos yeux se croisaient. En même temps, une partie de moi se sentait soulagée, car je préférais qu'il m'ignore plutôt que de devoir parler de ce qui s'était passé.

— Pourquoi est-ce qu'on ne jouerait pas à « action ou vérité » ? proposa Sophie près de moi.

Jenna eut un petit rire :

— Grandis un peu, Soph.

— Non, bonne idée, jouons, lança Mike avec un regard malicieux.

Je fus immédiatement nerveuse. Je détestais ce jeu : une fois, j'avais choisi action et j'avais dû avaler un verre d'huile. Répugnant.

— Prends la bouteille de bière qui est sur la table, demanda Mike à son copain.

Une minute plus tard, nous faisions cercle autour de la bouteille vide. Mike fut le premier à la faire tourner. Elle s'arrêta sur Anna.

— Action ou vérité ?

À côté de lui, Nick s'agita sur son siège.

— Hum... Vérité, répondit-elle en se tournant vers Nick.

Si cela n'avait pas été ridicule, j'aurais aimé me boucher les oreilles.

— Raconte la dernière fois où tu as couché avec quelqu'un, lança Mike en riant désormais ouvertement.

Non. Sérieusement ?

Un large sourire se dessina sur les lèvres d'Anna. Je fus contrariée qu'elle plonge son regard dans le mien lorsqu'elle commença à décrire comment elle avait couché avec Nick.

— À l'arrière de la voiture, déclara-t-elle en riant et en tournant les yeux vers Nick, qui, lui, me regardait fixement. Moi, je préfère que ce soit dans un lit, mais…

Je détournai le regard. Pourquoi cela me faisait-il aussi mal de l'entendre ? Pourquoi le simple fait d'imaginer ses mains sur le corps de Nick me donnait-il envie de lui arracher les cheveux ?

Je me penchai en avant et fis tourner la bouteille. Peu importe qu'elle ait ou non terminé son histoire, je n'avais pas envie d'entendre les détails.

Merde, la bouteille pointait vers Nick à présent.

Nos regards se rencontrèrent.

— Action ou vérité, lui dis-je, un peu trop brusquement.

— Action, évidemment, me répondit-il, et j'eus l'impression de m'embraser sous son regard azur.

Je réfléchis à quelque chose qui l'ennuierait vraiment… avaler un verre d'huile dégoûtante, par exemple ? Mais, à ma grande contrariété, Sophie me devança :

— Enlève ton tee-shirt, ordonna-t-elle.

C'est alors que je me rendis compte qu'elle le dévorait des yeux.

Je la foudroyai du regard :

— Ce n'est pas vraiment ce qu'on demande, en général.

Nick souriait, amusé par la situation.

— Apprends à être plus rapide, petite sœur !

Puis il ôta son tee-shirt. Je suis certaine que les trois autres filles (tout comme moi) en restèrent bouche bée et complètement sous le charme. Malgré les divers hématomes et blessures infligés par Ronnie et ses acolytes, il était encore irrésistible.

— Un régal pour la vue, merci, Nick, déclara Jenna. Maintenant, c'est à moi.

Elle tendit la main pour faire tourner la bouteille, qui s'arrêta sur moi. Merde.

Jenna sourit comme une possédée.

— Action ou vérité ? lança-t-elle, un éclat amusé dans les yeux.

Je préférais toujours choisir la deuxième option.

— Vérité, répondis-je en haussant les épaules.

— Raconte-nous la chose la plus moche que tu aies jamais faite, dit joyeusement Jenna.

Elle pensait que j'étais une petite fille sage, qui n'avait jamais rien fait de mal. Si elle savait.

Tous échangèrent des regards amusés. Un instant, je fus tentée de leur ouvrir les yeux, mais avais-je vraiment envie de leur raconter ce qui me rongeait depuis si longtemps ? Non.

— J'ai volé un paquet de bonbons dans une boutique de mon village quand j'avais neuf ans. Quand on m'a surprise, j'ai essayé de m'enfuir en courant et, du coup, j'ai fait tomber deux étagères chargées d'articles par terre. J'ai été punie pendant un mois, et depuis je n'ai plus jamais rien volé.

Je me souvenais de cette journée avec tendresse… la poursuite avait été très amusante.

Tout le monde s'esclaffa.

Maintenant, c'était au tour de l'autre copain de Nick, celui qui n'avait pas arrêté de me regarder depuis le début de la soirée.

Après avoir tournoyé encore et encore, la bouteille s'arrêta malheureusement une nouvelle fois sur moi.

— Action ou vérité ? demanda-t-il avec un sourire qui me déplut.

Étant donné que j'avais déjà choisi vérité, j'étais obligée de choisir la première option.

— Action, répondis-je en sentant mon estomac se nouer.

— Enlève ta robe, ordonna-t-il, et je sentis que je devenais toute pâle.

Non.

Je ne pouvais pas faire ça, pas avec toute cette lumière et devant tous les autres qui pourraient parfaitement me voir.

Je remarquai que Nicholas était tendu. Si seulement il avait une idée de génie pour m'éviter cela !

— Je peux changer ? dis-je d'une voix faible.

Anna semblait trouver la situation très drôle.

— Ton corps te donne autant de complexes ? Ce n'est qu'un jeu ! cracha-t-elle tout en regardant les autres.

— Tu peux changer, grommela Nick tandis que nos regards se croisaient.

Les autres protestèrent, mais le ton de Nick était tellement catégorique qu'ils durent se radoucir.

— Dans ce cas, comme tu n'as pas respecté ton engagement, on va te demander de faire quelque chose d'un peu plus chaud, intervint Anna. (En voyant à quel point elle était contente de me faire souffrir, j'eus envie de me lever et de lui asséner un coup de bouteille sur la tête.) Tu dois te mettre dans ce placard et emballer Sam, lança-t-elle avec un sourire de triomphe.

Quoi ? Merde, cette journée allait de mal en pis.

— D'accord ! cria Sam.

Je fus contente de voir comment Nick la foudroyait du regard et prenait un air menaçant. Cela pouvait devenir intéressant.

— Je vais le faire, mais ici. Je n'ai pas l'intention de me mettre dans un placard ! déclarai-je sur un ton de défi.

— Pourquoi ? s'enquit Anna de mauvaise grâce.

— Elle a peur du noir, lâcha alors Nicholas.

Je levai les yeux vers lui sans arriver à croire qu'il avait osé le leur dire ouvertement.

Tous se moquèrent de moi.

— Bon sang, mais tu as quatre ans ou quoi ? s'esclaffa Sophie près de moi.

Je savais que j'étais devenue rouge : ce thème était tabou. Seules les quelques personnes qui me connaissaient vraiment étaient au courant, et je ne me rappelais même pas en avoir parlé à Nick.

— Moi, peu m'importe l'endroit, mais je veux t'embrasser maintenant, affirma Sam en s'approchant et en riant ouvertement.

Ce garçon n'avait aucune gêne.

Cela m'importait peu, de l'embrasser. C'était juste un baiser. Je me levai sans regarder les autres.

Sam était blond aux yeux marron, il me faisait penser à Dan. Je savais par Jenna qu'il était dans notre lycée. Il plaça une main sur ma taille tandis que les autres sifflaient et criaient depuis leurs sièges. Je rougis jusqu'à la racine des cheveux, mais je préférais en finir au plus vite.

J'approchai ma bouche de la sienne avec l'intention de lui donner un chaste baiser sur les lèvres, mais le petit malin appuya fortement jusqu'à pouvoir introduire sa langue entre mes lèvres. Il n'obtint aucune sorte de réponse de ma part, et je l'écartai d'une bourrade.

— Ça suffit.

Je fis volte-face et je retournai m'asseoir. J'étais contrariée, sans savoir exactement pourquoi.

— Tu embrasses comme un ange, Noah, déclara Sam en riant avant de regagner sa place.

Près de lui, Nick se leva. Les sourcils froncés, les poings serrés, il semblait en proie à un combat intérieur.

— Il est tard, on devrait rentrer, commença-t-il en ne regardant que moi. Ce jeu est idiot.

Je me levai, aussitôt imitée par les autres, qui acquiescèrent, fatigués après une longue soirée. Nick remit son tee-shirt et j'entendis Sophie pousser un soupir de regret.

Nous prîmes congé de Mike et de Sophie, puis nous nous dirigeâmes vers les voitures. Grâce à Dieu, Anna était venue avec sa propre décapotable, nous n'avions donc pas besoin de la raccompagner chez elle. Je m'installai dans la voiture de Nick après avoir dit au revoir à Lion et à Jenna. Celle-ci me promit de m'appeler le lendemain de bonne heure, car on devait faire les valises pour le voyage. Je soupirai intérieurement : ce voyage ne semblait finalement pas être une bonne idée.

Après avoir dit au revoir à Anna, Nick me rejoignit et mit le contact. Je ne voulais pas parler de ce qui s'était passé, c'est pourquoi j'allumai la radio, mais il l'éteignit rapidement.

— Ça ne m'a pas plu que tu embrasses Sam.

Ses doigts tambourinaient nerveusement sur le volant.

— C'est un jeu stupide, que voulais-tu que je fasse ?

Je me souvins moi aussi de ce qu'Anna avait raconté sur lui. Ça ne m'avait pas plu non plus.

— Dire non, affirma-t-il d'un ton sec.

— Je venais juste de dire non. Et je te signale que moi, je ne te demande pas d'explications sur ce que tu fais ou ce que tu ne fais plus avec ta petite amie ou les centaines de filles que tu tripotes devant moi, répliquai-je en élevant la voix.

— Je ne fais rien de tout ça, dit-il. (Je fronçai les sourcils, incrédule.) Et des centaines de filles, c'est trop, Éphélide, même pour moi.

— Ah oui, et Anna ?

— Avec Anna… c'est différent. Mais, si ça peut te rassurer, ça fait des semaines qu'on ne se voit plus pour ça.

Je vis qu'il faisait de son mieux pour garder son calme.

— Je ne te crois pas, mais, même si c'était vrai, tu n'as pas à me donner d'explications, de toute façon. Je ne suis pas jalouse.

En réalité, je l'étais, mais jamais je ne l'admettrais à voix haute.

— Eh bien, moi si, avoua-t-il alors en tournant la tête vers moi. Je suis jaloux, un max, et je ne sais même pas pourquoi je ressens ça, bon sang ! Je n'ai jamais été jaloux de toute ma vie, Noah, et encore moins d'un crétin comme Sam.

J'écarquillai les yeux, complètement sidérée.

— Tu n'as pas à être jaloux et encore moins pour un jeu.

— Tu crois que je ne le sais pas ? m'interrompit-il, furieux.

Nous venions d'arriver. Nick ouvrit sa portière et le silence s'installa entre nous. Avant de sortir, il me saisit le poignet avec délicatesse et m'obligea à affronter son regard.

— Je suis désolé de savoir que ce qui s'est passé sous les arbres t'a surprise… Je n'avais pas l'intention de te faire peur ou de te mettre mal à l'aise.

J'eus l'impression de fondre après avoir fait tant d'efforts pour essayer de bâtir un mur de glace autour de moi.

— Tu m'as donné la possibilité de t'arrêter, Nick, et je ne l'ai pas fait, répondis-je, nerveuse.

Sa main me caressa brièvement le poignet.

— Je voudrais tout te faire, Noah, et tu le sais… mais on attendra que cette peur disparaisse de tes yeux.

Bon sang.

Après ça, il sortit de la voiture. Mon cœur ne reprit un rythme normal que longtemps après.

Le lendemain, Jenna vint me chercher vers quinze heures pour aller faire du shopping. Selon elle, le voyage aux Bahamas nous offrait l'excuse parfaite pour renouveler entièrement notre garde-robe. Ma mère, à qui rien n'aurait pu faire davantage plaisir que de savoir que Nicholas m'avait invitée, me remit sa carte de crédit et me supplia presque de l'utiliser. C'était étrange de voir ma mère aussi contente du simple fait qu'on s'entende bien, son beau-fils et moi. Pour elle, tout ce cirque était un acte fraternel. Je n'osais même pas imaginer la tête que feraient Will et ma mère s'ils apprenaient ce qu'on avait fait ces dernières semaines.

C'est avec ces pensées en tête, et en me demandant encore si je devais aller ou non aux Bahamas, que j'attendais Jenna pendant qu'elle défilait près des cabines d'essayage avec mille et une tenues. Elle était si mince, si svelte ! Je l'enviais : sa peau brune allait à merveille avec les vêtements qu'elle essayait. Moi, pour l'instant, je n'avais rien trouvé qui me plaise, mais je n'étais pas non plus très enthousiaste à l'idée de m'acheter quelque chose, j'avais déjà trop de vêtements à étrenner chez moi.

C'est au moment où Jenna retournait dans sa cabine que mon portable sonna.

— Allô, dis-je, mais personne ne répondit. (Je regardai l'écran : numéro masqué.) Allô ? dis-je plus fort.

J'entendais la respiration de la personne qui appelait et, sans savoir pourquoi, un frisson me parcourut l'échine. Je raccrochai juste au moment où Jenna sortit de la cabine.

— C'était qui ? demanda-t-elle en me voyant remettre le portable dans la poche arrière de mon pantalon.

— Je ne sais pas, c'était un numéro masqué, répondis-je en prenant mon sac et en me dirigeant vers la sortie.

— C'est nul ! Un jour, on m'a appelée d'un numéro masqué et en fait c'était un con qui était obsédé par moi, me raconta-t-elle. Il m'appelait sans cesse, j'ai dû changer de numéro. Lion était hystérique, ajouta-t-elle avec un petit rire.

C'était idiot ! Qui voudrait me harceler ? Puis je me rappelai la menace de Ronnie, à laquelle je n'avais pas accordé l'importance qu'il fallait. Bon. Je n'allais pas non plus devenir folle pour un simple appel. Je chassai ces pensées et j'accompagnai Jenna à la caisse.

Dix minutes plus tard, nous étions toutes deux assises à l'une des tables de la terrasse d'un Starbucks. J'émiettais un muffin aux myrtilles tandis qu'elle buvait son frappuccino à la fraise.

— Je peux te demander un truc ? me dit-elle après être restée silencieuse quelques instants.

Je hochai la tête en mettant un morceau dans ma bouche.

— Bien sûr, dis-je en savourant ma bouchée.

— Tu ressens quelque chose pour Nick ?

J'en avalai de travers.

Putain. Je ne m'y attendais pas. Était-ce si évident ? Je fis de mon mieux pour calmer ma toux en avalant une gorgée de jus d'orange, tout en réfléchissant à ce que j'allais répondre.

— Pourquoi tu me demandes ça ? demandai-je pour gagner du temps.

Elle répondit, semblant choisir ses mots avec précaution :

— Je ne sais pas… Hier, à son anniversaire… J'ai senti quelque chose. (Elle guettait manifestement ma réaction.) Nick n'avait jamais été aussi content de voir apparaître quelqu'un. Dès qu'il t'a vue, paf ! Il a eu l'air d'un mec complètement différent. Je ne sais pas si c'est mon imagination, mais plus tard, en vous observant pendant le jeu avec la bouteille, j'ai vu comment vous réagissiez tous les deux à ce que disait Anna et à ton baiser avec Sam.

Hum… Elle était observatrice. C'est vrai qu'on s'était laissé emporter sans même réfléchir au fait que nous n'étions pas seuls. Mais que se passait-il exactement entre nous ?

— Jenna, c'est presque mon frère, répondis-je en essayant de m'en tirer par une pirouette.

Elle leva les yeux au ciel.

— Ce n'est pas ton frère ni rien qui s'en rapproche, alors ne me raconte pas de conneries, lança-t-elle, soudain sérieuse. Je connais Nick et il est en train de changer. Mais tu ressens vraiment quelque chose pour lui ? insista-t-elle en me scrutant comme si elle essayait de me passer aux rayons X.

Est-ce que je ressentais quelque chose pour Nick ? Quelque chose, oui, je devais bien l'admettre, mais quoi au juste ? Je n'en avais aucune idée, je savais simplement qu'il réussissait à me rendre folle.

— On essaie de bien s'entendre pour nos parents, lui expliquai-je, consciente que je la menais en bateau. Et il ne me déplaît pas, en tout cas plus maintenant que je commence à mieux le connaître.

Jenna parut soupeser ma réponse, puis hocha la tête en portant de nouveau la paille à ses lèvres.

— D'accord, mais ne me dis pas que ce ne serait pas génial si vous étiez ensemble ! s'exclama-t-elle avec un sourire malicieux. Ce ne serait pas de l'inceste, si ?

Prise d'une nouvelle quinte de toux, j'essayai de ne pas m'étouffer avec mon dernier morceau de muffin.

5

Nick

L'hôtel Atlantis était considéré comme l'un des meilleurs hôtels des Bahamas. J'y avais déjà séjourné à deux occasions, et il était splendide. L'hôtel était en partie construit autour d'aquariums et on pouvait voir des requins, des poissons tous plus bizarres les uns que les autres et des bestioles de toutes sortes en longeant les couloirs menant à la salle à manger ou au casino. Noah hallucinait, et j'étais ravi de savoir que c'était en partie grâce à moi. Nous avions réservé deux chambres, une pour les filles, l'autre pour nous.

Nous étions arrivés à l'hôtel vers dix-sept heures, et les filles avaient insisté pour aller directement à la plage. Je mourais d'envie de voir Noah en bikini, alors une demi-heure plus tard nous sortions sous le chaud soleil de l'après-midi. Pour moi, aller à la plage, cela signifiait faire du surf, étant donné que je n'aimais pas rôtir au soleil. Mais ce jour-là, ça m'était égal, car je comptais me régaler les yeux.

Mais, quand nous arrivâmes près des chaises longues de la plage et que Noah ôta sa robe, je fus vraiment déçu. Contrairement à Jenna, qui portait un bikini blanc très provocant, elle avait un maillot une pièce de couleur noire. Il lui allait à merveille, mais j'aurais aimé voir un peu plus de peau, son ventre plat et suave, la courbe de ses hanches…

Jenna et Lion allèrent directement se baigner. Jenna grimpa sur son dos tandis qu'il menaçait de la jeter à l'eau. Je me tournai vers Noah, qui était en train de se mettre de la crème solaire.

— On est revenus au siècle dernier, ou bien tu as oublié tes bikinis à la maison ? lui demandai-je d'un ton railleur.

Elle se raidit immédiatement, puis me foudroya aussitôt de ses yeux magnifiques.

— Si ça ne te plaît pas, tu n'as qu'à ne pas regarder, répondit-elle en me tournant le dos et en continuant sa tâche.

Je fronçai les sourcils. Apparemment, il valait mieux ne pas la titiller.

Une fois qu'elle eut terminé d'étaler la crème, elle s'allongea et sortit un livre de son sac.

Je l'observai, amusé. Chaque fois que nous étions à la maison, elle lisait. Je me demandai ce qu'elle pouvait apprécier chez Thomas Hardy, mais je laissai courir : mes goûts littéraires n'avaient rien à voir avec les siens, c'était clair.

Je continuai de la regarder à la dérobée, me demandant pour quelle raison je me comportais de manière totalement différente avec elle. Étaient-ce ses yeux couleur de miel, emplis de douceur mais reflétant un caractère indomptable, qui arrivaient à faire sortir n'importe qui de ses gonds ? Étaient-ce ses éphélides qui lui donnaient un air à la fois enfantin et sexy ? Je n'en avais aucune idée, mais, lorsqu'elle leva les yeux de son livre et qu'elle les plongea dans les miens, le frisson que je ressentis dans tout le corps me fit réaliser que, si je n'y prenais pas garde, j'allais terminer aussi incroyablement abruti que Lion devant Jenna.

Je tendis la main et lui arrachai son livre.

— Viens dans l'eau avec moi.

Elle me regarda d'un air contrarié.

— Pourquoi ?

Je souris, amusé.

— Eh bien, j'ai deux ou trois choses en tête. (Elle rougit sans le vouloir.) Comme nager, chercher des coquillages… Tu croyais que je parlais de quoi, Effy ?

La couleur de ses joues passa d'un rose adorable à un rouge intense.

— Tu es idiot, et je n'irai pas dans l'eau avec toi, rends-moi mon livre, m'ordonna-t-elle en tendant la main.

Je la saisis et la tirai avec force.

— Tu auras le temps de lire quand tu seras vieille. Viens.

Au début, elle résista, mais je la pris dans mes bras et l'emportai jusqu'au bord.

— Lâche-moi ! cria-t-elle en se débattant comme un beau diable.

Je lui obéis : je la lâchai dans l'eau. Quand elle remonta en ouvrant la bouche comme un poisson, j'éclatai de rire. Elle voulut me le faire payer et je passai les dix minutes suivantes à lui faire boire la tasse et à rire aux éclats.

La fin de l'après-midi s'écoula sans incident. Je pus constater que, si je gardais mes mains pour moi, Noah se détendait et était capable de s'amuser avec nous. Nous avions passé un bon moment à la plage, à boire des margaritas et à profiter des eaux cristallines. Je m'étais endormi sur mon transat pendant l'un des moments où Jenna et Lion disparaissaient pour faire Dieu sait quoi. Quand j'ouvris les yeux une heure plus tard, je vis que Noah n'était plus là. Je commençai à la chercher sur la plage ou dans la mer, mais elle n'était nulle part. Puis je l'entendis rire. Je me tournai vers la gauche, où un groupe d'étudiants jouaient au volley. Noah était là, avec son maillot noir et son mini-short. Elle était en train de jouer avec eux, et ils la dévoraient des yeux quand elle bondissait et frappait le ballon avec brio. La plupart étaient bien plus grands qu'elle, au moins d'une tête, et ils étaient en super forme. Je sentis la colère me submerger lorsque l'un d'eux la serra dans ses bras et la fit tournoyer dans les airs quand elle marqua un but.

Bon sang ! Je m'avançai vers eux d'un pas lourd. Je ne savais pas ce que j'allais faire, mais j'étais aveuglé par la colère. Quand elle me vit, elle m'adressa un sourire qui paralysa mes pensées et mon corps. Elle était contente... très contente.

— Nick, viens jouer ! me cria-t-elle tout en tendant le ballon à l'un de ses nouveaux amis pour courir me rejoindre.

Elle avait les joues colorées par le soleil et l'exercice, et ses yeux brillaient d'émotion.

— Tu as vu mon smash ? demanda-t-elle fièrement.

Je hochai la tête, rongé par la colère, sans trop savoir comment réagir.

— Je ne savais pas que tu jouais au volley.

Je me rendis compte que j'avais parlé d'un ton sec, mais elle sembla ignorer ce détail.

— Je joue depuis que j'ai dix ans, je te l'ai déjà dit, j'étais capitaine de mon équipe à Toronto.

Je réussis à me calmer peu à peu et je lui rendis son sourire.

— C'est génial, et je ne savais pas que tu étais aussi douée, mais il faut qu'on y aille, maintenant, lui dis-je, avant tout parce que je n'aimais pas comment tous ces mecs la regardaient.

— Tu viens, Noah ? appela justement l'un d'eux, celui qui venait de la faire tournoyer.

Je lui lançai un regard si glacial qu'il se tut brusquement.

— Désolée, je n'avais pas vu qu'il était si tard, je vais leur dire au revoir.

Elle fit volte-face et me laissa planté là, à l'observer. Quand je vis qu'ils commençaient tous à discuter et que l'un d'eux la huait même parce qu'elle partait, j'eus du mal à garder mon calme. Je lui aurais volontiers écrasé la tronche dans le sable si je n'avais pas su que ça m'attirerait des problèmes avec Noah.

Elle revint quelques minutes plus tard.

— C'était génial. Cela faisait au moins trois mois que je n'avais pas joué... J'ai eu l'impression d'être rentrée à la maison, sérieusement, commença-t-elle, émue.

Je compris à ce moment-là combien ce devait être dur d'avoir tout laissé derrière elle pour emménager chez nous avec sa mère : ses amis, son lycée, son petit copain...

— Les garçons nous invitent à les rejoindre dans une boîte de l'hôtel ce soir. Elle est super, il paraît, on devrait y aller, me dit-elle joyeusement.

J'aurais aimé lui répondre catégoriquement non, lui dire que ces mecs ne voulaient qu'une seule chose d'elle et que je n'étais pas disposé à passer toute la nuit à les voir la dévorer des yeux. Mais, en voyant ses yeux briller de bonheur, un bonheur que je n'avais jamais vu depuis que je la connaissais, je ne pus refuser.

— Très bien. Mais avant, on va se doucher et dîner. Jenna et Lion sont déjà là-bas, je viens de leur parler.

— D'accord, sourit-elle.

Cette histoire ne laissait rien augurer de bon...

Lorsqu'on retrouva les filles face aux ascenseurs, je dus réprimer l'envie de pousser Noah dans sa chambre. Qui lui avait suggéré de s'habiller comme ça ? Elle portait une robe blanche moulante avec de fines bretelles qui se croisaient dans son dos. Contempler toute cette peau nue n'était sûrement pas bon pour ma santé. Je dus déglutir péniblement pour réprimer l'envie de la caresser et de l'emmener dans un endroit tranquille pour avoir le loisir de l'admirer pendant des heures. Ses jambes, déjà longues et sveltes, le semblaient encore plus avec ces chaussures à talons hauts couleur aigue-marine.

Qui l'avait convaincue d'abandonner ses Converse et son jean ? La réponse à cette question se trouvait juste à côté d'elle : Jenna, maudite soit-elle.

6

Noah

Je ne savais même pas pourquoi je m'étais laissé convaincre de mettre cette robe, mais elle ne convenait pas du tout : on voyait absolument tout mon dos. J'avais dû mettre un soutien-gorge spécial, mais même ainsi je me sentais complètement nue. Cependant, Jenna était insupportable quand elle avait une idée en tête, et une petite partie de moi, toute petite, voulait voir la réaction de Nick devant cette robe. Pendant toute la journée, il s'était vraiment comporté comme s'il était mon ami, il avait gardé ses mains pour lui et, tout contradictoire que cela paraisse, ça ne m'avait pas plu.

C'est pourquoi je ne compris pas sa réaction de mécontentement quand il me vit. Il me scruta de la tête aux pieds en fronçant les sourcils et je crus qu'il n'aimait pas la robe.

— Il y a un problème ? demandai-je, déçue.

Ce n'était pas la réaction à laquelle je m'attendais.

— Tu ne risques pas d'attraper froid ? dit-il avec un éclat étrange dans les yeux.

— Non, ça va, affirmai-je en entrant dans l'ascenseur dès que les portes s'ouvrirent.

Jenna, elle, portait un mini-short noir et un haut rose très provocant. Elle était bien moins couverte que moi et je ne voyais pas Lion la regarder d'un air mécontent.

Les garçons nous emboîtèrent le pas. En arrivant à l'étage où se trouvait le restaurant, je fus de nouveau émerveillée par la déco et la taille de cet endroit.

Nick nous guida vers le restaurant qui se trouvait près de la piscine. Il était très chic, d'où nos vêtements élégants, et j'étais ravie de pouvoir en profiter avec mes amis et Nicholas. Le fait que ma mère ait épousé un millionnaire me permettait de profiter de tout ce luxe.

On s'assit à une table accueillante près de l'allée qui donnait sur les jardins et la piscine. La vue y était spectaculaire, et nous fûmes bientôt en train de savourer un dîner exquis et de bavarder agréablement.

Mon portable se mit à sonner, interrompant la conversation. Celui ou celle qui avait commencé à m'appeler en numéro masqué continuait, sans jamais rien dire quand je décrochais. Mais ce ne fut pas le cas :

— Allô, dis-je, et une voix familière me répondit aussitôt.

C'était l'un des garçons avec qui j'avais joué au volley sur la plage. Sauf erreur de ma part, il s'appelait Jess. Il m'indiqua le nom de la discothèque et me proposa de les y rejoindre quand nous aurions terminé de dîner.

Quand je répétai cela aux autres, Jenna sauta de joie, mais Nick me regarda une nouvelle fois de manière bizarre. Qu'avait-il donc ?

Je repris mon portable pour lui envoyer un message. Je savais que c'était ridicule, mais, s'il continuait, il risquait de me gâcher la soirée.

Qu'est-ce que tu as ? Tu me regardes méchamment depuis que je suis sortie de ma chambre.

Ça m'amusa de voir ses yeux s'écarquiller de surprise quand son téléphone vibra et qu'il lut le message. Ses yeux cherchèrent les miens juste au moment où mon portable vibrait dans ma main.

Je crois que tu me plais davantage quand c'est toi qui choisis tes vêtements. Tu ne devrais pas porter quelque chose qui te met mal à l'aise.

Comment savait-il que c'était Jenna qui avait choisi pour moi ? Était-ce si évident que je ne me sentais pas à mon aise, vêtue ainsi ? Jenna, elle, était sublime… Bien sûr qu'auprès d'elle j'avais l'air d'une poupée grotesque.

Je sentis mes yeux brûler à la pensée que j'étais ridicule. J'avais souhaité que Nick en reste bouche bée, et c'était tout le contraire.

Je laissai mon portable sur la table, je n'avais pas l'intention de lui répondre. Je n'avais jamais été du genre à me pomponner, et je n'avais jamais non plus accordé d'importance à ce que les gens, encore moins les garçons, pensaient de moi. Je me sentais idiote d'avoir fait cela pour Nick.

Mon portable vibra encore, un peu plus bruyamment cette fois, car il était posé sur la table.

Je lus le message :

Tu es belle, Noah.

Nos yeux se rencontrèrent et je sentis une douce chaleur m'envahir. S'il le pensait vraiment, il avait une manière très étrange de me le faire comprendre.

J'étais agacée que ces quelques mots me touchent autant. Je ne m'habillais pas pour lui, je n'aurais pas dû prêter attention à ce qu'il me disait.

— Hé, vous deux ! s'écria Lion. (On se tourna vers lui.) Qu'est-ce qui se passe ?

— Rien, répondit Nicholas.

Il avala aussitôt le contenu de son verre en cristal sans me quitter des yeux.

— On devrait y aller, j'ai donné rendez-vous à Jess dans quinze minutes et je n'aimerais pas le faire attendre.

J'avais juste envie de partir. Si Nick attendait un « Merci » de ma part après son dernier message, il se fourrait le doigt dans l'œil.

Nous nous dirigeâmes vers la zone des discothèques et des bars. Un garçon blond aux yeux bleus s'approcha de nous dès qu'il nous aperçut : Jess.

— Eh bien... Noah ! Tu es incroyable ! s'exclama-t-il, ce qui me fit sourire.

Voilà ! Ça, c'était sympa.

Je le présentai aux autres et je retins mon souffle en voyant que Nick mettait quelques secondes de trop à lui prendre la main pour la lui serrer fermement.

— Le club est juste là et il y a une ambiance géniale, nous annonça mon nouvel ami.

Il nous mena vers un établissement impressionnant, avec deux videurs à la porte et un tas de gens qui attendaient pour entrer.

— Ils sont avec moi, lança Jess à l'un des videurs.

Celui-ci, après nous avoir scrutés de la tête aux pieds, nous laissa entrer. À l'intérieur, l'ambiance était survoltée. La piste débordait de gens en train de danser au rythme de la musique. Les lumières étaient aveuglantes mais, dans l'ensemble, c'était l'endroit parfait pour passer une nuit géniale.

— On a une table réservée juste là, nous dit-il en indiquant l'endroit le mieux placé de la boîte, un peu à l'écart de la piste de danse. Suivez-moi.

Il se fraya un passage parmi la foule. Je fis de mon mieux pour ne pas trébucher : ces chaussures étaient mortelles et j'avais déjà mal aux pieds. Dès qu'on arriva, les quatre garçons que j'avais rencontrés à la plage crièrent mon nom et nous saluèrent bruyamment. Je ris, amusée par leur attitude. La plupart d'entre eux étaient accompagnés de leur petite amie, mais ils nous accueillirent avec enthousiasme dans leur groupe, et je les trouvai encore plus sympas. Le fait que Jess s'assoie juste à côté de moi, et Nick de l'autre côté, ne m'échappa pas. C'était on ne peut plus gênant.

— Dis-moi, Noah, ça fait combien de temps que tu joues au volley ? Tu es dix fois meilleure que n'importe lequel de ces bouseux ! commenta joyeusement Jess en me tendant un verre.

Je fronçai les sourcils un instant avant de le porter à mes lèvres. Depuis ce qui était arrivé avec Nick la nuit où je l'avais rencontré, je ne me fiais plus à ce qu'on me donnait à boire.

— Ne t'inquiète pas, j'ai regardé quand on te le servait, me chuchota Nick à l'oreille.

En me retournant pour le remercier, je vis une fille grande et incroyablement belle s'approcher et s'asseoir près de lui.

Nicholas me tourna le dos et se mit à parler avec elle. Je sentis la colère me consumer.

— Tu veux danser, Jess ? demandai-je au moment où Jenna entraînait Lion sur la piste.

— Avec plaisir, me répondit-il, l'air ravi.

Je ne regardai même pas Nicholas quand Jess me prit la main et m'emmena là où tous dansaient avec frénésie.

J'avais toujours adoré danser et je ne m'en sortais pas trop mal. Je devais cela à ma mère, qui, avec son esprit juvénile, faisait le ménage avec la musique à fond. Je n'avais pas honte de rouler les hanches ou de me trémousser. Ça m'amusait de danser. Mais là, ce n'était pas avec Jess que j'avais envie de le faire, c'était avec quelqu'un d'autre. Quand je vis ce dernier apparaître avec l'autre fille pendue à son bras, je sentis mon moral tomber à zéro.

Il était terriblement sexy quand il dansait. Je ne l'avais jamais vu faire, mais la manière dont il tenait cette blonde me rendait jalouse comme je ne l'avais jamais été. Lorsque les mains de Nick se posèrent carrément sur son cul, je dus me retourner et respirer profondément pour ne pas sortir et regagner ma chambre. Je savais que nous n'étions rien l'un pour l'autre, mais je détestais le voir toucher une autre fille, et sans se gêner en plus. Jess me prit par la taille et me colla le dos à son torse, une posture qui m'exposait totalement au regard de Nick, qui, à cet instant, était fixé sur nous.

Je voulus écarter Jess parce que je me sentais mal à l'aise, mais chacun des gestes de Nicholas me défiait. En retenant mon souffle, j'observai la manière dont la joue de Nick se posait sur celle de la blonde et dont il tournait légèrement la tête pour lui dire quelque chose à l'oreille.

D'une certaine manière, bien que je me sente mal, cela m'incita à lui rendre la pareille, et je laissai le bras de Jess m'entourer et me serrer contre son torse. Je bougeai les hanches au rythme de la musique, bien consciente que j'étais en train de jouer avec le feu.

Nick me lança un regard incendiaire tout en mordillant l'oreille de sa cavalière. Je vis ses lèvres sur la peau de la fille et je sus parfaitement ce qu'elle ressentait.

Ce fut suffisant.

Je m'écartai de Jess et le priai d'aller m'attendre à notre table. Il acquiesça après m'avoir demandé si je me sentais bien. Je le rassurai avant de me diriger vers la rambarde qui entourait la piste. Il y avait légèrement moins de monde à cet endroit, j'y trouvai donc suffisamment d'espace pour m'y appuyer et essayer de me calmer.

C'est alors que Nick apparut devant moi. Ses yeux cherchèrent les miens tandis qu'il m'attirait contre lui. Je sentis mon cœur s'emballer follement lorsqu'une de ses mains se posa sur mon épaule nue.

— Pourquoi m'obliges-tu à faire quelque chose que je ne veux pas ? me demanda-t-il à l'oreille.

Je ne répondis pas. Je n'avais rien à dire. Je m'en voulais d'avoir essayé d'être quelqu'un que je n'étais pas et je lui en voulais de me le confirmer.

— Tu me rends fou, Noah, avoua-t-il en effleurant mon oreille de ses lèvres.

Je frémis. Je vis briller dans ses yeux la frustration mais aussi le désir.

— Tu danses très bien, lui répondis-je en lui passant les bras autour du cou et en lui caressant la nuque d'un geste lent et provocant.

— Ne fais pas ça, me dit-il, mais je continuai. Sinon je ne réponds plus de rien, m'avertit-il en regardant sur la droite.

Je suivis la direction de son regard et je vis Jenna et Lion qui nous observaient tout en dansant. Une partie de moi voulait parler de ce qui se passait entre Nick et moi à mon amie, mais l'autre me hurlait que j'étais complètement folle. Personne ne verrait cette relation d'un bon œil.

— Je ferais mieux de rentrer, lui dis-je, déçue.

— Sûrement pas !

Il me serra plus fort contre lui. Ses lèvres se posèrent une nouvelle fois sur mon oreille et la mordillèrent doucement tandis que ses mains me caressaient le dos. Je fermai les yeux, retenant un soupir de plaisir.

— Il vaut mieux que tu t'arrêtes, murmurai-je.

Je l'entendis jurer tout bas, puis, soudain, ses lèvres se posèrent sur les miennes. Ce fut un baiser complètement inattendu, parce qu'on nous voyait mais surtout parce qu'il était passionné et terriblement excitant.

Je m'accrochai de toutes mes forces à ses épaules lorsqu'il approfondit le baiser et que ses mains me serrèrent encore davantage contre son corps excité.

— Nick… dis-je à bout de souffle, Nick, arrête, lui ordonnai-je quand ses mains commencèrent à me caresser partout.

Si cela continuait, j'allais me retrouver nue au milieu de la foule.

Alors, il posa ses deux mains sur mes épaules et planta son regard dans le mien.

— Allons dans ma chambre, dit-il, ce qui me pétrifia. Je ne supporte pas de te voir ici, entourée de types qui veulent te faire exactement la même chose que moi. Je t'en supplie, Noah, viens avec moi, je veux que nous soyons seuls.

Son air torturé me faisait de la peine. De toute façon, après ce baiser, je ne voulais plus être entourée de tout ce monde. Et puis mes chaussures me tuaient.

— D'accord, allons-y.

Soulagé, il me prit la main en me souriant et m'emmena jusqu'à Jenna et Lion, qui nous regardaient bouche bée.

Jenna me tira vers elle et me foudroya de ses yeux noirs.

— Menteuse ! s'écria-t-elle avant de s'esclaffer. Vous êtes devenus complètement fous ?

Silencieux, Lion regardait Nick, le front plissé.

— Noah et moi, on s'en va, annonça Nick en ignorant leurs réactions.

— Si tôt que ça ? s'enquit Jenna en me regardant d'un air suppliant.

J'étais sûre qu'elle me bombarderait de questions la prochaine fois que je la verrais, mais ça m'était égal.

— J'ai tellement mal aux pieds, ces chaussures sont une torture.

C'était parfaitement vrai. Et j'ajoutai en criant, alors que Nick m'entraînait vers la sortie :

— Dis au revoir aux autres de ma part !

Elle me fit un signe de tête, l'air toujours stupéfait.

Une fois au-dehors, le vacarme, amorti par les parois insonorisées, était bien moindre. Malgré l'heure tardive, de nouveaux arrivants faisaient toujours la queue pour entrer.

— Tu as mal aux pieds ? dit Nick.

J'acquiesçai avant de m'asseoir quelques secondes sur un banc. Nicholas s'agenouilla près de moi.

— Qu'est-ce que tu fais ?! m'exclamai-je en riant.

— Je ne sais même pas comment tu as pu les supporter, mais ça me fait mal rien que de les regarder, m'avoua-t-il avant de m'enlever une chaussure puis l'autre.

— Merci, quel soulagement !

Je ne faisais pas seulement référence aux talons.

Dix minutes plus tard, nous étions dans sa chambre. Les lumières étaient éteintes, mais une clarté diffuse entrait par les fenêtres ouvertes. Il me poussa contre le mur, lâcha mes chaussures sur le sol et m'embrassa de nouveau, mais cette fois-ci ce fut un baiser plus profond, avec un désir plus intense.

J'ignorais ce qui m'arrivait, mais, chaque fois que je me trouvais entre ses bras, je ne pouvais penser qu'à nos corps s'unissant pour ne former qu'un et à mes mains le caressant partout. Ce qui était exactement ce qui se passait en ce moment. Ses mains m'immobilisaient contre le mur. Les miennes commencèrent à lui caresser les cheveux. Je l'attirai contre moi et vis avec plaisir que, lorsque mes doigts effleuraient les parties sensibles de son oreille ou de sa nuque, il avait la chair de poule.

Il lâcha un grognement qui me parut vraiment sexy, puis me prit les deux mains et les plaça au-dessus de ma tête.

— Ne bouge pas, m'intima-t-il.

Puis il déposa de petits baisers le long de mon cou, mordilla l'endroit où mon pouls battait follement et entreprit de lécher les zones sensibles de ma clavicule, de mon oreille et du creux de mon cou.

Je soupirai de plaisir lorsque son autre main commença à me caresser la jambe et la cuisse, relevant au passage ma robe courte. Mais je compris qu'il y avait trop de lumière et qu'il me verrait nue si je le laissais continuer.

Je m'agitai, inquiète.

— Arrête, s'il te plaît, lui dis-je, mais il ne m'écouta pas. Arrête, répétai-je avec plus de fermeté, et il lâcha mes mains.

Ma main droite alla directement jusqu'à la sienne, qui s'était immobilisée à la hauteur de mes hanches.

— Pourquoi ? demanda-t-il avec un regard suppliant.

Bon sang ! Ces yeux chargés de désir étaient ce qu'il y avait de plus beau au monde. Je voulais le serrer contre moi, le prier de ne pas s'arrêter, de me porter dans son lit et de me faire sienne, mais je ne pouvais pas... pas encore.

— Je ne suis pas prête.

Il posa son front contre le mien jusqu'à ce que nos respirations se calment et reviennent à la normale.

— D'accord, lâcha-t-il, mais ne t'en va pas.

Je l'observai en me demandant ce qu'il avait en tête.

— Tu m'as dit qu'on ne se connaissait pas suffisamment et tu as raison : je veux te connaître, Noah, vraiment, je n'ai jamais rien voulu à ce point, et je veux que tu restes avec moi cette nuit.

Voir Nicholas se livrer ainsi, lui, le gros dur qui couchait avec des centaines de filles sans remords, me toucha au plus profond du cœur.

— Très bien. Alors, on bavarde.

Moi aussi, j'avais envie de mieux le connaître.

J'étais dans la salle de bains de la chambre de Nick, en sous-vêtements, en train de me regarder dans le miroir. Je m'apprêtais à mettre un des tee-shirts de Nick pour être plus à l'aise pendant qu'on bavardait. Mais mes yeux étaient fixés sur la cicatrice sur mon ventre. Elle était la raison pour laquelle je ne portais jamais de bikini. Le seul fait d'imaginer que quelqu'un puisse voir mon ventre me faisait frissonner.

En essayant de ne plus y penser, je m'aspergeai la figure d'eau froide et j'enfilai le tee-shirt. Il faisait pratiquement office de robe, je n'avais donc pas à me préoccuper que Nick puisse voir mon corps. Je me lavai les pieds à l'eau froide, et mes muscles se détendirent enfin après avoir souffert le martyre dans ces saletés de chaussures.

En sortant de la salle de bains, je vis que Nicholas était assis sur la terrasse. Il s'était débarrassé de son jean et de son tee-shirt et portait un pantalon de pyjama et un haut gris. Il était d'une beauté à couper le souffle, et je m'efforçai de ne plus regarder ce corps scandaleusement attirant.

Il se tourna vers moi et me sourit, amusé.

— Mon tee-shirt te va bien.

— Heureusement que tu es grand, sinon il ne serait pas assez long.

Son téléphone sonna à ce moment précis. Comme j'étais à côté de lui, je pus voir qu'il s'agissait d'une certaine Madison.

Il rentra dans la chambre pour lui parler. Je sentis la jalousie revenir et je ne pus m'empêcher d'écouter la conversation.

— Comment vas-tu, princesse ? dit-il d'une voix douce.

Depuis quand Nicholas appelait-il une fille « princesse » ? J'eus soudain très envie de partir en courant.

— Oui, c'est super, et j'ai eu beaucoup de cadeaux d'anniversaire… J'attends toujours le tien, tu me feras un câlin ?

De pire en pire. Je voulais m'en aller, je ne voulais pas le voir flirter devant moi. Mais, dans le fond, c'était moi qui avais insisté pour qu'on n'ait pas à fournir d'explications, moi qui ne voulais pas d'une relation sérieuse et exclusive. Quelle excuse pouvais-je donc inventer pour m'en aller ?

— Tu le sais bien, mon amour, mais il faut que je te laisse maintenant, je t'appellerai demain, d'accord ?

Il parlait d'une voix trop affectueuse. Comme s'il s'agissait d'un Nicholas totalement différent.

— Moi aussi, je t'aime, princesse. Au revoir.

Puis il raccrocha.

Je croisai les bras, les yeux fixés sur l'océan. Je ne voulais pas montrer à quel point j'étais troublée, cela créerait un malaise entre nous. Je me raidis quand il m'enlaça par-derrière.

— Désolé, mais je devais lui répondre, s'excusa-t-il tout en m'embrassant dans le cou, sur mon tatouage.

— On devait bavarder, non ? lui rappelai-je.

Je lui fis face. Il me lâcha et s'assit sur l'une des chaises de la terrasse.

— Très bien. Bavardons.

Il ne semblait pas avoir de remords. Je sentis ma colère monter.

— Si on se posait dix questions chacun ? On répond sincèrement et on a droit à un joker.

— C'est toi qui commences ? proposa-t-il en souriant.

Je pris une profonde respiration et posai la première question :

— Qui est Madison ?

Il n'eut pas l'air surpris, mais il fronça les sourcils et passa sa main dans ses cheveux, qui étaient déjà complètement ébouriffés.

— Si je t'en parle, tu dois accepter ma réponse et ne plus me poser d'autres questions à ce sujet, me prévint-il, et j'acquiesçai en me demandant où il voulait en venir.

(Il soupira profondément.) C'est ma petite sœur, elle a cinq ans, c'est la fille de ma mère et de son nouveau mari.

Eh bien… je ne m'attendais vraiment pas à cela.

— Tu as une sœur ? lui dis-je, ébahie.

— Oui, et tu viens de gaspiller une autre de tes questions, il ne t'en reste plus que huit.

Je secouai la tête. Ma mère le savait-elle ? Et Will ?

— Pourquoi est-ce que je n'étais pas au courant ? Enfin, tu as une sœur de cinq ans et personne n'en a jamais parlé ! m'exclamai-je, stupéfaite, tout en m'asseyant sur la table en face de lui.

Il se pencha vers moi.

— Tu ne le savais pas parce que presque personne ne le sait, et je veux que ça continue comme ça.

Je respirai à fond. Cela avait à voir avec sa mère… Je savais qu'elle était partie et qu'elle avait divorcé de son père quand il n'était qu'un enfant, mais rien de plus.

— Tu t'entends bien avec elle ? lui demandai-je, tandis que je visualisais une gamine de cinq ans en train de jouer et de pleurnicher près de lui.

Ça ne collait pas du tout avec son personnage.

— Très bien, je l'adore, mais je ne la vois pas suffisamment.

Je vis de la tristesse dans ses yeux. Quoi qu'il se soit passé, ce sujet était très douloureux… et il se confiait à moi.

Je m'assis sur ses genoux. Il eut l'air surpris, mais m'enlaça.

— Je suis désolée, pas seulement pour ta sœur, mais aussi pour ce qui est arrivé avec ta mère.

— Parfois, j'aimerais l'amener avec moi, mais la loi ne m'autorise à la voir que trois fois par mois. Ma sœur n'a pas toute l'attention dont elle a besoin, alors qu'elle est malade, elle est diabétique, et ça ne fait qu'empirer les choses, m'avoua-t-il en me serrant fort contre son torse.

Que dire ? Je me sentais tout à coup comme une véritable idiote. Non seulement je l'avais mal jugé, mais, depuis que je l'avais rencontré, j'avais supposé que sa vie était parfaite, sans problèmes d'aucune sorte.

— Tu as des photos ?

J'étais curieuse de voir à quoi elle pouvait ressembler.

Il sortit son iPhone de sa poche. Une seconde plus tard, une photo de lui et d'une adorable fillette blonde apparut sur l'écran. Je souris.

— Elle a tes yeux, commentai-je, amusée.

Elle avait aussi le même air malicieux, mais je gardai ça pour moi.

— Oui, c'est la seule chose qu'on a en commun. Pour le reste, c'est le portrait craché de ma mère.

Je me tournai vers lui. Je savais qu'il ne me disait pas tout, je savais qu'il s'était passé quelque chose avec sa mère, mais je n'osais pas lui poser de questions. Je décidai de changer de sujet :

— C'est à ton tour de me cuisiner.

Il fit mine de réfléchir :

— Quelle est ta couleur préférée ?

J'éclatai de rire.

— Avec tout ce que tu pourrais demander, c'est ça, ta première question ?

Il sourit, mais attendit patiemment que je lui réponde.

— Le jaune, dis-je en le regardant droit dans les yeux.

Il hocha la tête.

— Ton plat préféré ?

— Les macaronis au fromage.

— On a déjà quelque chose en commun, déclara-t-il en me caressant le bras.

Être ainsi avec lui était… génial. Génial, et nouveau.

— Pourquoi aimes-tu Thomas Hardy ?

Cette question me surprit, elle signifiait qu'il avait fait attention à ce que je lisais.

Pourquoi j'aimais Hardy ? Ouh…

— Probablement parce qu'en général ses livres se terminent mal, ils sont réalistes. Le bonheur, c'est quelque chose qu'on recherche, ce n'est pas facile de l'obtenir.

Il sembla évaluer ma réponse durant quelques secondes.

— Tu ne penses pas pouvoir arriver à être heureuse ? me demanda-t-il alors, les sourcils froncés.

Ses questions devenaient plus personnelles, et je sentis mon corps se crisper.

— Je crois que je peux arriver à être moins malheureuse, plutôt.

Ses yeux cherchèrent les miens. Ils me scrutaient comme s'ils voulaient percer mes secrets. Ça ne me plaisait pas.

— Tu es malheureuse ?

Il formula cette nouvelle question en me caressant la joue.

— Là, tout de suite, non, lui dis-je avec un sourire triste.

— Moi non plus.

Était-ce mon imagination, ou venions-nous de franchir une ligne invisible en ce qui concernait nos sentiments ?

— Que veux-tu étudier quand tu auras fini le lycée ?

Bon. Ça, c'était une question facile.

— La littérature anglaise dans une université au Canada, je veux être écrivaine.

Même si, à cet instant précis, le Canada ne me semblait plus être une idée aussi géniale.

— Écrivaine…, répéta-t-il, pensif. Tu as déjà écrit des textes ?

J'acquiesçai.

— Plusieurs, mais je ne les ai jamais lus à personne.

— Tu me laisserais, moi, lire quelque chose que tu as écrit ?

Je fis aussitôt non de la tête. Je mourrais de honte. En outre, ce que j'avais écrit était davantage un journal qu'une histoire que je voulais partager avec les autres.

— Question suivante, dis-je avant qu'il n'ait le temps de protester.

Il m'observa attentivement, d'abord dubitatif, ensuite avec un air plus résolu. Il sembla choisir avec soin chacun de ses mots :

— Pourquoi as-tu peur du noir ?

Je me raidis entre ses bras. Je ne voulais pas répondre, ou plutôt je n'en étais pas capable. Des milliers de souvenirs douloureux m'assaillirent.

— Joker. Je passe la question, annonçai-je d'une voix tremblante.

7

Nick

J'observai attentivement sa réaction. Depuis que je l'avais vue blêmir quand nous jouions à « action ou vérité » et qu'on lui avait demandé de se mettre à l'intérieur d'un placard, je me demandais ce qui avait bien pu lui arriver pour qu'elle ait si peur de l'obscurité. Et, maintenant, ça recommençait. Son corps s'était raidi et elle était pâle, comme tourmentée par des souvenirs.

— Pas de problème, Noah, lui dis-je en la serrant contre moi.

J'avais tellement rêvé de la tenir dans mes bras et, à présent que j'atteignais mon but, je venais de tout foutre en l'air par une question idiote.

— Je ne veux pas parler de ça.

Je sentis à quel point elle tremblait. Qu'avait-il donc pu lui arriver ?

— D'accord, pas de souci.

Mes mains glissèrent le long de son dos. Je l'embrassai avec fougue (ça aussi, j'en rêvais depuis trop longtemps), puis mes mains prirent possession de son corps. Noah m'avait ensorcelé et, en dépit de moi-même, je pensais à elle en permanence.

— Je crois que je devrais partir, lâcha-t-elle quelques minutes plus tard.

Je me maudis intérieurement d'avoir provoqué cette réaction. Je n'aimais pas la voir s'écarter chaque fois que les choses devenaient sérieuses.

— Non, reste.

J'enfouis ma tête dans son cou, j'aspirai son sublime parfum, envoûtant, doux et terriblement sexy à la fois.

— Je suis fatiguée, la journée a été longue.

Elle se retourna, prête à se lever. Je lui pris les mains pour la retenir.

— Reste dormir ici, lui dis-je, comprenant aussitôt ce qu'elle allait imaginer.

Elle me fixa de ses yeux grands ouverts. Putain, ça allait de mal en pis. Avec Noah, il fallait vraiment peser ses mots.

— Juste pour dormir, précisai-je, conscient de mon ton suppliant.

Elle sembla réfléchir un moment.

— Je préfère dormir dans mon lit, déclara-t-elle en se libérant.

Elle avait l'air de le regretter, mais une partie de moi la comprenait : j'avais réveillé de mauvais souvenirs, et elle ne pouvait pas rester avec moi.

— Très bien, je vais te raccompagner à ta chambre.

Je me levai. Elle eut un petit rire et mon cœur se gonfla de joie. C'était comme ça qu'elle me plaisait.

— Nicholas, ma chambre est à côté de la tienne, ce n'est pas la peine que tu m'accompagnes.

Elle était si belle avec mon tee-shirt. Il lui tombait légèrement sous le cul et je mourais d'envie de le soulever et de la contempler durant des heures.

— Ça m'est égal.

— Merci, se contenta-t-elle de dire avec un sourire.

Je pris ses chaussures d'une main et lui ouvris la porte de l'autre. Avec elle, je me sentais l'âme d'un gentleman.

Une fois devant sa porte, elle sortit la carte de son sac et la fit passer dans la rainure. Une petite lumière verte apparut, tandis que la porte s'ouvrait avec un « clac ».

Elle se retourna vers moi, l'air nerveux ou effrayé. Je ne comprenais pas pourquoi, mais cette question nous avait éloignés l'un de l'autre.

Avant qu'elle entre dans sa chambre, je la pris par la taille et je l'embrassai. Ce fut un baiser profond et excitant qui me donna envie de bien plus. Elle me le rendit, puis s'écarta et reprit ses chaussures.

— Bonne nuit, Nick, dit-elle avec un sourire timide.

— Bonne nuit, Noah.

Le lendemain matin, je ne savais pas très bien à quoi m'attendre, mais, quand on se retrouva tous devant l'ascenseur, je m'approchai de Noah et, sans tenir compte de Jenna et Lion qui nous observaient, lui donnai un intense baiser sur les lèvres. Noah ne s'y attendait pas, mais elle ne s'écarta pas. Contrairement à la soirée de la veille, elle portait un short en jean, un tee-shirt et des chaussures de sport. En examinant sa tenue juvénile et informelle, je ne pus m'empêcher de penser que Noah était complètement différente de toutes les filles avec lesquelles j'étais sorti. Elle était simple, oui, mais intérieurement elle était aussi complexe qu'un puzzle de mille pièces. Et je ne savais pas encore où j'allais m'emboîter.

— Il y a des chambres pour ça, nous dit Jenna avec un petit rire.

Je m'écartai de Noah et lui offris un sourire qu'elle me rendit, heureusement.

— Tais-toi, Jenna, dis-je sans même la regarder. Tu es superbe, dis-je ensuite à Noah.

La nuit dernière, j'avais cru blesser ses sentiments, et je n'avais pas l'intention de recommencer.

— Toi aussi, me répondit-elle, comme si de rien n'était.

Pendant le petit déjeuner, la conversation tourna autour des événements de la nuit ; Jenna pensait qu'on était complètement dingues. Comme Noah ne disait rien, ce fut à moi de nous défendre.

Ce jour-là, nous devions nous balader en ville, faire les boutiques et déjeuner au resto. Demain il serait déjà temps de faire les valises, et une partie de moi craignait que tout ce qui s'était passé entre nous ne s'évanouisse dès notre retour. On ne pouvait nier que nos personnalités se heurtaient continuellement. La plupart des souvenirs que j'avais avec Noah contenaient des disputes ou des baisers volés, et ça m'effrayait : je ne voulais pas la perdre, je voulais nous faire progresser.

L'après-midi passa en un éclair. On mangea dans un charmant restaurant, puis je fus ravi de lui offrir tout ce qu'elle voulait, ce qui était très peu en comparaison de Jenna, qui entra dans toutes les boutiques de la ville.

Elle s'arrêta pour observer des colliers de pierres multicolores, de la pacotille, mais c'était la première fois qu'elle manifestait de l'intérêt pour quelque chose depuis que nous étions sortis de l'hôtel, en dehors de son enthousiasme pour la ville et ses alentours.

— Donnez-moi ça, s'il vous plaît, dis-je à la vendeuse.

Noah tressaillit en entendant ma voix.

— Ce n'est pas la peine que tu me l'achètes, je jetais juste un coup d'œil, remarqua-t-elle, les sourcils froncés.

— J'ai envie de le faire, lui dis-je au moment où la vendeuse me tendait un collier avec une petite pierre couleur miel. Ça va avec tes yeux, affirmai-je en le lui passant autour du cou.

— Merci, dit-elle en caressant la pierre des doigts.

— De rien, lui répondis-je en souriant.

Ça me plaisait qu'elle le porte et que ce soit moi qui le lui ai mis.

Ensuite, nous mangeâmes une glace face à la mer, et peu après il fut temps de retourner à l'hôtel. Les filles avaient faim et le dîner serait bientôt servi. Jenna nous dit qu'elle avait des entrées pour une discothèque, que ce serait une idée géniale pour ce soir.

J'entrai dans ma chambre en compagnie de Lion.

— Je ne sais pas à quoi tu joues, mais tu devrais faire attention, lança celui-ci. Je t'ai observé, Nick, et tu es totalement mordu de cette fille.

— On s'amuse, Lion, ne gâche pas tout, répondis-je, le dos tourné, en ôtant mon tee-shirt.

— Tu as l'habitude d'un type de filles en particulier, Nicholas, et je crois que ça va mal se terminer pour vous deux. Je n'ai jamais vu deux personnes aussi différentes que Noah et toi.

Je lui fis face. Il me foutait en rogne.

— Mêle-toi de tes affaires, Lion. Tu vas me dire que Jenna et toi vous aviez beaucoup en commun quand je vous ai présentés ?

Il resta silencieux quelques secondes.

— Je voulais juste te prévenir.

Puis il s'en alla.

Je restai seul dans la pièce avec ces pensées qui me trottaient dans la tête. C'était vrai. Noah ne me ressemblait en rien, mais c'était peut-être ce dont j'avais besoin. Je n'avais jamais, jusqu'à maintenant, ressenti le besoin d'apprendre à connaître quelqu'un. Noah était une énigme que je devais déchiffrer.

Je me douchai puis enfilai un jean et une chemise noire. Une fois prêt, je me dirigeai vers les ascenseurs. Lion était déjà là avec Jenna et Noah. Cette fois, Noah portait un pantalon noir et un chemisier bleu : elle était superbe.

Je savais que depuis notre arrivée notre relation avait changé du tout au tout. Nous nous étions à peine disputés, et c'était déjà quelque chose en soi, mais ce qui m'inquiétait, c'était la distance qui semblait ne jamais disparaître entre nous deux : comme si on faisait deux pas en avant, puis cinq en arrière.

Il faisait bon dehors et le soleil s'était déjà couché depuis un moment. Nous marchâmes jusqu'à la discothèque, et c'est en arrivant à la porte que je compris que la soirée ne se terminerait pas bien. Tous les joueurs de volley nous attendaient à l'extérieur. J'avais été stupide de ne pas réaliser que les entrées venaient d'eux ; ils avaient dû les donner à Jenna la veille, après notre départ.

Noah s'approcha pour les saluer. Je dus faire un effort monumental pour ne pas arracher les bras de Jess quand il l'embrassa et la souleva dans les airs.

— Tu es partie sans dire au revoir, hier ! lui reprocha-t-il sans la lâcher.

Je fis un pas en avant, mais heureusement il la reposa sur le sol. Noah avait l'air de s'amuser et ses joues s'étaient colorées. Ce crétin lui plaisait-il ? Si c'était le cas, je ne répondais plus de moi.

Les autres joueurs la saluèrent également. Quelques types la regardèrent, bouche bée. Elle était superbe, ce pantalon noir et ces sandales à talons hauts lui donnaient l'allure d'un top model. Elle avait rassemblé ses cheveux en un chignon lâche d'où s'étaient échappées de petites mèches torsadées qui encadraient son visage angélique.

À l'intérieur, il y avait encore plus de monde que la nuit précédente. Apparemment, on célébrait la fête du baiser. À l'entrée, on distribuait des bracelets de couleur : si tu étais célibataire, on te donnait un bracelet vert, si tu étais ouvert à toute proposition, on t'en donnait un jaune et, si tu étais en couple, on t'en donnait un rouge. Je dus me retenir en voyant que Noah en prenait un de couleur verte. J'eus envie de le lui arracher.

On s'installa dans un coin près du comptoir. Je vis Jenna traîner Noah au comptoir pour qu'on leur serve un verre.

Lion s'approcha de moi avec deux verres contenant un cocktail horriblement fort. Il cogna son verre contre le mien et sourit.

— À ton vingt-deuxième anniversaire, mon pote ! s'exclama-t-il par-dessus le vacarme de la musique.

Les filles nous rejoignirent une seconde plus tard.

— Ce soir, on se saoule ! hurla Jenna, et je vis Noah s'esclaffer.

Je fronçai les sourcils, mais je ne dis rien.

Au fur et à mesure que la nuit s'écoulait, mon irritation grandit. Le thème de ces petits bracelets à la con faisait que n'importe quel mec sautait sur les filles qui portaient un bracelet vert ou jaune. De mon siège, je vis Noah danser avec un homme nettement plus âgé. Elle était tellement sexy quand elle se déhanchait ainsi ! Je commençais à m'énerver sérieusement en voyant qu'elle dansait avec tout le monde sauf moi.

J'avalai mon quatrième verre d'un trait et je m'approchai d'elle juste quand le mec avec qui elle dansait la prenait dans ses bras et lui plantait un baiser sur les lèvres.

Je vis rouge.

J'écartai Noah et j'attrapai ce crétin par la chemise. Ensuite, je me rappelle juste que j'étais par terre en train de cogner ce con. Voir son corps contre celui de Noah m'avait rendu fou.

— Nicholas, arrête ! beugla une voix trop connue pour que je l'ignore.

Des bras m'immobilisèrent par-derrière et j'entendis Lion jurer tandis qu'il me poussait au-dehors. J'avais reçu un coup de poing dans l'œil alors qu'il n'était pas encore guéri depuis ma dernière bagarre.

— Qu'est-ce que tu fous, Nick ? cria Lion une fois à l'extérieur.

— Où est Noah ?

Je la cherchai des yeux, il y avait du monde partout et je ne la voyais pas. Elle apparut à ce moment-là et me foudroya du regard.

— Tu es devenu fou ?! cracha-t-elle, furieuse.

Ah, elle était en colère ? La rage s'empara de moi une nouvelle fois.

— Ça te plaît que tous les mecs te tripotent devant moi ? criai-je.

J'étais hors de moi.

Elle écarquilla les yeux comme si elle n'en croyait pas ses oreilles.

— J'étais en train de danser ! cria-t-elle, exaspérée. De danser !

Je me rapprochai d'elle en contenant mon envie de la secouer.

— Et tu le laisses t'embrasser ?! dis-je, en proie à une colère noire. (À cet instant, j'étais trop furieux pour me contrôler et trop ivre pour en mesurer les conséquences.) Si tu laisses n'importe qui te mettre la main dessus, tu ferais mieux de ne pas te donner ces airs prétentieux et de jouer la sainte-nitouche qui…

La gifle arriva si vite que je n'eus pas le temps d'avoir mal. Je la saisis aussitôt par les épaules en une sorte de réflexe.

— Je ne te conseille pas de recommencer.

Je mis quelques secondes à me rendre compte de ce que je venais de faire. Le regard terrifié qu'elle me lança me fit reculer d'un pas. Elle respira profondément tandis que ses yeux se remplissaient de larmes.

— Noah.

Elle s'écarta de moi, horrifiée.

— Je ne peux pas être avec toi, Nicholas, lâcha-t-elle, et chacune de ses paroles me fit l'effet d'un coup de poignard. Tu représentes tout ce que je fuis depuis que je suis en âge de réfléchir.

Je voulus la retenir, mais elle se dégagea de mes bras, ses yeux miel lançant des éclairs.

— Ne t'avise pas de lever la main sur moi ! cria-t-elle. Si ça te plaît de tout résoudre en cognant, c'est ton putain de problème, mais tu ne le fais pas devant moi !

Je voulus lui répondre, mais elle me tourna le dos et prit la direction de l'hôtel.

— T'es vraiment trop con, Nick, me lança Jenna en me foudroyant de ses yeux noirs, avant de se précipiter derrière Noah.

Une main se posa sur mon épaule, et je me retins pour ne pas me dégager violemment.

— T'as vraiment merdé, Nick, affirma Lion d'un ton attristé.

— Fous-moi la paix.

8

Noah

Je n'arrivais toujours pas à croire que les choses aient pu déraper à ce point. Un moment, j'étais en train de danser avec un garçon, le suivant, on me poussait en arrière, tandis que le garçon avec qui j'aurais justement voulu danser se battait avec le crétin qui m'avait embrassée sans me demander mon avis. Je l'aurais écarté moi-même mais, en surgissant comme une furie, Nicholas ne m'en avait pas laissé le temps.

Je haïssais la violence par-dessus tout. J'avais suffisamment eu l'occasion de la voir autour de moi pour savoir qu'elle n'est jamais la solution, mais plutôt le problème. Et moi, je ne voulais pas avoir de garçon violent à mes côtés. Nicholas m'avait déjà démontré qu'il avait la main leste lorsqu'il s'agissait de se battre.

Cependant, j'avais été stupide, j'avais gommé ce détail parce que ce que je ressentais pour lui était bien plus fort que ce que j'avais ressenti pour Dan. Ces derniers jours avec Nick avaient été géniaux, j'avais même envisagé la possibilité de me confier à lui. Mais je ne le ferais pas après cette nuit. Nicholas venait de démontrer qu'il était un bagarreur jaloux et possessif, et ça ne me plaisait pas du tout. Quand il m'avait serré les épaules et que j'avais vu la colère sur son visage, j'avais eu peur. Je ne pouvais pas être avec quelqu'un qui m'inspirait ce genre de sentiment, en aucune manière.

Lorsque j'arrivai à ma chambre, accompagnée de Jenna, qui, bien qu'elle n'ait pas arrêté de râler contre lui, me demandait de lui pardonner, j'avais juste envie de mettre mon pyjama et d'aller au lit. La journée ne s'était pas terminée comme je l'avais prévu, et la seule chose dont j'avais envie à présent était de rentrer chez moi le plus tôt possible pour prendre du recul.

Une heure plus tard, j'entendis du bruit derrière la porte. Je savais que Nicholas n'était pas rentré, et une partie de moi s'inquiétait pour lui. Je me levai, j'entrouvris la porte et passai la tête dans le couloir. Et je restai pétrifiée.

Nick n'était pas seul. Une fille se trouvait entre lui et la porte de sa chambre, leurs lèvres étaient unies et ses mains étaient partout sur le corps de la fille.

Je ne sais pas si je fis du bruit, mais Nicholas sembla percevoir ma présence. Il tourna la tête. Ses mains s'écartèrent de la fille et, jurant entre ses dents, il s'éloigna d'elle et se cacha les yeux de son bras. Puis, une seconde plus tard, il me regarda.

— Putain, Noah… commença-t-il en venant vers moi.

Le rouge à lèvres de la fille lui tachait les lèvres.

Je reculai et lui claquai la porte au nez.

Je ne pus fermer l'œil de la nuit.

Le lendemain matin, j'étais si fatiguée, j'avais une telle migraine que je me sentais mal. Je me préparai sans aucun soin. Depuis le début du séjour, j'avais essayé d'être belle pour Nick, mais à quoi bon ? Finalement, ce qui devait arriver était arrivé. Je l'avais vu tel qu'il était : vraiment violent et coureur de jupons. Il avait réussi à me duper comme une pauvre idiote. Je ne voulais même pas le voir ce matin.

J'ignorais ce qui s'était passé cette nuit, mais je pensais sans cesse à ses mains sur le corps de la fille, à sa bouche sur les lèvres de la fille… Je serrai les dents. Il m'avait reproché d'avoir embrassé quelqu'un d'autre dans la discothèque, un baiser que je n'avais ni initié ni voulu, et lui faisait bien pire.

Tout en se préparant, Jenna, consciente de mon silence, tentait de me distraire avec des sottises et des commentaires ridicules sur le temps ou le trafic aérien. Je ne savais pas comment, mais je me débrouillerais pour éviter Nicholas pendant tout le voyage de retour.

Dès que nous sortîmes de la chambre en traînant nos valises, je le vis près de l'ascenseur, assis dans un fauteuil, les coudes appuyés sur les genoux, les yeux égarés et les cheveux décoiffés. En nous entendant approcher, il releva la tête.

— Noah… dit-il, et le simple fait qu'il prononce mon nom me donna envie de pleurer.

— Éloigne-toi de moi, ordonnai-je à voix haute.

Jenna nous regardait, bouche bée, ne sachant que dire ni que faire. Lion n'était visible nulle part.

Nick s'approcha si près que je pus voir ses cernes.

— Je t'en prie, Noah, je suis désolé pour cette nuit. J'étais saoul et j'ai pété les plombs.

Il me prit une main, que je retirai d'un coup. Il resta à me regarder, désemparé. Même ainsi, avec cette expression, il était très beau, et je me détestai d'avoir toujours des sentiments pour lui. Il fallait mettre fin à cette histoire.

— Je ne veux plus que tu t'approches de moi. Quoi qu'il y ait eu entre nous, c'est terminé. Nous n'aurions jamais dû commencer. Je savais dès le début que c'était une erreur.

Quand nos regards se croisèrent, je vis d'innombrables sentiments parcourir son visage : de la colère, du remords, de la douleur, du chagrin…

— J'étais saoul, Noah, je ne savais pas ce que je faisais.

Je le dévisageai, impassible.

— Mais moi, je sais ce que je suis en train de faire maintenant. Et je veux qu'on redevienne frère et sœur, c'est la seule chose que tu es pour moi : le fils du nouveau mari de ma mère, rien de plus.

L'ascenseur arriva à ce moment-là et j'entrai dans la cabine, Jenna à ma suite, mais Nick nous tourna le dos et s'en alla. Je ne savais pas ce qui se passerait entre nous désormais, je voulais juste que ce week-end se termine. Pour la première fois depuis longtemps, j'avais envie de retrouver ma mère pour qu'elle me prenne dans ses bras et me dise que tout allait bien.

Le vol de retour me parut interminable. Je ne sais pas ce que mon visage exprimait, mais aucun des trois ne m'adressa la parole. Une fois qu'on eut déposé Jenna et Lion chez eux, un silence embarrassé s'installa dans la voiture. Je regardai par la vitre : j'aurais aimé être le plus loin possible de Nick, je me sentais trahie comme je ne l'avais jamais été. Un bref instant, j'avais cru atteindre le bonheur, l'effleurer du bout des doigts, entrevoir un futur avec lui, mais tout s'était effondré très vite. J'avais tellement envie de pleurer que mes yeux me brûlaient. Je voyais comme des flashs les poings de Nick en train de frapper ce garçon. Pour couronner le tout, l'image de Nick et de cette fille semblait gravée sur ma rétine. Je compris alors que ce que je ressentais pour lui était bien plus fort que ce que j'avais cru dans un premier temps. Le voir avec une autre avait été pire que voir Dan avec ma meilleure amie.

Je sentis une larme couler sur ma joue et, avant que je ne puisse l'essuyer, je sentis ses doigts sur ma peau, volant encore quelque chose qui ne lui appartenait pas. J'écartai brusquement sa main.

— Ne me touche pas, Nicholas !

Il me lança un regard douloureux. Pourtant, c'était impossible : Nicholas ne ressentait rien pour moi, il me l'avait démontré.

Il arrêta soudain la voiture. En regardant au-dehors, je vis que nous n'étions pas encore arrivés.

— Qu'est-ce que tu fais ?

Je me tournai vers lui, à la fois troublée, furieuse et décontenancée, les nerfs à fleur de peau. Il fallait que j'arrive à mettre de la distance entre nous.

Il se tourna vers moi.

— Tu dois me pardonner, me dit-il d'un ton suppliant.

Je fis non de la tête. Je n'avais aucune intention de continuer à l'écouter, je ne voulais pas me trouver dans la même voiture que lui. Je détachai ma ceinture et je sortis, sans voir que nous étions au beau milieu d'une autoroute.

Je l'entendis qui me suivait. Je tentai de m'éloigner, mais il me rattrapa et me força à lui faire face.

— Je suis désolé, Noah. Je ne voulais pas faire ça, je ne suis pas habitué à ce genre de situation. Tu ne comprends pas ? Je n'avais jamais ressenti ça pour personne. Hier, quand j'ai vu que... J'ai perdu les pédales et, quand ce crétin t'a embrassée...

— Et que crois-tu que j'ai ressenti, moi, quand tu lui as cogné dessus ?! criai-je en essayant de me dégager. De l'admiration ? De la reconnaissance ? Non ! De la peur ! Je te l'ai déjà dit : la violence, ce n'est pas pour moi. Et en plus tu sors avec une autre fille, pratiquement contre ma porte !

Nick me lâcha comme s'il s'était électrocuté.

— Je te fais peur ?

Je sentais que j'étais sur le point de m'effondrer, mais je hochai la tête. Nicholas relâcha tout l'air qu'il retenait dans ses poumons.

— Jamais je ne lèverai la main sur toi, assura-t-il en tentant de se rapprocher. Noah, je ne sais pas ce qui t'est arrivé, mais, quoi que ce soit, il faut que tu saches que, moi, je ne te ferai jamais de mal.

Je secouai la tête une nouvelle fois, évitant de le regarder dans les yeux.

— Tu l'as déjà fait, Nicholas.

Il allait ajouter quelque chose, mais je l'interrompis :

— Je t'en prie, ramène-moi, maintenant.

Nous fîmes le reste de la route plongés dans un profond silence. Une fois chez nous, je filai dans ma chambre, après avoir salué ma mère et William. Nicholas sortit les bagages de la voiture, puis repartit aussitôt. Je n'en avais plus rien à faire, je n'en avais jamais rien eu à faire. En tout cas, c'est ce que je ne cessai de me répéter à moi-même.

Le lendemain matin, je reçus une lettre. J'avais rendez-vous avec Jenna, Lion et Mario, et je la laissai sur le siège arrière tandis que je conduisais jusqu'à notre point de rencontre. Je ne l'ouvris qu'une fois descendue de voiture, en attendant les autres.

J'étais loin de m'imaginer ce qu'elle pouvait contenir et, quand je commençai à lire, mon cœur s'accéléra et je sus que le sang se retirait de mes joues :

Je t'écris ceci parce que je te méprise plus que tout au monde. Surveille tes arrières, Noah.

A.

Je me décomposai. Ces mots se gravèrent au fer rouge dans mon esprit, on ne m'avait jamais rien dit de tel et je sentis mes mains commencer à trembler.

Quelqu'un avait dû déposer la lettre dans la boîte. A. ? Qui donc était A. ? Le premier prénom qui me vint à l'esprit fut celui d'Anna, mais ce ne pouvait pas être elle. Elle pouvait être méchante, mais je ne la croyais pas capable de faire un truc pareil. Puis je pensai à Ronnie, et à la façon dont il m'avait menacée par le biais de Nicholas, mais le A. n'avait pas de sens. Et je n'avais aucun ami dont le prénom commençait par cette lettre. C'était ridicule. Cette menace m'effrayait, mais je choisis de la considérer comme une blague malgré son contenu. Personne ne me ferait de mal, pas dans cette ville, pas là où j'habitais.

— Qu'est-ce qui t'arrive ? me demanda une voix familière.

C'était Mario. Je l'avais invité parce qu'il n'avait pas arrêté de m'envoyer des messages depuis mon départ pour les Bahamas. Mario et moi avions eu un *moment spécial*, si on pouvait l'appeler ainsi : nous nous étions embrassés et apparemment cela avait signifié plus pour lui que pour moi. J'avais eu l'intention de couper toute sorte de relation amoureuse avec lui, mais, après ce qui m'était arrivé avec Nicholas, je n'en étais plus aussi sûre. Mario était sympa, aimable, tendre, il me respectait et faisait preuve d'un véritable intérêt pour ma personne. Une partie de moi savait que je me racontais des histoires, que rien de positif ne pouvait sortir de cette relation, mais une autre partie voulait être avec quelqu'un de normal pour une fois dans ma vie, un garçon capable de me rendre heureuse et de me respecter en tant que personne. Et Mario semblait être parfait en tous points.

Je me retournai pour lui répondre avec un sourire. Je savais que je n'avais pas l'air très convaincante, notamment parce que les mots de la lettre résonnaient encore en moi.

Alors je m'empressai de la glisser dans la poche de mon jean et de faire bonne figure.

— Rien. Ça va.

Je l'embrassai. Nous nous étions donné rendez-vous pour aller au bowling. Je n'étais pas une experte, mais j'avais l'intention de passer un bon moment, de m'amuser et d'oublier Nick.

Lion et Jenna arrivèrent à ce moment-là. Jenna me serra fort dans ses bras, elle savait que j'étais mal et comprenait que je ne voulais pas en parler. Lion, en revanche, semblait ne pas savoir comment se comporter.

L'établissement était très grand, et il y avait un tas de personnes en train de jouer et de manger. Le vacarme de la boule qui cognait les quilles résonnait à intervalles réguliers à travers l'espace, et ça me fit du bien d'être entourée de tant de personnes joyeuses concentrées sur leur jeu.

Pendant que nous attendions les chaussures, Mario vint tout près de moi.

— Sérieusement, tu ne sais pas jouer ? me dit-il d'un air moqueur.

— Je ne vois pas pourquoi tu rigoles, jeter une boule sur le sol ne doit pas être très difficile.

Il sourit, amusé.

— Je suis content que tu aies bien voulu venir, m'avoua-t-il alors, les yeux fixés sur moi. (Ses yeux bruns étaient très différents de ceux de Nick.) Je sais qu'il s'est passé quelque chose entre Nicholas et toi, dit-il, et je détournai les yeux. (Je ne voulais pas en parler, et encore moins avec lui.) Mais ça m'est égal, Noah. Moi, je veux juste que tu me donnes une chance. Nick n'est pas pour toi. Je ne te le dis pas par intérêt, je te le dis du fond du cœur. Ce n'est pas l'homme d'une seule femme, et toi tu mérites quelqu'un de mieux.

Une partie de moi savait qu'il avait raison et que Nicholas ne me convenait pas du tout, mais une autre voulait le défendre, convaincre Mario qu'il se trompait, que Nicholas était capable de changer, tout au moins pour moi.

Comme je pouvais être naïve.

— En ce moment, je ne peux pas être avec quelqu'un, je ne veux pas te faire de mal, mais j'ai besoin que tu le comprennes, déclarai-je en me détestant de ne pouvoir aimer les personnes qu'il fallait.

Mario se rapprocha et me caressa le menton d'un doigt. Je sentis de la chaleur à l'endroit où il me touchait.

— Je me contenterai d'être ton ami... *pour l'instant*, ajouta-t-il en me faisant un clin d'œil et en prenant ses chaussures.

Je ramassai moi aussi mes chaussures et je le suivis, sans trop savoir que penser de ce qu'il venait de dire.

Finalement, atteindre les quilles était bien plus compliqué que ce que j'avais cru au début. Je me contentai d'abord d'observer les autres avant d'oser lancer la boule. Inutile de dire dans quelle direction elle partit, de toute façon, je n'arrivai pas à viser juste une seule fois. Les autres se moquèrent de moi et je commençai sérieusement à m'énerver : c'est plus fort que moi, j'aime la compétition.

Quand je réussis enfin à en comprendre le maniement et que je voulus la lancer, je pris trop d'élan, glissai et tombai à la renverse sur la piste. De plus, la boule resta accrochée à mes doigts et me tomba sur l'estomac.

Cette boule infernale me frappa si fort que je vis trouble et que j'eus le vertige en voulant me relever. Au début, les gens s'esclaffèrent, j'avais honte ! Puis ils finirent par s'approcher pour voir si tout allait bien. Une douleur à l'intérieur de la hanche me donnait envie de pleurer.

— On t'emmène à l'hôpital, décréta Mario, fou d'inquiétude.

— Noah, tu t'es donné un coup sur la tête en tombant, il faut que tu voies un médecin, me pressait Jenna.

— Je vais bien ! criai-je, en colère contre tout le monde.

J'avais très mal, mais je devais être au travail dans moins d'une heure. J'avais déjà manqué une journée pour ce foutu voyage aux Bahamas, je devais y aller ce soir.

Ils n'insistèrent pas davantage en voyant qu'ils me mettaient sur les nerfs. Sauf Mario.

— Tu es sûre que tu ne veux pas que je t'y emmène ? s'enquit-il pour la huitième fois en une minute.

Je le foudroyai du regard.

Avec un petit rire, il leva les mains en signe de reddition.

— D'accord, d'accord ! Mais il faudrait mettre de la glace sur cette blessure, et, si tu vois trouble ou quoi que ce soit, appelle-moi, s'il te plaît, je t'emmènerai à l'hôpital.

J'avais juste envie de partir.

— Merci, Mario, dis-je en l'embrassant sur la joue avant de monter dans ma voiture.

Une demi-heure plus tard, je franchissais la porte du bar. Ce n'est pas parce que je n'aime pas mon travail, mais, ce jour-là, le Bar 48 était le dernier endroit où j'avais envie de me trouver. De plus, j'avais menti, je ne me sentais pas bien, j'avais très mal à l'endroit où la boule m'avait heurtée et une effroyable migraine menaçait de faire exploser mon crâne.

— Salut, ma belle, me dit Jenni, l'une des serveuses qui faisait le même service que moi.

Elle était très sympa, bien que nous n'ayons pas grand-chose en commun.

— T'as pas l'air dans ton assiette, ma bichette ! me dit-elle en mâchant son chewing-gum.

J'échangeai mon tee-shirt contre celui du bar et je commençai à bosser. On était jeudi et l'établissement était donc bourré à craquer. Normalement, je finissais mon service à vingt-deux heures, et j'avais hâte de rentrer chez moi.

— Hé, Noah ! m'appela mon chef, qui avait du mal à servir tous les verres qu'on lui avait commandés. Tu peux rester plus tard ? Comme ça, tu récupéreras les heures que tu as ratées l'autre jour.

Non, pitié ! voulus-je lui crier, mais je ne pouvais rien faire. Je m'esquivai un moment dans la petite salle réservée au personnel. Je pris un peu de glace dans les grands sacs qui s'y trouvaient et la posai sur mon front. Cette douleur lancinante ne me quittait pas, je me sentais vraiment mal.

Je continuai à travailler, mais je dus m'excuser deux fois pour aller vomir dans les toilettes du personnel. Je comprenais à présent que le coup que j'avais reçu ne devait pas être pris à la légère et je commençai à me demander s'il ne valait pas mieux aller à l'hôpital. En sortant des toilettes, après m'être rincé la bouche, j'eus presque un infarctus : Ronnie était là.

Il se tenait dans un coin avec quelques amis. Ma vue se troubla. La lettre qui se trouvait toujours dans ma poche commença à me brûler, et je dus réprimer mon envie de partir en courant. Je me rappelais encore son visage quand il nous avait tiré dans le dos.

— Apporte ça là-bas, m'ordonna mon chef en me tendant un plateau avec plein de shots.

Merde. Normalement, je ne pouvais même pas servir d'alcool, mais on était débordés et, ces jours-là, il se fichait pas mal de ne pas respecter les règles.

Je ne pus même pas appeler Jenni à l'aide, elle était encore plus débordée que moi.

Je pris le plateau et je me préparai à servir les verres rapidement, mais ce ne fut évidemment pas possible.

— Je n'arrive pas à y croire, dit Ronnie en me prenant le bras avant que je ne puisse m'éloigner.

— Lâche-moi, m'écriai-je tout en essayant de garder mon calme.

— Oh, allez, reste là, répliqua-t-il en me serrant le bras avec plus de force.

Je vis la haine qu'il ressentait pour moi, je savais qu'il me méprisait. Je l'avais humilié, et quelqu'un comme lui ne pouvait pas laisser passer cela.

Ses amis riaient aux éclats. Je ne savais pas quoi faire. Il y avait tant de monde que mon chef n'avait rien remarqué.

— Qu'est-ce que tu veux, Ronnie ? dis-je entre mes dents.

— Te baiser, te baiser et te rebaiser.

Je m'armai de courage pour essayer de me dégager.

— Je crois que tu ferais mieux de me lâcher si tu ne veux pas que j'appelle le type de la sécurité pour qu'il te sorte d'ici à coups de pied au cul !

— Comment va ton petit copain, au fait ? La dernière fois que je l'ai vu, il pleurnichait comme une fillette pour qu'on lui foute la paix.

Je me rappelai les coups que Nick avait reçus (par ma faute, en plus), et la nausée qui m'avait tourmentée tout l'après-midi s'accentua.

— Lâche-moi, tu me fais mal, ordonnai-je en tordant mon poignet pour le libérer de sa poigne de fer.

Mais son regard était déterminé et je sentis mon estomac se nouer.

— Écoute-moi bien, dit-il en tirant sur mon bras pour me rapprocher de sa bouche répugnante : Dis à Nicholas que…

Tout à coup, un bras entoura ma taille et, d'un coup sec, m'écarta de Ronnie, le faisant tomber en arrière sur son siège. Puis, d'un coup, Nicholas se retrouva devant moi, faisant bouclier de son corps.

— Qu'elle me dise quoi ? demanda-t-il d'une voix posée.

Ronnie sourit, amusé, et se leva pour lui faire face.

Mon cœur s'emballa. Par pitié, non, pas encore !

— Que tu nous manques, mon gars, répondit-il. (Il souriait, mais l'éclat sombre qui brillait dans ses yeux m'effraya.) Tu ne viens plus nous voir. Tu es comme abruti, commenta-t-il en regardant dans ma direction.

Nicholas se raidit.

— Laisse Noah tranquille, cracha-t-il, les poings serrés.

— Sinon quoi ? le défia l'autre, qui fit un pas en avant et colla le nez contre le sien.

Je pris la main de Nicholas et la serrai avec force.

— Nicholas, non, murmurai-je.

Je savais qu'il m'avait parfaitement entendue, Ronnie aussi. Quand il voulut de nouveau s'approcher de Nicholas, celui-ci l'arrêta fermement d'une main sur le torse.

— Disparais de ma vue, Ronnie. Tu n'as pas envie de te mettre dans la merde. Il y a trop de témoins ici, tu risquerais de retourner en prison.

Les mâchoires serrées, Ronnie se força à sourire.

À ce moment précis, le gérant apparut près de nous, accompagné du chef de la sécurité.

— Vous deux, dit-il en indiquant Ronnie et Nick, du balai. Maintenant.

Je ne pouvais pas m'arrêter de trembler.

Je suivis les vigiles au-dehors. Nicholas se dirigea vers sa voiture et Ronnie vers la sienne, qui n'était autre que la Ferrari de Nick, et, sans cesser de sourire, y monta puis disparut au bout de la rue.

Je m'approchai de Nick avec une sensation très bizarre dans la poitrine.

— Tu te sens bien ? me demanda-t-il en me prenant le menton, scrutant mon visage avec inquiétude.

— Oui, ça va… sauf que…

Je sentis une sorte de fourmillement étrange me parcourir de la tête aux pieds. Ma vue se brouilla, puis tout devint noir.

9

Nick

Je parvins à la retenir avant que son corps ne touche le sol. Je jurai entre mes dents, puis la pris dans mes bras pour l'installer sur le siège passager.

Putain, elle était tombée dans les pommes. Je criai à un des vigiles qu'il m'apporte une bouteille d'eau et, quand il revint, Noah reprenait conscience.

— Noah… eh, dis-je en lui caressant la joue et en approchant la bouteille de ses lèvres. Bois.

Elle ouvrit les yeux et prit la bouteille.

— Qu'est-ce qui s'est passé ? Et Ronnie ?

Je soupirai, soulagé de constater qu'elle reprenait ses esprits.

— Il est parti. (Je m'appuyai contre le repose-tête.) Bon sang, Noah… tu m'as foutu une sacrée trouille.

Elle se tourna vers moi, pâle comme la mort.

— Je vais bien.

Puis elle but un peu d'eau en regardant devant elle.

— Non, tu ne vas pas bien, dis-je en haussant le ton. Lion m'a dit que tu étais tombée en jouant au bowling, que tu t'étais cogné la tête et que tu n'avais pas voulu aller à l'hôpital.

— Je n'ai pas voulu aller à l'hôpital parce que je sais parfaitement ce qu'ils vont me dire. Il faut juste que je me repose.

Je la regardai, à bout de nerfs.

— Ça pourrait être grave, tu pourrais avoir une hémorragie interne.

— Mais non, aucun risque.

Il était hors de question de rester sans rien faire. Je pris la direction de l'autoroute.

— Qu'est-ce que tu fais ?

— Je t'emmène aux urgences. Tu t'es cogné la tête et tu as perdu connaissance. Si tu veux jouer avec ta vie, OK, mais pas sous ma responsabilité.

Noah se tut. Quand nous arrivâmes à l'hôpital, elle sortit sans m'attendre et entra seule aux urgences. Contrairement à la dernière fois où nous y étions allés, elle resta silencieuse. Elle se contenta de remplir les formulaires et d'attendre que ce soit son tour.

— Je ne veux pas que tu viennes avec moi, tu m'attends ici.

— Noah, ne te fous pas de moi.

— Je suis sérieuse.

Cela me contraria. J'étais conscient que j'avais tout foutu en l'air, mais ça me tuait de savoir qu'elle pouvait être blessée et que je ne serais pas là pour la réconforter. De plus, je savais que Ronnie n'arrêterait pas avant d'avoir obtenu ce qu'il voulait et je craignais que tout ça ne dégénère.

Je pensai à appeler Steve, le chef de la sécurité de mon père, pour lui expliquer la situation, mais j'aurais dû lui dévoiler trop de choses. Mon père apprendrait ce qui s'était passé et je craignais qu'ils ne veuillent appeler les flics. Si Ronnie savait que j'avais décidé de passer par les voies légales, il deviendrait encore plus dangereux. Les problèmes entre bandes devaient se régler dans la rue. Mais je ne voyais pas comment le faire sans perdre Noah au passage. J'avais eu un mal de chien à ne pas lui défoncer la tronche dans le bar, mais je savais que Noah ne me l'aurait jamais pardonné.

Si je voulais la récupérer, je ne devais plus être violent. J'avais été tellement stupide ! Noah s'était ouverte à moi, nous avions enfin fini par nous rapprocher : je lui avais confié que j'avais une sœur et, surtout, j'avais enfin compris le sens du mot « aimer », car je savais que je l'aimais, que j'avais besoin d'elle comme de l'air qu'on respire.

Noah était la dernière personne que je voulais voir pleurer, la dernière personne à qui je voulais faire du mal. Je ne sais pas à quel moment les choses avaient autant changé, ni quand j'étais passé de la haine au sentiment que j'éprouvais maintenant pour elle, je savais simplement que je ne voulais pas la perdre.

Elle sortit enfin de la salle et se dirigea vers moi. Je me levai, nerveux.

— J'ai une petite contusion, dit-elle du bout des lèvres sans me regarder.

Je le savais, putain.

— Mais ce n'est pas grave, ils m'ont juste dit de revenir si j'ai de nouveau des vertiges ou si je perds connaissance. J'ai un certificat médical pour ne pas aller au travail demain et des antalgiques pour le mal de crâne.

Soulagé de savoir qu'elle allait bien, je voulus lui caresser la joue, mais elle s'écarta avant que mes doigts ne puissent l'effleurer.

— Tu peux me ramener au travail ? Je veux récupérer ma voiture, demanda-t-elle sans me regarder.

Je serrai les mâchoires, il valait mieux éviter de dire quoi que ce soit. Je la ramenai au bar puis la suivis pour m'assurer qu'elle arrivait chez nous saine et sauve. Je savais qu'elle ne me laisserait pas approcher, alors je décidai d'aller voir Anna.

Elle m'avait écrit plusieurs fois depuis qu'on était partis, et je compris que je devais être sincère avec elle.

Lorsque j'arrêtai ma voiture devant chez Anna, celle-ci s'approcha, l'air préoccupé.

Elle se pencha pour m'embrasser sur les lèvres, mais je reculai automatiquement. Mes lèvres n'embrasseraient plus qu'une seule personne, et ce n'était pas Anna.

Blessée, elle me demanda :

— Qu'est-ce qui se passe, Nick ?

Je ne voulais pas faire de mal à Anna, car nous nous connaissions depuis des années. Je n'étais pas aussi salaud que je pouvais en avoir l'air. Je la regardai droit dans les yeux.

— On ne peut plus se voir, Anna.

Son visage se décomposa et je vis la couleur disparaître de ses joues. Puis elle dit, les yeux humides :

— C'est à cause d'elle, hein ?

Merde, je ne voulais pas lui faire de mal.

— Je suis amoureux.

L'avouer à voix haute n'avait pas été aussi difficile que je l'aurais imaginé. Au contraire, c'était libérateur, gratifiant, et c'était la pure vérité.

Elle essuya une larme.

— Tu es incapable d'aimer qui que ce soit, Nicholas, ajouta-t-elle en passant de la tristesse à la colère. Ça fait des années que j'attends que tu tombes amoureux de moi, en faisant tout mon possible pour me faire une petite place dans ta vie. Tu m'as royalement ignorée, tu m'as même utilisée, et maintenant tu me dis que tu es amoureux de cette gamine ?

Je savais que ça n'allait pas être facile.

— Je n'ai jamais voulu te faire du mal, Anna.

Elle secoua la tête. Quelques larmes glissèrent le long de ses joues.

— Tu sais quoi ? s'emporta-t-elle. J'espère que tu n'obtiendras jamais ce que tu souhaites, tu ne mérites pas que quelqu'un t'aime, Nicholas. Si Noah est suffisamment intelligente, elle restera loin de toi. Tu crois que tu peux mener la vie que tu mènes, avec un passé comme le tien, et qu'une fille comme elle va tomber amoureuse de toi ?!

Je serrai les poings. Je n'avais pas envie d'écouter ça, bien qu'une partie de moi sache qu'Anna avait entièrement raison. Je m'écartai d'elle en essayant de rester calme.

— Au revoir, Anna.

Je fis le tour de la voiture et j'ouvris la portière côté conducteur.

Furieuse, elle me regarda démarrer puis m'éloigner.

Je savais que je devrais me battre pour obtenir le pardon de Noah, mais j'ignorais de quelle manière. En arrivant à la maison, ce soir-là, je voulais juste la voir, mais je ne la trouvai pas dans sa chambre. Je commençai à avoir peur, puis j'arrivai au salon, où elle était endormie, la tête posée sur les genoux de sa mère, qui regardait un film en lui caressant délicatement les cheveux. Elle avait l'air détendue et, en la voyant, j'éprouvai une sensation d'oppression dans la poitrine que je n'avais pas ressentie depuis dix ans. Je me sentais terriblement coupable de m'être fourré dans cette bagarre, d'avoir embrassé cette fille et que Noah m'ait vu, de lui avoir fait du mal. Mais voir sa mère lui caresser les cheveux me rendit aussi profondément triste.

Cela réveilla de vieux souvenirs que j'avais gardés enfouis au plus profond de moi. Ma mère aussi avait fait ce geste. C'était le seul remède efficace contre mes cauchemars, quand j'avais huit ans. Je me rappelais encore toutes ces nuits où je m'étais endormi en pleurant, effrayé, croyant encore que ma mère allait revenir, entrer dans ma chambre et me calmer, comme elle l'avait toujours fait. Je ressentis une douleur profonde dans la poitrine, une douleur qui ne disparaissait entièrement que lorsque j'étais avec Noah. Je l'aimais, j'avais besoin d'elle à mes côtés pour être une meilleure personne, pour oublier ces mauvais souvenirs, j'avais besoin d'elle pour me sentir aimé.

Raffaella détourna les yeux de l'écran pour les poser sur moi et me sourit, attendrie.

— Comme quand elle était petite, chuchota-t-elle.

Je hochai la tête ; j'aurais aimé être à sa place pour caresser Noah jusqu'à ce qu'elle s'endorme.

— Je ne te l'ai jamais dit, Ella, mais je suis content que vous soyez là, toutes les deux.

Ce n'était pas prémédité. Les mots étaient simplement sortis de ma bouche, mais ils étaient totalement véridiques. Noah avait changé ma vie, elle l'avait rendue plus intéressante, elle m'avait donné envie de lutter pour quelque chose que je voulais vraiment obtenir : elle.

À partir de maintenant, j'allais changer, j'allais devenir meilleur, j'allais la traiter comme elle le méritait et, quel que soit le prix à payer, je n'avais pas l'intention de me rendre avant d'y parvenir.

Le lendemain matin, je descendis déjeuner et je la vis assise, comme toujours avec un bol de céréales et un livre près d'elle, bien qu'elle ne soit pas en train de lire ni de manger. Elle remuait les céréales d'un air absent. Quand elle m'entendit entrer, elle tourna brièvement les yeux vers moi pour ensuite se concentrer sur son livre. Raffaella était assise dans la cuisine également, ses lunettes sur le nez et le journal sur la table devant elle.

— Bonjour, dis-je.

Je me servis une tasse de café et m'assis face à elle. Je voulais qu'elle me regarde, qu'elle manifeste une réaction, de la colère ou quoi que ce soit, mais je ne voulais pas qu'elle m'ignore : ça, c'était pire que si elle me criait dessus ou m'insultait.

— Noah, tu veux manger ? lui dit sa mère en haussant le ton.

Noah sursauta et repoussa le bol de céréales en se levant.

— Je n'ai pas faim.

— Ne dis pas de sottises, mange ! lui ordonna sa mère. Tu n'as pas dîné, hier.

Noah la regarda, en colère.

Merde, maintenant, elle ne mangeait pas, et tout ça par ma putain de faute.

— Laisse-moi, maman, lança Noah avant de sortir de la cuisine sans m'adresser un regard.

Raffaella me regarda d'un air irrité.

— Qu'est-ce qui s'est passé, Nicholas ? demanda-t-elle en retirant ses lunettes pour me regarder droit dans les yeux.

— Rien, ne t'inquiète pas, répondis-je avant de sortir précipitamment.

Je rejoignis Noah au milieu des escaliers.

— Hé ! m'écriai-je en me plaçant devant elle.

— Laisse-moi passer.

— Tu ne manges plus, maintenant ? (Je vis qu'elle avait mauvaise mine.) Comment tu vas, Noah ? Et ne me mens pas. Si tu ne te sens pas bien, il faut que tu retournes à l'hôpital.

— Je suis juste fatiguée, je n'ai pas beaucoup dormi, répondit-elle en essayant de me repousser.

Je l'accompagnai jusqu'à sa chambre.

— Pendant combien de temps tu comptes ne plus me parler ?

— Je suis en train de te parler, non ?

— Non, tu es en train de me crier dessus. C'est tout ce que tu fais depuis qu'on est rentrés de voyage.

Je voulais à tout prix qu'elle m'écoute, qu'elle m'accorde une nouvelle chance.

— Je t'ai dit que tout ça, c'était terminé, Nicholas. Maintenant, pousse-toi de là, que je puisse entrer dans ma chambre.

10

Noah

J'avais été stupide de m'être laissé avoir de cette manière. Puis, tout s'était accumulé : Nick, la lettre, ma chute, c'était trop. Nicholas ne m'avait causé que des problèmes et du chagrin ; je compris qu'il fallait le laisser partir, que nous n'étions pas faits l'un pour l'autre. Ça me faisait tellement mal de me dire que c'était terminé ! Mais je savais que je n'avais pas d'autre choix si je voulais me bâtir une nouvelle vie, me sentir chez moi dans cette ville et recoller mon cœur en morceaux.

Ce matin-là, je me levai, disposée à laisser tout cela derrière moi. Je devais retrouver Jenna dans l'après-midi pour aller faire du shopping. Nous n'avions plus qu'une journée avant le début des cours et, bien que je sois nerveuse et effrayée à cette idée, j'étais contente que l'été soit fini pour repartir de zéro, mieux faire les choses et retrouver mon ancien « moi ».

Heureusement, Jenna était le genre de personne qui permettait de tout oublier quand on était avec elle. Je pus donc me distraire dans l'attente du lendemain, mon premier jour à Sainte-Marie. Selon Jenna, c'était une école élitiste où toutes les personnes que l'on rencontrait avaient un point commun : elles étaient pourries de fric. Qu'allais-je donc pouvoir faire pour m'intégrer ? J'eus à peine le temps d'y réfléchir qu'il était sept heures du matin et que mon réveil sonnait comme pour me souhaiter la bienvenue dans ma nouvelle école.

Mon uniforme, ajusté à mes mensurations, reposait sur la chaise de mon bureau. Quand je sortis de la salle de bains et que je commençai à m'habiller, je ne me reconnus pas. Je m'observai dans le miroir. Mon Dieu, quelle horreur ! L'uniforme ne m'allait pas du tout et en plus il était vert, ou plutôt vert moisi ! Pour couronner le tout, je ne savais pas du tout comment faire un nœud de cravate. J'attrapai celle-ci en même temps que mon sac et je sortis de ma chambre, angoissée comme on peut l'être le premier jour d'école. Enfin, quand on a six ans, pas quand on en a dix-sept.

Ma mère était dans la cuisine, une tasse de café à la main, déjà habillée mais l'air endormi. Nicholas était assis face à l'îlot. Depuis mon retour de l'hôpital, je ne l'avais vu qu'une seule fois, quand il était entré pour me demander comment j'allais, mais je l'avais ignoré. Cela faisait donc trois jours que nous ne nous adressions plus la parole. Selon ma mère, il n'avait pas passé une seule nuit à la maison. Je m'arrêtai un moment à la porte afin de rassembler le courage nécessaire pour le regarder en face. Il avait les cheveux en bataille et était habillé d'une manière que j'adorais : il portait un jean et un tee-shirt noir moulant. Je soupirai intérieurement avant de me rappeler tout ce qui s'était passé.

Il me scruta attentivement et j'eus honte qu'il me voie dans ces vêtements ridicules. Mais, à ma grande surprise, il ne se moqua pas, n'émit aucune sorte de commentaire ; il se contenta de m'observer quelques instants avant de reprendre la lecture de son journal. Je me tournai vers ma mère.

— Je ne sais pas du tout comment mettre ce truc ridicule, j'ai besoin que tu m'aides, dis-je, consciente du ton froid de ma voix.

En riant, elle me répondit :

— Tu es très mignonne, Noah.

— On dirait un elfe !

Je m'assis sur une des chaises de l'îlot, face à Nicholas, qui continuait de lire son journal mais qui avait maintenant un sourire presque imperceptible aux lèvres.

— Je te prépare le petit déjeuner, demande à Nick de t'aider pour la cravate.

Elle se leva et nous tourna le dos. Mal à l'aise, je regardai Nicholas, qui avait cessé de lire et me dévisageait les sourcils froncés.

Ma mère mit de la musique, et je fus donc la seule à entendre les battements de mon cœur. Je ne voulais pas m'approcher de Nick, mais je ne savais pas comment faire le nœud de cravate et je n'avais pas envie de passer une demi-heure à chercher un tutoriel sur YouTube. J'allai donc vers lui, évitant de le regarder.

Il fit pivoter sa chaise vers moi et me posa la main sur la hanche sans se lever, jusqu'à ce que nous soyons face à face.

— L'uniforme te va bien, commenta-t-il en essayant de croiser mon regard.

— Je suis ridicule et je ne veux pas que tu me parles, lâchai-je en me raidissant lorsque ses longs doigts caressèrent ma peau pour relever le col de mon chemisier blanc.

À l'autre bout de la cuisine, ma mère cuisinait en chantonnant, étrangère à ce qui se passait à trois mètres de distance.

— Je ne vais pas arrêter de te parler, je vais faire en sorte que tu changes d'opinion, m'assura-t-il en approchant son visage du mien plus qu'il ne l'aurait dû. Je veux que tu sois à moi, Noah, et je vais aller jusqu'au bout.

Mais qu'est-ce qu'il racontait ? Était-il devenu complètement fou ? Il était question de Nicholas Leister : celui qui n'appartenait à personne et à qui personne n'appartenait ; tout cela était ridicule.

Ses doigts recommencèrent à caresser mon cou, cette fois de façon délibérée et sensuelle. Je frémis et, pendant un instant, je dus fermer les yeux pour réussir à me concentrer sur ce que je voulais vraiment. Je ne voulais pas de Nicholas, qui allait encore me faire du mal, ni d'aucun autre garçon, d'ailleurs.

— Tu as terminé ? lui dis-je alors.

Il cessa ses caresses et m'observa fixement. D'un geste rapide, il remonta le nœud de la cravate jusqu'à ce qu'il soit à sa place, puis il prit un air grave.

— Oui. Bonne chance pour ton premier jour.

Puis il se leva et, sans crier gare, m'embrassa rapidement sur la joue. Je sentis un fourmillement là où ses lèvres frôlaient ma peau, et une partie de moi voulut lui crier de me serrer dans ses bras, de m'accompagner à ce stupide lycée et de m'embrasser jusqu'à en perdre la raison. Mais je restai simplement là, immobile, jusqu'à ce qu'il sorte de la cuisine.

— Noah ! m'interpella ma mère.

Apparemment, j'étais restée plongée dans mes pensées et je ne l'avais pas entendue m'appeler une première fois.

Elle déposa ma tasse de café devant moi, ainsi qu'une lettre sans expéditeur.

Je me raidis aussitôt.

— Elle est arrivée ce matin, m'informa ma mère tandis qu'elle terminait de boire son café. C'est sûrement quelqu'un d'ici, elle n'a ni cachet ni adresse. Tu as une idée ?

Je fis non de la tête tout en l'ouvrant avec des mains tremblantes. Ma mère haussa les épaules et retourna à son journal. Heureusement qu'elle n'avait pas insisté, car je savais que j'étais devenue blanche comme un linge.

En la sortant de l'enveloppe, je vis que l'écriture était la même que celle de la précédente.

Je te surveille. Tu ne devrais pas être là, tu n'aurais jamais dû y être.

P.S. Bonne chance dans ta nouvelle école.

P.A.

Je lâchai la lettre sur la table, l'estomac atrocement noué. Mon cœur s'était emballé et l'angoisse me tenaillait. Ces lettres commençaient sérieusement à m'inquiéter. Qui pouvait être aussi méchant ? Qui que ce soit, il devait bien me connaître, étant donné qu'il savait que je commençais l'école aujourd'hui. La seule personne qui me venait à l'esprit était Ronnie, et la seule personne à qui je pouvais en parler dans ce cas était la dernière à qui j'avais envie de demander de l'aide.

Je glissai la lettre dans la poche de mon pull et je me levai.

— Tu ne termines pas ton petit déjeuner ? me demanda ma mère, l'air préoccupé.

— Je suis un peu nerveuse, je mangerai plus tard, dis-je en sortant de la cuisine et en courant vers ma chambre.

Je pris la dernière lettre, que je cachais dans ma table de chevet, et les mis côte à côte. Oui, c'était bien la même écriture et elles étaient aussi brèves toutes les deux ; mais il y avait une différence, la signature : P.A. Cela signifiait-il qu'il y avait plusieurs personnes derrière cette histoire et qu'elles signaient de leurs initiales ? Mon Dieu ! Comment avais-je pu me faire des ennemis aussi vite ? Je cachai les deux lettres dans le tiroir et tentai de penser à autre chose. C'était mon premier jour d'école, j'avais l'esprit suffisamment occupé. Si je recevais d'autres lettres, je parlerais à quelqu'un. Nicholas m'aiderait, même si je préférais ne pas avoir à le lui demander.

J'allai rejoindre ma mère. Elle avait insisté pour me conduire au lycée, et maintenant je regrettais d'avoir accepté. J'aurais préféré m'y rendre dans ma propre voiture, pour me distraire en conduisant moi-même.

Une foule de jeunes vêtus de vert se trouvaient devant le lycée. Un grand nombre d'entre eux étaient affalés sur les bancs à l'extérieur, tandis que d'autres entraient déjà dans l'impressionnant établissement. Je vis que certains restaient dehors pour fumer une cigarette ou profiter des dernières minutes de liberté avant de devoir se plier à une ennuyeuse routine. Je me rappelai que c'était la même chose dans mon ancien lycée et, en étudiant un peu mieux les visages, je vis que tous semblaient contents de retrouver leurs amis après l'été.

— Bonne journée, ma chérie ! s'exclama ma mère.

En me retournant pour lui dire au revoir, je vis qu'elle avait l'air émue.

— Qu'est-ce qui t'arrive ? dis-je avec un petit rire.

— Je suis juste contente que tu puisses aller dans cette école, voilà tout, reconnut-elle en essuyant une petite larme.

Je l'embrassai sur la joue en secouant la tête.

— Tu es folle, mais je t'aime, lui dis-je avant de sortir de la voiture en riant toujours.

Ma mère me fit un geste de la main, puis s'éloigna. Tandis que je traversais tout le parc en direction de la porte d'entrée, quelqu'un apparut à côté de moi et me fit sursauter.

— Ce que tu es moche ! lâcha Jenna en me donnant une bourrade.

La voir vêtue de cette manière, elle qui était d'ordinaire si glamour, me fit rire. Mais, malgré l'horrible uniforme, elle était toujours belle. Grâce à sa jupe extrêmement courte, ses longues jambes étaient mises en valeur, et elle arrivait à être élégante malgré les chaussettes. Ma jupe n'était pas longue, mais tout de même plus sage que la sienne et que la plupart des autres.

— Arrête ! lui répondis-je en souriant.

— Viens, je vais te présenter à mes amis, dit-elle en m'entraînant vers un banc où étaient assis deux filles et trois garçons.

Je reconnus l'ami de Jenna et de Nick, Sam, à côté de Sophie.

— Ça va, Noah ? me salua Sam.

C'était lui que j'avais dû embrasser lors de ce stupide « action ou vérité ». Il était blond et ses yeux bruns étaient bienveillants, mais on pouvait y déceler cet air malicieux qu'ont certains jeunes enfants. Il me scruta de la tête aux pieds avec intérêt.

— T'es canon, en uniforme.

Je levai les yeux au ciel. Personne ne pouvait être canon avec ces horribles habits, quoique les garçons, avec leur chemise et leur pantalon noirs, soient, eux, plutôt séduisants. Sophie, qui avait dévoré Nick des yeux le jour de la fête, m'observa avec intérêt et je ne pus m'empêcher de me demander ce qu'elle avait en tête. À côté d'elle, il y avait une fille brune aux yeux clairs qui me semblait familière et me lançait un regard noir.

— Noah, voilà Sam et Sophie, que tu connais déjà, dit Jenna. (J'ignorai son ton sarcastique.) Et Cassie, la sœur d'Anna, dont je t'ai parlé au dîner la dernière fois.

Je hochai la tête, en comprenant pourquoi elle me semblait familière. La petite sœur d'Anna ne semblait pas m'aimer davantage que cette dernière. Elle m'observait froidement de haut en bas. Je détournai les yeux pour les poser sur les deux autres garçons. L'un était brun avec des lunettes, très séduisant. L'autre était blond aux yeux bleus, grand et baraqué, une carrure typique de footballeur américain.

— Et voilà Jackson et Mark, termina Jenna.

— Salut, dis-je en souriant.

— Alors, c'est toi, la nouvelle quasi-sœur de Nicholas Leister ? s'enquit Jackson, le garçon avec des lunettes.

— Oui, c'est moi.

— Tu ne sais pas à quel point je t'envie, avoua Sophie.

Il était clair qu'elle en pinçait complètement pour lui. L'espace d'un instant, j'eus envie de lui dire qu'il ne serait jamais à elle, et je me détestai pour ça.

Un instant plus tard, tandis que Jenna et les garçons terminaient leur cigarette, la sonnerie retentit.

— L'heure de la torture a sonné, annonça Mark, le blond, en jetant d'un geste adroit son sac sur son dos. On se voit à l'intérieur, Noah, me dit-il avec un sourire.

Tandis qu'ils s'éloignaient vers leurs classes, je m'apprêtai à entrer au secrétariat pour qu'on m'indique où aller et qu'on me donne les papiers nécessaires.

Pendant que je me dirigeais vers un autre bâtiment que celui où se trouvaient les salles de classe, je regardai partout autour de moi. J'avais l'impression que quelqu'un était en train de m'espionner. Je m'empressai d'entrer, une sensation étrange dans la poitrine.

La journée s'écoula sans incident. Jenna était très populaire à l'école et elle me présenta un tas de gens au fur et à mesure que s'écoulaient les heures. On s'était retrouvées ensemble dans presque tous les cours, sauf en espagnol et en maths. Et, dans chacun d'entre eux, il y avait Mark, le beau gosse, ou Sophie, la soupirante de Nick. J'étais aussi avec Cassie dans presque tous les cours, et je sus rapidement avec certitude qu'elle me détestait sans réserve. Elle essayait sans cesse de me ridiculiser ou levait les yeux au ciel à chaque parole que je prononçais. Jenna était très populaire, mais Cassie l'était également et, à ma grande surprise, elle l'était justement parce que sa sœur avait été une légende, tout comme Nick, dans cette école de millionnaires. Tous me demandaient des nouvelles de Nick, ce qu'il faisait ou comment c'était de vivre avec lui. D'autres avaient été présents le jour des courses et avaient vu la bagarre causée par mon intervention, et croyaient pour cela qu'ils avaient le droit de me lancer des regards mauvais ou de faire comme si je n'existais pas. Maudit soit Nicholas Leister : même quand il n'était pas là, il finissait par me compliquer la vie ! Tous parlaient de la fête de rentrée qui allait avoir lieu vendredi, un événement qui servait aussi à souhaiter la bienvenue aux nouveaux. Je ne savais pas du tout ce que cela supposait, mais, chaque fois, ils posaient les yeux sur moi d'une manière aussi mystérieuse qu'inquiétante.

L'heure de rentrer à la maison arriva enfin. Ma mère m'attendait à la sortie. Elle se lança dans un véritable interrogatoire, mais j'étais réellement épuisée et je parlai donc peu sur le chemin du retour. J'étais heureuse d'avoir négocié pour ne pas travailler au bar ce soir. Je me couchai dès mon arrivée, mais une voix familière et des sauts sur mon lit me réveillèrent.

— Allez, lève-toi !

J'ouvris les yeux après la sieste la plus longue de ma vie et demandai à Jenna :

— Qu'est-ce que tu veux ?

— Jackson et Mark nous ont invitées à une petite soirée chez eux, ceux de dernière année seront presque tous là. Il faut que tu viennes !

— C'est lundi, Jenna, demain il y a école, protestai-je tout en sachant déjà que ça ne servirait à rien.

— Et alors ? Les fêtes de début d'année sont les meilleures. Sérieusement, Noah, tu sais à quel point ça va être difficile de devenir quelqu'un de populaire ?

Je secouai la tête tout en me redressant.

— Être populaire ne m'intéresse pas.

— Parfois, tu es une vraie Martienne. Allez, à la douche pendant que je choisis ta tenue.

Je sortis de mon lit et fis de mon mieux pour l'ignorer pendant que je prenais une douche bien chaude.

— Mais qu'est-ce que tu fais, dépêche-toi ! me lança-t-elle.

Je sortis, enveloppée dans une serviette et les cheveux trempés. Jenna pouvait être très insistante quand elle le voulait. Tandis que je me séchais les cheveux, j'ouvris l'un des tiroirs de ma coiffeuse pour en sortir mon maquillage et aperçus les enveloppes qu'il dissimulait. Ces saletés de lettres me pourrissaient la vie, je ne pouvais me les ôter de l'esprit. J'avais envie d'en parler à quelqu'un, mais je n'osais pas, de peur de causer plus de problèmes encore. J'avais beau être fâchée contre Nick, je ne voulais pas qu'il soit à nouveau impliqué dans une bagarre, encore moins pour moi, et je savais que c'était exactement ce qui se passerait si je lui parlais des lettres. Je refermai énergiquement le tiroir et je me répétai encore que c'était juste une blague de mauvais goût, que Ronnie ne pouvait pas être assez bête pour me menacer par écrit et qu'il y avait des milliers de filles qui me détestaient uniquement parce que je vivais sous le même toit que Nick.

Je m'observai dans le miroir et décidai de m'amuser comme je le pouvais, je ne voulais pas continuer à me triturer les méninges, j'avais besoin de faire quelque chose qui me fasse oublier cette histoire. J'entrepris de me maquiller, et Jenna alla à son tour se préparer chez elle. Puis je commençai à rassembler mes cheveux en chignon.

Lorsque j'eus terminé, j'essayai presque toutes les robes de mon dressing, celles que ma mère m'avait achetées et qui portaient toujours une étiquette. J'optai pour une jupe à volants et un haut noir moulant.

Juste au moment où j'allais appeler Jenna pour savoir à quelle heure elle comptait venir me chercher, j'entendis des cris dans la maison. Pieds nus, des chaussures à talons dans une main, je sortis la tête dans le couloir pour voir ce qui se passait.

Les cris provenaient de la chambre de ma mère et de William. Je m'approchai pour mieux entendre.

— Que voulais-tu que je fasse ?! criait ma mère, hors d'elle.

Intriguée, je me demandai ce que William avait bien pu faire pour la contrarier à ce point.

— Tu aurais dû me le dire ! beugla William, encore plus fâché qu'elle. Tu es ma femme, bon Dieu ! Après si longtemps… Comment as-tu pu me cacher une chose pareille ?

Ma mère aurait pu lui dissimuler de nombreuses choses, mais une seule pouvait le faire sortir de ses gonds de cette manière.

— Je ne pouvais pas !

Tandis que je faisais de mon mieux pour les entendre, quelqu'un posa les mains sur mes hanches et je sursautai, laissant tomber les chaussures au sol. Je me retournai sur-le-champ, effrayée.

— À quoi tu joues ?! lançai-je à Nicholas.

— C'est plutôt à moi de te le demander ! répliqua-t-il tout en me reluquant ouvertement.

Je ne pus m'empêcher à mon tour de regarder son torse et cette chemise blanche sans cravate qui lui allait si bien. Mon Dieu, qu'il était beau en blanc ! Le contraste avec ses cheveux noirs était incroyable.

— Tu sais pourquoi ils se disputent ? lui demandai-je, un peu sonnée.

— Non, répondit-il simplement en posant ses mains sur mon visage et en m'emprisonnant contre le mur. Tu me parles, maintenant ? dit-il alors.

Sa bouche attira mon attention, ses lèvres, son souffle sur mon visage...

— Pousse-toi, Nicholas.

Je faisais de mon mieux pour me contrôler. Je voulais le repousser de mes mains, mais je refusais de le toucher, je ne le ferais pas, je ne poserais plus un seul doigt sur ce corps.

— Combien de temps tu penses continuer comme ça ? soupira-t-il, frustré, sans me lâcher.

— Jusqu'à ce que tu comprennes que je ne veux pas que tu m'approches.

Ses lèvres esquissèrent un sourire.

— Tu meurs d'envie de m'embrasser.

Je détestais être aussi nerveuse, et je détestais le fait qu'il ait bousillé ce qu'il y avait entre nous.

— Je meurs d'envie de te filer un coup de pied, oui !

Il sourit et je croisai les bras, indignée.

— Tu sors ? ajouta-t-il une seconde plus tard.

— Oui.

— Avec Jenna ?

— Non. Avec ton père, répondis-je, sarcastique. Tu crois peut-être que je connais quelqu'un d'autre ?

À ce moment, sa main quitta le mur et se posa sur ma joue. Il semblait changé, il me regardait d'une manière différente, trop intense pour que je puisse le supporter.

— Ne rends pas les choses encore plus difficiles, dis-je, en colère.

Je ne voulais pas qu'il soit proche de moi, plus maintenant. Je ne lui faisais plus confiance.

Il avait l'air blessé et je ne savais plus très bien pourquoi je luttais contre ce que je ressentais pour lui. J'avais peur qu'on ne soit trop proches, peur d'ouvrir mon cœur une nouvelle fois et surtout à quelqu'un comme lui. Il valait mieux que je sois seule ; ainsi, personne ne pourrait me dire ce que j'avais à faire ni me faire souffrir.

Ce soir, j'allais tout oublier, les lettres, leur auteur, et Nicholas. Ce soir, j'avais l'intention de me saouler et de noyer toutes les peines de ma vie dans l'alcool.

11

Nick

J'étais profondément endormi lorsque mon portable qui vibrait réussit à me réveiller. Je me passai la main sur le visage et me secouai en voyant que l'appel était de Jenna.

— J'espère que tu as une bonne raison pour me réveiller à trois heures du matin, grommelai-je.

— Nick, j'ai besoin que tu viennes… C'est Noah, ça ne va pas.

Je sentis aussitôt mon corps se raidir.

Je me levai et cherchai l'interrupteur à tâtons.

— Qu'est-ce qu'elle a ? Elle est blessée ? demandai-je en traversant ma chambre à la recherche de vêtements.

— Ça fait plus d'une demi-heure qu'elle est en train de vomir, elle est complètement bourrée.

Je jurai entre mes dents et j'attrapai mes clefs de voiture.

— Donne-moi l'adresse, Jenna.

Je mis quinze minutes à arriver. Il y avait du monde partout, et je dus jouer des coudes pour me frayer un passage jusqu'à la maison. Je cherchai Jenna dans le salon et la cuisine et j'étais déjà en train de prendre mon portable pour qu'elle me dise où elle avait pu se fourrer, quand je la vis descendre les escaliers.

— Où est-elle ? criai-je, furieux.

Ce n'était pas la faute de Jenna, mais putain, est-ce qu'elles n'étaient pas censées prendre soin l'une de l'autre ? Jenna n'avait pas l'air mal, elle, elle était même complètement sobre.

— On l'a emmenée dans une chambre à l'étage, m'informa-t-elle, et je commençai à monter les marches deux par deux. Elle savait qu'elle exagérait, mais elle n'a pas voulu m'écouter, Nick.

Sans lui prêter attention, j'entrai dans la chambre et m'agenouillai auprès de Noah. Elle était pâle et en sueur, sûrement épuisée d'avoir vomi aussi longtemps.

— Elle est comme ça depuis combien de temps ? m'écriai-je, et, comme personne ne me répondait, je me tournai vers Jenna, furieux. Combien de temps ?

— Elle a vomi pendant plus d'une demi-heure, et ça fait cinq minutes qu'elle a perdu connaissance. Ou peut-être qu'elle dort. Je ne sais pas, Nicholas, je suis désolée, je lui ai dit d'arrêter, mais…

— Laisse tomber, Jenna.

Du coin de l'œil, je vis Lion entrer dans la chambre.

D'un ton assuré, la fille qui se trouvait près de Jenna me dit :

— Je suis en fac de médecine, ne t'inquiète pas, son pouls est stable, elle a trop bu, elle a juste besoin de dormir. Demain, elle aura une gueule de bois carabinée, mais à part ça elle va bien.

— Comment peux-tu dire qu'elle va bien ?

J'avais presque hurlé en prenant entre mes mains le visage d'une Noah inconsciente, terriblement inquiet.

— Parce que c'est vrai. Ramène-la chez toi et surveille-la pendant la nuit, ajouta-t-elle, et j'avais bien l'intention de suivre son conseil.

— Je suis désolée, Nick. Je ne pensais pas que ça finirait comme ça, avoua Jenna, l'air coupable.

— Ce que tu peux me dire en ce moment ne m'intéresse pas, répliquai-je froidement tout en prenant Noah dans mes bras sans difficulté.

Même si elle respirait normalement, je pris peur en voyant qu'elle n'émettait aucun son. Sa tête se posa sur mon épaule et je me reprochai de ne pas avoir su la protéger une nouvelle fois. Elle était dans cet état par ma faute, mais quelque chose ne collait pas : en descendant les marches, je ne cessai de me demander ce qui avait bien pu se passer pour qu'elle en arrive à se saouler de cette manière.

Lorsque je me garai devant la maison et que je me retournai pour observer Noah, j'eus une impression de déjà-vu très désagréable. Le jour où j'avais rencontré Noah, elle avait terminé exactement dans le même état, sauf qu'elle avait été droguée à son insu. Cette fois-là aussi, cela avait été ma faute. Me rappeler comment je l'avais laissée en plan au beau milieu de la route me montrait à quel point j'avais pu être salaud avec elle depuis le début. Je ne la méritais pas, mais je ne pouvais plus rien y faire à présent, elle m'avait ensorcelé.

Je sortis de voiture et la saisis avec précaution. Elle était toujours inconsciente et, une fois dans la maison, je dus me hâter pour monter à l'étage. Il était tard et je ne voulais pas que Raffaella voie Noah dans cet état lamentable. Je me dirigeai directement vers ma chambre, sans y réfléchir une seconde. Cette nuit, je ne la quitterais pas des yeux tant qu'elle n'aurait pas repris connaissance. Lorsque je la déposai doucement sur mon lit, je ne pus m'empêcher de penser que j'avais eu envie de la voir là depuis la première fois où je l'avais vue dans sa robe noire. Et, maintenant, il fallait que ce soit dans ces conditions. Je lui ôtai ses chaussures et allumai la petite lampe qui se trouvait sur ma table de chevet. Elle était tellement dans le cirage qu'elle ne s'était même pas rendu compte de l'obscurité qui nous entourait, et je me sentis oppressé : si son état était pire qu'il n'en avait l'air ? Aurais-je dû l'emmener à l'hôpital ?

Je repoussai cette dernière pensée : comme Noah était mineure, elle s'attirerait de sacrés problèmes si on apprenait qu'elle avait ingurgité tout cet alcool.

Ses vêtements étaient tachés de vomi et elle avait la chair de poule. Je commençai à lui ôter sa jupe, puis son collant, tout en gardant la tête froide. J'allai chercher un de mes tee-shirts, et j'étais sur le point de le lui enfiler par la tête lorsque quelque chose attira mon attention : Noah avait une longue cicatrice qui lui courait le long de l'estomac. Je l'observai un moment, ébahi. Comment avait-elle pu se blesser ? C'était une cicatrice imposante, qui avait dû requérir de nombreux points de suture. Un de mes doigts glissa sur la douce surface de cette marque qui détruisait le corps le plus sublime que j'aie jamais vu. Dans son sommeil, Noah s'agita et repoussa ma main d'un coup sec. Était-ce pour cela qu'elle ne voulait pas se mettre en bikini ? À cause de la cicatrice ? Alors, de nombreux détails me revinrent à l'esprit et prirent sens : comme le fait qu'elle porte toujours un maillot une pièce, ou la manière dont son visage s'était décomposé quand on lui avait demandé d'enlever sa robe à « action ou vérité ».

Je compris alors à quel point Noah était éloignée de moi : je ne savais rien d'elle, mais je ressentais le besoin de la protéger de tout ce qui pouvait la préoccuper ou l'effrayer. Je la bordai.

Que lui était-il arrivé ? Qui était Noah Morgan, en réalité ?

Avec ces pensées en tête, je me recouchai en la serrant contre mon torse. Je voulais la protéger de tout, et de tous, parce que je savais maintenant qu'il lui était arrivé quelque chose. Et je finirais bien par découvrir de quoi il s'agissait.

12

Noah

La chaleur était suffocante et je ne voyais rien. Il me fallut quelques instants pour comprendre pourquoi j'avais l'impression d'étouffer. Des bras me tenaient serrée contre un corps grand et chaud. Je fus complètement abasourdie de voir qu'il s'agissait de Nicholas, profondément endormi.

Comment étais-je arrivée là ? Comment donc avais-je pu me retrouver dans son lit ?

Je réalisai que j'étais vêtue d'un tee-shirt qui n'était pas le mien, si grand qu'il aurait pu me servir de chemise de nuit.

J'en eus le souffle coupé : quelqu'un m'avait déshabillée.

La panique s'empara de moi, implacable. La respiration hachée, je me redressai du mieux possible contre la tête de lit. Nicholas ouvrit les yeux. D'abord un peu perdu, il me demanda en scrutant attentivement mes traits :

— Tu te sens bien ?

— Tu peux me dire ce que je fais ici, bon sang ?

Je regrettai de m'être saoulée à ce point et de ne pas avoir pu me changer seule.

— Jenna m'a appelé pour que j'aille te chercher. Tu étais inconsciente.

Il était décoiffé et avait dormi tout habillé.

— Et ensuite, que s'est-il passé ? demandai-je en essayant de garder mon calme.

Il ne répondit pas tout de suite. Les battements de mon cœur s'accélérèrent.

— Je t'ai enlevé tes vêtements tachés de vomi et je t'ai mise dans mon lit.

Je me levai et me dirigeai vers l'autre extrémité de la pièce. Je le regardai, incrédule.

— Comment tu as pu ! criai-je, hors de moi.

Nicholas ne pouvait pas avoir vu ma cicatrice, ce n'était pas possible, cela ouvrait les portes d'un passé auquel je ne voulais pas repenser.

Il se leva et s'approcha prudemment, l'air blessé.

— Pourquoi tu te mets dans un état pareil ? (Je respirais avec peine.) Quelle que soit la chose qui te préoccupe, sache que moi je ne dirai rien à personne. Noah, je t'en prie, arrête de me regarder comme ça, je m'inquiète pour toi.

— Non ! criai-je, furieuse. Tu ne peux pas t'inquiéter pour une histoire que tu ne comprends pas et que tu ne sauras jamais !

Il fallait que je sorte de cette pièce, j'avais besoin d'être seule ; rien ne se passait comme je l'avais espéré, rien ne se passait comme je l'avais voulu. J'avais l'estomac noué et une terrible envie de pleurer.

Je le regardai : il semblait ne pas savoir comment réagir, mais en même temps il avait un air déterminé.

— Je n'ai pas l'intention de te le répéter encore : ne t'approche pas de moi !

Son expression se transforma. Furieux, il se rapprocha et prit mon visage entre ses mains. Je ne bougeai pas, essayant d'apaiser ma respiration et mes nerfs en pelote.

— Que tu le saches une bonne fois pour toutes : je n'ai pas l'intention d'aller où que ce soit. Je vais rester là pour toi et, quand tu seras prête à me raconter ce qui a bien pu t'arriver, tu verras que tu as commis une grave erreur en m'éloignant de toi.

Je fus soulagée de voir qu'il s'écartait quand je le repoussai.

— Tu te trompes, je n'ai pas besoin de toi.

Je ramassai mes affaires et sortis en claquant la porte.

J'avais envie de pleurer, d'évacuer toute l'angoisse que je ressentais. Nicholas avait vu ma cicatrice : maintenant, il savait qu'il s'était passé quelque chose, quelque chose dont je ne souhaitais pas parler et qui me faisait honte, quelque chose que j'avais décidé d'enfouir au plus profond de moi.

En frissonnant, j'enlevai ce que je portais et me mis sous le jet brûlant de la douche, laissant mon corps se réchauffer car je me sentais glacée, à l'intérieur comme à l'extérieur. Lorsque je sortis de la salle de bains et que je vis une enveloppe blanche sur mon lit, je me sentis défaillir. Pas encore, non, pas une autre lettre, je vous en prie, pas aujourd'hui.

Les mains tremblantes, je pris l'enveloppe. À présent, c'était du harcèlement, je devais en parler, je devais le raconter à quelqu'un. La boule au ventre, je commençai à lire :

Tu te rappelles ce que tu m'as fait ? Moi je n'oublierai jamais l'instant où tu as tout gâché, absolument tout. Je vous hais, toi et ta mère. Vous vous croyez importantes parce que vous vivez sous le toit d'un millionnaire ? Vous n'êtes que deux putes qui se vendent pour du fric, mais ça ne va pas durer : je vais m'en charger. Et, quand ce sera fait, ils seront loin, les jours où tu allais à une belle école en uniforme.

A.P.A.

C'était de pire en pire. Il fallait que j'en parle à quelqu'un. Pourtant, une partie de moi refusait de le faire : ma mère avait ses propres problèmes avec Will, comme le montrait leur dispute de la veille. La dernière chose que je souhaitais, c'était de l'inquiéter et de lui raconter que je m'étais fait des ennemis dans cette ville. Non, je ne pouvais pas lui parler de Ronnie, pas sans attirer des problèmes à Nicholas. Nicholas avait vingt-deux ans, il pouvait aller en prison et, si c'était Ronnie le coupable, il n'hésiterait pas à balancer tout ce qu'il savait.

Tout pouvait très mal se terminer, si je ne faisais pas attention.

J'avais peur de sortir seule, je me sentais tellement accablée, si profondément triste que j'avais de nouveau voulu tout oublier, comme la veille. Boire jusqu'à en perdre connaissance paraissait horrible, car à présent j'avais une gueule de bois infernale, mais ça en avait valu la peine, ça oui. J'avais enfin réussi à oublier mes problèmes, mes démons intérieurs. Tout, autour de moi, menaçait de me détruire, et je voulais juste que ça aille mieux.

Je m'assis sur ma chaise et remarquai l'heure. Dans moins de quarante-cinq minutes, je devais être au lycée pour mon deuxième jour d'école, et rien ne me paraissait plus futile que ça en ce moment.

J'enfilai mon uniforme comme un robot, je me sentais mal ; les mots de la lettre s'étaient gravés en moi : c'était vrai que je ne méritais pas de mener cette vie, elle ne m'appartenait pas.

Lorsque je descendis prendre mon petit déjeuner, je trouvai Nicholas et son père seuls, en pleine conversation. Ils se turent à mon entrée.

— Et ma mère ? demandai-je en m'approchant du frigo pour en sortir le lait, sans même les regarder.

— Elle est encore au lit. C'est moi qui t'accompagnerai au lycée, si ça ne te fait rien, me dit William avec un sourire crispé.

La veille, dans l'après-midi, ma voiture avait commencé à faire des bruits bizarres et je l'avais emmenée au garage. Je regardai William et je vis qu'il avait l'air plus grave qu'à son habitude. Leur dispute devait être sérieuse, pour que ma mère ne veuille pas se lever ce matin. J'acquiesçai, mais je me promis de faire mon enquête pour savoir ce qui s'était passé.

Nicholas m'adressa à peine un regard et j'en fus soulagée. Il m'était impossible de le regarder en face sans savoir exactement ce qu'il avait découvert sur moi.

William prit une autre gorgée de café et se tourna vers moi :

— Tu es prête, Noah ?

— Dès que tu auras fait mon nœud de cravate, on pourra y aller, répondis-je, et il sourit.

C'était la première fois que je lui demandais directement quelque chose, et c'était une sensation étrange.

J'avais fini par m'habituer à lui et, la vérité, c'est que je me sentais suffisamment à l'aise maintenant pour ne pas craindre d'être seule avec lui dans la voiture.

Grâce à Dieu, la journée passa vite : Jenna s'était confondue en excuses pour m'avoir laissée boire autant. Elle n'avait pourtant pas à le faire : cela avait été ma faute, et seulement ma faute. De nombreuses filles que je ne connaissais même pas étaient venues me demander comment c'était de vivre avec Nicholas Leister. Apparemment, j'étais devenue le sujet favori de l'école, et tous voulaient soit me critiquer, soit qu'on devienne amis. Jenna me disait que c'était la rançon de la gloire, que je finirais bien par m'habituer, mais moi, je voulais juste me cacher dans un coin pour que personne ne me remarque. Non seulement il y avait des filles bizarres amoureuses de Nick, mais il y avait aussi les jalouses qui me détestaient probablement parce que je passais du temps avec lui. Parmi ces dernières, ce qui n'était guère étonnant, il y avait Cassie, la sœur d'Anna. Je ne savais pas très bien ce qu'elle mijotait, mais, chaque fois que nos regards se croisaient, elle se mettait à chuchoter avec ses amies pour ensuite éclater de rire. C'était très puéril, et je n'étais pas d'humeur à supporter ce genre de choses. Je les ignorais, elle et ses fans. Je restai toute la journée avec Jenna et ses amis, que, bizarrement, je trouvais sympa. Ils passaient leur temps à organiser des fêtes sans raison particulière.

Lorsque je sortis du lycée, la voiture de ma mère n'était pas là. Une fois que la foule se fut dispersée, je remarquai une silhouette tapie contre un arbre et qui ne me quittait pas des yeux.

Ronnie.

Mon cœur se mit à battre la chamade et je sentis l'adrénaline courir dans mes veines. Si c'était lui l'auteur des lettres, j'étais dans un sacré pétrin. Quand il vit que je l'observais, il me fit signe d'approcher en souriant. Il ne pourrait pas me faire de mal sans que personne le voie. Il restait peu d'élèves, mais suffisamment pour me rassurer. Où était donc ma mère ?

Il me fallait régler cette histoire le plus vite possible. Je me dirigeai donc vers lui en me tenant très droite. En approchant, j'examinai une nouvelle fois son crâne rasé et les milliers de tatouages qui recouvraient ses bras, jusqu'aux clavicules.

— Tu veux quoi, au juste ? lui dis-je sans détour, espérant qu'il ne remarquerait pas ma nervosité.

Il s'esclaffa, se redressa et me regarda de toute sa hauteur.

— Pas si vite, ma belle, fit-il en m'examinant de la tête aux pieds d'un air lubrique. Tu es très sexy dans cet uniforme de petite fille riche, ce serait amusant de te l'enlever.

— Tu es répugnant, et si tu n'as que ça à me dire…

Je fis volte-face pour m'en aller, mais il saisit mon bras et m'attira à lui.

— Tu crois que tu peux m'humilier comme tu l'as fait et t'en sortir comme si de rien n'était ? me dit-il à l'oreille.

Je tentai de me dégager, mais il me tenait fermement. De plus, je voulais écouter ce qu'il avait à me dire, savoir si c'était lui l'auteur des lettres.

— Tu es un mauvais perdant. Moi, si j'étais toi, je passerais à autre chose, lui dis-je avec tout le calme dont j'étais capable, en réussissant à me dégager d'un coup sec.

Ses yeux se fixèrent sur mon chemisier.

— Tu es bagarreuse comme une petite chatte et plutôt appétissante, mais, si tu ouvres encore la bouche pour dire une connerie, je te jure que…

— Quoi ? Tu me feras quoi ? l'interrompis-je en regardant derrière moi.

Je voulais lui démontrer qu'il ne pouvait pas me faire du mal ici, devant témoins.

— Tout, tu peux en être certaine, mais en temps voulu, assura-t-il en souriant comme si nous bavardions de la pluie et du beau temps. J'ai quelque chose pour toi, un petit cadeau que tu n'attends sûrement pas.

Une autre lettre. C'était donc lui.

— Ta petite blague débile n'est plus aussi drôle. Tu crois peut-être que je ne peux pas te dénoncer pour harcèlement ?

— Je ne suis que le messager, ma belle, commenta-t-il en m'effleurant la joue gauche avec un coin de la lettre. Apparemment, je ne suis pas le seul à vouloir te mettre la main dessus.

Je restai pétrifiée. Si ce n'était pas lui l'auteur des lettres, qui donc était-ce ?

À l'instant précis où je tendais la main pour la prendre, une voiture se rangea près de nous.

— Éloigne-toi d'elle ! cria Nicholas.

Il sortit en claquant la portière et apparut dans mon dos. Il me tira en arrière pour se placer devant moi.

Ronnie n'eut pas l'air impressionné. Au contraire, il sourit bêtement, comme s'il venait d'apprendre qu'il avait gagné à la loterie.

Je glissai rapidement la lettre dans mon sac avant que Nicholas ne puisse la voir.

— Qu'est-ce que tu fous là ? beugla Nicholas d'un air menaçant.

— Je vois que je ne m'étais pas trompé. Toi aussi, tu aimerais te mettre entre ses jambes, hein, Nick ?

Nicholas fit un pas en avant, mais je m'empressai de le retenir par le bras.

Je ne voulais surtout pas que Nicholas se batte une nouvelle fois avec cette pourriture.

Nick plongea ses yeux dans les miens. On voyait de la colère sur ses traits mais aussi de la peur, la peur de me blesser.

— Écoute ta petite sœur, Nick, tu ne veux pas te battre avec moi, pas ici, dit Ronnie en jetant un coup d'œil aux badauds qui nous avaient sûrement remarqués.

— Ne t'approche plus d'elle ou je jure devant Dieu que tu ne verras plus jamais la lumière du soleil, lâcha Nick en s'avançant encore.

Avec un dernier sourire accompagné d'un clin d'œil, Ronnie monta dans sa voiture. Je me mis à trembler dès qu'il eut disparu au bout de la rue. J'avais fait des efforts surhumains pour garder mon calme.

Nick mit ses deux mains sur mes joues.

— Dis-moi qu'il ne t'a rien fait.

Je fis non de la tête tout en faisant de mon mieux pour ne pas m'effondrer. Je ne pouvais pas flancher, pas devant lui.

Je reculai d'un pas. Les mains de Nick retombèrent.

— Je vais bien, affirmai-je posément. Ramène-moi à la maison.

Une fois dans la voiture, je réussis à me calmer. Ma respiration redevint normale et seules mes mains tremblaient encore. Je les plaçai sous mes jambes pour les dissimuler. Je mourais à la fois d'envie et de peur d'ouvrir la lettre.

— Qu'est-ce qu'il t'a dit, Noah ? me demanda Nicholas après être resté un moment silencieux.

— Il m'a menacée, dis-je après un moment d'hésitation, sincère au moins sur ce point.

Ses mains agrippèrent le volant avec force.

— Comment, exactement ?

— Il veut se venger pour l'histoire de la course, repris-je en remarquant que ma voix tremblait un peu.

— Il ne te touchera pas, jura-t-il, les yeux fixés sur la route.

Je lui étais reconnaissante de se préoccuper de moi, mais ce n'était pas nécessaire : je n'avais besoin de l'aide de personne pour prendre soin de moi.

— Bien sûr que non.

Mais en étais-je bien sûre ?

En arrivant à la maison, je me rendis directement dans ma chambre. William se trouvait dans le salon avec d'autres avocats, et il ferma la porte sans me saluer ou presque. C'était bizarre. Je n'eus donc à affronter que ma mère.

Contrairement à son habitude, elle avait les yeux cernés et semblait fatiguée. Elle me serra dans ses bras dès qu'elle me vit. Quelle que soit la raison de leur dispute, c'était sans aucun doute plus grave que je ne le pensais.

— Tu vas bien, maman ?

— Bien sûr.

— Tout va bien entre Will et toi ? Tu peux me le dire.

Elle secoua la tête, tout en m'offrant le sourire le plus faux qui soit.

— Tout se passe à merveille, ma chérie, affirma-t-elle. Ne t'inquiète pas.

Je n'avais pas le temps de la cuisiner davantage, il fallait que je lise la lettre que Ronnie m'avait remise.

Je montai dans ma chambre et la sortis de mon sac, les nerfs à fleur de peau.

La lettre ne contenait qu'une seule phrase :

Tu m'as arraché tout ce qui comptait,
et maintenant tu vas en subir les conséquences.

P.A.P.A.

La lettre m'en tomba des mains. Et les souvenirs affluèrent :

Le bus scolaire venait de me déposer devant notre porte. Je n'avais que huit ans et je tenais un dessin dans la main. J'avais gagné un prix, le premier prix, et je voulais l'annoncer à mes parents. J'étais entrée en courant, le sourire aux lèvres, et je l'avais vue.

Ma mère était étendue au sol, entourée de morceaux de verre. Ils avaient une nouvelle fois brisé la petite table du salon. Le sang jaillissait de sa joue gauche, sa lèvre était fendue et son œil violacé. Mais elle se releva tant bien que mal dès qu'elle me vit entrer.

— Bonjour, ma chérie ! me lança-t-elle à travers ses larmes.

— Tu as encore été vilaine, maman ? lui demandai-je en m'approchant d'un pas hésitant.

Elle acquiesça, et alors un homme de haute taille et très musclé apparut sur le seuil.

— Va te laver, je me charge d'elle, ordonna mon père.

Ma mère m'observa quelques instants, puis disparut en direction de sa chambre.

Je me tournai vers lui, mon dessin à la main.

— Qu'est-ce que tu as fait aujourd'hui, ma petite chérie ?

Je sentis ma respiration devenir laborieuse sous le poids des souvenirs. Je m'assis près de mon lit et entourai mes genoux de mes bras. Cela ne pouvait pas être vrai.

J'aidais maman à cuisiner, mais elle était nerveuse : ce jour-là, rien ne semblait bien se passer. Elle brûla le pain, et les pâtes, trop cuites, collaient. Elle savait ce qui allait se passer, elle le savait et ressentait la peur dans tout son corps. Je n'étais qu'une enfant, mais je comprenais que quand on faisait des bêtises, comme maman, on était puni.

— C'est quoi ce truc, putain ? cria-t-il avec un mouvement brusque. Les assiettes et les verres s'écrasèrent au sol. Je me levai en vitesse et m'enfuis hors de la pièce. Comme chaque fois que cela arrivait, je me bouchai les oreilles et commençai à fredonner une chanson. Maman m'avait dit de le faire et je n'avais pas l'intention de lui désobéir.

Mais, même comme ça, on entendait les cris et les coups.

Je sentis les larmes rouler sur mes joues. Je n'y avais pas pensé depuis si longtemps…

Papa ne sentait pas bon. Ce jour-là était une mauvaise journée. Chaque fois que papa sentait cette odeur si amère, les choses finissaient mal. Les cris commencèrent quelques minutes plus tard, accompagnés du fracas de quelque chose qui se brise. Je courus dans ma chambre et je m'y enfermai. Je me glissai sous les couvertures et j'éteignis la lumière. L'obscurité me protégeait, l'obscurité était mon alliée…

Mon cœur cognait dans ma poitrine. Ça ne pouvait pas recommencer. Tout à coup, j'eus envie de vomir, et c'est exactement ce que je fis. Je courus jusqu'à la salle de bains et rendis le peu de nourriture que j'avais absorbée durant la journée. J'avais besoin de me calmer. Mon père était en prison, il ne pouvait pas me faire de mal. Il était enfermé dans un autre pays, à des milliers de kilomètres. Mais alors, qui pouvait me faire une chose pareille ?

Personne ne connaissait mon passé, absolument personne, à part ma mère, la femme du service de protection des mineurs, et le tribunal qui avait jugé l'affaire et enfermé mon père. Parce qu'il était toujours enfermé, n'est-ce pas ?

Je m'aspergeai la figure d'eau en essayant de me calmer. Je ne devais pas m'effondrer, non, c'était hors de question. J'avais besoin de me distraire.

Je pris mon portable.

— Jenna ? J'ai besoin de ton aide.

13

Nick

Noah était différente, elle se comportait bizarrement. Depuis que je l'avais ramenée du lycée aujourd'hui, elle n'était plus redescendue. J'avais envie d'aller la voir parce que je savais qu'il y avait un problème. Depuis que j'avais vu la cicatrice sur son ventre, tous mes sens étaient en alerte : quelque chose, lié à la fois au passé et au présent, la perturbait, la poussait à se comporter ainsi. Se saouler jusqu'à perdre connaissance... ça ne lui ressemblait pas, ce n'était pas la Noah que je connaissais, celle dont j'étais tombé amoureux.

Elle me parlait à peine, je lui avais fait du mal et je méritais d'être tenu à l'écart, mais je ne supporterais pas qu'il lui arrive quoi que ce soit, je devais la protéger de ce monstre et, s'il le fallait, je la suivrais ou la surveillerais en cachette.

J'en étais là de mes réflexions lorsque mon téléphone sonna. C'était ma petite sœur. J'avais le cœur brisé de ne pouvoir l'accompagner pour son premier jour d'école, mais je ne pouvais pas laisser Noah sans protection, mon instinct me soufflait de rester auprès d'elle. Je promis à ma sœur que j'irais lui rendre visite dès que possible et je lui souhaitai une bonne première journée d'école. En l'imaginant dans son uniforme minuscule, avec son sac à dos Cars, je fus assailli de remords.

Les jours s'écoulèrent et, jeudi, un événement me déconcerta : je montais dans ma chambre, épuisé par ma journée à l'université, quand j'entendis des bruits et des rires qui provenaient de la chambre de Noah. Sans hésiter, j'ouvris brusquement la porte et je la trouvai, en compagnie de trois filles et de deux garçons. Ils fumaient des joints. Jenna était là, à côté de son stupide pote qui avait embrassé Noah le jour où nous avions joué à « action ou vérité ». Sophie était là aussi, simplement vêtue de la jupe de l'école et d'un soutien-gorge rouge en dentelle.

— Putain, qu'est-ce qui se passe ici ?

Grâce à Dieu, Noah était entièrement habillée, mais elle tenait un joint entre ses doigts et était enveloppée d'une fumée blanche.

— Nicholas, du balai !

J'eus une sérieuse envie de la secouer et de foutre tous les autres dehors.

Je m'approchai d'elle et lui arrachai le joint.

— Qu'est-ce qui te prend de fumer cette merde ? lançai-je en la foudroyant du regard.

Elle m'observa quelques instants puis haussa les épaules, indifférente. Elle avait les yeux rouges et les pupilles dilatées. Elle était défoncée.

— Foutez le camp ! criai-je aux autres.

Les filles sursautèrent, mais les deux mecs me regardèrent d'un air provocant.

— Qu'est-ce qui t'arrive ? On passe juste un bon moment ! s'exclama l'un d'eux.

Je lui lançai un regard assassin.

— D'accord, d'accord, du calme, mon gars, me dit-il en commençant à ramasser les affaires.

Les mains posées sur les hanches, Noah me défiait du regard.

— C'est quoi, ton problème ? lâcha-t-elle en ignorant ses amis qui partaient.

J'avais juste envie de les voir disparaître, y compris cette idiote de Jenna, et je claquai la porte d'un coup sec.

— Laisse-moi tranquille !

Elle me contourna pour se diriger vers la porte, mais je l'attrapai par le bras et la forçai à me regarder.

— Tu peux m'expliquer ce qui t'arrive, bon sang ? m'écriai-je, furieux.

Elle leva les yeux, et j'y vis un éclat sombre et profond. Elle me sourit sans joie.

— C'est pourtant ton monde, Nicholas, observa-t-elle avec calme. Donc je vis ta vie, je profite de tes amis, j'oublie tous mes problèmes. C'est tout ce qu'on te demande de faire, il me semble, ce que je suis censée faire moi aussi, lança-t-elle en reculant d'un pas pour s'écarter de moi.

Je n'arrivais pas à y croire.

— Tu pètes complètement les plombs, dis-je en baissant la voix.

Je n'aimais pas ce que j'avais devant les yeux : la fille dont je croyais être amoureux se transformait en une personne qui ne me plaisait pas. Pourtant, en y réfléchissant bien, ce qu'elle était en train de faire, la *manière* dont elle le faisait, était le reflet de ma propre vie, ma vie avant de la rencontrer. C'est moi qui l'y avais poussée : tout était ma faute. Elle s'autodétruisait par ma faute.

D'une certaine manière, nous avions échangé nos rôles. Elle avait surgi dans ma vie, m'avait sorti du trou noir où je m'étais fourré et avait fini par occuper ma place.

— Pour la première fois de ma vie, je crois que c'est moi qui mène la danse, et ça me plaît, alors laisse-moi tranquille !

Elle me poussa et sortit de la pièce.

Je restai immobile. Que pouvais-je faire ? Noah dissimulait quelque chose et n'avait pas l'intention de m'en parler. J'avais perdu sa confiance, et réussir à la regagner signifierait entrer dans son jeu. Je voulais la protéger, je voulais la sortir de ce mauvais pas, mais comment faire si elle ne voulait plus être dans la même pièce que moi ?

Je l'aimais, mais je commençais à perdre patience.

Cette nuit-là, mon père et Raffaella devaient assister à une réunion et passer la nuit au Hilton du centre-ville. Moi, je resterais à la maison pour surveiller Noah et faire de mon mieux pour qu'elle ne se fourre pas encore dans les ennuis. Je ne savais pas très bien depuis quand j'étais devenu son garde du corps, mais quelque chose en elle m'empêchait de la laisser seule. Pourtant c'était difficile de rester sous le même toit sans pouvoir l'approcher et la prendre dans mes bras.

Son comportement me préoccupait, j'avais peur qu'elle ne finisse par ressembler aux personnes de mon entourage. Sa fraîcheur, son innocence m'avaient permis de voir que, en dehors du monde où je vivais, il existait d'innombrables choses qui valaient la peine ; voir Noah se transformer en quelqu'un comme moi était insupportable.

Il était déjà minuit passé lorsque j'entendis la porte d'entrée s'ouvrir. Noah était sortie avec Jenna je ne savais où, parce que, au moment où je m'étais décidé à le lui demander, elles étaient déjà parties dans la décapotable de Jenna. Je m'approchai de la porte et l'observai. Elle était encore ivre. Elle ne se rendit même pas compte de ma présence tandis qu'elle entrait dans la maison en titubant. Pieds nus, elle tenait ses chaussures d'une main, son sac de l'autre.

— D'où tu viens ? demandai-je brusquement.

Elle sursauta, puis se raidit automatiquement et me regarda d'un air hostile.

— Qu'est-ce que tu fais là ? Tu m'as fait peur ! me répondit-elle en essayant de garder son équilibre.

Frustré de voir ses vaines tentatives pour se tenir droite, je m'approchai d'elle et la pris dans mes bras, sans écouter ses protestations. Je l'emmenai directement à la salle de bains, l'assis sur le lavabo et ouvris l'eau de la douche.

— Tu as une manière très bizarre d'essayer de coucher avec moi, tu sais ?

Au moins, ce jour-là, elle ne me criait pas dessus et n'essayait pas de filer. Pendant que je lui retirais son manteau, je remarquai son regard perdu. Ses cheveux décoiffés encadraient son visage. Ses joues étaient rosies et ses lèvres semblaient plus charnues. Même ivre, elle m'attirait, et je dus prendre sur moi pour ne pas l'emmener dans mon lit. Mais j'étais en colère, en colère et préoccupé par son attitude.

— Quand je coucherai avec toi, ce sera tout sauf bizarre, répliquai-je d'un ton sec tout en lui ôtant son chemisier.

Mes yeux tombèrent alors sur son soutien-gorge noir en dentelle, et je dus faire un effort pour garder mon calme.

— Tout de suite, tu pourrais le faire, ça me serait égal. Tu as déjà vu ma cicatrice et ça ne te dégoûte pas, ça ne te fait même pas peur. Moi, oui, ça me répugne. Ça me rappelle de mauvais souvenirs, tu sais ? dit-elle distraitement tandis que je renonçais à lui ôter ses vêtements.

Je redoublai d'attention. Quand on est ivre, on dit la vérité. Pourquoi ne profiterais-je pas de cette situation ?

Je pris son visage entre mes mains et la regardai dans les yeux.

— Noah, de quoi as-tu peur ? demandai-je, et je la vis frémir sous mes mains.

— En ce moment, de toi, finit-elle par dire d'une voix frémissante.

Je restai silencieux et complètement immobile. Elle tremblait et je sus que c'était à cause de mes mains sur son visage. Je l'attirais, je le savais, je savais qu'elle ressentait quelque chose pour moi même si elle refusait de l'accepter.

Sa bouche se trouvait à moins d'un centimètre de la mienne et je ne pensais plus qu'à une chose : mordiller cette lèvre inférieure qui réclamait à grands cris d'être embrassée. Mais je ne le ferais pas. Pas alors qu'elle était dans cet état.

Je la relevai et la plaçai directement sous le jet d'eau froide de la douche. Ce fut tout aussi stimulant pour moi. Elle lâcha un cri étouffé quand l'eau entra en contact avec sa peau, mais elle était si saoule qu'elle ne protesta même pas. Elle resta là, glacée et silencieuse, sous l'eau qui coulait sur son corps à moitié dénudé.

— Voilà ce qui arrive quand on se comporte comme une idiote, lui dis-je.

J'avais envie de me mettre là-dessous moi aussi. À vrai dire, cela ne m'aurait pas fait de mal.

Une fois qu'elle fut un peu réveillée, je l'enveloppai dans une serviette et je l'accompagnai jusqu'à sa chambre. Elle était maintenant plongée dans un profond silence, et je savais qu'il en était ainsi parce que, d'une certaine manière, elle avait honte de son comportement. En tout cas, c'est ce que j'espérais.

— Tu te sens mieux ? lui demandai-je une fois qu'elle fut étendue contre les oreillers de son lit, ses yeux plongés dans les miens.

— Pourquoi tu fais ça ? me dit-elle une seconde plus tard. Pourquoi tu fais en sorte que ce soit si difficile de te détester ?

— Pourquoi tu veux me détester ?

Elle resta silencieuse quelques instants.

— Parce que je ne serai pas capable de m'en remettre si je laisse une nouvelle fois quelqu'un me faire du mal.

J'eus un pincement au cœur.

— Je ne vais pas te faire de mal, dis-je, et je sus que c'était une promesse que je me faisais à moi-même.

Elle m'observa et, avant de me tourner le dos, prononça des mots qui se plantèrent en moi comme des échardes :

— Tu l'as déjà fait.

14

Noah

Je ne recevais plus de lettres, mais la dernière était encore gravée sur ma rétine. Le mot « papa » avait aussitôt fait resurgir tous les souvenirs d'enfance que j'avais tant essayé d'oublier. Cela faisait déjà six ans que je n'avais plus de nouvelles de lui, que je n'entendais plus mentionner son nom. Au fur et à mesure que passaient les jours, les semaines, les mois et les années, mon esprit avait forgé une carapace qui me protégeait de toute douleur provenant de souvenirs, émotions ou situations de cette étape de ma vie que je voulais oublier. Il y avait un « avant » et un « après ». Ma mère aussi avait eu un « avant » et un « après ». Mais, maintenant, tout était revenu m'exploser à la figure.

Le simple fait de me souvenir de ce qui s'était passé à cette époque provoquait en moi une réaction de terreur difficilement supportable. Je n'étais pas suffisamment forte, pas pour l'instant. J'étais encore une enfant, il n'y avait pas assez longtemps que tout cela s'était passé, et cette obscure période aurait dû rester enfouie au plus profond de mon esprit. C'est pour cette raison que je m'étais comportée comme une idiote cette semaine. Les heures où mon esprit était embrumé par l'alcool étaient les seules où mon cœur et mon cerveau s'apaisaient.

Heureusement, mes nouveaux amis ne trouvaient rien d'étrange au fait de se saouler presque tous les jours. Je n'eus donc pas à faire de gros efforts pour obtenir ce que je voulais. Le seul obstacle avait été Nick.

Depuis notre retour de ce stupide voyage, il n'avait pas arrêté de se comporter en véritable grand frère. Il me réprimandait si je buvais, prenait soin de moi quand j'étais ivre et m'avait même déshabillée et douchée la veille pour que je décuve. C'était ridicule et bizarre. Je ne voulais pas qu'il s'inquiète pour moi, j'avais juste besoin d'affronter les choses à ma manière. J'avais vu trop de fois ma mère boire jusqu'à être complètement ivre quand nous nous étions enfin débarrassées de mon père. Si ça l'avait aidée, elle, pourquoi aurais-je dû m'abstenir, moi ?

C'est avec ces pensées en tête que je retournai au lycée. Je prêtai à peine attention aux cours, je n'avais rien avalé depuis la veille. Puis j'emmenai Jenna à la maison. Ma mère était encore partie en voyage avec William et ils ne rentreraient pas avant deux jours. Je ne savais même pas où ils étaient allés, mais ça m'était égal. Parfois, à certains moments de la journée, lorsque je baissais la garde, je me rappelais les menaces de mon père et la peur s'emparait de moi, m'empêchant presque de respirer. Pourtant il était loin, en prison, il ne pourrait jamais me faire de mal. Alors comment Ronnie pouvait-il me remettre ses lettres ?

Je laissai mon sac sur le canapé de l'entrée et j'allai droit dans la cuisine. Nicholas s'y trouvait, en compagnie de Lion.

— Salut, Noah ! me dit Lion avec un sourire crispé.

Près de lui, Nick me regarda quelques secondes.

— Salut !

Je m'approchai du frigo et pris la bouteille de jus d'orange. Des restes de nourriture, apparemment de sandwichs au fromage, se trouvaient sur la table. Thor, le chien de Nick, apparut en remuant la queue.

— Thor, va-t'en, lui ordonna Nick d'un ton dur.

Je me tournai vers lui :

— Laisse-le, Nicholas, il ne me dérange pas.

Nick le prit par le collier et le sortit de la pièce.

— Moi, si, affirma-t-il sèchement.

Lion éclata de rire :

— C'est un peu tendu, hein !

Je le foudroyai du regard tout en m'asseyant et en mettant un grain de raisin dans ma bouche. Il reprit :

— Je voulais te dire, Noah, aujourd'hui, c'est le jour des bizuts… Fais attention ce soir, me conseilla-t-il.

— Hein ? dis-je distraitement.

De quoi parlait-il ?

Il regarda Nick, qui ne semblait pas du tout amusé.

— On est le premier vendredi de la première semaine de cours. On souhaite la bienvenue aux nouveaux, et toi, tu es nouvelle, donc je voulais juste te prévenir. Jenna va m'étrangler parce que je te l'ai dit, mais tu me fais de la peine.

— Elle ne va pas aller à ce truc à la con, alors tu n'as pas besoin de t'en faire, lança Nick à Lion.

— Je me suis perdue en route, mais je sais qu'il y a une fête ce soir et que je vais y aller, Nicholas, affirmai-je en le fixant.

— Ta mère m'a dit que tu ne pouvais pas sortir ce soir, elle ne veut pas que tu sortes quand elle n'est pas là et je ne fais qu'exécuter ses ordres.

— Et depuis quand ce que tu dis a de l'importance ? ripostai-je en mangeant un autre grain : le raisin était délicieux.

— Depuis que je reste ici pour te surveiller. Tu n'iras nulle part, alors inutile de discuter.

Son ton était d'une prétention incroyable. Cette situation était surréaliste. Depuis quand devais-je faire ce que me disait Nicholas Leister ?

— Mets-toi ça dans le crâne une bonne fois pour toutes, Nicholas : je fais ce que je veux et quand je veux. Tu peux déjà oublier ton rôle de garde du corps, parce que je n'ai pas l'intention de rester ici un vendredi soir.

Je me levai, disposée à partir.

Lion semblait amusé :

— On dirait un match de tennis.

Mais il se tut lorsque Nicholas lui lança un de ces regards signifiant « Ferme-la si tu ne veux pas recevoir mon poing dans la figure ».

Je passai devant eux et j'allai directement dans ma chambre. Il fallait que je choisisse ma tenue.

Jenna m'appela vers dix-neuf heures. La fête des nouveaux était une tradition à Sainte-Marie et, le plus intéressant, c'est qu'elle avait lieu dans l'établissement même. Le principe, c'était de se glisser en douce dans le lycée pour organiser une fête géniale. Les nouveaux de première année se chargeaient de la nourriture et de la boisson, et surtout de tout nettoyer ; c'est pourquoi ils n'avaient jamais été pris. Moi, comme j'étais entrée en dernière année, on m'invitait simplement à participer à la partie la plus amusante. Selon Jenna, je devais porter des vêtements confortables mais classiques, c'est pourquoi j'optai pour un jean noir et un tee-shirt sans manches. J'enfilai des sandales aux talons très discrets et je lâchai mes cheveux. Les préparatifs m'ayant pris moins de temps que prévu, il restait encore une demi-heure avant qu'on passe me chercher.

Je descendis dans la cuisine pour me préparer à dîner, mais, avant d'arriver aux escaliers, je croisai Nick, qui s'arrangeait pour m'aborder chaque fois que je sortais de ma chambre.

— Tu vas quelque part ? dit-il en me foudroyant de ses yeux clairs.

Il était sublime. J'avais envie de l'embrasser à en perdre haleine. Mais, en même temps, je le haïssais et voulais lui rendre la vie impossible. Je m'y efforçais donc.

— Tu penses me poursuivre toute la nuit ? m'écriai-je.

Je commençai à me préparer un sandwich. Si je voulais boire, il valait mieux le faire avec quelque chose dans l'estomac. Mais il me fut impossible de continuer à couper le pain quand deux mains enserrèrent mes bras par-derrière et qu'un corps se colla à mon dos et me poussa contre le plan de travail. Le sentir contre moi après si longtemps me fit lâcher le couteau.

Je frissonnai involontairement en sentant ses lèvres sur mon épaule nue.

— Lâche-moi, Nicholas.

Mon corps mourait d'envie de rester en contact avec le sien, mais ma tête criait : *Danger !*

Ses lèvres remontèrent jusqu'à mon oreille puis redescendirent sur mon cou. Il écarta mes cheveux, et ce simple frôlement de doigts contre ma peau me fit fermer les yeux de plaisir. Il posa ses mains sur mes hanches et me retourna d'un geste vif.

— J'en ai marre de jouer à ce jeu stupide, me dit-il en pressant mon ventre contre le sien. Je ne t'ai pas menti quand je t'ai dit que ce qui s'était passé aux Bahamas ne se reproduirait plus. Je serai toujours là si tu as besoin de moi, Noah. Je te désire, et tu me désires aussi.

Lorsque ses lèvres et sa langue parcoururent mon cou avec insistance, je perdis le fil de mes pensées. C'était vrai, je le désirais et, quand il m'embrassait, toutes les pensées concernant mon père ou ma vie passée se volatilisaient. Nicholas Leister était tout aussi distrayant, sinon plus, que n'importe quel verre d'alcool.

Je tendis le bras et enfonçai mes doigts dans ses cheveux, l'attirant vers le creux de mon cou.

Je fus effrayée et excitée de voir le désir reflété dans ses yeux bleus.

— Tu veux que je t'embrasse ? me demanda-t-il alors. (C'était quoi, cette question idiote ?) Reste à la maison et on fera plus que s'embrasser, je te le promets, affirma-t-il en approchant ses lèvres des miennes.

À cette idée, je sentis des fourmillements envahir tout mon corps.

— Tu essaies de me faire chanter ?

Ces derniers jours, il s'était très bien comporté et ne s'était pas battu contre Ronnie la dernière fois. Cependant, je ne savais toujours pas si j'étais disposée à lui pardonner.

— Ce mot est très laid... Moi, je dirais que je suis en train de te séduire, rétorqua-t-il en approchant sa bouche de la mienne.

Je laissai ses lèvres s'unir aux miennes. Ce fut une sensation vertigineuse et merveilleuse en même temps. Chaque fois qu'on se touchait, j'expérimentais mille sensations distinctes. Pourtant, quelque chose avait changé : maintenant, Nicholas m'embrassait avec désespoir. Cela m'effrayait, mais, en sentant ses lèvres contre les miennes et sa langue qui s'insinuait au plus profond de ma bouche, je ne pus que répondre de la même façon.

— Tu restes ? me demanda-t-il alors en s'écartant.

Nous haletions tous les deux.

Je posai mes deux mains sur son torse.

— Je vais aller à cette fête, Nicholas. Merci de m'avoir changé les idées.

En arrivant au lycée, nous dûmes éteindre la radio de la décapotable de Jenna et entrer en catimini. La fête avait lieu à l'arrière, dans le gymnase, là où était la piscine, pour que personne n'entende la musique. Ce fut amusant et excitant de passer par-dessus les clôtures avec les autres élèves qui étaient arrivés en même temps que nous. Quelques lampadaires placés à intervalles réguliers évitaient que l'obscurité ne soit totale, ce qui nous permit de traverser sans problème toute la cour et d'arriver au gymnase. C'était énorme, il y avait beaucoup de gradins et une zone avec des appareils de muscu et d'entraînement. Presque tous les élèves du lycée étaient là et tous avaient un gobelet en plastique à la main. Un grand nombre se trouvaient dans la piscine, et la musique était réellement assourdissante. Je me tournai vers Jenna et souris :

— Ça, c'est une fête.

Mais, au fur et à mesure que la fête avançait, il se produisait des choses bizarres qui ne me plaisaient pas beaucoup. Apparemment, le bizutage consistait en de très mauvaises blagues faites aux nouveaux. Par exemple, ils attachèrent une fille et la jetèrent pieds et poings liés dans la piscine. La pauvre essaya de nager et de se détacher jusqu'à ce qu'un garçon saute et la sorte de là pour éviter qu'elle ne se noie. En la voyant pleurer, je me rendis compte que cette fête n'était pas telle que je me l'étais imaginée au début. Cette mauvaise blague fut suivie de nombreuses autres. Un garçon qui avait de l'acné et qui semblait ne pas savoir ce qu'il faisait là fut déshabillé et laissé en caleçon, et tout le monde se moqua de lui. Un autre fut contraint d'avaler je ne sais quelle mixture répugnante et dut courir aux toilettes pour vomir…

Qu'est-ce qui leur passait par la tête, bon sang ?

Après avoir vu plusieurs de ces blagues idiotes, je décidai de partir. Jenna, elle, passait une super soirée, elle ne savait rien de ce qui se produisait puisque Lion l'avait emmenée dans une pièce pour tout autre chose. Conclusion, j'étais seule et entourée de crétins. Je pris mon portable et, sans hésiter, j'envoyai un message à Nick :

Tu m'as dit que, si j'avais besoin de toi, tu serais là... Tu peux venir me chercher ?

Sa réponse arriva en moins d'une minute :

Je t'attends sur le parking du lycée.

Apparemment, il savait où se déroulait la fête. Si j'apprenais que Nicholas avait participé à ce genre de petites blagues par le passé, je ne lui parlerais plus, me dis-je, mais vraiment plus. Cette ambiance ne me plaisait pas du tout et je voulais partir le plus tôt possible.

Juste quand j'arrivais aux portes du gymnase, quatre mecs, cette idiote de Cassie et ses amies surgirent devant moi.

— Laissez-moi passer, dis-je en voyant qu'ils ne s'écartaient pas.

Cassie sourit, amusée.

— Toi aussi, tu es nouvelle...

Oh non, me dis-je.

— Tu ne peux pas y couper, Noah, désolé, déclara un des grands types costauds.

— Vous n'avez pas intérêt à me toucher, menaçai-je en sentant la panique m'envahir.

Je me retournai et vis que d'autres jeunes étaient arrivés et m'empêchaient de partir de l'autre côté.

— Quelqu'un nous a soufflé que tu avais peur du noir, annonça Cassie d'un ton qui me rappela trop la voix de sa sœur. (Était-ce une idée à elle ?) Je crois qu'il est temps que tu surmontes tes frayeurs, tu es une grande fille, maintenant.

Mon cœur s'arrêta. Elle n'allait tout de même pas...

Je compris que mon pire cauchemar allait devenir réalité quand deux garçons trois fois plus grands que moi m'attrapèrent par-derrière.

— Lâchez-moi ! hurlai-je comme une folle. Lâchez-moi ! répétai-je lorsqu'on arriva devant l'un des placards où on rangeait toutes les affaires de la piscine.

— Ce ne sera pas long, dit un des types, qui me tenait d'une poigne de fer.

— NON, JE VOUS EN PRIE ! hurlai-je de toutes mes forces.

Les gens autour de moi riaient.

Ils m'enfermèrent.

Et je perdis les pédales.

Maman était partie. Ce soir, nous étions seuls, papa et moi. Je savais que ça ne se terminerait pas bien ; papa sentait mauvais, il sentait cette bouteille qu'une fois j'avais renversée sans le faire exprès. Ça me faisait peur que maman ne soit pas là, parce que, si elle n'était pas là, il se fâcherait contre moi. Il ne m'avait jamais fait de mal, mais il avait menacé de le faire à plusieurs reprises.

Quand il arriva, le dîner était sur la table, le dîner que maman avait préparé et que j'avais dû réchauffer. Mais, quand il porta la fourchette à sa bouche, je sus que quelque chose clochait. Son visage se contracta, il écarquilla les yeux et, brusquement, il renversa la table, envoyant valser les assiettes, les verres et tout leur contenu sur le sol. Je me réfugiai dans un coin et me roulai en boule. J'avais peur. Maintenant, les cris, les coups, le sang allaient arriver. Mais, si maman n'était pas là... Qu'allait-il se passer, alors ?

— ELLA ! commença-t-il à crier. C'est quoi, cette merde ?!

Je me recroquevillai encore plus, me rappelant tout à coup qu'il y avait une sauce pour accompagner la viande et les pommes de terre ; elle avait dû rester dans le frigo, je l'avais oubliée. Et maintenant, papa allait se fâcher.

— T'es passée où, putain ?!

Il continua de crier et la peur s'empara de tout mon corps. Quand il commençait à casser des choses et à hurler de cette manière, je devais me cacher dans ma chambre. Je sortis en courant et, sans m'en rendre compte, je claquai la porte derrière moi. Je me cachai sous les couvertures.

Papa continua de hurler et, à chaque seconde qui passait, il était encore plus furieux. Il ne se rappelait sûrement pas que maman n'était pas là ce soir, qu'elle était sortie travailler parce qu'elle avait un nouvel emploi et qu'il devait me garder jusqu'à ce qu'elle revienne. Plusieurs portes qui claquaient m'indiquèrent qu'il s'approchait de ma chambre. Je me recroquevillai davantage sous les couvertures, et j'entendis alors le grincement de la porte qui s'ouvrait.

— Tu es là. Tu veux jouer dans le noir, aujourd'hui ?

15

Nick

Elle n'était pas là quand je me garai devant le lycée, et je sus aussitôt qu'il lui était arrivé quelque chose. C'était l'instinct, peut-être, ou une petite voix intérieure. En tout cas, je bondis hors de ma voiture puis sautai par-dessus la clôture pour me diriger vers les nombreux élèves rassemblés autour du gymnase. Ils furent très surpris de me voir arriver. Certains donnèrent même des coups de coude à leurs voisins. C'est alors que je vis Jenna et Lion apparaître sur les gradins du terrain d'athlétisme et se diriger vers le gymnase.

— Vous avez vu Noah ? leur demandai-je sans même les saluer.

J'avais un mauvais pressentiment.

Jenna haussa les épaules.

— Je l'ai laissée à l'intérieur il y a un quart d'heure.

Je lui tournai le dos et me dirigeai vers les portes, Jenna et Lion sur les talons.

À l'intérieur, tous les yeux se fixèrent sur moi et j'entendis alors des cris qui provenaient de l'autre extrémité. Ils étaient déchirants. Je ressentis une telle panique que je sortis de mes gonds.

— Où est-elle ?! hurlai-je tandis que je suivais sa voix jusqu'à la porte d'un placard à l'arrière.

Ils l'avaient enfermée. Elle criait et cognait sur la porte, au désespoir.

— SORTEZ-MOI DE LÀ !

Mes mains tremblaient, mais je réussis à me calmer. Je tentai d'ouvrir la porte, en vain. Je fis volte-face, plus furieux que jamais.

— Qui a la putain de clef ?!

Ceux qui étaient près de moi parurent se tasser devant mes cris, mais moi, je n'entendais que la voix déchirante de Noah à l'intérieur de ce placard.

Cassie apparut, l'air complètement terrorisé. Elle me tendit la clef, et je lui arrachai presque le bras en la lui prenant.

— C'était juste…

— La ferme !

J'introduisis aussitôt la clef dans la serrure et j'ouvris la porte.

Je ne pus la voir qu'une seconde avant que ses bras se jettent autour de mon cou et qu'elle y enfouisse sa tête en sanglotant, encore tremblante.

Noah pleurait… elle *pleurait*. Depuis que je la connaissais, je ne l'avais jamais vue verser une seule larme, ni quand elle avait appris que son copain la trompait, ni quand on s'était disputés aux Bahamas, ni quand elle se fâchait avec sa mère, ni quand je l'avais abandonnée au bord de la route… Je ne l'avais jamais vue véritablement pleurer, et la personne qui se trouvait à présent entre mes bras sanglotait de façon déchirante.

Un cercle silencieux s'était formé autour de nous.

— Foutez le camp ! criai-je en soulevant Noah. (Elle tremblait tant qu'elle pouvait à peine respirer. Personne ne bougea.) Je vous ai dit de foutre le camp ! criai-je plus fort.

Ils l'avaient enfermée. Ces fils de pute l'avaient enfermée dans l'obscurité la plus complète.

— Nick, je… commença Jenna, qui observait Noah, l'air inquiet.

— Laisse tomber, je m'occupe d'elle, dis-je en la serrant contre moi.

Quand ils furent partis, je m'assis sur les gradins, Noah sur mes genoux. Elle était si pâle et pleurait tant. Ce n'était pas la Noah que je connaissais, cette Noah-là n'était plus qu'une loque.

— Nick... commença-t-elle entre deux sanglots.

— Calme-toi, murmurai-je.

J'étais mort de peur. La voir ainsi, avoir entendu ses cris de terreur, avait eu raison du peu de bon sens qu'il me restait. Toutes mes peurs étaient devenues réalité et je pouvais à peine contrôler mes propres tremblements. Je voulais juste la serrer contre moi, savoir qu'elle était en sécurité entre mes bras. Durant quelques secondes, j'avais cru que Ronnie l'avait trouvée et j'avais imaginé des choses terribles.

Le visage enfoui dans mon cou, elle sanglotait et tremblait comme une feuille.

— Fais-les partir, me pria-t-elle entre deux hoquets.

Je lui caressais doucement les cheveux :

— Qui, ma chérie ?

— Les cauchemars.

Elle s'écarta de moi et plongea ses yeux dans les miens.

— Noah... tu es réveillée.

Je pris son visage entre mes mains et j'essuyai les larmes qui roulaient toujours sur ses joues.

— Non. J'ai besoin d'oublier... d'oublier ce qui s'est passé. Fais-moi oublier, Nick... fais que...

Et puis elle m'embrassa. C'était un baiser mouillé de larmes, empreint de tristesse et de terreur.

— Noah, qu'est-ce qui t'arrive ? lui dis-je.

— Je n'en peux plus.

Dès qu'elle fut un peu calmée, je l'emmenai à ma voiture. À présent triste et silencieuse, elle semblait plongée dans ses pensées, sans doute aussi intenses et horribles que celles qui l'avaient fait mourir de peur dans ce placard.

Pour ne pas la lâcher et pouvoir la serrer contre moi, je conduisais d'une seule main. Elle ne s'écarta pas, au contraire : elle s'était blottie contre moi comme si j'étais sa bouée de sauvetage. J'avais envie de casser la gueule à chacun de ceux qui avaient assisté à cette stupide fête, mais, avant, je devais m'assurer que Noah allait bien.

En arrivant à la maison, je l'emmenai directement à ma chambre. Elle ne semblait pas avoir le courage de discuter. J'allumai la lumière et je lui pris le visage entre mes mains.

— Tu m'as vraiment fait peur, aujourd'hui.

— Je suis désolée.

— Tu n'as pas à être désolée, Noah. Mais il faut que tu me racontes ce qui t'est arrivé. Parce que ne pas le savoir me tue, et parce que je veux te protéger de tout ce qui te fait peur.

— Je ne veux pas parler de ça, dit-elle, blottie contre ma chemise.

— D'accord. Je vais te chercher un tee-shirt : tu vas dormir avec moi.

Elle ne protesta pas, même quand je l'aidai à enlever son tee-shirt pour lui passer un des miens. Elle ôta son pantalon et s'approcha de moi. Je lui ouvris le lit et elle s'y glissa. Je fis de même, puis je l'attirai contre mon torse, ce que j'avais envie de faire depuis tellement longtemps. J'avais lutté contre mes sentiments, je m'étais même raconté des histoires en croyant oublier ce que je ressentais pour elle avec des filles d'une nuit ou en l'évitant. Je craignais que la puissance de mes sentiments ne finisse par me rendre vulnérable. Mais j'étais amoureux d'elle, je ne pouvais réfréner mes sentiments. Je devais le lui dire, prendre le risque d'ouvrir mon cœur à quelqu'un après douze longues années.

Je lui pris la main et la posai contre mon cœur.

— Tu le sens ? lui dis-je en voyant qu'elle me regardait avec de grands yeux. Il n'a jamais battu ainsi pour personne, il ne le fait que quand tu es là. Chaque fois que je te vois, je meurs d'envie de t'embrasser, chaque fois que je te touche, je sais juste que j'ai envie de le faire pendant toute la nuit. Noah… je suis amoureux de toi. Je t'en prie, arrête de me repousser, tu nous fais juste du mal à tous les deux.

Ses yeux étaient humides.

— J'ai peur que tu ne me fasses du mal, Nicholas, souffla-t-elle d'une voix déchirante.

Je pris fermement sa tête entre mes mains.

— Je te promets que je ne le ferai jamais plus.

Alors, je l'embrassai. Je l'embrassai comme j'avais toujours voulu le faire : avec toute la passion dont j'étais capable. Je l'embrassai comme tout homme devrait embrasser au moins une fois une femme dans sa vie, jusqu'à ce que nous soyons tous les deux en train de trembler.

Je m'écartai juste pour poser mes lèvres sur son cou, pour la savourer comme je le voulais, comme j'avais envie de le faire depuis longtemps.

— Tu me rends fou, Noah.

Je la dévorai de baisers, lui mordillai l'oreille et embrassai son tatouage.

Alors, elle fit ce à quoi je ne me serais jamais attendu : elle prit mon visage entre ses mains et posa son front sur le mien.

— Si tu m'aimes, tu dois d'abord écouter toute l'histoire.

Ses yeux couleur de miel étaient plongés dans les miens, ses adorables éphélides et son petit nez tout contre moi.

— Raconte-moi. Quoi que ce soit, nous le surmonterons ensemble.

Elle me regardait toujours, hésitante. Puis elle respira profondément et se lança :

— Alors que j'avais onze ans, mon père a essayé de me tuer.

16

Noah

Je savais que le moment d'être sincère était arrivé, mais j'avais peur d'exhumer ces souvenirs. Le seul fait de penser que je pouvais une nouvelle fois perdre les pédales, comme dans ce placard, me rendait folle de désespoir. Pourtant, Nicholas venait de m'avouer qu'il était amoureux de moi, et je ne pouvais pas résister à cela.

— Mon père était alcoolique, il l'a été durant presque toute ma vie. Il était pilote de Nascar – ce n'était pas mon oncle, mais mon père – et, quand il s'est fracturé la jambe dans un accident, il a dû abandonner. Ça l'a transformé, il ne mangeait plus, il ne souriait plus, il a laissé la colère et le chagrin le consumer et il a changé. Je n'avais que huit ans quand il a donné la première raclée à ma mère. Je m'en souviens parce que je n'aurais pas dû être là quand c'est arrivé. Un de ses coups m'a fait tomber de ma chaise et j'ai fini à l'hôpital. Il n'a plus jamais levé la main sur moi jusqu'à mes onze ans. En revanche, il battait ma mère presque tous les jours : c'était si routinier que je considérais presque que c'était normal. Elle ne pouvait pas le quitter parce qu'elle n'avait aucun endroit où aller ni un salaire suffisant pour m'élever. Mon père touchait une sorte de pension et arrivait à nous faire vivre, mais c'était un véritable ivrogne. Quand il rentrait tard après avoir bu, il s'en prenait à ma mère. Elle a failli mourir deux fois sous ses coups, mais personne ne l'a aidée, personne n'a pu la conseiller. Elle a bien pensé à le dénoncer, mais elle craignait qu'on ne lui enlève ma garde. J'ai appris à vivre avec ça et, chaque fois que j'entendais les coups ou les cris de ma mère, je me mettais dans ma chambre et je me cachais sous les couvertures. J'éteignais toutes les lumières et j'attendais que les cris s'arrêtent. Mais, une fois, ça a été différent. Ma mère a dû partir deux jours pour travailler et m'a laissée avec lui en pensant que, comme il ne m'avait jamais frappée, je ne courais aucun danger.

« C'est comme si c'était hier. Il est rentré ivre et a brusquement fait valser la table. Je me suis cachée, mais il a fini par me trouver...

Quand j'entendis papa, je sus qu'il allait me faire du mal. Je voulus lui expliquer qui j'étais, que j'étais Noah, pas maman, mais il était tellement saoul qu'il ne se rendait compte de rien. Il faisait sombre, il n'y avait pas la moindre lumière.

— Tu veux jouer à cache-cache ?

Je me recroquevillai sous les couvertures.

— Depuis quand tu te caches, salope ?

Le premier coup ne tarda pas à arriver, puis le deuxième et le troisième. Sans savoir comment, je me retrouvai au sol et je commençai à crier et à pleurer sous les coups. Papa n'était pas habitué et il se fâcha encore plus. Où était maman ? C'était ça, ce qu'elle ressentait chaque fois qu'il se fâchait ?

Quand il me frappa à l'estomac, j'eus le souffle coupé.

— Maintenant, tu vas voir ce qu'on mérite quand on ne sait pas bien traiter l'homme de la maison.

J'entendis papa enlever sa ceinture. Il m'avait souvent menacée de me frapper avec, mais il ne l'avait encore jamais fait. Je découvrais désormais à quel point cela faisait mal. Je parvins à me redresser au bout d'un moment, et il brisa d'un coup la fenêtre de ma chambre. Il y avait des débris de verre partout, je le sais parce que je m'écorchai les paumes et les genoux en voulant m'enfuir à quatre pattes.

Ça le contraria encore plus : c'était comme s'il ne me reconnaissait pas, comme s'il ne voyait pas que la personne qu'il frappait n'était qu'une gamine de onze ans.

« Il ne m'a pas tuée, mais il s'en est fallu de peu. J'ai réussi à me sauver en sautant par la fenêtre, mais je me suis planté un morceau de verre dans le ventre. Mes cris ont alerté les voisins et la police est arrivée à temps. Je suis restée deux mois sous tutelle de l'État. Après ce qui s'était passé, ils considéraient que ma mère n'était pas capable de prendre soin de moi.

« Ce qui est ironique, c'est que j'ai reçu plus de raclées pendant ces deux mois que pendant toute ma vie avec mon père. Finalement, j'ai pu retourner auprès de ma mère, et mon père est allé en prison. La dernière fois que je l'ai vu, c'est quand j'ai dû témoigner contre lui : il m'a regardée avec une haine si profonde ! Je ne l'ai plus jamais revu.

Je restai silencieuse, dans l'attente d'une réponse de sa part… mais elle n'arrivait pas.

— Dis quelque chose, murmurai-je.

— C'est pour ça que tu as peur du noir.

— Oui. L'obscurité fait revivre ces souvenirs, et je panique. Si tu n'étais pas arrivé à temps, j'aurais sûrement fait une crise plus grave. Ça m'est déjà arrivé une fois quand j'étais en foyer d'accueil, et je peux te dire que ça n'a pas été une partie de plaisir, dis-je en essayant de sourire.

Mais Nick ne sourit pas. Il me caressa la joue.

Je relâchai tout l'air que j'avais retenu dans mes poumons. Je me rappelais encore le jour où j'avais failli tout raconter à Dan. Je ne lui avais raconté que la partie où mon père battait ma mère, car il était resté pétrifié.

— J'ai envoyé mon propre père en prison, ça ne change pas l'opinion que tu as de moi ?

— Noah, tu as fait ce qu'il fallait faire, tu as lutté, tu as survécu. La seule chose que j'ai envie de faire, c'est de te protéger, quitte à y laisser ma vie. Voilà ce que je ressens en ce moment. Et je te jure que je vais tuer ces imbéciles qui t'ont mise dans ce placard, je vais les tuer de mes propres mains.

— Nicholas... je ne vaux plus rien, lui dis-je d'une voix tremblante.

Il tint ma tête entre ses mains et me regarda d'un air grave.

— Ne dis plus jamais cela, tu m'entends ?

Mes joues humides et la saveur salée dans ma bouche me firent comprendre que les larmes inondaient mon visage.

— Nick... il est possible que je ne puisse jamais avoir d'enfant. (C'était mon plus grand secret, le plus douloureux, la pire conséquence de cette nuit fatidique.)

Il me serra contre lui.

— Tu es la fille la plus courageuse, la plus incroyable que j'aie jamais connue, m'avoua-t-il. Tu pourras avoir des enfants, je le sais... et, si ce n'était pas le cas, eh bien, tu adopterais un enfant, parce que personne ne peut être une aussi bonne mère que toi, tu m'entends ? Je t'aime, Noah. Je t'aime plus que ma vie et, quand le moment viendra, je te ferai les enfants les plus beaux du monde, parce que tu es belle et parce que je sais que tu finiras par surmonter tout ça. Et je serai à tes côtés pour t'aider.

J'étais à la fois pétrifiée et soulagée :

— Tu ne sais pas ce que tu dis.

— Je sais parfaitement ce que je dis, répliqua-t-il en m'embrassant sur les lèvres. Je veux être avec toi, je veux t'embrasser quand ça me plaît, je veux te protéger de ceux qui voudraient te faire du mal, je veux que tu aies besoin de moi dans ta vie.

Je le dévisageai, émerveillée.

— Je t'aime, Nick, dis-je soudain, sans être vraiment consciente des mots qui sortaient de mes lèvres, mais ce n'était que la pure vérité. J'ai essayé de l'éviter, et de cacher ce que je ressentais pour toi… mais je t'aime. Je t'aime à la folie et je veux que tu fasses toutes ces choses dont tu me parles, je veux que tu sois avec moi et que tu m'aimes parce que j'ai besoin de toi, j'ai besoin de toi plus que d'air pour respirer.

— Je veux t'embrasser, me dit-il comme si c'était très important.

— Alors, fais-le.

— Tu ne comprends pas : je veux t'embrasser partout… Je veux te toucher, je veux sentir ta peau, je veux que tu sois à moi, Noah… dans tous les sens du terme.

Cette confession me cloua sur place. Mon cœur s'emballa. Je ressentis des milliers de sensations différentes, mais je ne savais pas si j'étais prête.

— Je n'avais jamais ressenti ça pour personne… et ça me fait peur, ça me fait peur parce que je crois que je deviens fou, me dit-il en prenant mon visage entre ses mains.

À mon tour, je posai mes mains sur son visage et l'attirai contre moi. Il était perdu, je le voyais dans ses yeux. De toute sa vie, Nicholas n'était jamais resté plus de quelques heures avec une fille. Il ignorait ce qu'était l'engagement, mais, depuis qu'il m'avait avoué ses sentiments, il semblait complètement différent. Moi aussi je l'aimais, je le sentais dans mon cœur et dans la manière dont mon corps réagissait à ses caresses, à sa proximité, à son simple contact. J'étais amoureuse et cela faisait peur, comme il l'avait dit lui-même, d'autant plus que cela n'avait rien à voir avec ce que j'avais ressenti avec Dan. C'était nettement plus intense, et nettement mieux.

En m'attrapant par les hanches, il me serra si fort que c'en était douloureux. Ses lèvres rencontrèrent les miennes et s'y unirent avec ardeur. Il me tenait avec précaution, presque délicatesse, entre ses bras musclés, comme si j'étais un bibelot fragile.

Je m'accrochai à lui, lui faisant comprendre par ce geste que j'acceptais. Le sourire qui surgit sur ses lèvres me coupa le souffle, mais fut vite remplacé par un intense désir qui me fit palpiter. Il ôta mon tee-shirt et je frémis tandis qu'il commençait à m'embrasser le nombril et le bas-ventre. Sentir ses caresses me rendait folle… Ses mains glissèrent le long de mon dos, et je sentis ses doigts puis sa bouche sur ma cicatrice. Je m'écartai, involontairement.

— Non, dit-il en cherchant mes yeux. Tu ne dois pas en avoir honte, Noah… Ça signifie que tu es plus courageuse que quiconque, que tu es forte.

J'acquiesçai, incapable de dire un mot. Nous avions tous deux le souffle court et je sentais son cœur battre contre ma poitrine.

— Tu es parfaite, ajouta-t-il en déposant des baisers brûlants partout sur mon corps.

Quand mes mains remontèrent lentement le long de son dos, je sentis ses muscles sous sa peau tiède et j'eus envie de le toucher partout. Sa main commença à me caresser la jambe gauche et à remonter lentement. J'en avais la chair de poule, le souffle coupé. Nick me rendait folle. Il revint poser ses lèvres sur les miennes, une, deux, trois fois, avant d'insinuer sa langue dans ma bouche et de me savourer comme s'il avait été destiné à le faire toute sa vie.

Lorsque ses doigts caressèrent mon ventre, je sus que je devais le lui avouer : je ne l'avais jamais fait, pas même avec Dan. J'avais besoin de le lui dire. Lui avait de l'expérience, plus qu'il n'en fallait, et cela m'effrayait tout à coup.

— Nick… Avant de continuer…

— Dis-moi que tu ne l'as jamais fait et encore moins avec ce crétin de Dan, m'interrompit-il.

— En réalité… dis-je, savourant son air tendu, je suis vierge.

Je rougis, mais il déposa un doux baiser à la commissure de mes lèvres.

— Je crois que je le sais depuis le premier moment où je t'ai vue, avoua-t-il en riant.

Je lui assénai un coup de poing dans l'épaule, mais je savais qu'il plaisantait pour détendre l'atmosphère. Puis il prit un air grave.

— On peut en rester là si tu n'es pas encore prête, me dit-il.

Il était sincère, mais je vis à quel point cela lui coûtait.

— Je le suis, affirmai-je. Je veux le faire… mais avant, promets-moi une chose.

— Ce que tu veux.

— Promets-moi que ce sera inoubliable.

Un amour et une tendresse infinis illuminèrent ses yeux.

— Tu peux en être certaine.

Sa bouche s'éloigna de mes lèvres pour descendre délicatement jusqu'à mon cou puis mon épaule. Il lécha ma peau brûlante, ce qui provoqua un frisson de plaisir que je ressentis directement à l'entrejambe. Mes mains glissèrent sur son corps pour lui enlever son tee-shirt. Il s'en débarrassa d'un geste sexy qui me coupa le souffle. J'entourai ses hanches de mes jambes pour le rapprocher de moi. J'avais besoin que son corps reste en contact avec le mien, qu'il n'y ait plus le moindre espace entre nous.

Quand il se rapprocha lui aussi, je sentis une onde de plaisir qui me fit fermer les yeux et arquer le dos.

— Tu es belle, déclara-t-il en faisant glisser ses doigts jusqu'à mon bas-ventre.

Il s'approcha sans hâte de ma petite culotte, ses yeux toujours plongés dans les miens.

— Si tu veux que j'arrête, tu peux me le dire, Effy, parce que, même si je meurs d'envie d'être en toi, je ne veux pas le faire si tu n'es pas prête.

Je n'avais pas l'intention de faire marche arrière. J'en avais besoin, je voulais qu'il soulage cette tension que je ressentais chaque fois qu'on s'embrassait, qu'on se touchait ou même qu'on se disputait.

— Je le suis, Nick, murmurai-je.

Il se pressa contre moi, embrasant certains endroits de mon corps qui n'avaient jamais été aussi brûlants. Je sentais son cœur s'accélérer en même temps que sa respiration. Mes doigts tremblants descendirent jusqu'à sa ceinture, et tout son être se tendit lorsque j'essayai de lui ôter son pantalon.

La volupté de nos caresses me procura un tourbillon de sensations d'une intensité incroyable. Nick me souleva pour me placer à califourchon sur lui. Je tirai sur son jean jusqu'à le lui enlever complètement, et il ne garda que son boxer noir. Une bosse dure se cachait sous le tissu, mais je n'eus pas le temps d'y réfléchir. Ses mains guidèrent mes hanches pour me positionner juste au-dessus de son érection. Nos corps, encore couverts de nos sous-vêtements, se pressèrent l'un contre l'autre, et des gémissements nous échappèrent. Je caressai ses épaules, laissant glisser mes mains jusqu'à ses abdos. Mes lèvres suivirent ce même chemin ; soudain, je voulais lécher son corps, le mordiller, le savourer avec ma bouche et ma langue, et c'est ce que je fis. Chaque grognement qui sortait de ses lèvres me poussait à continuer. Je suçotai son cou et lui mordillai le lobe de l'oreille tandis qu'il pressait ses hanches contre moi et me donnait du plaisir par ce simple mouvement.

— Bon sang, Noah, s'exclama-t-il alors, se retournant de nouveau pour se placer au-dessus de moi.

Sa main glissa sur ma cuisse et remonta le long de ma jambe, m'obligeant à la passer autour de lui.

— Touche-moi, Nick, j'en ai besoin, dis-je, réclamant quelque chose que je ne comprenais pas.

Ses doigts écartèrent ma petite culotte et j'arquai le dos de toutes mes forces lorsqu'ils commencèrent à tracer des cercles délicats, me procurant un plaisir d'une intensité presque douloureuse.

— Noah... tu sais que je ne veux pas te faire de mal, n'est-ce pas ? souffla-t-il, et je vis à travers une brume de plaisir qu'il était préoccupé. Mais je vais devoir le faire, mon amour.

— Je le sais, dis-je tandis que je sentais ses doigts glisser plus bas, et l'un d'entre eux s'enfoncer en moi. Mon Dieu... Nick ! m'exclamai-je quand il commença à le remuer, m'ouvrant pour la suite.

— Les bruits que tu fais me rendent fou, lâcha-t-il tandis que je sentais un autre doigt se frayer un passage auprès du premier.

Sa bouche s'empara de la mienne pour étouffer le cri qui sortait de mes lèvres. De son autre main, il remonta dans mon dos et dégrafa mon soutien-gorge. Il allait voir mes seins ! Jamais personne ne les avait vus, mais je n'eus pas le temps de m'appesantir. Sa main se posa sur mon sein gauche et je gémis quand sa bouche se referma sur mon téton et qu'il commença à le caresser avec sa langue.

— Bon sang, tu es parfaite, tu es faite juste pour moi, Noah.

Puis je sentis qu'il avait retiré ses doigts pour enlever son boxer. Je me sentis brusquement vide et frustrée. J'ouvris les yeux. Je restai pratiquement bouche bée en le découvrant nu devant moi.

— Bon sang, ne me regarde pas comme ça ! dit-il d'une voix rauque.

Il tendit un bras pour ouvrir le tiroir de sa table de chevet et en sortit ce que je supposais être un préservatif. J'hallucinais devant le spectacle qui s'offrait à mes yeux innocents, mais j'étais excitée par tout ce qu'il faisait. Sa respiration hachée faisait ressortir son torse et ses muscles. J'avais tellement envie de le faire ! Je voulais l'avoir en moi. Je n'avais jamais autant désiré quelque chose.

Lorsqu'il m'ouvrit les jambes et se plaça au-dessus de moi, mon corps était un amas de nerfs sur le point d'exploser ; nous étions si tendus tous les deux que c'en était douloureux.

— Je t'aime, Noah, déclara-t-il quand sa bouche fut toute proche de la mienne.

Ses yeux bleus me regardèrent comme ils ne m'avaient jamais regardée auparavant. Ses paroles me gonflèrent de bonheur, et je sus que ce que je faisais était bien, que ça devait arriver, que Nicholas m'aimait malgré tout ce qui nous était arrivé, malgré la haine qui nous avait d'abord animés. C'était si évident.

Je plaçai mes mains sur ses épaules pour l'encourager à poursuivre.

Doucement, avec une tendresse infinie, il pénétra en moi. Tous mes muscles se contractèrent et je gémis quand, d'un coup plus prononcé, il s'introduisit encore plus profondément. Il essayait de ne pas me faire mal ; la sueur tombait sur ses épaules et son corps était tendu sous l'effort.

— Fais-le vite, Nick.

— Tu es sûre ? me chuchota-t-il à l'oreille.

J'acquiesçai et il m'embrassa derrière l'oreille. Puis il plaça ses bras de chaque côté de ma tête.

Enfin, d'un mouvement ferme, il finit par traverser cette barrière qui nous séparait, la dernière qui se dressait entre nous parce que toutes les autres s'étaient déjà écroulées. Je ressentis une douleur intense et fulgurante qui me fit pousser un cri étouffé, et il fut entièrement en moi. Nous n'étions plus qu'une seule personne, nous étions connectés d'une manière unique et puissante, et le tourbillon écrasant de sensations qui m'emporta fit couler une larme sur ma joue à l'instant où ses yeux cherchaient les miens.

— Noah… Noah, lâcha-t-il, effrayé, tandis que d'une main il caressait tendrement mon visage. Je suis désolé… désolé, ma chérie.

— Non… (J'entourai son cou de mes bras, le serrant contre moi.) Je vais bien, n'arrête pas maintenant.

Il m'observa quelques instants, puis reprit ses va-et-vient. La douleur était toujours présente, mais le seul fait de voir le plaisir sur le visage de Nick m'aidait à l'oublier.

Il sortit de mon corps et s'y replongea aussitôt avec un peu plus de force qu'auparavant. Je lançai un cri moitié de plaisir, moitié de douleur, et je fermai les paupières.

— Non, non, Noah, regarde-moi. C'est si bon de te pénétrer, Noah, souffla-t-il avec un nouvel assaut, réussissant cette fois à me faire complètement oublier la douleur.

À l'assaut suivant, j'arquai le dos, le recevant avec plaisir, et le grognement qu'il lâcha me rendit complètement folle… Ça lui plaisait, il savourait ce moment, et c'était moi qui réussissais à le mettre dans cet état, juste moi, personne d'autre.

Je tirai sur ses cheveux.

— Plus vite ! criai-je, et il accéléra.

Mon corps devint fou, je ne contrôlais plus rien. Une vague d'une sensation extraordinaire se forma, menaçant de tout emporter sur son passage.

— Maintenant, tu es à moi, me dit-il alors. Juste à moi… Dis-le, Noah… dis-le.

— Je suis à toi, m'écriai-je en lui griffant le dos.

Puis le temps sembla s'arrêter, tous mes sentiments explosèrent et plus rien autour de moi n'eut d'importance à l'exception de Nick. Je criai lorsque l'orgasme nous emporta tous les deux, nous laissant épuisés, en sueur et à bout de souffle. Il posa son front contre mon épaule et mes doigts cessèrent de s'enfoncer dans sa peau. Je me détendis, savourant les derniers soubresauts de plaisir, et laissai glisser mes doigts sur son dos en une caresse imperceptible.

Son front se détacha de mon épaule, et ses lèvres prirent la place. Il releva la tête pour me regarder dans les yeux.

— Tu es incroyable, dit-il en collant son front sur le mien. Je t'aime... je t'aime depuis le moment précis où tu m'as dit que tu me détestais.

J'éclatai de rire et mon cœur enfla démesurément.

— Je détestais juste de ne pas t'avoir pour moi.

— Maintenant, je serai là. Juste pour toi, corps et âme... tout à toi.

17

Nick

Faire l'amour avec Noah avait été l'expérience la plus incroyable de ma vie. Je n'arrivais toujours pas à croire que c'était arrivé, j'avais l'impression qu'il s'agissait d'un rêve. Je pensais à ça depuis que je l'avais vue pour la première fois dans sa robe moulante. J'étais encore au septième ciel. La sentir sous mon corps et pouvoir la caresser à ma guise m'avait procuré plus de plaisir que ce que j'avais ressenti pendant toutes ces années. Maintenant, elle était à moi. Et pour toujours, parce que je n'avais pas l'intention de la laisser échapper.

Avec tout ce qui s'était passé et tout ce qu'elle m'avait raconté, je ne savais pas comment, mais j'avais enfin pu abattre ce mur qui nous séparait dès le début. Noah avait eu une enfance horrible, tellement traumatisante que, six ans plus tard, elle en subissait encore les conséquences dans sa vie quotidienne. Je contenais avec peine l'envie de partir à la recherche de son salaud de père et de le tuer. J'en voulais aussi à sa mère. Comment peut-on être assez idiote pour laisser sa fille de onze ans avec un type pareil ? Je ne voulais pas que Noah le sache, mais, pour moi, Raffaella était aussi coupable que son père. Mais, même après tout ce que Noah m'avait confié, j'avais toujours le pressentiment qu'elle continuait de me cacher quelque chose. Je ne savais pas très bien ce que cela pouvait être, mais je voyais une lueur inquiète dans ses yeux et je voulais savoir pourquoi.

À cet instant précis, je la tenais entre mes bras, endormie. Je repensai à tout ce que nous avions fait, et j'eus presque envie de la réveiller pour reprendre là où nous avions arrêté. Une lampe était allumée, je pouvais donc la contempler : elle était si belle. Tellement que j'en étais sans voix.

À ce moment-là, mon portable vibra. Je ne voulais pas que Noah se réveille, alors je décidai de ne pas répondre. Qui que ce soit, il pouvait attendre.

Je l'étreignis avec force et elle ouvrit les yeux, encore assoupie.

— Bonjour, dit-elle de ce ton de voix si agréable qu'elle avait commencé à utiliser avec moi il y avait exactement un jour.

— Je t'ai déjà dit à quel point tu étais belle ?

Je me plaçai au-dessus d'elle, heureux qu'elle soit enfin réveillée. J'avais envie de l'embrasser depuis au moins une heure.

Elle me rendit mon baiser comme elle seule savait le faire.

— Tu te sens bien ? lui demandai-je, hésitant.

J'avais pris mille précautions, je n'avais jamais eu aussi peur de faire du mal à quelqu'un. Après avoir découvert son passé, je ne voulais plus qu'elle souffre en quoi que ce soit.

— J'ai faim, s'esclaffa-t-elle.

Ses joues étaient teintées de rose, elle avait presque l'air fébrile, ce qui n'avait rien d'étonnant dans la mesure où je l'avais serrée contre moi toute la nuit tandis qu'elle dormait placidement.

— Moi aussi, avouai-je tout en embrassant sa joue, puis sa gorge et cet endroit qui, je le savais, la rendait folle.

Elle éclata de rire et me tira doucement par les cheveux pour que je la regarde.

— Faim de nourriture, précisa-t-elle.

Pourquoi l'un de ses sourires pouvait-il me rendre complètement fou ?

— D'accord, allons manger.

Je l'entraînai avec moi vers la salle de bains. Nous prîmes une douche ensemble, puis je lui laissai un de mes tee-shirts tandis que je mettais un pantalon de survêtement.

Je ne pouvais pas être plus reconnaissant envers nos parents d'être partis ce week-end.

— Qu'est-ce que tu veux manger ? lui demandai-je une fois dans la cuisine.

— Tu sais cuisiner ? dit-elle sans y croire.

— Bien sûr que oui, pour qui tu me prends ?

Je l'attrapai par les cheveux, formant une queue-de-cheval dans ma main. Ainsi, il était facile de la tirer en arrière pour pouvoir l'embrasser comme je voulais.

— Je parlais de quelque chose de comestible, rit-elle.

J'adorais l'entendre rire : c'était une mélodie parfaite pour une matinée parfaite.

— Je vais te faire des crêpes, comme ça tu ne pourras pas te plaindre.

— Je vais t'aider, proposa-t-elle en sautant de sa chaise et en allant directement au frigo.

On cuisina main dans la main : je m'occupai de la pâte et elle se chargea de préparer les milk-shakes à la fraise. Ensuite, on s'assit à table et on mangea l'un avec la fourchette de l'autre. Ce fut exquis de lui couvrir les lèvres de sirop afin de les lui lécher. Tout était comme cela devait être : Noah était heureuse. Moi aussi. Après tant d'années à me défier des filles, je m'en étais trouvé une tellement compliquée, mais si parfaite et exquise, qu'elle pouvait me redonner la confiance et l'amour qui m'avaient été arrachés à un âge si tendre. À présent que j'y réfléchissais, Noah et moi avions plusieurs choses en commun. Elle avait perdu son père à onze ans et moi, ma mère. Nous avions tous deux souffert de bonne heure. Maintenant que nous nous étions trouvés, nous allions nous aider mutuellement à surmonter cette douleur.

— Il y a quelque chose que j'ai envie de faire, annonça-t-elle alors, tandis qu'elle mangeait son dernier morceau de crêpe. Passe-moi ton portable.

Sans comprendre ce qu'elle voulait, mais sans hésiter une seule seconde, je le lui tendis.

— Maintenant que tu es mon petit ami... commença-t-elle en m'observant prudemment.

Je lui souris. J'aimais ce qualificatif. Oui, j'étais son petit ami et elle était ma petite amie, *à moi*. J'aimais la manière dont cela sonnait.

— ... je vais effacer toutes les filles de tes contacts sauf moi et Jenna, m'informa-t-elle, et je commençai à rire. Tu peux rigoler, mais je le dis sérieusement.

Elle débloqua l'écran et entra dans les contacts.

— Tu peux faire ce que tu veux, je m'en fous ! Mais ne supprime ni Anne ni Madison. Je crois que tu me permettras encore de parler à ma sœur, non ?

— Qui est Anne ? s'enquit-elle, le nez plissé.

J'étais conscient que ce nom ressemblait bien trop à Anna, c'est pourquoi je m'empressai d'expliquer :

— Anne est l'assistante sociale qui m'amène Madison quand je vais la voir. Elle me tient au courant de ce qui se passe dans sa vie et m'appelle s'il arrive quelque chose.

Elle acquiesça, puis fronça les sourcils.

— Tu as justement un appel manqué venant d'elle, il y a une heure. (Puis l'écran s'illumina et, comme si Anne avait été en train de nous écouter, son nom apparut.) Ah, c'est encore elle.

Je lui pris le portable, inquiet.

Il était très tôt pour qu'Anne m'appelle.

— Nicholas ?

— Qu'est-ce qui se passe ?

— C'est Madison. Elle a été hospitalisée. Apparemment, ils ont oublié de lui donner l'insuline ces dernières vingt-quatre heures et elle a fait une rechute. Je crois que tu devrais venir.

Je serrai le portable si fort que je faillis le briser.

— C'est grave ? dis-je, en proie à la peur la plus grande que j'aie jamais ressentie.

— Je ne sais rien de plus.

J'acquiesçai, puis je mis fin à l'appel.

Noah me regardait, toute pâle. Elle se leva et vint vers moi.

— Qu'est-ce qu'il y a ?

— C'est ma sœur, elle a été hospitalisée, je ne sais pas ce qu'elle a, juste qu'on ne lui a pas donné son insuline, dis-je précipitamment en réfléchissant à ce que j'allais faire. Il faut que j'y aille !

Je sortis de la cuisine en courant pour rejoindre ma chambre. Noah me suivit.

— Je viens avec toi.

Je l'observai quelques secondes, puis je hochai la tête. Oui, je voulais qu'elle vienne avec moi. Ma mère allait être là-bas… et cela faisait plus de trois ans que je ne l'avais pas vue.

18

Noah

Je ne l'avais jamais vu aussi inquiet, enfin juste une fois, la nuit dernière, quand il m'avait trouvée en train de hurler dans le placard. Maintenant, il avait l'air triste et angoissé. C'était incroyable, combien ses préoccupations pouvaient m'importer et m'affecter. Je voulais effacer cette tristesse et le faire sourire comme ces dernières heures, mais je savais que c'était impossible. Nicholas Leister pouvait s'effondrer ou tout donner pour de rares personnes, et sa sœur était l'une d'entre elles. Du peu qu'il m'avait raconté de sa mère, je savais qu'il la haïssait, ou en tout cas qu'il ne voulait rien savoir d'elle. Le fait qu'on n'ait pas donné d'insuline à sa sœur alors qu'elle était diabétique était une raison parfaitement compréhensible pour la détester encore davantage.

Il conduisit en silence presque tout le trajet. J'étais triste que nos moments complices et heureux se soient terminés si vite. Mais, au moins, il m'embrassait la main de temps à autre ou me caressait la joue de nos doigts entrelacés. Il était très tendre, et chacune de ses caresses provoquait une sensation au creux de mon ventre. Maintenant que j'avais fait l'amour avec lui, je ne pourrais plus penser à autre chose lorsqu'il me touchait de cette manière.

Nous ne fîmes aucune pause, pas même pour manger. En arrivant à Las Vegas, six heures plus tard, nous nous rendîmes directement à l'hôpital.

Madison Grason se trouvait au quatrième étage du service de pédiatrie. Il n'y avait qu'un couple et une femme bien en chair dans la salle d'attente. Celle-ci s'approcha de nous en voyant que Nick restait planté à la porte à regarder l'autre femme, tendu, les mâchoires serrées.

— Nicholas, je ne veux pas que tu fasses d'histoires.

L'autre femme s'était levée et regardait Nick d'un air inquiet. Il détourna les yeux.

— Où est-elle ? demanda-t-il.

— Elle dort. On lui a donné de l'insuline pour pallier les niveaux élevés de glycémie. Elle va bien, Nicholas, elle va se remettre.

Je serrai sa main avec force, je voulais qu'il se calme, mais il tremblait presque.

Il passa devant Anne, l'assistante sociale, et se dirigea droit vers l'autre femme. Elle était blonde et très belle, je sus exactement de qui il s'agissait : sa mère.

— Tu étais où, putain, pour qu'il arrive une chose pareille ? lança-t-il sans même la saluer.

L'homme chauve qui se trouvait près d'elle voulut s'interposer, mais la femme l'en empêcha.

— Nicholas, c'est un accident, se défendit-elle en le regardant avec des yeux tristes mais en gardant son calme.

— Laisse ma femme tranquille, nous sommes déjà assez inquiets comme ça...

— Conneries ! s'exclama Nicholas sans lâcher ma main.

Il me la serrait tellement qu'il me faisait mal, mais il n'avait pas l'intention de me lâcher : il avait tant besoin de moi.

— Il lui faut de l'insuline trois fois par jour, c'est facile, n'importe quel crétin peut le comprendre, mais vous l'entourez de nounous incapables et stupides pour ne pas avoir à vous occuper d'elle !

— Madison sait qu'elle doit en prendre, et elle n'a rien dit. Rose a pensé qu'on la lui avait déjà donnée... expliqua le chauve, mais Nick l'interrompit une nouvelle fois.

— Elle a cinq ans, putain ! s'écria-t-il, furieux. Elle a besoin de sa mère !

Il était clair que la discussion concernait sa sœur, mais pas seulement. Il criait pour elle, mais aussi pour lui. Je n'avait pas compris à quel point il était blessé jusque-là. Ce devait être si dur d'avoir perdu sa mère si jeune. Moi j'avais perdu mon père… Enfin, on m'avait plutôt sauvée de lui, mais ma mère avait toujours été présente. Nicholas, lui, n'avait pas eu d'amour de la part de son père, seulement de l'argent. Je détestai cette femme qui lui avait fait du mal et je détestai William de ne pas avoir mieux su aimer son fils.

Je le tirai en arrière au moment où un médecin apparaissait dans la salle.

— La famille de Madison Grason ?

Nous nous tournâmes tous les cinq vers lui.

Le médecin s'approcha.

— La petite répond au traitement, elle va se rétablir mais doit rester hospitalisée cette nuit, je veux surveiller son niveau de glucose et la garder en observation.

— Qu'est-ce qu'elle a, docteur ? demanda Nick.

— Vous êtes… ?

— Son frère, répondit-il froidement.

— Votre sœur souffre d'acidocétose diabétique, monsieur. Cela se produit lorsque le corps a un taux d'insuline insuffisant et utilise les graisses comme source d'énergie. Les graisses contiennent des cétones qui s'accumulent dans le sang et qui, à taux élevés, produisent l'acidocétose.

— Et que doit-on faire, quand cela arrive ? demanda Nicholas.

— Eh bien, votre sœur a un taux de glycémie plutôt élevé, au-dessus de trois cents, parce que son foie a produit du glucose pour tenter de combattre le problème. Mais les cellules ne peuvent absorber le glucose sans insuline. Nous lui avons administré les doses nécessaires et il semble qu'elle soit en train de se remettre. Il faut réaliser davantage d'examens, mais vous ne devez pas vous inquiéter. J'étais préoccupé lorsqu'elle est arrivée, parce qu'elle était vraiment déshydratée après avoir vomi, mais ça va aller. Le pire est passé et les enfants sont pleins de ressources.

— Je peux la voir ?

— Oui. Elle s'est réveillée et, si vous êtes Nick, je vous encourage à y aller, elle vous a demandé.

— Viens avec moi, je veux que tu la rencontres, dit-il en me tirant par la main.

Un instant, j'avais cru qu'il allait entrer seul. Savoir qu'il voulait me présenter quelqu'un d'aussi important pour lui me remplit de joie.

Madison était assise sur son lit. Elle était minuscule, c'était la plus jolie petite fille que j'avais vue de toute ma vie.

En voyant Nick, elle tendit ses petits bras en souriant.

— Nick ! s'écria-t-elle avec une grimace de douleur, car une aiguille était enfoncée dans son bras.

Pour la première fois depuis plusieurs heures, Nicholas me lâcha et courut vers sa sœur. Je l'observai avec curiosité tandis qu'il étreignait la petite et qu'il s'asseyait auprès d'elle sur l'immense lit.

— Comment ça va, princesse ?

Madison était très belle, mais toute petite pour ses cinq ans. Elle était pâle, avec de larges cernes violets sous les yeux. Ça me fit tant de peine que je me sentis soulagée en la voyant sourire.

— Tu es venu, commenta-t-elle en souriant.

— Bien sûr que je suis venu. Qu'est-ce que tu croyais ? répliqua-t-il.

Il la souleva et l'assit avec précaution sur ses genoux tandis qu'il s'adossait contre le mur. La fillette leva automatiquement une petite main pour commencer à le décoiffer.

Je souris, attendrie. Je n'aurais jamais imaginé que Nicholas puisse traiter une gamine comme il traitait Madison. Pour être exacte, je ne l'aurais jamais imaginé avec un enfant près de lui. Nick était plutôt le genre de garçon qu'on associe aux jolies filles, à la drogue et au rock'n'roll.

— Dis, Maddie, je vais te présenter quelqu'un de spécial, c'est Noah.

Pour la première fois, la petite parut me remarquer. Jusqu'à présent, elle n'avait eu d'yeux que pour son grand frère, et ça se comprenait ! Mais maintenant, ses yeux bleus, semblables à ceux de Nick, étaient fixés sur moi.

— C'est qui ?

Avant que je ne puisse répondre que j'étais une amie, Nicholas déclara :

— C'est ma petite amie.

Ces mots me firent chaud au cœur.

— Tu n'as pas de petites amies, répliqua-t-elle d'un air préoccupé.

Je m'approchai.

— Tu as raison, Maddie, mais je crois que je l'ai fait changer d'opinion, affirmai-je en souriant.

— J'aime bien ton prénom, c'est un prénom de garçon.

Nicholas éclata de rire et je ne pus m'empêcher de rire moi aussi.

— Eh bien, merci, je ne sais pas quoi dire.

Tel frère, telle sœur, me dis-je en me rappelant le commentaire de Nick sur mon prénom quand nous nous étions rencontrés.

— Je suis sûre que les garçons doivent te laisser jouer au football avec ce prénom, commenta-t-elle alors, et je ris de bon cœur.

— Tu aimes le football ? dis-je, incrédule.

Telle que Nick me l'avait décrite, cette gamine avait plus l'air d'une princesse que d'une fan de football.

— Oui, beaucoup, répondit-elle avec enthousiasme. Nick m'a offert un ballon génial, couleur fuchsia.

Elle lui passa de nouveau la main dans les cheveux. Hum, moi aussi, j'avais envie de lui caresser les cheveux…

Nous passâmes un bon moment en compagnie de Maddie. C'était une enfant adorable, très dégourdie pour son âge et très drôle, mais on voyait qu'elle était épuisée, alors nous dûmes rapidement la laisser se reposer.

En sortant de la chambre, on tomba sur la mère de Nick. Contrairement à ce que l'on pourrait attendre d'une mère inquiète pour sa fille, son visage ne laissait transparaître aucune émotion. Elle lança à son fils un regard impassible, mais un geste nerveux de sa main me fit penser que le voir l'affectait tout de même.

— Nicholas, je voudrais te parler, annonça-t-elle.

— Je vous laisse seuls… commençai-je, mais il retint ma main avec force.

— Je n'ai rien à te dire, cracha Nick froidement.

— Je t'en prie, Nicholas. Je suis ta mère, tu ne peux pas m'éviter toute ta vie.

Apparemment, cela lui semblait égal que je puisse l'entendre. Nicholas était tendu à l'extrême.

— Tu as arrêté d'être ma mère à l'instant précis où tu m'as abandonné pour ton crétin de mari, lâcha-t-il d'un ton sec.

Ça me faisait peur de le voir ainsi.

— J'ai commis une erreur, reconnut-elle, comme si abandonner son enfant était une simple faute. Tu n'es plus un enfant maintenant, il est temps que tu me pardonnes.

— Ce que tu as fait n'est pas commettre une erreur : tu as disparu pendant six ans, tu ne m'as même pas appelé pour savoir comment j'allais… tu m'as abandonné ! (Sa mère le regarda, surprise et effrayée à la fois.) Je ne veux plus te voir. Et, si c'était en mon pouvoir, je t'enlèverais cette adorable enfant que tu ne mérites pas d'avoir pour fille, décréta-t-il.

Nous longeâmes le couloir avant de déboucher dans un autre couloir, complètement vide. Il ouvrit une porte qui menait dans un débarras éclairé par une petite fenêtre située dans la partie supérieure du mur.

Je vis qu'il avait l'air perdu. Il respirait laborieusement et ses yeux brillaient de colère ou de tristesse. J'eus tellement peur en le voyant ainsi que je n'eus pas le temps de me rendre compte de ce qu'il faisait quand il me poussa contre le mur et chercha mes lèvres.

— Nicholas.

Je prononçai son nom d'une voix tremblante en lui caressant le visage, mais il était hors de lui. Il ne contrôlait plus ses émotions... Il s'empara de ma bouche sans me laisser dire un mot.

— Merci d'être là, murmura-t-il d'une voix brisée. (Je pris son visage entre mes mains et je cherchai ses yeux.) Je crois que je n'arriverai jamais à surmonter le fait qu'elle soit partie sans se retourner, qu'elle m'ait abandonné. Mais, maintenant que tu es là, maintenant que je t'ai et que je sais ce qu'on ressent quand on est amoureux... Ce qu'elle a fait n'a plus d'importance, Noah, plus maintenant. Tu as réussi à refermer une plaie qui saignait toujours, et je t'aime encore plus pour ça.

Je sentis mes yeux se remplir de larmes, et un sourire triste se dessina sur ses lèvres.

— Viens ici, souffla-t-il avant de m'embrasser.

C'est ainsi que nous fîmes l'amour pour la deuxième fois... mais ce fut teinté par de mauvais souvenirs.

Nous allâmes ensuite manger un morceau. Les visites n'étaient plus autorisées pendant quelques heures, et nous en profitâmes pour nous balader dans Las Vegas. Je n'étais jamais venue, et la ville me parut aussi folle que dans les films, avec des bâtiments gigantesques, des hôtels impressionnants et des spectacles partout. Je ne pouvais même pas imaginer comment c'était de nuit.

— Demain, nous la laisserons sortir, elle va mieux que je ne le croyais, nous informa le médecin à notre retour. Elle pourrait même sortir aujourd'hui, mais je préfère la garder en observation quelques heures de plus.

Il était déjà cinq heures de l'après-midi et, si nous voulions être à Los Angeles avant minuit, il fallait partir maintenant. Je savais à quel point c'était difficile pour Nicholas.

— Je reviendrai cette semaine, assura-t-il à la petite, dont les yeux étaient remplis de larmes. Mercredi, je t'apporterai un cadeau pour qu'on puisse s'amuser tous les deux.

Il la serra tendrement dans ses bras.

— Dans deux jours ? demanda-t-elle, les lèvres tremblantes.

— Oui, deux petits jours, promit Nick en l'embrassant au sommet de sa petite tête blonde.

Lorsque nous sortîmes de l'hôpital, il était bouleversé et à bout de forces. La journée avait été chargée d'émotion, et la veille aussi. Cela nous ferait du bien à tous les deux de dormir à poings fermés.

— Tu veux que je conduise ? lui proposai-je en arrivant à la voiture.

Il me regarda avec un sourire amusé tout en m'acculant contre la portière du conducteur.

— Je crois me souvenir que tu as perdu la dernière voiture que tu as conduite.

— Tu n'arrêteras jamais de me le rappeler, hein ? dis-je en levant les yeux au ciel.

— Jamais, Éphélide, affirma-t-il en déposant un baiser fugace sur mes lèvres.

Pour rester éveillés pendant le trajet, nous fîmes de nombreuses pauses café et écoutâmes la radio.

En arrivant à la maison, nous n'imaginions pas que nos parents puissent être rentrés. Nicholas avait le bras passé autour de mes épaules et je le tenais par la taille quand nous montâmes, épuisés, les escaliers du porche.

Voir ma mère me ramena brutalement à la réalité. En un sursaut, nous nous écartâmes l'un de l'autre.

— Vous voilà enfin, je commençais à m'inquiéter, dit-elle.

Elle s'approcha et m'étreignit avec force. Cela faisait deux jours que je ne l'avais pas vue et, avec tout ce qui s'était passé, je ne pus m'empêcher de l'étreindre moi aussi avec plus de force que nécessaire.

— Je t'ai manqué, hein ? lâcha-t-elle avec un petit rire.

Elle embrassa Nick, puis nous entrâmes tous dans la maison, où nous fûmes soumis à un interrogatoire sur Maddie. Apparemment, Nick les avait appelés pour qu'ils sachent où on était, et William s'était beaucoup inquiété concernant son état de santé.

— Je suis content qu'elle aille bien, déclara-t-il en se levant du canapé.

Nick se trouvait à l'autre bout de la pièce, face à moi. C'était bizarre de ne pas être l'un à côté de l'autre, de ne pas se toucher : je sentis un vide soudain dans ma poitrine. Il m'observait avec un regard intense et rempli de promesses.

— Je suis fatiguée. Si ça ne vous fait rien, je monte… Demain j'ai cours, dis-je en le regardant droit dans les yeux.

Ma mère regardait un film avec Will, ils n'allaient donc pas monter tout de suite.

— Tu restes avec nous, Nick ? s'enquit ma mère, et je la foudroyai du regard.

Heureusement, elle ne s'en rendit pas compte.

Nicholas, en revanche, eut un sourire amusé.

— Je ferais mieux de monter. Il est tard et moi aussi j'ai cours demain. Bonne nuit.

Il fit le tour du canapé et me rejoignit pour monter les escaliers. Je ne sais pas si c'était le sentiment de braver un interdit ou le simple fait que nos parents étaient en bas et qu'ils deviendraient fous s'ils apprenaient notre relation, mais, lorsque Nick me poussa contre le mur près de ma porte, tout me parut très excitant.

— Viens dans mon lit, dors avec moi, me dit-il à l'oreille tandis qu'il m'embrassait, me léchait et me mordillait la base du cou.

— Je ne peux pas.

Je rejetai la tête en arrière et lâchai un soupir de plaisir.

— Tu ne peux pas faire ces bruits et m'empêcher de t'emmener dans mon lit, me reprocha-t-il en appuyant ses hanches contre moi dans un mouvement qui me rendait folle.

Je lâchai un petit rire étouffé et serrai les paupières.

— Ma mère peut monter à n'importe quel moment, Nicholas, lui dis-je alors que sa main remontait sur ma jambe et me caressait adroitement la cuisse. Je ne veux pas qu'elle ait un infarctus, ajoutai-je en reprenant mon souffle.

— Tu viens avec moi, c'est sûr et certain, décida-t-il en commençant à m'entraîner avec lui.

— Non ! criai-je en riant.

Je me demandais comment nous allions faire maintenant que nous étions ensemble et que nous vivions sous le même toi que nos parents. Il faudrait s'imposer certaines règles.

Il s'immobilisa et parut soudain comprendre que j'avais raison.

— Je t'aime, déclara-t-il avec un baiser rapide sur mes lèvres. Si tu as besoin de moi, tu sais où je suis.

— Deuxième porte à gauche, je sais.

Je fis aussitôt volte-face et rentrai dans ma chambre.

À présent, j'avais besoin de réfléchir à tous les événements qui venaient de se produire. Un répit ne me ferait pas de mal.

Avec tout ce qui s'était passé ces derniers jours, je me sentais en proie à un tourbillon de pensées et de sentiments contradictoires. D'un côté, je me sentais si heureuse avec Nick. Je ne savais pas combien de temps cela durerait, étant donné que nos tempéraments avaient plutôt tendance à se heurter. Malgré tout, j'étais vraiment folle de lui et, maintenant que je me l'étais avoué, je ne cessais de penser qu'il était à moins de sept mètres de distance. Je n'arrivais pas à dormir et la tentation d'aller le rejoindre était grande, mais je m'obligeai à ne pas le faire. Il fallait que j'apprenne à rester éloignée de lui. Malheureusement, d'un autre côté, lorsque nous n'étions pas ensemble, toutes mes pensées revenaient à mon père et à ses lettres de menace. Je me demandais toujours si je devais en parler à quelqu'un. Mais il était en prison et je n'étais même pas sûre qu'il soit l'auteur des lettres. Ronnie aurait très bien pu apprendre l'existence de mon père et l'utiliser contre moi. Par conséquent, je décidai de me taire, au moins tant que je ne recevais pas de nouvelle lettre.

Le lendemain matin, je me levai à la hâte pour ne pas arriver en retard. Je me sentais nerveuse, car j'allais revoir ceux qui m'avaient bizutée. Ils m'avaient tous entendu hurler de désespoir, et aucun d'entre eux n'avait levé le petit doigt pour m'aider.

Je mis mon uniforme et descendis les escaliers en courant. Comme chaque matin, William était déjà parti et Nick et ma mère prenaient leur petit déjeuner autour de l'îlot. Lorsque j'entrai dans la cuisine, ses yeux rencontrèrent les miens et je dus me retenir pour ne pas le saluer en l'embrassant longuement. Ma mère se leva et commença à me préparer à manger, comme toujours. Avec l'excuse du nœud de cravate à faire (je savais déjà parfaitement comment me débrouiller), je m'approchai de Nick. Je profitai d'un moment où ma mère regardait ailleurs pour l'embrasser rapidement sur les lèvres.

— Maintenant, j'ai un tas de photos de toi en uniforme, me souffla-t-il tandis qu'il nouait ma cravate et en profitait pour me caresser le cou et m'embrasser délicatement sur les lèvres.

Je tournai la tête pour m'assurer que personne ne nous voyait. Ma mère était plongée dans la préparation d'œufs brouillés et la musique qu'elle mettait toujours résonnait dans les haut-parleurs.

Je devais bien l'admettre : ce jeu était dangereux, mais m'excitait terriblement.

Il glissa prudemment les mains sous ma jupe et commença à me caresser les jambes, pour finir par poser les mains sur mes fesses.

— Tu exagères, murmurai-je.

— Tu as raison, reconnut-il en ôtant ses mains juste au moment où ma mère se retournait pour me servir les œufs.

Pour la première fois, je m'assis à côté de Nick au petit déjeuner, et je repensai à notre dégustation de crêpes et de milk-shakes. C'était vraiment un bon souvenir, surtout si je me remémorais tout ce que nous avions fait les heures qui précédaient ce moment.

Ma mère nous parla à peine, elle était plongée dans ses pensées, et je me reprochai de ne pas avoir manifesté plus d'intérêt pour son couple et de ne pas lui avoir demandé si elle était heureuse de vivre ici.

— Maman, ça va ?

Elle était distraite et avait le regard perdu.

Elle revint sur terre et s'efforça de sourire.

— Oui… oui, bien sûr, ça va très bien, répondit-elle en ramassant son assiette pour la déposer dans l'évier. Nick m'a dit qu'il voulait bien t'emmener au lycée aujourd'hui. Je suis désolée, mais j'ai un peu mal à la tête. Je crois que je vais aller me coucher.

Elle m'embrassa sur le front et étreignit affectueusement Nick. Dès qu'elle eut disparu, je me tournai vers lui :

— Tu ne trouves pas qu'elle est bizarre ?

Il se tourna vers moi et tira ma chaise vers la sienne.

— Un peu, mais je ne crois pas que ce soit grave. (Il posa ses mains sur mes genoux et se pencha vers moi.) Tu es prête ? me demanda-t-il d'une voix sensuelle.

Je sentis un fourmillement là où ses mains touchaient ma peau et je hochai la tête. Le fait que ma voiture soit toujours au garage ne m'ennuyait pas tant que ça, finalement.

Cinq minutes plus tard, nous sortions de la maison, mais il s'arrêta un peu plus loin, là où personne ne pouvait nous voir, pour prendre mon visage à deux mains et m'embrasser intensément. Lorsqu'il me lâcha, je dus respirer à fond pour retrouver mon souffle.

— Eh bien !… En quel honneur ? m'écriai-je tandis qu'il mettait le moteur en marche.

— Parce que cela faisait sept heures et vingt-cinq minutes qu'on ne s'était pas embrassés.

— Tu comptes ? dis-je en riant, mon humeur au beau fixe.

— Qu'est-ce que tu veux, je n'y peux rien si mon esprit s'ennuie quand il n'est pas avec toi.

Quinze minutes plus tard, nous arrivions devant les portes de Sainte-Marie et, malgré moi, je devins nerveuse. Nick était devenu grave lui aussi.

— Tu viendras me chercher ?

Je me tournai vers lui, le contraignant à me regarder. Il me sourit et me caressa la joue.

— Bien sûr, je suis ton petit ami, c'est mon devoir, dit-il fièrement.

J'éclatai de rire.

— Ce n'est pas une obligation, tu sais. Tu n'as jamais eu de petite amie, n'est-ce pas ?

Je savais que c'était vrai et j'en étais ravie.

— Parce que je t'attendais, avoua-t-il en déposant un baiser brûlant sur mes lèvres.

Ce qu'il venait de dire me plaisait tant que je prolongeai son baiser, le fis devenir plus profond.

— Il vaut mieux que tu t'en ailles si tu ne veux pas que je te séquestre toute la journée, menaça-t-il.

— On se voit à quatre heures, dis-je en souriant.

Puis je me forçai à me séparer de lui. C'était une addiction, nous deux.

— Je t'aime, dis-je en sortant de voiture.

— Moi aussi ! Au revoir, princesse.

Lorsque je m'approchai de la porte, de nombreuses personnes me regardèrent, mais, avant que je ne puisse m'en préoccuper, Jenna apparut et me sauta dans les bras.

— Je suis tellement désolée, Noah, dit-elle en m'étreignant. Je ne savais pas qu'ils allaient faire ça. J'aurais dû être là pour t'aider : ils sont complètement immatures. Ils devraient arrêter de faire ces trucs, mais tu vois…

— Ce n'est pas grave, Jenna, ce n'est pas ta faute.

— Tu es sûre ? insista-t-elle. Tu étais tellement mal. Je ne savais pas que tu avais autant peur du noir.

— J'ai subi un traumatisme dans mon enfance, mais c'est passé. Ce n'est pas grave.

Je me trompais. Toutes sortes de rumeurs circulaient dans le lycée et, quelle que soit la direction dans laquelle je tournais le regard, les yeux étaient fixés sur moi. Tous les élèves me fixaient comme si j'étais une Martienne ou, pire, comme s'ils avaient *pitié*. Je ne mesurai pas à quel point j'étais fâchée jusqu'à ce que je rentre au self et que je voie Cassie entourée des garçons qui m'avaient enfermée dans le placard. J'étais tellement en colère que je n'étais même pas consciente de ce que je faisais lorsque je m'approchai d'elle et lui balançai mon milk-shake à la fraise au visage.

Les gens autour de moi en restèrent pétrifiés et, avant que j'aie le temps de réaliser ce que j'avais fait, j'entendis la voix de la directrice derrière moi :

— Mademoiselle Morgan, dans mon bureau, s'il vous plaît.

Merde.

19

Nick

Lorsque je la laissai au lycée, je ne pensais pas que tous ces sombres sentiments s'empareraient de moi. C'est pourtant ce qui arriva. Je ne pouvais m'ôter de l'esprit que la fille que j'aimais à la folie avait été maltraitée presque jusqu'à en mourir. Je ne pouvais faire comme si rien ne s'était passé, et c'est pour cette raison que j'allai directement au cabinet de mon père. Je voulais savoir ce qu'il pensait de tout cela, mais surtout ce qu'il pouvait faire légalement en sachant que la femme qu'il aimait avait été frappée et maltraitée durant des années.

En arrivant dans les bureaux de Leister Enterprises, je montai au dernier étage. Janine, la secrétaire de mon père, me connaissait depuis toujours : c'est elle qui avait été chargée de m'acheter des cadeaux d'anniversaire et de m'emmener aux fêtes de mes amis, elle qui était allée aux matchs de football lorsque mon père était trop occupé à travailler, elle enfin qui s'était chargée de me réprimander lorsque je m'étais mal comporté à l'école. Janine avait été une sorte de mère, sauf qu'elle n'avait jamais touché mon cœur, aucune femme ne l'avait fait jusqu'à ce que Noah apparaisse dans ma vie ; mais je l'aimais beaucoup.

— Nicholas, que fais-tu ici ? me demanda-t-elle affectueusement.

Janine était très mince et devait avoir dans les soixante ans. Il n'y avait pas de femme plus travailleuse et plus loyale qu'elle, et c'était aussi l'une des seules à pouvoir supporter mon père pendant les heures de travail. Il n'était pas facile, je le savais mieux que quiconque étant donné que j'avais fait plusieurs stages.

— Salut, Janine, il faut que je parle à mon père. Il est en réunion ? lançai-je en contenant mon envie d'entrer sans frapper.

— Non, tu peux entrer.

J'entrai donc sans frapper. Les yeux bleus foncés de mon père me regardèrent par-dessus ses lunettes de lecture.

— Qu'est-ce que tu fais là ? dit-il d'un air grave.

Il ne me saluait jamais, c'était une vieille habitude dont il ne pouvait se défaire.

— Je viens te parler de Noah… et de Raffaella, répondis-je, debout devant son bureau hors de prix et espérant qu'il serait sincère avec moi pour une fois dans sa vie. Tu es au courant de ce que lui a fait son salaud de père ?

Mon père me dévisagea un instant, puis posa le document qu'il était en train de lire sur la table. Il se leva, se dirigea vers le bar et se servit un verre de cognac.

— Comment l'as-tu appris ?

Il le savait déjà, alors. Cela ne me surprit pas vraiment. Une chose pareille ne peut pas se cacher très longtemps.

— Noah est terrifiée si on la met dans l'obscurité. L'autre jour, elle a presque eu une crise de panique et, quand elle s'est calmée, elle me l'a raconté.

Je me raidis au souvenir de ce que ces salauds lui avaient fait, mais ce n'était pas comparable à ce qui s'était passé avec son père.

— … Papa, tu sais ce que lui a fait cette ordure ? Noah a failli mourir… elle s'est planté un morceau de verre dans le ventre, putain de merde, elle ne pourra probablement jamais avoir d'enfant.

— Je sais, avoua-t-il.

Il s'assit à son bureau et me regarda d'un air triste.

— Tu le sais ? (Je me levai et commençai à marcher en long et en large dans la pièce.) Sa propre mère l'a laissée seule avec ce type qui la battait ! Raffaella est aussi coupable que lui ! m'écriai-je, fou de rage et d'impuissance.

— Nicholas, je ne te permets pas de parler ainsi de ma femme. Tu n'as aucune idée de ce qu'elle a traversé, tu ne sais pas combien elle regrette de l'avoir laissée seule. Elle n'a pas eu la même vie que nous, elle n'avait ni argent ni personne qui puisse l'aider à se battre pour sa fille. Elle a souffert sous les coups de cet homme pendant des années : son corps est un amas de cicatrices. Je ne te permets pas.

— Noah était une enfant, papa, l'interrompis-je en contenant le tremblement dans ma voix. Dieu tout-puissant ! Elle a sauté par la fenêtre, ce monstre mériterait de crever.

— Nicholas, assieds-toi, je dois te dire quelque chose, lança mon père en m'indiquant la chaise devant lui.

Je me plaçai derrière le dossier, mais je ne m'assis pas. Il porta le verre à ses lèvres et, un instant, j'eus envie d'en faire autant.

— Il a été remis en liberté il y a plus d'un mois. Six ans se sont écoulés depuis sa condamnation. Si Raffaella l'avait dénoncé plus tôt, sa peine aurait été plus longue, mais il n'a été jugé que pour le délit qu'il a commis cette nuit-là envers Noah. Il n'a pas non plus été inculpé pour les blessures que Noah s'est infligées en sautant par la fenêtre… Apparemment, il avait des contacts et il a écopé de la peine minimale. Ce que je suis en train de te dire, c'est qu'il est libre maintenant, et que Raffaella craint qu'il n'essaie d'entrer en contact avec elle. J'ai appris cela il y a peu et j'étais terriblement fâché qu'elle ne me l'ait pas dit. Nous devons être très vigilants. Je ne crois pas que cet homme veuille les revoir, mais je suis tout de même inquiet. Raffaella est terrifiée, elle fait des cauchemars toutes les nuits, mais elle ne veut pas que Noah sache qu'il a été libéré.

— Comment peut-il être libre ? Tu ne peux rien faire ?

J'étais abasourdi, et un sentiment de crainte grandissait en moi. Ce dingue pouvait partir à la recherche de son ex-femme et de sa fille, et je ne savais pas comment Noah réagirait si elle revoyait celui qui était la cause de ses cauchemars.

— J'ai essayé de faire en sorte qu'un juge délivre une injonction d'éloignement, mais, comme il n'y a aucun problème, aucun signe qu'il se soit approché d'elles, cela n'a pas été possible. On exagère probablement : il se trouve dans un autre pays, et je ne crois pas qu'il soit prêt à traverser tous les États-Unis pour venir faire valoir des droits qui n'existent pas. Mais bon, il vaut mieux être prévoyant et, si cela peut rassurer Ella…

— D'accord. Toi, prends soin de ta femme, et moi je m'occupe de Noah, dis-je en me dirigeant vers le minibar pour me servir un verre.

Je sentis les yeux de mon père fixés sur ma nuque. Le silence s'installa un moment.

— Fiston… je t'en prie, dis-moi que tu n'as pas une aventure avec ta quasi-sœur.

Merde… était-ce si évident ?

— Je veux juste prendre soin d'elle, papa, déclarai-je en buvant ce qui restait de mon verre d'un seul trait.

— Écoute, je ne sais pas ce qui se passe entre vous et je ne veux pas le savoir, mais je te demande de ne pas faire de bêtise. Raffaella risque déjà suffisamment de perdre les pédales. Et savoir que sa fille a une aventure avec son beau-fils est la dernière chose dont elle a besoin.

Cette manière impersonnelle de parler de notre relation me contraria.

— Je n'ai pas une aventure avec elle, papa… *Je l'aime* et je t'assure que je ne laisserai personne lui faire le moindre mal.

Mon père m'observa quelques instants, puis hocha la tête :

— Attention à ce que tu fais, Nicholas.

Au moment où je sortais de son bureau, mon portable sonna : c'était Noah.

— Qu'est-ce qui se passe ? dis-je, inquiet.

— Nick. Il faut que tu viennes me chercher, dit-elle d'une voix étrange.

— Pourquoi ? Tu vas bien ? demandai-je tout en entrant dans l'ascenseur.

— Ben… j'ai été renvoyée pour la journée.

Lorsque je la retrouvai devant le lycée, un sourire apparut sur mes lèvres. Elle vint en courant au-devant de moi, et elle était si adorable que je ne pus m'empêcher de l'embrasser avant qu'elle puisse m'expliquer plus en détail ce qui était arrivé.

— Tu lui as jeté un milk-shake à la figure ? demandai-je en éclatant de rire. Sérieusement ?

— Je ne sais pas ce qui m'est passé par la tête, reconnut-elle l'air contrit, mais je ne regrette rien : elle le méritait. Ne me juge pas, j'avais besoin de relâcher la pression, se justifia-t-elle en bouclant sa ceinture.

— Tu crois qu'il y a quelqu'un à la maison ? dis-je après avoir démarré.

— Sûrement. Pourquoi ? dit-elle en fronçant les sourcils.

— Parce que j'ai tellement envie de te faire l'amour que je crois que je vais exploser.

L'intensité avec laquelle je la désirais me faisait peur.

Je souris en remarquant sa respiration haletante. Je posai automatiquement une main sur sa jambe et remontai le long de sa cuisse jusque sous sa jupe. Mon Dieu, comme elle était douce.

— Tu sais que je peux jouer à ça, moi aussi, hein ? me dit-elle alors en retirant sa ceinture pour se coller contre moi.

Je dus faire un effort monumental pour éviter de heurter la voiture devant moi. Sa petite main se posa sur mon genou tandis que sa bouche se dirigeait vers mon cou avec une infinie tendresse.

Mon souffle s'accéléra.

— Eh, Effy, arrête… dis-je au contact de sa langue qui caressait mon oreille.

Je ne pouvais pas conduire et le faire en même temps !

— C'est toi qui as commencé, répliqua-t-elle en me caressant la jambe tout en mordillant doucement mon cou et ma mâchoire.

Une fois que j'eus atteint l'endroit que j'avais en tête, je lui pris la main et arrêtai la voiture.

— Sors de là, lui ordonnai-je, brûlant de désir.

— Je ne pense pas, non. La dernière fois que tu m'as dit ça, tu m'as laissée en plan sur le bas-côté, dit-elle en riant.

— Sors, ou je te fais l'amour ici et maintenant.

Comme elle ne semblait pas décidée à obtempérer, je sortis de la voiture puis j'allai ouvrir sa portière pour la tirer hors du véhicule.

— Tu n'as tout de même pas l'intention de le faire ici ? me demanda-t-elle en regardant la falaise et la mer qui se trouvaient derrière nous.

Pour toute réponse, je la plaquai contre la portière en l'obligeant à m'entourer les hanches de ses jambes.

— Bien sûr que si, on va le faire ici, lui dis-je en m'emparant de ses lèvres.

Elle frémit sous mes bras et me rendit le baiser avec la même passion.

J'arquai le dos et je fermai les yeux. Je l'embrassai sur l'oreille, la mâchoire et partout où je voyais de la peau dénudée. Je voulais en voir davantage et je déboutonnai l'un après l'autre tous les petits boutons de son chemisier.

— Je t'ai dit à quel point ça m'excite, cet uniforme ? dis-je en lui embrassant les seins.

— Comme tous les mecs de la terre, répondit-elle dans un soupir.

Noah et son humour noir. Je la serrai encore plus fort et elle gémit de plus belle. Heureusement, nous étions seuls. Je posai sur elle un regard brûlant :

— Tu vas être à moi encore une fois.

— Tu es à moi, et je suis à toi. C'est la première fois que je dis cette phrase en sentant qu'elle est vraie. Je t'aime, Nick.

— Et je t'aime moi aussi, princesse. (Je m'enfonçai en elle et savourai chacune de ses ripostes passionnées.) Je t'aime à la folie.

Quand nous atteignîmes tous les deux le plaisir absolu, je pris son visage entre mes mains et plongeai mes yeux dans les siens.

Nous passâmes le reste de la journée à la plage, étendus sur le sable, apprenant à mieux se connaître.

— Qui t'a donné ton premier baiser ? me demanda-t-elle, allongée sur le ventre, la tête posée entre mes mains.

Elle était si belle. Je devais faire un effort surhumain pour ne pas passer mon temps à la toucher.

— Toi, évidemment.

Le vent jouait dans ses cheveux et le soleil rougissait ses joues, faisant ressortir ses taches de rousseur.

Elle leva les yeux au ciel.

— Non, sérieusement, dit-elle en ignorant la mèche de cheveux qui ne cessait de lui tomber dans les yeux.

Je la replaçai soigneusement derrière son oreille.

— Tu veux vraiment le savoir ? (Elle fronça les sourcils et j'éclatai de rire.) D'accord, mais tu vas rigoler... C'était Jenna.

— Non ! Tu plaisantes ?

— On était gosses, c'était ma voisine et ma seule amie, on l'a fait pour voir comment c'était. Moi, j'ai trouvé ça bizarre, et elle a fait une moue de dégoût et a juré qu'elle n'embrasserait plus jamais personne de toute sa vie.

Noah éclata de rire. J'étais soulagé de voir que ça ne la dérangeait pas.

— Et toi ? demandai-je, mal à l'aise.

Je n'aimais pas imaginer Noah dans les bras d'un autre mec. Le seul fait d'y penser me rendait malade.

— Eh bien, moi, je n'étais déjà plus une gamine, donc je n'ai pas juré que je ne recommencerais pas... Ça m'a même plu, commença-t-elle d'un ton dégagé.

— C'était avec qui ? demandai-je sur un ton involontairement grave.

Elle l'ignora ou ne parut pas s'en rendre compte.

— C'était avec le maître nageur de la piscine publique. Un mec trop canon, on s'est embrassés dans l'infirmerie, expliqua-t-elle avec un sourire.

— Alors ça t'a plu, hein ? dis-je en me plaçant au-dessus d'elle et en la serrant davantage pour qu'elle ne puisse pas bouger.

— Oui, beaucoup.

Je sus alors qu'elle se moquait de moi.

— Ça te plaît de me torturer ?

— À vrai dire, oui, je trouve ça très drôle.

— Je vais te montrer ce que c'est que de torturer quelqu'un pour de vrai.

Je baissai mes lèvres jusqu'aux siennes, mais sans les toucher. Mes yeux plongés dans les siens, je laissai ma main effleurer sa jambe, lentement, voyant dans ses yeux le plaisir que lui procuraient mes caresses. Je remontai les doigts jusqu'au creux de son genou, toujours sans hâte, puis continuai jusqu'à sa cuisse. De mon autre main, je déboutonnai son chemisier tout en déposant de rapides et brûlants baisers sur la peau douce de son ventre.

Elle gémit.

Alors je me levai brusquement, les joues en feu et au comble de la frustration. Il lui fallut quelques secondes pour se rendre compte de ce que je faisais ; elle me regarda avec des yeux de chiot abandonné.

— Mais qu'est-ce que tu fais ?

— Comme ça, tu réfléchiras davantage la prochaine fois que tu essaieras de me rendre jaloux.

Je mourais d'envie de terminer ce que nous avions commencé, mais je n'allais pas céder, c'était bien plus drôle comme ça.

Elle me regarda, bouche bée, puis commença à reboutonner son chemisier, irritée.

— Tu es toujours aussi con, lâcha-t-elle en se levant pour s'éloigner en direction de la voiture.

Je laissai échapper un petit rire et je la suivis, admirant ses longues jambes et ses cheveux blonds qui flottaient au vent.

Avant d'arriver à la voiture, je la rattrapai, la fis se tourner vers moi et l'embrassai avec douceur. Je ne pouvais pas rester éloigné de cette fille plus de quelques minutes. Je caressai ses lèvres avec les miennes, mais elle les garda obstinément closes. Je tentai d'y introduire ma langue, mais sans succès. Je commençai alors à lui lécher lentement les lèvres, avec sensualité. Lorsqu'elle se rendit enfin et qu'elle me prit dans ses bras, je lui offris le baiser le plus merveilleux que l'on puisse donner à une fille. Ce baiser était mémorable, contrairement à celui de ce stupide maître nageur.

20

Noah

Tout se déroulait si vite, cela m'effrayait. Après ce qui s'était passé avec Dan, la possibilité de retomber amoureuse ne faisait pas partie de mes plans. Et pourtant… j'étais complètement folle de mon quasi-frère, le dernier garçon au monde avec qui j'aurais imaginé avoir une relation.

Cela aurait peut-être été plus facile si j'étais tombée amoureuse d'un garçon comme Mario, mais je savais que ça n'aurait pas fonctionné : depuis que je lui avais dit que je voulais juste être son amie, il ne m'avait pas rappelée. C'était clair que je ne l'intéressais pas suffisamment. En revanche, avec Nick, même si c'était une folie, je me sentais si bien. J'avais tant envie d'être avec lui que ça me faisait peur. Lorsqu'on était séparés, ne serait-ce qu'un instant, mon cœur souffrait ! Rien qu'à le voir, j'avais les jambes en coton, et que dire des moments où il m'embrassait et où nous faisions l'amour. Je me trouvais littéralement sur un petit nuage et, s'il n'y avait pas eu les lettres de menace, j'aurais été la personne la plus heureuse de la terre.

J'étais consciente que je ne pouvais pas continuer à me taire, mais je me refusais à mentionner le nom de mon père devant ma mère. Elle avait souffert autant que moi, sinon plus, et, maintenant qu'elle avait trouvé le bonheur avec Will, je ne voulais pas lui remémorer ces années-là. Que pouvais-je faire ? Mon père était en prison, il ne sortirait pas avant de nombreuses années et il était pratiquement impossible qu'il me retrouve. Alors toute cette histoire devait être l'œuvre de Ronnie. Il avait dû entendre parler de mon passé d'une manière ou d'une autre et l'avait utilisé pour m'effrayer et me toucher là où j'étais le plus vulnérable. Je décidai donc que la seule personne à qui je pouvais en parler, c'était Nicholas.

Je lui en parlerais ce soir, après la fête où nous nous rendions pour la première fois en couple. J'étais sûre que ça le rendrait dingue et il me reprocherait sûrement de ne pas le lui avoir dit avant. Je redoutais sa réaction et je craignais surtout ce que ce sale type de Ronnie était capable de faire.

C'est pourquoi je tentai de dissimuler mon état d'esprit quand on arriva à la fête. J'arborai mon plus beau sourire lorsqu'il m'ouvrit la portière. Depuis le début de notre relation, il s'était transformé ; le Nicholas qui soutenait que les nanas pouvaient ouvrir une portière seules et n'avaient pas besoin d'escorte avait disparu. Il avait laissé la place à un authentique gentleman. Ce n'est pas que je sois folle de ces attentions exagérées, et peut-être un peu vieillottes, mais le fait qu'il les ait avec moi et avec personne d'autre me plaisait.

— Je t'ai dit combien ça va être dur de ne pas te toucher ce soir ? dit-il en me retenant un instant contre ma portière.

Il faisait plutôt frais et la robe noire moulante que je portais n'était pas précisément de circonstance.

J'admirai ses yeux clairs aux si longs cils noirs ; je me perdis en eux, dans la chaleur et le désir qu'ils dissimulaient. Nicholas Leister, image vivante des modèles de Calvin Klein, était maintenant tout à moi.

— Eh bien, tu n'as pas le choix.

J'entrelaçai nos doigts et lui caressai les cheveux. Moi aussi j'avais du mal à garder les mains éloignées de ce corps si magnifiquement sculpté.

— Rentrons à la maison, me proposa-t-il.

— Nos parents sont là, dis-je, contrariée.

La semaine dernière, nous avions à peine pu être ensemble : ma mère ne m'avait pas quittée des yeux – elle voulait me parler, passer du temps avec moi – et William avait eu besoin de Nick au cabinet pratiquement à temps complet. On aurait dit qu'ils s'étaient mis d'accord pour nous éloigner l'un de l'autre.

Nicholas grommela contre mes lèvres :

— Je vais devoir chercher un appart et déménager.

— Comment !??

Je m'écartai de lui.

— Cela fait plusieurs semaines que j'y pense… et, maintenant qu'on est ensemble, je crois que c'est une bonne idée. Je suis majeur et, avec ce que je touche au cabinet, je peux me permettre quelque chose de correct. Comme ça, on n'aurait plus à s'inquiéter pour nos parents, précisa-t-il en cherchant une réponse sur mon visage.

Que Nicholas déménage était rationnellement ce qu'il y avait de mieux à faire. Vivre avec son petit ami et ses parents sous le même toit est à la fois bizarre et embarrassant ; mais le seul fait de penser que je ne le verrais plus le matin ou le soir avant de me coucher, le seul fait de savoir qu'il ne serait plus de l'autre côté du couloir, me rendait terriblement triste et me faisait aussi un peu peur : d'une certaine manière, je me sentais en sécurité avec lui dans la chambre d'en face, surtout depuis les menaces de Ronnie.

— Je ne veux pas que tu partes.

Mes raisons étaient irrationnelles, mais j'étais sincère.

— Tu préfères qu'on continue à se cacher ? Tu sais que mon père est déjà au courant, il ne verrait aucun inconvénient à ce que je parte de la maison et, comme ça, on pourrait passer tout le temps qu'on voudrait ensemble. On pourrait laisser tomber toutes ces conneries de frère et sœur si on ne dormait pas sous le même toit. Même ta mère finirait par l'accepter si elle ne savait pas qu'on est en train de faire l'amour à quelques mètres de sa chambre.

— Je sais, mais pas maintenant, ne déménage pas encore, je ne veux pas que tu partes.

Il fronça les sourcils.

— Qu'est-ce qui se passe, Noah ? s'enquit-il, comme s'il se doutait que je lui cachais quelque chose.

Je secouai la tête et m'efforçai de sourire :

— Rien, rien, ça va, c'est simplement que j'aime t'avoir à la maison, c'est tout.

Il me serra contre lui et déposa un baiser rapide sur le sommet de mon crâne.

— Moi aussi, ne t'inquiète pas, on en reparlera, conclut-il, puis il s'écarta et me prit par la main. Rentrons, tu meurs de froid.

Comme à toutes les fêtes auxquelles nous allions, il y avait énormément de monde. Les gens dansaient et buvaient sous des lumières tamisées. Nous retrouvâmes rapidement Jenna et Lion, puis Nick m'entraîna vers la cuisine, où l'ambiance était un peu plus calme. Plusieurs garçons étaient en train de jouer au bière-pong, et Lion et Nick se mirent à jouer avec eux.

Jenna était heureuse qu'on soit ensemble et, pour la première fois depuis longtemps, je me sentis vraiment à ma place. Je connaissais presque tous ceux qui étaient dans la cuisine, et, même si certains me regardaient d'un air perplexe à cause de ce qui s'était passé aux courses, la plupart semblaient m'avoir acceptée de bon gré.

La soirée fut géniale, je ne bus pas beaucoup – j'avais arrêté de boire démesurément – et, avec Nick, je me sentais en paix et en sécurité. Mon bien-être était également lié au fait que je n'avais pas reçu de lettre depuis plus d'une semaine. Cependant, mon humeur déclina quand je voulus regarder l'heure sur mon portable et que je ne le trouvai nulle part.

Merde.

Je fouillai dans mon sac et fis un tour dans le salon, où j'avais passé presque toute la soirée. Jenna était partie aux toilettes et Nick était toujours absorbé par le jeu.

Le plus probable était qu'il soit tombé quand j'étais sortie de la voiture. La dernière chose dont j'avais besoin en ce moment était de perdre mon téléphone et de dépenser le peu d'argent que je gagnais pour m'en acheter un neuf.

Je sortis et me dirigeai vers l'endroit où Nick s'était garé. La musique de la fête résonnait au-dehors, mais le vacarme s'atténua au fur et à mesure que je descendais la rue. Il faisait un froid polaire, le ciel nocturne était plutôt nuageux et je compris que j'allais sans doute vivre ma première pluie à Los Angeles. Cela me manquait : bien que je préfère le soleil, j'avais été élevée dans un endroit où la pluie et le froid étaient notre pain quotidien.

Une fois près de la voiture, j'examinai l'herbe tout autour, mais je ne trouvai rien. J'étais sur le point de retourner à la fête pour demander les clefs de la voiture à Nick et chercher mon portable à l'intérieur quand je sentis la présence de quelqu'un dans mon dos.

Une peur irrationnelle s'empara de moi. J'avais l'impression que des yeux m'observaient fixement. Je fis volte-face et scrutai la nuit, mais il n'y avait personne. Le cœur battant la chamade, le souffle court, j'entrepris de remonter la rue. C'est alors que quelqu'un qui était resté tapi dans l'ombre surgit brusquement devant moi.

Ronnie.

— Mais où est-ce que tu cours comme ça, ma belle ? s'enquit-il, ses lèvres répugnantes retroussées en un sourire mauvais.

Je m'immobilisai, prête à crier s'il le fallait, bien que je ne sois sûrement pas capable d'émettre le moindre son tellement j'étais terrorisée.

— Je ne sais pas ce que tu veux, Ronnie, mais, si tu t'approches de moi, je vais hurler de toutes mes forces.

— Il y a quelqu'un qui veut te voir, Noah. Tu ne vas tout de même pas faire la mal élevée et le laisser en plan, hein ? Vous vous êtes écrit des lettres, non ?

Alors que j'essayais de m'enfuir, je sentis des mains qui m'attrapaient par le dos et d'autres qui me couvraient la bouche.

— Si j'étais toi, je serais bien sage, me conseilla Ronnie en se rapprochant encore. Ton père t'attend, et on sait tous les deux que ce n'est pas un homme patient.

Il fit un signe aux deux hommes qui m'immobilisaient et me couvraient la bouche.

J'eus beau me débattre comme un diable, ce fut inutile. La dernière chose que je vis, avant qu'on me jette sur le siège arrière d'une voiture et qu'on me mette sur la bouche un linge humide et malodorant fixé par une bande adhésive, fut le visage de l'homme qui avait failli me tuer six ans plus tôt.

21

Nick

Vingt minutes s'étaient écoulées depuis la dernière fois où j'avais vu Noah et elle me manquait déjà incroyablement. Je la cherchai des yeux mais ne la vis nulle part. Je m'approchai de Jenna, qui était en train de danser et de boire.

— Jenna, tu as vu Noah ? lui demandai-je.

Elle s'immobilisa.

— Quand je suis revenue des toilettes, elle n'était plus là. Sophie m'a dit qu'elle ne trouvait plus son portable, répondit-elle en regardant partout.

Je décidai de sortir à sa recherche, elle devait être gelée. Mais je ne vis personne. Je rentrai dans la maison, mais elle n'était toujours pas là. J'avais une sensation désagréable d'oppression dans la poitrine. J'allai de pièce en pièce, criant son prénom tout en l'appelant sur son portable. En vain.

Je redescendis en courant et tombai sur Jenna et Lion.

— Je ne la trouve pas, me dit Jenna, l'air inquiet.

Je sentis une peur terrible s'emparer de moi. Je me précipitai derrière la maison une nouvelle fois, Lion et Jenna sur mes talons.

En cherchant près de la voiture, je remarquai que l'herbe était piétinée. Je suivis les traces, le cœur battant à tout rompre, et je finis par trouver ses chaussures à talons jetées par terre. Mes craintes se confirmaient.

— NOAH ! criai-je, au désespoir. NOAH !

Jenna et Lion l'appelèrent également, sans obtenir de réponse.

La menace de Ronnie me revint à l'esprit. Et si ce fils de pute l'avait séquestrée ?

— Appelle la police, ordonnai-je à Lion quand je repris mon calme après avoir cédé à la panique.

Lion eut l'air surpris, mais il sortit son portable. Tandis qu'il les appelait, on rentra dans la maison. J'obligeai le DJ à éteindre la musique. Les autres se mirent à huer.

Je montai sur une chaise et scrutai la foule, me maudissant de l'avoir laissée seule.

— Quelqu'un a vu Noah ?

Tous commencèrent à chuchoter et à faire non de la tête. Je descendis de la chaise, la tête entre les mains. Putain… putain…

— Nicholas, calme-toi, dit Jenna.

— Tu ne comprends pas ! Ronnie l'a menacée, et elle a disparu.

— Nicholas, les flics, me dit Lion en me tendant le téléphone. Ils veulent parler avec un membre de la famille.

Je collai le téléphone contre mon oreille.

— Ma petite amie a disparu, vous devez venir immédiatement.

— Monsieur, calmez-vous, je vous prie, et dites-moi ce qui s'est passé, répondit la voix à l'autre bout de la ligne.

Elle était calme, comme si nous étions en train de discuter de la pluie et du beau temps.

— Je vous dis que ma petite amie a disparu !

— Monsieur, calmez-vous. Nous avons déjà envoyé une patrouille à l'endroit où vous vous trouvez. Dès qu'ils arriveront, ils passeront la zone au peigne fin. Mais, avant toute chose, vous devez me dire avec précision où vous l'avez vue pour la dernière fois.

Je lui racontai ce qui s'était passé, mais j'avais l'impression d'être dans une bulle, comme si rien de tout cela n'était réel.

Une patrouille arriva peu après, ce qui provoqua la rapide dispersion de ceux qui assistaient à la fête.

— Vous êtes… ? s'enquit le policier après avoir pris ma déclaration.

— Je m'appelle Nicholas Leister..

Toutes ces questions me paraissaient stupides : ils devaient partir à la recherche de Ronnie, aller chez lui et lui arracher Noah.

— Et vous êtes son petit ami, c'est ça ? me demanda-t-il en me regardant fixement. (J'acquiesçai impatiemment, tandis que deux autres flics parlaient avec Lion et Jenna.) Noah Morgan… Elle est mineure ? voulut-il savoir une seconde plus tard.

Merde, je n'avais pas pensé à ça.

— Elle a dix-sept ans. Sa mère a épousé mon père, et je vous ai déjà dit que je sais qui l'a emmenée. Je vous en prie, on perd du temps et ils sont peut-être en train de lui faire du mal.

Le policier me foudroya du regard.

— Pour commencer, je ne vais pas continuer à vous parler, parce que vous n'êtes pas un membre de sa famille. Je vous prie de bien vouloir appeler tout de suite vos parents ou un tuteur légal pour les informer de ce qui s'est passé. Selon la loi, on ne peut pas lancer un avis de recherche avant qu'il se soit écoulé vingt-quatre heures, et c'est pourquoi…

Je pétai les plombs :

— Mais vous m'écoutez ?! Elle a été enlevée. Arrêtez vos conneries et faites quelque chose !

Je me rendis compte que je m'étais trop approché lorsqu'il m'attrapa et me plaqua contre la voiture.

— Soit vous vous calmez, soit je vais être obligé de vous arrêter.

Je jurai entre mes dents jusqu'à ce qu'il me lâche.

— Maintenant, appelez vos parents, ou c'est moi qui le fais, ajouta-t-il.

S'il croyait m'intimider avec son uniforme...

Je lui tournai le dos en maugréant et je sortis mon portable. Mon père décrocha à la quatrième sonnerie.

— Papa... il faut que tu viennes.

Quatre heures plus tard, nous étions chez nous, toujours sans aucune nouvelle de Noah. Ça grouillait de monde : il y avait des flics partout, en train d'installer je ne sais quels appareils pour pouvoir écouter les conversations si le ravisseur appelait. William Leister était un homme influent et, sa belle-fille ayant disparu, il avait tout de suite pensé qu'on pouvait lui demander une rançon. J'avais déjà parlé cent fois des menaces de Ronnie à dix policiers différents, mais ni moi ni personne n'étions au courant pour les lettres de menaces qu'ils découvrirent dans les tiroirs de son bureau. Lorsque je compris que celui qui l'avait emmenée était son père, je faillis perdre les pédales.

J'étais bouleversé, je n'arrivais pas à croire que tout cela était réel. On avait dû donner un calmant à Raffaella quand elle avait appris ce qui s'était passé. À présent, elle se trouvait dans une autre pièce avec une amie qui tentait de la réconforter. Mon père n'arrêtait pas de passer des coups de fil et de parler avec des flics et des spécialistes de kidnapping, et moi, je fumais cigarette sur cigarette tandis que des images terribles défilaient devant mes yeux.

Lion était là lui aussi, tout comme Jenna, avec ses parents. Il était plus de cinq heures du matin, et toujours aucune nouvelle.

— S'il lui arrive quelque chose, je ne pourrai jamais me le pardonner, dis-je en respirant avec peine. Tout est ma faute... Mais bon sang, pourquoi elle ne m'a rien dit ?!

— Nicholas, Noah avait ses raisons pour ne rien dire. Je suis son amie depuis un moment, et je ne savais même pas que son père avait été en prison, et encore moins qu'il l'avait maltraitée.

— S'il lui fait le moindre mal..., dis-je d'une voix brisée.

Je ne pouvais pas rester ici à ne rien faire. C'était désespérant. J'avais envie de me cogner la tête contre le mur pour que ma vie redevienne ce qu'elle était la semaine dernière. Pour la première fois depuis de nombreuses années, j'avais été heureux, et cela grâce à cette fille incroyable et merveilleuse, qui pour une raison inexplicable était tombée amoureuse de moi. Le seul fait d'imaginer Ronnie en train de la toucher me retournait l'estomac. Parce que je savais que Ronnie était impliqué. J'en aurais mis ma main au feu.

C'est à ce moment que le téléphone de la maison se mit à sonner, provoquant une intense agitation. Je courus jusqu'au bureau de mon père. Quand il décrocha sur un signe des flics, le silence tomba. Le haut-parleur était branché, et je pus donc entendre chaque mot.

— Leister, dit simplement mon père en décrochant.

— Monsieur Leister... c'est un honneur de vous parler, déclara une voix que je ne connaissais pas, une voix grave et joyeuse, comme si les événements lui semblaient amusants. L'homme qui a emmené ma femme et ma fille à l'autre bout du monde pour que je ne puisse pas les trouver. Vous êtes très intelligent, Leister, oh oui, vous l'êtes... C'est pour ça que vous avez monté un empire et c'est pour cette même raison que ma chère femme s'est intéressée à vous.

Je jetai un coup d'œil vers la gauche : un main devant la bouche, Raffaella retenait ses larmes et remuait la tête de gauche à droite.

— Où est Noah ? dit mon père d'une voix tendue.

— On va y arriver, mais ce n'est pas ce qui m'intéresse, monsieur Leister ; ce qui m'intéresse, c'est combien de fric vous êtes capable de payer pour quelqu'un qui n'appartient même pas à votre famille, en réalité.

Le regard de mon père croisa le mien.

— Je paierai ce que tu veux, salaud, mais ne t'avise pas de lui faire le moindre mal.

C'est ce que je pensais moi aussi, et je fus reconnaissant à mon père de le lui avoir dit.

— Un million de dollars en coupures usagées dans deux sacs à dos que vous me remettrez en personne à midi. Si vous ne le faites pas, je vous laisse imaginer ce qui arrivera. Et venez seul, monsieur Leister.

— Je veux lui parler, annonça mon père, je veux être sûr qu'elle va bien.

Je me tendis à l'extrême.

— Bien sûr, monsieur Leister.

Un moment plus tard, j'entendis sa voix :

— Nicholas... fut tout ce qu'elle put dire, d'une voix brisée.

Je ne pus m'empêcher de faire un pas en avant quand je l'entendis à l'autre bout de la ligne.

Puis la communication fut coupée.

22

Noah

Je me réveillai avec la nausée et un terrible mal de crâne. En regardant autour de moi, je vis qu'une faible lumière rouge illuminait la pièce où j'étais retenue. Le lit où on m'avait attachée et la chaise austère dans un coin étaient les seuls meubles. L'odeur était nauséabonde : ça sentait la pisse de rat. La musique d'une discothèque à l'extérieur m'empêchait d'entendre quoi que ce soit, en dehors de ma respiration saccadée et des battements affolés de mon cœur.

Quand je compris ce qui s'était passé, je sentis la panique m'envahir : un sifflement familier me résonna aux oreilles et je sentis même le flux sanguin s'accélérer dans mes veines, en même temps que le rythme de mon cœur. J'avais un goût amer dans la bouche et j'aurais donné n'importe quoi pour un verre d'eau fraîche. La drogue avec laquelle ils m'avaient endormie me laissait complètement dans les vapes. Quand je me redressai sur le lit, quelque chose grinça : j'étais enchaînée au mur par un poignet. Je tentai de me dégager en tirant avec l'autre main, en vain. Je m'efforçai de rester calme. Il fallait que je trouve un moyen de sortir de là. Ce qui m'effrayait le plus, ce qui me faisait presque paniquer, c'était le fait que mon père soit derrière tout cela.

Cela ne pouvait pas être réel. Mon père était en prison et, même s'il avait été libéré, il était ridicule de penser que la première chose qu'il ferait serait de nous chercher, ma mère et moi, et de me séquestrer. De plus en plus désespérée, je tirai bruyamment sur les chaînes, encore et encore. Je détestai les larmes qui me brouillaient la vue. Comment avais-je pu être aussi idiote ? Pourquoi n'avais-je pas accordé davantage d'importance à ces menaces ? Pourquoi n'en avais-je pas parlé à Nicholas ?

Nick.

Il devait être en train de devenir fou et de se croire coupable de tout ce qui était arrivé. J'aurais donné n'importe quoi pour remonter le temps et rester avec lui, je n'aurais pas dû sortir seule.

Quand on se trouve dans une situation extrême, on repense toujours à ce qu'on aurait aimé dire aux personnes qu'on aime et on comprend à quel point on a été idiot de se préoccuper de choses sans importance alors que la vie comporte de véritables risques. Être séquestrée : ça, c'était un réel problème.

À ce moment, j'entendis quelqu'un ouvrir la porte, et la personne qui apparut me fit frissonner de la tête aux pieds : Ronnie.

— Tu es réveillée… bien.

Il referma la porte derrière lui. Le peu de lumière qui entrait dans la pièce me permit de voir clairement ses yeux foncés aux coins tombants et son crâne rasé. Je découvris également un nouveau tatouage qu'il s'était fait faire près de l'œil droit : un serpent aussi terrifiant que lui.

Il vint lentement s'asseoir près de moi sur le lit. J'essayai de m'écarter le plus possible dans le peu d'espace que j'avais.

— Je dois dire que ça m'excite un max de te voir attachée sur ce lit, à ma merci, dit-il en balayant mon corps d'un regard lubrique.

Je maudis le moment où j'avais décidé de mettre une robe moulante, mais je ne pouvais rien faire d'autre que d'essayer de calmer ma respiration et de maîtriser la peur qui me pétrifiait.

— Je ne sais pas si tu te rends compte, mais tu as un corps spectaculaire, commenta-t-il en posant sa main sur ma cheville nue.

Je tentai de le repousser, mais il la retint fermement contre le matelas.

Mon Dieu, ce type était capable de me faire n'importe quoi !

— Tu sais… quand tu t'es décidée à faire cette course contre moi, je n'aurais jamais pu imaginer que tu pouvais être la fille d'un des grands de Nascar… et je dois dire que ça m'a vraiment contrarié que tu gagnes. Qu'est-ce que tu m'as dit, déjà, à la fin ? Que je devais apprendre à courir et que j'étais un imbécile.

Sa main commença à remonter lentement sur ma jambe.

— Ne me touche pas, lui ordonnai-je sans pouvoir repousser sa main.

Tout cela n'était qu'un cauchemar, j'allais me réveiller dans les bras de Nick.

— L'imbécile va te faire regretter cette nuit-là, ma belle, annonça-t-il en remontant sa main jusqu'à ma cuisse.

Je me débattis, mais il se mit à califourchon sur moi. Les larmes coulaient le long de mes joues tandis que j'essayais de trouver ma voix pour crier.

— Je suis sûr que ton cher petit copain ne voudra plus te regarder une fois que j'en aurai fini avec toi. Tu seras tellement souillée que même moi je n'aurai plus envie de te toucher.

— AU SECOURS ! hurlai-je, au désespoir.

Je me débattais de toutes mes forces. Il éclata de rire et dénoua sa ceinture d'une main en me maintenant contre le matelas de l'autre, serrée autour de mon cou.

— Personne ne peut t'entendre, idiote… en tout cas, personne à qui ça importe, dit-il, et il se pencha pour passer sa langue répugnante sur mes seins.

— NE ME TOUCHE PAS ! criai-je, terrorisée.

En me tenant toujours fermement d'une main, il commença à remonter ma robe.

— NON ! LÂCHE-MOI !

Il resserra sa prise autour de mon cou, jusqu'à m'empêcher de respirer.

— Tu vas rester bien sage pendant que je ferai ce que je veux de toi, cracha-t-il en approchant son visage du mien.

Sa main relâcha un peu la pression, suffisamment pour que je puisse me remettre à crier.

— À L'AIDE !

La porte s'ouvrit. Une lumière rouge clignotante venant de l'extérieur illumina la pièce, et la personne qui apparut devant moi me causa un choc encore plus grand que le fait qu'on soit sur le point de me violer : mon père était là, méconnaissable, effrayant. J'étais si terrifiée que je ne pus même pas continuer à crier pour que quelqu'un de l'extérieur m'entende.

— Ça suffit, sors de là, dit la voix qui me terrorisait lorsque j'étais enfant, la voix qui avait menacé ma mère des milliers de fois, la voix qui me persécutait dans mes rêves. La voix que j'avais entendue la nuit où mon père m'avait presque battue à mort, celle-là même qui m'avait fait sauter par la fenêtre.

Ronnie jura entre ses dents, mais, avant de partir, il me gifla violemment. Ce fut si rapide que je ne le vis pas venir, et très douloureux.

— Maintenant, oui, ça suffit.

Puis il quitta aussitôt la pièce.

Mon père ne dit rien, il m'examinait depuis la porte. J'osai alors le dévisager. Il avait changé. Ses cheveux, auparavant de la même couleur que les miens, étaient maintenant blancs et très courts. Ses bras faisaient le double de ce qu'ils avaient été autrefois et ils étaient couverts de tatouages. Quoi qu'il ait fait ces dernières années, cela avait totalement changé son aspect : il était encore plus intimidant que Ronnie.

Après avoir refermé la porte derrière lui, il prit la chaise qui se trouvait dans un coin et s'assit à califourchon dessus, les bras appuyés contre le dossier.

— Tu as beaucoup grandi, Noah, remarqua-t-il, les yeux plongés dans les miens. Il y a tant de ta mère en toi, c'est tout simplement incroyable.

Je savais que je tremblais, j'avais l'impression d'étouffer, je ressentais le même malaise qu'autrefois lorsque j'étais en sa présence.

— La nuit où on m'a arrêté, continua-t-il, j'ai absolument tout perdu. Et tout ça par ta faute. Je ne m'explique toujours pas comment une simple gamine a eu raison de moi. Même ta mère n'avait jamais réussi à m'arrêter quand je déchargeai ma frustration sur elle. Ça avait toujours été différent avec toi, tu étais mon petit ange, je t'aimais, je m'étais promis de ne pas te faire de mal, je savais que tu n'étais pas comme ta mère, toi tu luttais pour qu'on t'écoute.

— Qu'est-ce que tu veux ? lançai-je en essayant de contenir les sanglots qui menaçaient de sortir de ma gorge.

Mon père plongea une nouvelle fois ses yeux dans les miens.

— Ce que tous les hommes de la terre veulent pardessus tout, Noah, répondit-il avec un horrible sourire. Je veux du fric, ce même fric qui fait vivre ma famille à présent. Je pensais que ce serait difficile de vous retrouver, mais il m'a suffi de taper le nom de ce salaud sur Internet pour vous voir tous poser comme si vous étiez une grande famille heureuse. Quand je suis arrivé ici, je n'ai pas tardé à découvrir que ton frérot ne côtoie pas que des braves gens. J'étais en train de le suivre quand j'ai vu Ronnie se battre avec lui devant un bar. Je n'ai eu qu'à expliquer mon plan au gamin pour qu'il se propose…

Je n'arrivais pas à en croire mes oreilles. Mon père était fou, la prison l'avait encore plus perturbé.

— Je vais lui soutirer tout ce que je peux, à cette ordure qui m'a volé ma femme, sans parler du fils de pute qui t'a tripotée ces derniers jours.

Alors c'était vrai, on m'avait bien suivie, ce n'était pas le fruit de mon imagination.

Je regardai l'homme qui m'avait donné la vie. Je le haïssais, je le haïssais de toutes mes forces. Si un jour je l'avais aimé, cet amour avait disparu à l'instant où il m'avait frappée.

— William Leister est mille fois meilleur que toi. Tu ne vaux rien. Tu te crois supérieur parce que tu frappes une femme ? Je te hais ! Et je suis sûre que tu es tellement idiot que la seule chose que tu vas obtenir à présent, c'est qu'on te remette en prison, où tu devrais passer le reste de ta misérable existence.

J'avais parlé d'un trait, sans même m'arrêter pour reprendre mon souffle. Peu m'importait ce qu'il pouvait me faire. Je pus voir différents sentiments se succéder sur ses traits, jusqu'à la colère.

Il se leva et me frappa. Cette douleur inattendue me coupa le souffle. Je n'avais jamais pensé que cet homme pourrait encore me frapper.

Le deuxième coup ne tarda pas ; il me fendit la lèvre et je sentis le sang couler lentement sur mon menton.

— Je te conseille de ne plus ouvrir la bouche, beugla-t-il.

Puis il fit demi-tour et s'en alla, me laissant avec les nerfs à vif, les joues trempées de larmes.

Je m'assoupis, physiquement et mentalement épuisée. Cela dura jusqu'à ce que quelqu'un me secoue et me réveille brusquement en me mettant un téléphone sur l'oreille.

— Parle ! m'ordonna alors mon père d'une voix pleine de colère.

Une seule personne accaparait mes pensées, j'aurais tout donné pour qu'il soit près de moi. J'avais rêvé de lui, et le seul fait de savoir qu'il pouvait être en train de m'écouter me donna envie de verser toutes les larmes de mon corps. J'avais besoin de lui, je voulais qu'il me sauve, je voulais qu'il apparaisse sur le pas de cette porte et m'enlace de ses bras musclés ; je le voulais, lui, et personne d'autre.

— Nicholas… dis-je dans un murmure étouffé.

Puis on m'arracha l'appareil et on me laissa seule.

23

Nick

J'étais désespéré. Je ne supportais plus l'angoisse et la peur intense qui brûlaient en moi. J'aurais voulu m'arracher le cœur pour arrêter de souffrir. Il y avait sûrement quelque chose à faire, on ne pouvait pas laisser ce salaud prendre le fric et risquer qu'il ne nous rende pas Noah. Je savais qu'un détail m'échappait, mais j'avais beau me creuser l'esprit, je ne trouvais pas. Le jour se lèverait dans une heure et je ne savais pas si je serais capable de supporter tout ce temps sans agir, sans partir moi-même à sa recherche. Ma maison grouillait de monde et personne ne semblait savoir ce qu'il fallait faire. Certains soutenaient que mon père devait aller seul lui remettre l'argent, tandis que les flics voulaient le suivre de près afin de contrôler la situation. Et si ce salaud se rendait compte de ce qui se passait et décidait de s'en prendre à Noah ? Cet homme ne tournait pas rond, il avait traversé un pays entier uniquement pour séquestrer sa fille et demander une rançon, il était capable de tout.

Je me levai du fauteuil où j'étais assis dans le bureau de mon père et me rendis à l'étage. J'avais besoin d'être proche de quelque chose appartenant à Noah, de sentir ses vêtements, d'être dans sa chambre. J'avais tellement peur pour elle que j'aurais été prêt à donner ma vie juste pour savoir si elle allait bien.

Sa mère était déjà là. Elle avait les yeux gonflés à force d'avoir pleuré. Elle serrait contre elle l'un des sweats que j'avais vu sur Noah un million de fois, celui des Dodgers.

Je ne savais même pas pourquoi elle l'avait, étant donné qu'elle n'était pas du coin, mais Noah était ainsi, à la fois bizarre et parfaite, et je l'aimais à en perdre la raison. S'il lui arrivait quelque chose, je ne pourrais plus continuer à vivre.

Raffaella leva les yeux et les fixa sur moi. Elle était debout près de la fenêtre, et son regard sembla s'illuminer un instant.

— Je sais ce que vous m'avez caché, affirma-t-elle d'un ton neutre, sans aucune émotion visible. (Je m'immobilisai un instant, ne sachant que dire.) Je ne sais pas quels sont tes sentiments pour elle, Nicholas, mais Noah est toute ma vie. Elle a beaucoup souffert, elle ne mérite pas ça, dit-elle en portant la main à sa bouche pour étouffer ses sanglots. Cela faisait des années que je ne l'avais pas vue aussi heureuse que ces derniers jours, et maintenant... Je sais juste que tu as quelque chose à voir avec ce changement, et je t'en suis reconnaissante.

Je ne savais pas quoi répondre. Je m'assis au pied du lit en me prenant la tête entre les mains. Tout était ma faute... C'est moi qui l'avais emmenée à ces courses, c'est à cause de moi qu'elle avait rencontré Ronnie. Mais ce que je ne comprenais toujours pas, c'était comment son père et ce salaud avaient fini par comploter ensemble pour séquestrer l'amour de ma vie.

— Depuis toute petite, Noah est très mature, elle a vécu des expériences que personne ne devrait jamais connaître et elle a toujours été réticente à se confier. Mais, avec toi, elle semble être une autre personne.

Je sentis les émotions me gagner. La peur, la tristesse, le désespoir... Je ne m'étais jamais senti aussi mal de toute ma vie. Mes yeux s'embuèrent et les larmes finirent par couler sans que je puisse les retenir.

Alors, Raffaella m'aida à me relever et me prit dans ses bras. Elle me serra très fort et je compris ce qu'était l'étreinte d'une mère. Raffaella avait pu commettre des erreurs dans le passé, mais elle adorait sa fille et ne l'abandonnerait jamais. Pour la première fois de ma vie, je sentis que je pourrais enfin avoir une famille.

Elle me lâcha, toujours accrochée au sweat de Noah, et fit un pas en arrière.

Après avoir cherché son regard, je lui fis une promesse :

— Je te jure que je ne permettrai pas qu'il lui arrive quoi que ce soit… Je vais la retrouver, dis-je avec tout le calme dont j'étais capable.

Elle acquiesça tandis que je sortais de la pièce.

Où es-tu, Noah ?

Je regagnai ma chambre et je commençai à y marcher de long en large. C'est en voyant la voiture miniature que Noah m'avait offerte pour mon anniversaire qu'une idée me vint à l'esprit.

Officiellement, la voiture que j'avais perdue aux courses était toujours la mienne, les papiers étaient à mon nom.

Je restai immobile une seconde, sans parvenir à y croire. Puis je tournai les talons pour me précipiter dans le bureau de mon père. Il était là, assis dans son fauteuil, en train de parler aux flics avec notre agent de la sécurité, Steve.

J'étais survolté ; si j'avais raison, on allait peut-être pouvoir la retrouver.

— Papa.

Steve et lui se retournèrent. Ils avaient l'air épuisés après être restés toute la nuit à veiller, mais avaient tous deux l'esprit alerte, à l'affût du moindre détail qui puisse nous aider.

— Qu'est-ce qui se passe ?

— Je crois que je sais comment on peut la retrouver, papa, répondis-je en priant pour ne pas me tromper.

Tous deux m'écoutèrent avec attention.

— Il y a un mois et demi, j'ai perdu ma voiture lors d'un pari, la Ferrari noire que j'ai achetée il y a deux ans.

Mon père me regardait, les sourcils froncés.

— Tu crois que tes sottises m'intéressent en ce moment, Nicholas ? s'emporta-t-il.

— La voiture, c'est Ronnie qui l'a, continuai-je en regardant à présent Steve. Elle a une puce de géolocalisation que l'assurance a installée quand on l'a achetée. Si on arrive à la voiture…

— On arrive à Noah, compléta Steve.

24

Noah

À force de rester allongé pendant des heures dans la même position, j'avais tout le corps endolori. Je somnolais par à-coups, mais la nervosité m'empêchait de dormir plus de quelques minutes. En outre, le vacarme incessant qui provenait de la discothèque était insupportable, et que dire de cette pièce à peine éclairée qui me rendait claustrophobe.

Lorsqu'un peu de lumière commença à filtrer par une lucarne dans un coin, je compris qu'il était possible que personne ne me trouve. À cette pensée, je fondis une nouvelle fois en larmes : la peur avait gagné chaque cellule de mon corps.

Ronnie était revenu. Il était resté au pied du lit, à m'observer sans me toucher mais en faisant quelque chose de nettement pire : il m'avait torturée en éteignant la petite lumière rouge qui éclairait la pièce. Il m'avait laissée dans l'obscurité complète durant les minutes les plus terrifiantes de ma vie. Savoir qu'il était là, à mes pieds, et qu'il pouvait s'en prendre à moi à tout instant m'avait fait ressentir la même chose qu'avec mon père, mais en pire, parce que je ne pouvais pas me défendre cette fois-ci et qu'il pouvait faire de moi tout ce qu'il voulait. Son rire devant mes sanglots et mes prières pour qu'il allume la lumière résonnaient encore dans mon crâne.

Quand il s'en alla enfin, je tentai de me calmer. La musique avait cessé et je n'entendais plus à présent que ma respiration hachée. Tout à coup, du bruit provint de l'étage supérieur, comme si de nombreuses personnes couraient au-dessus de ma tête. Puis j'entendis des cris et des coups de feu. La nervosité m'envahit et mon cœur était sur le point d'exploser. Mon père apparut alors à la porte, le visage en sueur et plus terrifiant que jamais.

Il s'approcha de moi et, d'un geste vif, défit mes chaînes. Quand je vis ce qu'il avait à la main, je tentai de m'éloigner, mais il me planta son revolver dans le flanc.

— Je te conseille de ne pas bouger un seul muscle.

Il appuya tellement fort qu'il me fit mal, et je compris que cet homme était capable de tout.

— Je t'en prie… suppliai-je entre mes sanglots.

— La ferme ! m'ordonna-t-il en me poussant vers une porte dans le couloir sombre.

Ce manque de clarté fit redoubler ma peur, rendant difficile le simple fait de mettre un pied devant l'autre. J'étais paralysée, tout simplement : cet homme diabolique pouvait faire de moi ce qu'il voulait, je pourrais à peine me défendre.

Il continua de me pousser dans ce couloir jusqu'à une autre porte. J'entendais des voix au loin et, quand quelqu'un cria « Police ! », je sentis l'espoir renaître. Mon Dieu, ils m'avaient retrouvée !

La lumière m'aveugla quand mon père me poussa à l'extérieur, sur un parking abandonné. Il ne s'attendait pas à voir les vingt policiers qui se trouvaient là, leurs armes pointées sur nous. Mon père m'attira contre lui, pressant encore plus son revolver, sur ma tempe maintenant.

— Lâchez votre arme ! cria une voix dans un mégaphone.

Les larmes coulaient sans retenue sur mes joues, et mes yeux cherchaient partout la seule personne qui pouvait redonner un sens à ma vie.

— Si je tombe, toi aussi, ma petite, me dit mon père à l'oreille.

Je ne dis rien, je restai sans voix car mes yeux avaient trouvé ma raison de vivre : Nicholas était là, près d'une voiture de police, et quand nos regards se rencontrèrent il cria mon nom, désespéré. Ma mère et William se trouvaient près de lui et je sus alors avec certitude que je voulais passer le restant de ma vie avec ces personnes à mes côtés. Ils étaient ma famille et je le comprenais enfin maintenant.

Après avoir vu ce dont mon père était capable, cette petite part de moi qui se sentait coupable de l'avoir fait jeter en prison s'était définitivement tue. Cet homme n'était pas mon père et ne le serait jamais. Je n'avais pas besoin de lui. J'avais déjà un homme dans ma vie qui m'aimait plus que tout, et il était temps de l'aimer comme il le méritait.

— Lâchez votre arme et mettez les mains sur la tête ! cria un autre policier, qui réussit à se faire entendre clairement au-dessus de tout ce vacarme.

— Je t'en prie… lâche-moi.

Je ne voulais pas mourir, pas de cette manière, il me restait encore des milliers de choses à vivre.

Alors, tout s'accéléra. Mon père hurla « Non ! », son arme émit un clic aigu et il l'appuya encore plus fort sur ma tempe. Il allait tirer. Mon père allait me tuer, et je ne pouvais rien faire pour y échapper. Une explosion me fit serrer les paupières et j'attendis la douleur… qui ne vint pas.

Les bras musclés qui m'avaient emprisonnée me lâchèrent et j'entendis un corps tomber à côté de moi. J'ouvris les yeux et je vis rouge, littéralement… Le sang formait une flaque sous le corps inerte de l'homme qui m'avait donné la vie.

Je fis volte-face et je me mis à courir.

Je ne savais pas où j'allais, j'avais l'esprit vide et l'impression d'être en transe. Je voulais juste courir encore et encore. C'est ce que je fis jusqu'à ce que mon corps se heurte à quelque chose de solide. Des bras m'enlacèrent et je perçus aussitôt la sensation réconfortante de cette odeur et de ce corps familiers.

Il me serrait si fort qu'il me souleva de terre. À ce moment précis, blottie entre ses bras, je sus que j'étais en sécurité. Je n'aurais plus à me soucier de quoi que ce soit avec un homme comme Nicholas, je n'aurais jamais à trembler de peur en craignant qu'il ne hausse le ton, à me demander si ce que je fais est bien ou mal : cet homme qui m'aimait plus que sa propre vie ne pourrait jamais me faire le moindre mal.

Il m'écarta de lui pour examiner mon visage, et je ne pus m'empêcher de grimacer lorsque ses doigts frôlèrent ma lèvre fendue.

— Noah…

Il prononça mon prénom en me regardant droit dans les yeux. Dans son regard, je vis la douleur, le soulagement de me revoir indemne, mais aussi la haine aveugle de savoir qu'on m'avait fait du mal. J'avais juste besoin de le sentir près de moi. Alors, quand ses lèvres s'unirent aux miennes, la douleur m'importa peu. Mais un gémissement m'échappa malgré moi, et il s'écarta.

— On aura tout le temps pour ça, mon amour, me dit-il en prenant mon visage entre ses mains. Je t'aime tellement, Noah.

Mes larmes se remirent à couler et un tremblement s'empara de mes jambes maintenant que l'adrénaline commençait à disparaître. Ma mère vint elle aussi me prendre dans ses bras, m'éloignant momentanément de Nick. Je l'étreignis avec force, soulagée d'être de retour au bercail, mais également triste de savoir ce qu'elle avait dû affronter une nouvelle fois.

— Mon bébé… disait-elle en pleurant contre ma joue. Je suis désolée, désolée…

— Je vais bien, maman, affirmai-je, sachant qu'elle avait besoin de me l'entendre dire.

William était là également, et nos regards se croisèrent par-dessus l'épaule de ma mère. Je hochai la tête en voyant qu'il avait les larmes aux yeux. Il s'approcha pour nous enlacer toutes les deux.

Lorsque les embrassades prirent fin, je me retournai pour chercher mon père du regard. On était en train de le mettre dans une ambulance. Il avait reçu la balle de biais, dans la poitrine, et on ne savait pas s'il allait s'en tirer. Je chassai ces pensées de mon esprit. Aussitôt après, je vis la police sortir Ronnie du bâtiment, sain et sauf, menottes aux poignets. À ce moment précis, alors que j'essayais d'assimiler ce qui se déroulait devant mes yeux, Nicholas saisit doucement mon visage entre ses mains.

— Regarde-moi, dit-il de la voix la plus tendre qu'il ait jamais eue.

Il avait les yeux rouges et enflés : il avait souffert tout autant que moi.

— Tout ira bien maintenant, tu es avec moi.

Ses paroles parvinrent enfin à me calmer.

— Je t'aime, lui dis-je alors qu'une sensation étrange s'emparait de moi.

C'était peut-être l'épuisement, ou tout ce que j'avais vécu ces dernières heures, mais soudain mes forces me trahirent. Lorsque mes jambes se dérobèrent, je m'agrippai à son tee-shirt et je fermai les yeux, m'abandonnant aux brumes apaisantes de l'inconscience.

25

Nick

Quand on constata que le dispositif de géolocalisation était toujours actif, ce ne fut qu'une question de temps avant de retrouver Noah. Je craignais de m'être trompé, car la voiture ne se trouvait pas forcément à l'endroit où ils détenaient Noah. Mais je savais que, ces dernières semaines, Ronnie était allé partout avec ; il y avait donc de fortes chances que la voiture y soit et que Noah se trouve dans cette discothèque minable indiquée par le GPS.

Mon père parlait avec les flics qui étaient en train de planifier l'intervention. Le plus probable était que Noah soit retenue dans le sous-sol de la partie ouest du bâtiment. Si on les acculait en bloquant les portes principales, son salaud de père ne pourrait plus sortir que d'une seule manière, par la sortie de secours qui donnait sur l'arrière. C'est là que l'attendraient toutes les patrouilles, il ne pourrait pas s'échapper, on ne lui laisserait aucune possibilité. Cette ordure allait retourner en prison bien plus tôt qu'il ne l'imaginait.

— Il se peut qu'il ne veuille pas sortir, qu'il reste enfermé à l'intérieur, remarqua un policier en indiquant la pièce où se trouvait sûrement Noah à ce moment.

— Eh bien, vous enfoncez la porte, putain ! m'écriai-je.

Je voulais partir la chercher sur-le-champ. Elle pouvait avoir été blessée, ils pouvaient lui faire n'importe quoi, et nous on était là en train de bavarder !

— Monsieur Leister, laissez-nous faire notre travail, intervint le policier avec autorité.

La manière dont ils parlaient, dont ils prenaient des décisions concernant la vie de Noah, tout cela était insupportable, mais je ne pouvais rien y faire.

Je sortis du bureau en fumant ce qui devait être au moins ma centième cigarette depuis son enlèvement. Tout un tas de personnes se trouvaient à l'extérieur, sous le porche, près de la porte, près de la fontaine. Il y avait au moins sept voitures de patrouille et le périmètre de la maison était entouré par des dizaines d'agents. Les médias étaient là, en train d'installer leurs caméras face à la porte fermée de la maison. Je sentis la nausée me gagner.

— Il est capable de la tuer, William ! cria alors Raffaella à l'intérieur.

Je me ruai dans la maison, juste à temps pour voir les flics sortir du bureau de mon père et se diriger vers leurs voitures. Je les regardai, désespéré, puis j'allai vers Raffaella, qui pleurait en s'accrochant aux bras de mon père.

— Il ne le fera pas, calme-toi, on sait où ils se trouvent maintenant, Ella. Je te promets qu'il ne lui arrivera rien.

— Qu'est-ce qui se passe ? Où vont-ils ?

— On a réussi à accéder aux caméras de la discothèque, elle est là, Nicholas, ils vont la chercher.

Je sentis la panique m'envahir et me pétrifier.

— Je n'ai pas l'intention de rester les bras croisés.

Puis je me précipitai au-dehors, mais une main m'arrêta fermement.

— Tu restes là, Nicholas, m'intima mon père.

C'étaient quoi, ces conneries ?

— C'est hors de question !

Je me dégageai d'un coup sec et je dévalai les escaliers. Quelques flics partaient déjà pour mener à bien la mission qui pouvait causer la mort de celle que j'aimais.

— Raffaella ! cria mon père derrière moi.

Je me retournai et vis la mère de Noah venir vers moi en courant.

— Emmène-moi avec toi, Nicholas, me supplia-t-elle sans pouvoir retenir ses larmes, mais avec une détermination farouche.

Je regardai mon père, hésitant, tandis qu'il s'approchait de nous, le visage aussi glacial et effrayé que devait l'être le mien.

— Je ne permettrai pas qu'on fasse du mal à une autre personne de cette famille… Rentrez tout de suite ! tonna-t-il en prenant Raffaella par le coude.

Je savais qu'il avait aussi peur que nous, il ne nous était jamais rien arrivé de tel, cette situation le terrorisait, sa façon de regarder Raffaella était presque identique à celle dont je regardais Noah, et j'aurais réagi de la même manière si c'était elle qui se disposait à aller sur les lieux d'un putain de kidnapping.

— J'y vais, que tu le veuilles ou non, William Leister. C'est de ma fille qu'il s'agit !

Elle sanglotait tellement qu'elle n'arrivait plus à parler.

Je me tournai vers mon père.

— J'y vais, papa, n'essaie pas de me retenir.

Il finit par céder :

— Très bien, mais on va avec la police.

Dix minutes plus tard, nous traversâmes la ville, suivis par trois autres voitures de police. J'entendais ce qui se passait à la radio du véhicule et j'étais à bout de nerfs : ils étaient déjà arrivés et encerclaient les portes principales.

On ne tarda pas à les rejoindre, et la voiture alla directement près de la porte d'où ils s'attendaient à voir surgir le père de Noah. Les autres flics se mirent en position de chaque côté. Des bruits de l'intérieur nous parvenaient… et, quand j'entendis des coups de feu, je sortis de la voiture.

Le flic qui se trouvait près de la voiture m'arrêta par le bras.

— Restez ici, m'ordonna-t-il.

J'obtempérai, les yeux fixés sur la porte par où Noah devait sortir, saine et sauve ou blessée, on l'ignorait encore.

Ce ne fut pas long. Dix minutes plus tard, devant tous les flics tendus à l'extrême, la porte finit par s'ouvrir : Noah et son père apparurent en clignant des yeux, surpris devant le déploiement des forces de police.

Noah était en sang.

Je sentis quelqu'un me retenir par-derrière, je n'étais même pas conscient que j'essayais de la rejoindre en courant.

— NOAH ! hurlai-je de toutes mes forces.

Ses yeux terrorisés et emplis de larmes volèrent vers les miens. Son père la retenait d'un bras tandis que, de l'autre, il tenait un revolver contre sa tempe.

— Lâchez votre arme ! cria un flic dans un mégaphone.

Désespéré, je me pris la tête entre les mains. Ce salaud était en train de lui dire quelque chose, et la terreur dans les yeux de Noah éveilla en moi un instinct meurtrier que je n'aurais jamais cru pouvoir éprouver.

J'allais le tuer, j'allais le tuer de mes propres mains.

— Lâchez votre arme et mettez les mains sur la tête !

Alors, tout se déroula très vite, quoique j'aie eu l'impression de voir la scène en une sorte de ralenti.

Le père de Noah leva son arme, retira le cran de sécurité et l'appuya avec détermination sur la tempe de sa fille. Noah ferma les yeux, et un coup de feu retentit dans le silence.

Son père tourna la tête dans notre direction, je sus qu'il regardait Raffaella à la façon dont elle fondit désespérément en larmes. Le sang teinta son tee-shirt de rouge et il s'effondra, gravement blessé. Noah regarda son père, hébétée, puis leva les yeux vers moi… et se mit à courir.

Je me dégageai d'un coup sec du flic qui me retenait et courus au-devant d'elle.

Ce n'est que lorsqu'elle fut entre mes bras que je pus de nouveau respirer sereinement. Une fois son corps contre le mien, je me sentis de nouveau vivant.

— Mon Dieu ! m'exclamai-je.

Je la soulevai dans les airs et je l'étreignis de toutes mes forces ; je voulais la protéger de mon corps, de ma vie.

Une fois entre mes bras, elle redoubla de sanglots. Je la reposai au sol, inspectai chaque millimètre de son corps, puis saisis son visage à deux mains. Ils l'avaient frappée, putain de merde, ils l'avaient frappée !

Je sentis mon corps commencer à trembler, j'avais permis qu'on lui fasse du mal alors que je lui avais promis que cela n'arriverait plus jamais, et je voyais maintenant de mes propres yeux les preuves de mon échec.

— Noah… dis-je en essayant de contenir mon émotion.

Je voulais lui demander pardon. Je ne m'étais jamais senti aussi coupable de toute ma vie. J'étais horrifié de savoir que la fille que j'aimais avait été frappée.

Ses mains remontèrent jusqu'à mon cou et je posai mes lèvres sur les siennes. J'avais une envie folle de l'embrasser, mais je lui fis mal.

Je posai mon front sur le sien, ressentant sa douleur comme si elle était mienne.

— On aura tout le temps pour ça, mon amour, lui dis-je. Je t'aime tellement, Noah.

D'autres larmes s'ajoutèrent au flot qu'elle versait déjà, mais un sourire apparut sur son visage quand Raffaella s'approcha pour étreindre sa fille. Je les observai se serrer désespérément l'une contre l'autre. Mon père me regarda une seconde avant de les prendre dans ses bras, et je sus que désormais rien de tel n'arriverait plus. Je vis en mon père la promesse que personne ne ferait plus jamais le moindre mal à notre famille, *plus jamais*.

Lorsque Noah s'écarta de sa mère, elle se retourna pour regarder d'abord son père sur le brancard puis Ronnie qui sortait, menotté, escorté d'un flic. Je vis la peur dans son regard.

— Regarde-moi, lui dis-je en prenant son visage entre mes mains.

Je ne voulais pas qu'elle ait de nouveau peur. Je voulais tuer ce salaud de mes propres mains, mais la dernière chose dont Noah avait besoin maintenant, c'était de violence.

— Tout ira bien désormais, tu es avec moi.

Alors ses mains glissèrent le long de mes joues et tombèrent sur mes épaules, puis ses yeux se brouillèrent.

— Noah ? dis-je quand elle s'effondra entre mes bras. Un médecin ! criai-je en constatant qu'elle ne réagissait pas.

Je la soulevai, tenaillé par la peur. Est-ce qu'on lui avait tiré dessus ? Avait-elle une blessure interne ?

— Réveille-toi, Noah, dis-je en la tenant serrée contre moi jusqu'à l'arrivée d'une ambulance.

J'entendis les sirènes des voitures de police se mettre à hurler et je vis que Raffaella s'approchait avec mon père.

— On s'occupe d'elle, dit un médecin.

— Qu'est-ce qu'elle a ? demandai-je.

Sans me répondre, il me l'enleva des bras et la déposa sur un brancard qui fut pris en charge par des soignants.

— Nous allons à l'hôpital. Vous êtes sa mère ?

Raffaella acquiesça en tremblant et monta dans l'ambulance.

— J'y vais moi aussi, annonçai-je d'un ton qui n'admettait pas de réplique.

— Je vous suis en voiture, dit mon père.

Le voyage en ambulance me parut interminable. Noah était toujours sans connaissance, mais, après un examen rapide, le médecin affirma qu'elle ne semblait rien avoir de grave.

Je m'approchai d'elle et lui passai doucement la main dans les cheveux.

— Je suis désolé, Noah, tellement désolé…

26

Noah

Lorsque j'ouvris les yeux, j'étais dans un lit d'hôpital. J'avais mal à la tête et au visage, mais mon esprit se détendit en voyant qui se trouvait près de moi.

— Tu te réveilles enfin ! s'exclama Nicholas en embrassant ma main, qu'il tenait entre les siennes.

— Qu'est-ce qui s'est passé ?

Je n'avais aucune idée de la manière dont j'étais arrivée ici.

— Tu es tombée dans les pommes. Les médecins ont dit que tu étais épuisée psychologiquement. On t'a donné des comprimés pour que tu puisses dormir. Ton esprit avait besoin de repos.

Je hochai la tête, en essayant d'assimiler tout cela. Je me rappelai tout ce qui s'était passé, le kidnapping, les coups que m'avaient donnés mon père et Ronnie, l'instant où j'avais cru que mon père allait me tirer dessus, le moment où il était tombé au sol, en sang...

— Où est-il maintenant ?

Il sembla hésiter un instant, puis dit :

— Il ne s'en est pas sorti, Noah... La balle lui a perforé le cœur, il n'est même pas arrivé à l'hôpital.

Ce fut très étrange, je n'étais peut-être pas normale, car je n'éprouvai absolument rien... sauf du soulagement, un soulagement infini qui m'ôta cette oppression que je ressentais depuis plus de dix ans.

— C'est fini, déclara Nick en se levant et en approchant son visage du mien. Maintenant, personne ne te fera plus de mal. Et je vais prendre soin de toi, Noah.

Je sentis que mes yeux devenaient humides.

— Je n'avais jamais pensé que les choses se termineraient ainsi, ni que je remercierais le destin d'avoir réuni nos parents. Il n'y a pas si longtemps, tout ce que tu représentais signifiait l'enfer pour moi, et maintenant…

Je me redressai et m'agenouillai sur le lit. Je pris son visage dans mes mains tandis qu'il glissait doucement les siennes vers ma taille.

— Je t'aime, Nick. Je t'aime à la folie.

Ses lèvres embrassèrent les miennes, avec délicatesse mais avec tout l'amour qui, je le savais, avait surgi entre nous. Cette sorte d'amour qui n'arrive qu'une fois dans la vie, celui qui nous touche au cœur et dure toute la vie, cet amour qu'on compare avec tout, qu'on recherche, qu'on hait même parfois… cet amour qui fait qu'on se sent vivant, indispensable, et qui fait devenir le seul être sans qui l'autre est incapable de vivre. Et, cet amour, je venais de le trouver avec Nicholas.

Épilogue

Nick

Un mois plus tard

— Interdiction d'ouvrir les yeux, ordonnai-je, ému, en ouvrant la porte.

L'avoir enfin ici avec moi me procurait une joie que j'étais incapable d'exprimer avec des mots. Le bouleversement qu'elle avait provoqué dans ma vie supposait un nouveau départ dans notre relation, un changement nécessaire qui, à long terme, serait positif et nous permettrait de passer autant de temps que nous le voulions ensemble.

— Tu sais que je déteste les surprises, me lança-t-elle, inquiète.

— Celle-là va te plaire ! dis-je en dénouant le foulard qui lui cachait les yeux.

Nous étions près de l'entrée, dans le nouvel appartement que j'avais acheté au dernier étage d'un immeuble, d'où on voyait la chambre, la cuisine et un salon. Ce n'était pas très grand, mais suffisamment pour qu'une personne puisse y vivre à l'aise, et c'était l'un des meilleurs appartements de la ville. Une amie de la famille l'avait décoré à mon goût et le résultat était génial. Les tons bruns et blancs lui conféraient un aspect accueillant et moderne. J'avais fait construire une cheminée au centre du salon face à un canapé couleur chocolat d'où on pouvait regarder un film ou passer du temps avec Noah. La cuisine était de dimensions réduites mais avait tout le nécessaire, avec un petit îlot où deux personnes pouvaient s'asseoir pour prendre commodément leur petit déjeuner. Il y avait d'épais tapis sur le plancher et une grande baie vitrée qui offrait une vue merveilleuse sur la ville. À cet instant, justement, l'obscurité du soir la rendait encore plus sublime, si toutefois c'était possible.

Je regardai Noah, qui en était bouche bée.

— Alors… qu'est-ce que tu en penses ?

Elle resta silencieuse un moment avant de demander, en faisant quelques pas à l'intérieur :

— C'est à toi ?

Je vis qu'elle était prise au dépourvu.

— Eh bien, oui, je vais vivre ici, mais toi, tu vas passer une grande partie de ton temps ici avec moi. C'est pour ça que je l'ai acheté, pour qu'on puisse être ensemble sans rien pour nous déranger, lui expliquai-je en me rapprochant.

J'étais si heureux de la voir là, cela ressemblait à un véritable foyer maintenant.

Un sourire éclaira son visage.

— C'est génial !

Mais je voyais dans ses yeux qu'elle me cachait quelque chose.

— Qu'est-ce qu'il y a ?

— Tu vas me manquer tous les jours, voilà ce qu'il y a, m'avoua-t-elle en posant sa tête sur mon torse.

Bon sang, moi aussi, elle allait me manquer. J'adorais prendre mon petit déjeuner avec elle, la voir avec les cheveux en bataille mais toujours prête à m'offrir un sourire. Et que dire de cette sensation de savoir qu'elle était en sécurité derrière la porte d'en face… Tout cela allait changer maintenant que je déménageais. Mais je savais aussi que c'était nécessaire. Être amoureux de la belle-fille de son père et vivre tous sous le même toit, c'était de la folie. Les occasions où nous pouvions être seuls et à l'aise étaient rares. Mais, maintenant que j'avais mon propre appartement, Noah pourrait y passer tout le temps qu'on voulait sans aucune sorte de contrôle paternel.

— Moi aussi, tu vas me manquer, mais c'est nécessaire. Je ne supporte pas de te voir tous les jours et de ne pas pouvoir faire ceci quand j'en ai envie, dis-je en embrassant ses lèvres parfaites. Ni ceci.

J'approfondis le baiser en mêlant nos langues avec toute la passion que cette fille parvenait à éveiller en moi. Sa réponse fut immédiate et le désir s'empara aussitôt de mon corps. Elle me rendait complètement fou.

— Ni encore ceci.

Je la soulevai par la taille et l'obligeai à entourer mes hanches de ses superbes jambes.

Elle éclata de rire, les lèvres toujours contre les miennes.

— Ni ceci, répéta-t-elle en tirant sur mon tee-shirt et en me le passant par-dessus la tête.

Je gémis en sentant ses mains me caresser les épaules et le cou. Je me dirigeai vers ce qui était à présent ma nouvelle chambre, avec un lit immense et une vue tout aussi spectaculaire que celle du salon. Je déposai Noah sur les oreillers moelleux et commençai à défaire les petits boutons de son chemisier blanc.

— Je crois que tu m'as convaincue… J'aime cet endroit, déclara-t-elle en soupirant une seconde plus tard, tandis que j'embrassais chaque centimètre carré de sa peau.

— Je savais que ça allait te plaire, lui répondis-je en m'approchant de sa bouche.

À cet instant précis, je réalisai que cette femme serait à mes côtés le restant de ma vie. Je l'aimais plus que tout et elle avait réussi à me sortir du trou noir qu'était ma vie avant notre rencontre. Les premiers moments avaient été difficiles mais, maintenant que nous étions ensemble, nous ferions de notre mieux pour que notre relation aille de l'avant. Notre vie à tous les deux n'avait pas été un chemin semé de roses, et c'était précisément pour cette raison que l'on se comprenait à la perfection. À un moment critique, au beau milieu de la tourmente, nous avions été la bouée de sauvetage l'un de l'autre, ce n'était pas quelque chose qu'on trouve facilement.

Quelques heures plus tard, alors qu'elle dormait entre mes bras, je pris conscience d'un détail important. Les lumières étaient éteintes et aucune lueur n'entrait par la fenêtre. Noah dormait, son beau visage détendu, sans la moindre trace de frayeur. Je compris alors que moi aussi je l'avais aidée, que j'avais opéré un changement radical dans sa vie… et ce en reniant mon passé, en allant à contresens de tout ce que j'avais vécu jusque-là.

Remerciements

Si quelqu'un m'avait dit, il y a un an, qu'aujourd'hui je serais en train d'écrire les remerciements de mon propre livre, je lui aurais dit qu'il était fou. Depuis mes quinze ans, j'ai toujours rêvé de ce moment, le moment où je pourrais dire : « J'ai réussi. »

En premier lieu, je voudrais remercier Penguin Random House de m'avoir fait confiance. Mon éditrice Rosa Samper, qui a failli me provoquer un infarctus le jour où elle m'a contactée par e-mail. Tu t'es adressée à moi comme si nous étions amies et tu m'as offert le plus beau cadeau que j'aie jamais reçu. Je n'oublierai jamais ce « PROPOSITION ÉDITORIALE » en objet dans ma boîte mail. Merci à toi et à tous ceux qui ont permis à *À contre-sens* de devenir formidable.

À mon agente Nuria pour avoir été la première à me dire que ce livre avait du potentiel. Merci de m'avoir guidée et aidée.

À ma mère, qui me félicite pour absolument tout ce que j'écris. Je te dis toujours que tu n'es pas objective, mais grâce à toi j'ai l'impression d'être la meilleure. Merci d'être la définition exacte de la mère parfaite.

À mon père, dont la fierté est immense et qui raconte à absolument tout le monde qu'il a une fille écrivaine. Merci pour être le roc qui tient bon quoi qu'il arrive dans l'adversité. Tu m'as appris que rien n'était impossible si on travaillait d'arrache-pied.

À mes sœurs, Flor, Belu et Ro : on se dispute sans arrêt, mais on s'aime à la folie.

À ma cousine Bar, ma toute première lectrice. Je n'aurais jamais pu terminer cette histoire sans ton aide et ton enthousiasme.

À mes grands-parents : Pitu, merci de m'avoir aidée chaque fois que je t'ai demandé conseil ; Abu, merci d'être là, toujours.

À mes amies Ana, Alba, à ce groupe dont le nom commence par Z. Merci de me faire rire aux éclats, je suis heureuse que l'on soit toujours ensemble bien que chacune d'entre nous ait pris un chemin différent. J'ai grandi avec vous et je vous garderai toujours dans mon cœur.

Eva, Mir. Que dire que vous ne savez déjà ? Je n'aurais jamais cru rencontrer deux âmes sœurs sur les bancs de la fac. Merci d'avoir été à mes côtés depuis le début de cette aventure.

À mon Yellow Crocodile. Belén, merci d'avoir partagé avec moi ta passion pour la lecture. Depuis le premier moment, tu as cru en cette histoire et tu m'as épaulée sans condition.

Anita, avec toi, j'ai appris que rêver était un mot important. Tu m'as appris que croire aux rêves nous permet de devenir qui nous sommes. Tu seras toujours ma compagne sur le chemin que nous avons débuté ensemble pendant ce voyage à Los Angeles.

À tous ceux qui ont commencé avec moi sur Wattpad. Je n'aurais jamais réussi quoi que ce soit sans vous. J'ai si souvent lu vos commentaires jusqu'au petit matin. Je n'aurais jamais cru recevoir autant d'amour de votre part. Ce que nous avons réussi ensemble a créé un lien entre nous. Dommage que je ne puisse tous vous rencontrer pour vous serrer dans mes bras.

Enfin, à toi, qui es en train de lire mon premier roman, mon rêve transformé en caractères, encre et papier. Bonne lecture !

PAPIER À BASE DE FIBRES CERTIFIÉES

hachette s'engage pour l'environnement en réduisant l'empreinte carbone de ses livres. Celle de cet exemplaire est de .
700 g éq. CO_2
Rendez-vous sur www.hachette-durable.fr

« Pour l'éditeur, le principe est d'utiliser des papiers composés de fibres naturelles, renouvelables, recyclables et fabriquées à partir de bois issus de forêts qui adoptent un système d'aménagement durable. En outre, l'éditeur attend de ses fournisseurs de papier qu'ils s'inscrivent dans une démarche de certification environnementale reconnue. »

Composition et mise en pages : Nord Compo

Achevé d'imprimer en France par le groupe
CPI Brodard et Taupin
Dépôt légal 1re publication : juin 2023
32.4932.4 - ISBN : 978-2-01-722132-6
Édition : 06 – Dépôt légal : octobre 2023
N° d'impression : 3054796